Anna P. Zurzolo

Der Teufel mag kein Salz

Roman

Deutsch von
Theresia Übelhör

Schneekluth

Die Deutsche Bibliothek – CIP-Einheitsaufnahme
Zurzolo, Anna P.: Der Teufel mag kein Salz.
Roman / Anna P. Zurzolo
Aus dem Englischen von
Theresia Übelhör
München: Schneekluth, 1999
ISBN 3-7951-1630-9

Die kanadische Originalausgabe
erschien unter dem Titel
Bread, Wine and Angels
bei Turnstone Press

ISBN 3-7951-1630-9

Gesetzt aus der 9,5/12 Punkt Sabon
Satz von FIBO Lichtsatz München
Druck und Bindung: Bercker, Kevelaer
Printed in Germany 1999

Für meinen Ehemann Sal und
meine Kinder Cara und Samuele, die Träumer.

Für meine Schwestern und Brüder:
Rosa, Sal, Joe, Francesca, Viera und Silvano.

Für meinen Vater, Antonio Paletta,
der das Lernen liebte.

Und für die beiden außergewöhnlichsten
Frauen auf der Welt, meine Mutter und
meine Tante, auf deren Leben
dieses ganze Haus ruht.

Danksagungen

Ich bin vielen Menschen für die Ermunterung und Unterstützung zu Dank verpflichtet, die ich während der Entstehung dieses Buches erfahren durfte:

Nancy Trites Botkin, die das Manuskript sorgfältigst überarbeitete und redigierte und die an dem Projekt von Anfang an – als es noch nicht mehr war als ein unklarer Gedanke – bis ganz zum Ende beteiligt war. Für die zahllosen Stunden, die sie mir geopfert hat, tausend Dank.

David Arnason, Joe Bova und Carmelo Militano, die an mich geglaubt haben. Wendy Raber, Stephen Raber und Marion Kitz, die mein Selbstvertrauen aufbauten. Marilyn und Art Redekopp für ihre Gebete. Carol und Don Shields für ihre sanfte Führung.

Den vielen weisen Frauen sowohl hier in Kanada als auch in Italien, die nie müde wurden, mir immer noch eine Geschichte zu erzählen.

Und meinen Freunden, die mich anspornten. Dank Euch allen.

Inhalt

Minestra
aus Kartoffeln, weißen Bohnen und Löwenzahnblättern

Bring etwas Wasser in einem Topf zum Kochen (nicht zuviel).
Gib die gewaschenen und kleingezupften Löwenzahnblätter hinein.
Füge nach ein paar Minuten die Kartoffeln, die vorgekochten Bohnen und natürlich ein paar Lorbeerblätter hinzu.
Laß alles köcheln, bis die Kartoffeln weich sind.
Brate eine Mischung aus Knoblauch und scharfen Peperoni in stark duftendem Olivenöl an und gib sie ganz zum Schluß in die Suppe.
Beiße beim Essen zwischendurch in eine scharfe Pfefferschote (die rote, kirschartige Sorte, die man in starken Essig einlegt).

Wurzeln

Ich erinnere mich daran, wie ich wütend und verwirrt hastig von der knarrenden Holzplattform stieg, auf der Signor Ficoseccos Pult stand. Nein, nein, ich male mein Bild nicht noch einmal, hatte ich beschlossen, bis ich meinen Tisch erreicht hatte. Ich werde die hundsgemeine Sechs, die er mir gegeben hat, in Gottes Namen hinnehmen, aber ich male es nicht noch einmal. Außerdem, dachte ich, will ich ja auch keine Künstlerin werden, und meine Tante ... Oje, meine Tante, das mußte ich mitbedenken. Ja, meine Tante, sie wird mich wieder an den Haaren ziehen, wenn ihr die Sechs, die mir Signor Ficosecco für mein Kunstwerk gibt, nicht gefällt. Das verdammte Ziehen. Ja, Ziehen. Es war diese dumme Vorstellung von Ziehen und Dehnen und Herumwickeln wie ein Wollknäuel, die mich dazu verleitet hatte, den Baum auf mein Bild zu malen. Signor Ficoseccos Aufgabenstellung lautete, ein Bild von mir selbst zu malen, und ich malte ein Bild von mir selbst. Aber auf dem Schulweg war etwas passiert, das mich das Bild komplizierter machen ließ.

An diesem Morgen hatte ich am Steilabbruch das allerschönste Bild der Zerstörung gesehen. Regen, Donner und Blitz hatten in der Nacht über dem Berghang gewütet. Sogar die Erde hatte gebebt und sich bewegt. Sie war wie altes Brot zerkrümelt und hatte die nackten Wurzeln der riesigen Kiefer freigelegt. Der Baum stand aber noch immer aufrecht da, und man mußte nicht befürchten, daß er umstürzen würde. Ich hatte schon vorher Wurzeln gesehen, und ich wußte, daß Bäume und alle Lebewesen welche haben, aber ich hatte sie mir nie so aus der Nähe und mit so viel Interesse angeschaut wie an diesem Morgen. Warum auch? Wurzeln sind Wurzeln. Uninteressante Wurzeln. Das heißt, uninteressant, bis ich den Baum nackt vor mir sah. An diesen Wurzeln war etwas, etwas ganz Besonderes, das meine Phantasie entflammte, und bald war sie wie ein loderndes Feuer.

So, das waren also Wurzeln; sie waren lediglich Äste. Es waren dicke Äste, nur falsch herum, ohne Blätter, unter der Erde versteckt. Bis jetzt versteckt. Genauer gesagt, bis letzte Nacht, bis sich die Elemente gegen den Baum verschworen hatten, gegen die ganze Seite des Berges, und ihm seine Schutzschicht geraubt hatten. Je tiefer die Wurzeln reichten, um so dünner wurden sie, und je dünner sie wurden, um so zäher waren sie. Sie hingen zart herunter, wie Haare, und waren trotzdem kräftig. Ich stellte sie mir sehr stark vor. Haare sind nicht stark. Die Haarwurzeln reichen nicht tief genug.

Ha ... Haare!

Genau hier war mir die Idee vom Ziehen in den Sinn gekommen. Ich saß eine ganze Weile bei der neu gebildeten Bergrinne, an deren Rand mein Baum stolz aufragte, und dachte nach, grub mit meinen Augen auf der Suche nach der tatsächlichen Tiefe und Stärke der Wurzeln. Ich kam zu dem Schluß, daß sie bestimmt so stark und so tief, vielleicht sogar so elastisch waren, daß die Wurzeln, wenn ich diesen Baum einfach aus der Erde ziehen und ihn mit mir um die ganze Welt schleppen würde, wenn ich das bloß könnte, nachgeben und sich dehnen würden, bis der Baum am Ende wieder da sein würde, wo er hingehörte, genau hier neben mir. Anders als bei mir, wenn mich meine Tante an den Haaren zog oder ich meine Freundinnen im Schulhof an den Haaren riß, sogar anders als bei den erwachsenen Frauen, wenn sie sich im heftigen Streit an den Haaren zogen.

Zum Beispiel, als Professor Cianos Frau herausbekam, daß ihr Mann eine Affäre mit der Frau hatte, die über dem Lager von Mancusos Lebensmittelgeschäft wohnte. Ich brauche den Namen der Frau nicht zu erwähnen. Soweit ich mich erinnere, wurde sie nie bei ihrem Namen genannt. Sie war als die Frau bekannt, die Lippenstift und Rouge benutzt. Man konnte sie gar nicht verwechseln. Sie war die einzige in unserer Straße mit rubinroten Lippen.

Einmal zur Zeit der Kirschenernte waren meine Lippen und Wangen rubinrot, fast so wie ihre. Als mich meine Tante neben einer Schüssel voller Kirschen, die ich gerade zermatscht hatte, so gesund aussehend erblickte, kniff sie die Augen zusammen, um mich besser sehen zu können, als ob ich nicht mehr ich selbst wäre. Dann zwickte sie meine Wangen ganz fest und rieb meine Lippen zwischen ihren Fingern, bis sie sich fast den Ellenbogen ausrenkte. Als ich schrie, sagte sie: »Du willst rote Wangen? Du willst rote Lippen? Rot willst du? Das kannst du haben!«

Professor Cianos Frau wollte das Blut der Rouge-Dame sehen. Schäumend vor Wut stürmte sie los, um sie zu suchen, und als sie die Schöne von weitem sah, rannte sie mit weit ausgestreckten Händen auf sie zu, bereit, sich auf die gepflegten, parfümierten Haare zu stürzen. Es gab ein solches Geschrei, daß man es in der ganzen Straße hörte und sich die Leute in Windeseile hinter jedem Fenster drängten und um einen Platz schlugen, damit sie ihren Kopf herausstrecken und einen guten Blick auf das Spektakel werfen konnten. Die Rouge-Dame war im Nachteil. Sie hatte hohe Schuhe mit Pfennigabsätzen und einen engen, sehr engen Rock an, mit nur einem Schlitz hinten. Sie konnte kaum gehen, geschweige denn rennen. Professor Cianos Frau zog die kreischende Rouge-Dame an den Haaren mindestens von einer Straßenecke bis zur nächsten mit sich. Als die Frau des Professors sie losließ, konnte ich sehen, wie sie zufrieden die Haare von ihren Handflächen schüttelte, und dann winkte sie den jubelnden Zuschauern zu.

Der Professor sagte nicht viel. Zumindest hörte ich nichts davon. Was hätte er auch sagen sollen? Das war eine Sache unter Frauen, und außerdem, es waren ja nicht seine Haare, an denen gerissen worden war. Nein, Haare konnte man nicht um die ganze Erde ziehen. Sie blieben einfach an deiner Hand hängen, und das war alles, was dir blieb: ein Büschel Haare, nutzlose Haare. Haare waren nutzlos. Wurzeln waren das nicht, und genau deshalb zeichnete ich sie und den Baum auf meinem Bild. Und ich fand, sie sahen auf meinem

Gemälde richtig gut aus. Hätte sich Signor Ficosecco bloß um seine eigenen Angelegenheiten gekümmert, dann wäre alles in Ordnung gewesen. Andererseits, vielleicht hätte auch ich mich nur um meine eigenen Angelegenheiten kümmern sollen. Wäre ich bloß nicht so interessiert an Nachbarschaftsstreitereien, nackten Bäumen und wilden Phantasien gewesen, zum Beispiel wie man Bäume an ihren Wurzeln um die Welt wickelt, dann hätte ich wahrscheinlich mehr Zeit darauf verwendet, mich selbst auf das Blatt Papier zu zeichnen, das Signor Ficosecco ausgeteilt hatte. Gut, jetzt wußte ich's. Wenn ich mit meinem Kunstwerk – so wie es war – nach Hause ging, überall mit Signor Ficoseccos in roter Tinte geschriebenen Bemerkungen versehen, dann würde ich selbst ein paar Haare lassen. Aber ich konnte meinen Entschluß nicht rückgängig machen, nein, das konnte ich nicht. Das war ein Bild von mir, und es nur Signor Ficosecco zuliebe neu zu zeichnen, wäre einer Selbstverleugnung gleichgekommen. Und überhaupt, wie ich schon sagte, ich wollte keine Künstlerin werden. Genaugenommen wollte ich Ärztin werden.

Aaah ... Ärztin!

Vielleicht würde es gar nicht so schlimm. Es war noch ein weiter Weg bis zum Arztberuf, und Zeichnen hatte nichts mit Medizin zu tun, deshalb würde sich meine Tante vielleicht nicht sonderlich um das rote Gekritzel und die große rote Sechs oben in der rechten Ecke kümmern. Ja, Ärztin. Ich hatte gesagt, daß ich später mal Ärztin werden wollte. Anscheinend darf ein Kind heutzutage nicht einmal mehr laut träumen!

Einmal hatte ich ein paar weise Frauen sagen gehört: »Leg vor den Heiligen keine Gelübde ab, und versprich Kindern keine Leckerbissen.« Und ich möchte hinzufügen, das gleiche gilt für Eltern und Tanten. Auch das wäre weise. Denn weißt du, meine Tante hielt mein Wunschdenken irrtümlich für ein Versprechen. Für sie war es ein Versprechen. Ein großes Versprechen für sie und ein riesiger Fehler für mich! Seit jenem Tag, an dem ich meinen Wunsch äußerte, ja, von dem Moment an, da bin ich mir sicher, stellte sich meine Tante vor, wie ich in einem weißen Laborkittel zwischen Phiolen, Petrischalen und Mikroskopen herumlief. Sie stellte sich vor, ich sei reich und berühmt, nachdem ich ein Heilmittel für Tuberkulose oder Typhus entdeckt hätte, obwohl ich zugeben muß, daß meine Tante bescheiden genug gewesen wäre, sich mit einer neuen Formel für einen revolutionären Puder zur Bekämpfung von Läusen und Wanzen zu begnügen. Dieses Zeug war teuer! Die Erfüllung meines Versprechens, oder sollte ich lieber sagen, die Realisierung des Traums, den meine Tante träumte, würde eine Menge Arbeit bedeuten, die meiste natürlich für mich. Es bedeutete Lernen, Lernen und nochmals Lernen. Und wenn meine Noten nicht so ausfielen, wie sie fand, daß sie sein müßten, dann zog sie mich an den Haaren, oder – noch schlimmer – raufte sich selbst aus Enttäuschung und Verzweiflung die Haare. Dann hatte ich das Gefühl, schrecklich böse zu sein, weil sie, nachdem sie aufgehört hatte, sich selbst zu strafen, sehr still und verzweifelt dasaß, so als hätte ich eine wertvolle Kristallvase zerbrochen oder etwas anderes Wertvolles kaputtgemacht, was wir übrigens nicht besaßen oder auch nur jemals zu besitzen hofften.

Ich strengte mich an. Ich meine, ich strengte mich sogar ganz besonders an. Signor Ficosecco hatte gesagt: »Malt ein Bild von euch selbst.« Wohl wahr, genau diese Worte, aber er hatte nicht gesagt: »Malt ein Bild von euch allein.« Deshalb malte ich ein Bild von mir. Ein steifes Kind, weißt du, ein rundes Gesicht mit steif abstehenden Haaren, steifen Armen, steifen Beinen, ganz geraden, ausgestreckten Händen mit steifen Fingern. Ich gab mir einen herzförmigen Rumpf und ein Dreieck als Rock. Ich malte mich auf meinem Bild direkt neben meinem nackten Baum am Abhang, und um die Wirkung zu erhöhen, malte ich uns in einen Weinberg mit einer Weintraube an einem Rebstock, und zugegeben, ich zeichnete sogar Kirchenglocken in eine Ecke, denn da, wo Glocken sind, sind Menschen, und ich bin auch ein Mensch, oder etwa nicht?

Ich dachte in dem Moment gar nicht daran, so viel Zeit darauf zu verwenden, meinen Körper lebensecht zu malen, so wie es Maria Pia tat. Ich saß mit Maria Pia an einem Tisch. Wie kann man sein Kind nur Fromme Maria nennen! Signor Ficosecco deutete die ganze Zeit auf ihr Bild, während er meines ganz rot vollkritzelte. Als ich zu meinem Tisch zurückkam, wollte ich seinen Namen laut herausschreien. »He, Signor Ficosecco«, wollte ich rufen, damit er auf mich aufmerksam würde. Dann hätte ich hinzugefügt: *»Va fa n' culo*, Signor Ficosecco.«

Oh, warum bin ich nicht als Junge auf die Welt gekommen? Erstens hätte meine Tante mein Wunschdenken nicht als Versprechen gewertet, wenn ich ein Junge wäre. Meine Brüder wünschten sich Sachen und träumten die ganze Zeit, und meine Tante schüttelte dazu nur den Kopf. Und zweitens hätte ich, wenn ich ein Junge wie mein Bruder Ceci wäre, Signor Ficosecco problemlos *»Va fa n'culo«* sagen können. Dafür würde ich ein gutes Dutzend Schläge mit Signor Ficoseccos Lineal bekommen, und dann wäre alles ausgestanden. Aber nein, ich war ein Mädchen, und wenn ich so etwas zu Signor Ficosecco sagen würde, wäre das für ihn Grund genug, mich in eine Besserungsanstalt zu schicken, falls es eine gab, oder aber – noch schlimmer – in ein Kloster. Davon gab es viele, wo ich von ein paar Dutzend verbitterten alten Jungfern, die ihr Leben verplemperten, etwas über das Leben lernen würde.

Nein, danke.

Deshalb murmelte ich die Worte bloß, während ich mich hinunterbeugte und, die Hände unter dem Tisch versteckt, einen Arm anwinkelte und den Mittelfinger in Richtung Signor Ficosecco ausstreckte. Genau das hatte er verdient, dachte ich. Maria Pia, Maria Pia. Signor Ficosecco maß alles an Maria Pia, als sei sie ein Maßstab oder so etwas. Na, steif wie ein Zollstock, das war sie. Die Fromme Maria war nicht an nackten Bäumen interessiert. Im Gegenteil, sie ging nicht einmal den gleichen Weg zur Schule. Sie hätte dabei ihre schönen Schuhe abstoßen oder vielleicht schmutzig machen können!

Maria Pias Vater war ein Americano. Er war ein Americano, weil er bis nach Amerika gekommen war. Ja, er war um die halbe Welt gereist, und nun als Americano bezeichnet zu werden, war ein Teil seiner Belohnung. Alle zwei Jahre tauchte er aus Amerika auf. Ich wußte, daß er ihr Vater war. Er war groß und dunkel und sehr wohlgenährt, und er war der einzige Mann, der karierte Hosen in Frauenfarben und einen großen weißen Filzhut trug, wo doch alle anderen Baskenmützen aufhatten.

Mein Vater war auch ein Americano. Und genaugenommen auch meine Mutter. Sie waren beide in Amerika, na ja, eigentlich waren sie in Kanada, nicht in Amerika, und zuerst habe ich, wenn jemand wissen wollte, wo meine Eltern waren, ein- oder zweimal Kanada gesagt, aber dann starrten sie mich bloß verständnislos an, als ob ich gesagt hätte: »Meine Eltern? O ja, die leben auf dem Mond!« Es hätte mir auch nichts ausgemacht, ihnen zu erklären, daß Kanada nicht in Amerika war, wenn sie nicht jedesmal die dumme Antwort gegeben hätten: »Oh, Kanada! Ja, ja, Kanada, das Armenhaus Amerikas!« Deshalb antwortete ich jetzt immer, wenn mich jemand fragte, wo meine Eltern waren, einfach: »In Amerika.« Sie waren in Amerika, aber trotzdem hatte ich nicht so schöne Schuhe wie Maria Pia, auf die man aufpassen mußte. Das machte mir aber nichts aus. Meine Fußsohlen waren so hart geworden, daß ich über

Glas gehen konnte, und das tat ich auch. Und außerdem konnte ich meine Füße, wenn sie schmutzig waren, im Bach waschen, und meine Tante merkte dann nicht, daß ich den weiten Umweg durch die Bergrinne zur Schule gegangen war.

Ich warf einen verstohlenen Blick auf Maria Pias Bild, als sie zu unserem Tisch zurückkam. Sie hatte die Aufgabenstellung genau befolgt. Sie hatte an das steife Skelett von sich Muskeln und Fleisch gemalt. Zum Beispiel ihre Haare: Sie hatte sie glatt und an den Wangen anliegend gemalt, nicht wie Stacheln um den Kopf wie bei mir. Ich sah mir mein Bild noch mal an. Ich dachte nicht daran, es auch so zu machen. Außerdem waren meine Haare widerspenstig und standen mir wild vom Kopf. Aber lieber Gott, was war denn falsch daran, statt dessen einen Baum und eine Traube an einem Rebstock und ein paar Glocken zu malen?

Genau wie ich es mir gedacht hatte, warf meine Tante, als ich nach Hause kam, einen Blick auf mein Werk, und es gefiel ihr nicht. Nein, vielleicht sollte ich das erklären. Sie hätte nichts über die Qualität oder den Aufwand des Werkes auf meinem Papier gesagt, hätte es darauf nicht die roten Kritzeleien und vor allem diese grelle Zahl »Sechs« gegeben. Sie zerknüllte es und knetete es dann nervös zwischen ihren Händen, als ob sie einen Fleck aus einem meiner Kleidungsstücke rubbeln würde. Aber das machte mir nichts aus. Es war immer noch besser, als an den Haaren gezogen zu werden.

Sie meinte es gut, meine Tante. Überall, wohin sie schaute, wurden die Reichen reicher und die Armen ärmer. Geld brachte Geld, Läuse brachten Läuse hervor. Sie wollte einfach, daß ich meine Schularbeiten ernst nahm. Sie hatte sich über alles Gedanken gemacht. Wenn man nicht reich geboren war, bestand die einzige Möglichkeit, aus dem Elend herauszukommen, in einer Ausbildung oder in der Hochzeit mit einem Prinzen. Da aber wenig Aussicht bestand, daß ein Königshaus je auf mich aufmerksam würde, entschied sich meine Tante für den anderen Weg – die Ausbildung. Nicht, daß ich nicht hübsch war. O nein, meine Tante nannte mich die ganze Zeit ihre Schöne. Eigentlich rief sie mich fast nie bei meinem Namen. Wenn sie guter Laune war, rief sie nach mir immer: *»Bella, Bella.«* Das war mein Name, *Bella* – die Schöne. Selbst als mein rechtes Auge fast nicht mehr zu sehen und von einer dicken gelben Kruste verdeckt war, nannte sie mich *Bella*. Ich erinnere mich, daß Dr. Rafaelino »chronische Bindehautentzündung« sagte, als er versuchte, mit seinen Fingern meine Lider auseinanderzuziehen. Meine Tante verkaufte zwei Quartkrüge voll Weizen für meine Behandlung bei Dr. Rafaelino. In der Regel erschien sie mit Weizen, um den Termin zu bekommen, dann mit Geld für die Behandlung und vielleicht mit einem Hühnchen oder einer anderen lebendigen Bezahlung für die Medizin. Aber Dr. Rafaelino gab ihr die Tube mit der weißen Paste und schüttelte den Kopf, als meine Tante darauf bestand, daß er das Geld nehmen sollte. »Wofür? Ich habe nichts getan. Es ist nichts«, sagte Dr. Rafaelino. Ich sah, daß sie rot wurde, als sie das Geld wieder in ihre Rocktasche steckte. Sie hielt den Kopf nach unten geneigt und sagte »Danke«. »Danke«, wiederholte sie. Dann schluckte sie ganz sichtbar und nahm mich bei der Hand.

Ich hielt meinen Kopf nicht gesenkt, nein, überhaupt nicht. Ich sah Dr. Rafaelino direkt ins Gesicht. Er stand dicht neben mir. Seine Hand lag ganz kurz auf meinem Kopf. Nein, nein, nicht auf meinem Kopf, nur auf meinem Haar. Seine Hand war so sanft, daß ich sie nicht auf meinem Kopf spürte, nur auf meinem Haar. Er war groß, fast so groß wie die Kiefer an der Schlucht. Ich glaube, wenn ich nicht so fest mit der Hand meiner Tante verbunden gewesen wäre, wäre ich dort geblieben, um ihn noch lange anzuschauen. Aber was dann? Was hätte ich mit Dr. Rafaelino gemacht, wenn ich geblieben wäre? Ich weiß, ich hätte ihn mit meinem Baum mitgenommen, und ich hätte ihn herumgewickelt, nein, ich hätte ihn auf meiner imaginären Reise um die Welt mit mir mitgeschleppt.

O Gott, nein. Schluß mit dem Herumwickeln und Schleppen und Ziehen! Ich hatte schon genug Schwierigkeiten. Ich meinte fast, mein Arm würde aus seinem Gelenk springen, und das half mir, die Arztpraxis ganz bereitwillig zu verlassen. Siehst du, meine Tante wollte, daß ich mein Lernen ernst nahm und Ärztin würde oder so etwas oder jemand Besonderes, weil »bedeutende Persönlichkeiten« Macht hatten. Mit nichts weiter als deinen

Augen und deinen Worten hattest du die Macht, zu urteilen: »Es ist nichts. Du wirst am Leben bleiben«, oder: »Es ist ernst. Du mußt sterben.« Und die Leute glaubten einem, weil man all die richtigen Bücher gelesen und alle Aufgaben ordentlich erledigt hatte. Außerdem wollte sie, daß ich hart arbeitete, weil – im Gegensatz zu Dr. Rafaelino, der die Regeln nicht einhielt – das Leben von vielen Regeln bestimmt war, von sehr strengen Regeln sogar, und eine dieser Regeln ist, daß – gleich ob schön oder nicht – ein Prinz hundertprozentig immer eine Prinzessin heiratet. Läuse bringen Läuse hervor. Alles bringt immer Seinesgleichen hervor.

Meine Tante war jung und hübsch, und sie war noch nicht verheiratet. Sie selbst hielt sich nicht für hübsch. Wenn ich ihr sagte, daß sie hübsch war, senkte sie den Kopf und deutete mit ihren Augen nur auf die Flicken auf ihrem Rock. Ich fand sie sehr hübsch, auch wenn sie Katzenaugen hatte. Ich nannte sie nie »Katzenauge«. Das würde ich nie tun. Aber andere taten das, hinter ihrem Rücken. Weißt du, die Augen meiner Tante waren nicht normal dunkelbraun, sie waren bläulich grün, und je nach der Farbe des Kleides, das sie trug, waren sie manchmal mehr blau, manchmal eher grün. Und außerdem kam es darauf an, ob meine Tante weinte oder nicht. Das machte einen Unterschied. Wenn meine Tante weinte, waren ihre Augen blau, ganz eindeutig blau. Jedes Jahr weinte sie am Ende des Schuljahres, wenn die Zeugnisse ausgegeben wurden. Wir waren zu fünft, und wenn es nicht die eine war, dann war es der andere, der in diesem oder jenem Fach keine allzu gute Note erhielt. Meine Tante weinte auch jedesmal, wenn ein Brief aus Amerika kam. Meine Eltern hatten versprochen, nicht lange fortzubleiben, nur so lange, bis sie genug Geld verdient hätten, damit wir nicht zu hungern brauchten. Aber die Jahre verstrichen, eins nach dem anderen. Meine Tante weinte bei jedem Brief. Sogar wenn Geld in den Briefen war, weinte sie. Sie weinte, als mein Vater schrieb, daß wir eine neue Schwester bekommen hätten. Das einzige Mal, daß sie nicht weinte, war, als sie las, daß wir einen neuen Bruder in Amerika hätten. Aber dann weinte sie später auch darüber, weil, wie sie sagte, wir früher sechs waren, und jetzt waren wir sieben.

Nicht, daß ihr die harte Arbeit etwas ausmachte. Nein, daran lag es bestimmt nicht, weil sie mich, immer wenn sie die Kleider wusch oder den Boden fegte und ich sie fragte, ob ich ihr helfen könnte, mit der Hand oder dem Ende des Besenstiels beiseite schob. »Hast du keine Schularbeiten mehr zu machen?« fragte sie mich dann. »Sieh zu, daß du etwas lernst! Wenn du was aus dir machst, dann brauchst du später nicht zu waschen und zu fegen. Dann macht es jemand anders für dich.«

Eigenartige, sehr eigenartige Gedanken für eine einfache Frau wie meine Tante.

Aber sie ließ uns beim Zubereiten der Mahlzeiten helfen, weil Essen Leben und Überleben bedeutete. Die Menschen wanderten und gingen und zogen und trotteten durch die Welt, und wozu? Um zu überleben. Das ist der Preis des Lebens. Außerdem erlaubte sie uns, ihr beim Essenmachen zu helfen, weil sie glaubte, wenn man reich ist und die allerbesten Zutaten hat, aber nicht weiß, wie oder wann man etwas zubereiten und für welche Gelegenheit man welches Gericht kochen soll, dann ist man in Wahrheit arm. Andere Kinder bestickten Stoff und Deckchen und strickten Pullover. Das durften wir nicht. Für so hübsche Sachen hatte sie keine Verwendung, nicht etwa, weil sie sie nicht mochte, sondern weil in Wirklichkeit das Leben selbst keine Verwendung für sie hatte. Das war keine Ausbildung. Mit diesen Dingen war kein Geld zu verdienen, so fein sie auch waren. Sie waren Blendwerk, nichts als Blendwerk, und hatten ein großes Schild neben sich. »Nur für Frauen«, stand auf diesem Schild, sagte meine Tante.

Ab und zu durften wir bei den Frauen sitzen, die sich auf dem Platz am Ende unserer Straße versammelten und sich mit diesen Dingen die Zeit vertrieben. Sie erlaubte uns das, weil diese Frauen gute Eigenschaften an sich hatten. Sie waren alt und weise und konnten viel über das Leben erzählen. Sie sagten es genau wie es war – *»pane è pane e vino è vino«*. Es war ihre Aufgabe, dafür zu sorgen, daß die jungen Leute beides nie durcheinander brachten; Brot war Brot, und Wein war Wein.

Ich muß dazu sagen, daß sich unsere Tante natürlich nie zu ihnen oder uns gesellte. Gott behüte, nicht im Traum wäre sie auf diese Idee gekommen. Bei diesen Versammlungen waren viel zu viele Kinder um die alten Frauen. Denn schließlich lernten die kleinen Mädchen hier zu ihren Füßen, wie man Faden abrollt und Wolle aufwickelt. Meine Tante zog schon fünf Kinder groß, die nicht ihre eigenen waren, und sorgte sich um zwei weitere in Amerika, ebenfalls nicht ihre eigenen. Sie wollte nicht noch mehr von ihnen sehen oder hören. Um die Wahrheit zu sagen, ich hatte meine Tante sagen gehört, daß ihr die ganze Idee, ein heiligmäßiges Leben zu führen, sinn- und zwecklos erschien. Sie hatte das Interesse am Paradies verloren, so schien es, an der Belohnung für ein solches, ganz den Kindern geopfertes Leben. Das heißt nicht, daß sie nicht dorthin wollte, aber sie wußte nicht, ob es für sie noch ein wünschenswertes Ziel war. Sie hatte begonnen, an diesem Ziel zu zweifeln, als Bernardo, der Prediger, eines Sonntagabends in seiner Predigt auf die Tatsache zu sprechen kam, daß das Paradies in erster Linie für Kinder offen stand. Es war voll von ihnen, und jeder, der dorthin wollte, mußte sich durch eine sehr enge Tür zwängen, was bedeutete, daß man ebenfalls klein werden mußte. Weiter kann ich mich nicht erinnern. Ich bin eingeschlafen, aber nicht, weil ich mich langweilte. O nein, ich liebte Bernardo. Es lag einfach daran, daß mich seine Stimme einlullte.

Wenn er seine Geschichten von den lachenden Teufeln und lodernden Feuern erzählte, dann tat er das mit einer tiefen, dunklen Stimme, die ganz anders war als seine normale. Als er von den ehemals stolzen Menschen erzählte, die nun gezwungen waren, auf Knien zu rutschen und ihren Mund immer offenzuhalten und ihre Augen nach oben zu richten, voller Sehnsucht nach den kostbaren Wassertropfen, da bin ich nicht eingeschlafen. Ich konnte nicht! Bernardos eigener Körper streckte sich der Decke entgegen, als ob sie der Himmel wäre, und ich erinnere mich, wie er uns mit seiner Stimme, seiner tiefen, dunklen Stimme erzählte, von der Hitze des Feuers verwandle sich das Wasser, noch bevor es in die offenen Münder der Leute fiel, in nichts als heiße Luft. Da mußte ich wohl aufmerksam zuhören, wenn er solche Geschichten erzählte! Aber wenn Bernardo von Kindern und vom Paradies sprach, war seine Stimme so sanft, daß mein müder Körper langsam zur Seite auf den leeren Platz neben mir glitt. Doch ehe ich mich's versah, wurde ich von Gesang geweckt, und dann sagten alle »Friede sei mit dir« zueinander, und meine Tante nahm mich mit nach Hause.

Ich erinnere mich, daß meine Tante an jenem Abend, als Bernardo von den Kindern, den vielen Kindern im Paradies gesprochen hatte, keinen Frieden fand. Ich hatte keine Ahnung, wieso sie sich so aufregte. Jeder wußte doch, daß Kinder, wenn sie starben, zu Engeln wurden. Wo hatte sie denn geglaubt, daß Engel wohnen? Was war so neu an dem, was Bernardo gesagt hatte? Aber für meine Tante war das alles neu, brandneu, als hätte sie es nie zuvor gehört. Als wäre es eine neue Offenbarung für sie. Und von diesem Abend an hörte ich meine Tante oft seufzen: »Herr, vergib mir.« Sie sagte das so bedeutungsvoll, so ehrfurchtsvoll, den Blick nach oben zur Decke gerichtet. »Aber dort sind so viele Kinder, lauter

Kinder.« Und dann schüttelte sie enttäuscht den Kopf, natürlich immer noch mit dem Blick nach oben. Daß es im Himmel Kinder gab, war eine Tatsache. Das wurde nicht nur so dahergesagt. Sie hatte darüber nicht nur Bernardo von der Kanzel predigen hören. Hätte sie es nur von Bernardo gehört, dann wäre es nicht so schlimm gewesen. Er war ein Mann, bloß ein Mann, und sie hätte die Sache angezweifelt, weil meine Tante keine Angst vor Männern hatte. Ich könnte dir sogar unzählige Geschichten erzählen, die beweisen, daß sich im Gegenteil die Männer vor ihr fürchteten! Nein, sie hatte die Sache über dieses Paradies und die Kinder selbst gelesen. Ich erinnere mich, daß sie noch am gleichen Abend diese Worte in ihrer kleinen, schwarzen Bibel wieder und wieder las, einfach um sicherzugehen. Ja, die Worte über die Kinder im Paradies trafen zu. Es war einfach nicht zu leugnen. Die Worte, die sie las, waren klar, und auch die Botschaft war eindeutig. Aber natürlich war es ungerecht! Kinder, Kinder. Sie hatte nicht das Vergnügen gehabt, welche zu bekommen. Sie hatte die Strafe auf sich genommen, sie aufzuziehen, und jetzt waren sie auch in ihre Aussicht auf künftigen Frieden und Ruhe mit eingeschlossen, für immer.

Meiner Tante blieb noch viel Zeit, über ihre Reise ins Paradies nachzudenken. Sie war noch sehr jung, und auch wenn sie das nicht zugeben wollte, glaube ich, sie liebte Kinder. Wenn man nur bedenkt, wieviel Sorgen sie sich um uns machte. Sie wollte nicht, daß wir vom Leben enttäuscht wurden. Sie war entschlossen, nicht zuzulassen, daß wir so mit dem Leben kämpfen und ringen müßten, wie sie selbst es tat. Ich denke, deshalb schrie sie uns so oft an und drohte uns. »Schau dich um, paß auf, beobachte, hör zu und beobachte.« Und obwohl meine Tante so viel vom Lernen hielt und von hohen, prestigeträchtigen Berufsabschlüssen von uns träumte, sagte sie immer: »Theorie ohne Praxis ist wertlos.« Ich weiß, Professor Ciano rollte immer mit den Augen und meinte, das sei nicht auf ihrem Mist gewachsen, wenn meine Tante solche Dinge sagte. Ich glaube, sie hat es bei einer Unterredung mit Ninas Lehrer in der Schule gehört, aber meine Tante war klug. Klüger als manche Lehrer, die ich kannte. Sie sagte, eine Ausbildung und der höchste Abschluß seien für die Katz, wenn sie nicht einhergingen mit Respekt und Wissen über unsere Umgebung, über ihre Regeln und Traditionen. Dann wäre es nützlicher, das Zeugnis im Bad neben die Toilette zu hängen.

Über eine solche Verschwendung brauchte ich mir keine Gedanken zu machen. Wir hatten kein Bad und auch keine Toilette. Wir hatten einen Topf. Die Frau von Dr. Mauri hatte eine schöne Toilette aus glänzendem Marmor in einem marmornen Bad – das sagten jedenfalls alle –, aber hinter ihrem Rücken wurde sie die Pißpott-Dame genannt. Meine Tante war die erste, die sie als Pißpott-Dame bezeichnete. Ich habe meine Tante sie einmal laut so nennen gehört, als ich noch ganz klein war. Ich habe es gehört, weil ich dabei war.

Ich hielt mich immer auf dem kleinen Treppenabsatz von Dr. Mauris Haus auf. Dr. Mauris Frau hängte die Teppiche hinaus und klopfte sie dann mit einem Stock aus. Sie hängte sie über das Geländer des Treppenabsatzes, und ich saß dort, um zuzuschauen, und manchmal, wenn sie nicht hinsah, strich ich sogar über die samtigen Farben und zog mit meinen Fingern die Ornamente und Blumen nach, die von Orten erzählten, von fernen Orten, wo nur der Wind auf seiner Reise um die halbe Welt gewesen war. Ich kann mich nicht daran erinnern, aber meine Tante hat mir erzählt, daß wir eines Winters, weil unser Weizen nicht gut gediehen war, mehr, viel mehr Löwenzahn, Feigen und Bohnen aßen, als wir es sonst taten, und gerade da hätten wir ein Badezimmer haben sollen. Na ja, eine Toilette, eine Toilette im Haus hätte auch gereicht, weil Feigen, Bohnen und Löwenzahnblätter nicht lange brauchten, bis sie verdaut waren, und ich schaffte es nie bis zu den Büschen am Berg von San Giovanni.

Der Tag, an dem ich meine Tante die Frau von Dr. Mauri zum ersten Mal eine Pißpott-Dame nennen hörte, war einer dieser Tage. An diesem Morgen schaffte ich es nicht einmal weiter als bis zu Dr. Mauris Haus. Ich erinnere mich, daß seine Frau gerade ihre Seidenvorhänge, die, die ich mir einmal durch einen Spalt in ihrer Tür angeschaut hatte, auf dem Geländer aufgehängt hatte. Mehr als alles auf der Welt wünschte ich mir, das zu berühren, was mir wie glänzende Wellen eines purpurroten Meeres vorkam. Ich wollte dieses Meer anfassen, und ich wollte so dringend in die

Büsche. Ich wollte wirklich beides. Ich kniff meine Pobacken, so gut ich konnte, ganz fest zusammen, aber die halbverdauten Löwenzahnblätter ließen es nicht zu, und ohne daß ich es hätte verhindern können, platzten sie aus mir heraus, liefen meine Beine hinunter und auf Dr. Mauris Treppenabsatz, und manche landeten sogar, weil ich in Panik geriet, auf den Seidenvorhängen.

Ich werde das Gesicht von Frau Mauri nie vergessen, die Art und Weise, wie ihre blassen Wangen plötzlich rot wurden, so rot wie die Lippen der Rouge-Dame, und bestimmt werde ich ihr Geschrei und Geschimpfe nie vergessen, als sie mich von ihrer Treppe jagte. »Kauf diesem Kind ein Töpfchen, ein Töpfchen«, schrie sie meine Tante an. An der Art und Weise, wie meine Tante die Treppe heruntergestürzt kam, meinte ich zu erkennen, daß sie herbeirannte, um mich an den Haaren zu ziehen, aber das tat sie nicht. Sie hielt an und blieb neben mir stehen. Die Hände fest in die Hüften gestemmt, äffte sie Dr. Mauris Frau nach und rief: »Ein Töpfchen, einen Pißpott, sagt die Dame, die Pißpott-Dame!«

Dr. Mauris Frau war selbst keine Ärztin. Dr. Mauri hatte sie geheiratet, weil ihr ihre Eltern so viel Land und Nachthemden und Teppiche und Seide mitgaben, wie Dr. Mauris Titel wert war. Aber wenn sie ein Doktor gewesen wäre und all die richtigen Bücher gelesen und alle ihre Aufgaben ordentlich gemacht hätte, dann hätte meine Tante bestimmt gesagt, daß ihr Diplom besser neben der glänzenden Marmorschüssel hängen sollte, diesem vornehmen Topf in ihrem Badezimmer.

Da meine Tante mich nicht an den Haaren zog, obwohl sie gesehen hatte, daß ich meine Aufgabe nicht ordentlich gemacht hatte, und nachdem sie sogar Signor Ficoseccos große rote Sechs auf meinem Kunstwerk erblickt hatte, beschloß ich natürlich, das Bild von mir und meinem Baum genau so zu lassen. Außerdem beschloß ich, es gegenüber meiner Tante und auch mir selbst wiedergutzumachen. Von nun an würde ich einen wirklichen, echten Versuch unternehmen, zuzuhören, aufzupassen und wieder zuzuhören. Und ja, ich beschloß außerdem, alles zu behalten und zu beachten, denn meine Tante sagte: »Du weißt nie, wohin Gott dich irgendwann führt oder zieht, und dann könnte es nötig sein, sich zu erinnern.«

Brot

Nimm Hefe, Wasser, Salz und Mehl.
Laß die Hefe im Wasser gehen.
Mach eine Mulde in das Mehl.
Verteile das Salz auf dem Mehlrand.
Gieß das Hefewasser in die Mulde.
Misch soviel von dem Mehl unter, wie das
Wasser aufnimmt.
Vermenge alles und knete den Teig dann,
soviel du willst, aber nur, bis er weich und glatt
wie ein Baby ist.
Laß ihn gehen.
Forme ihn.
Laß ihn wieder gehen.
Leg ihn vorsichtig in den Ofen.
SCHLAG DIE TÜR NICHT ZU!
Klopf auf die Unterseite des Brotes.
Wenn ein deutlich dumpfes Geräusch zu
hören ist, ist das Brot fertig.

Brot

Um sechs Uhr morgens war meine Tante immer wach und schon aufgestanden. Im Sommer öffnete sie die Fenster, um frische Luft hereinzulassen. Die alltäglichen Morgengeräusche – die Hähne, die Ziegenherden und die Menschen, die sich gegenseitig *»buon giorno«* wünschten – weckten uns. Im Winter machte sie die Fenster nicht auf. Der Wind versuchte es und rüttelte an den Fensterläden. Im Winter machte sie Feuer, und der Duft von frisch gemahlenem Kaffee, der aus einem kleinen, neumodischen Apparat zwischen den Kohlen im Herd herauszischte, weckte uns. »Auf, auf!« sagte meine Tante immer. »Wer schläft, fängt keine Fische.«

Und wo bitteschön sollte ich 1400 Meter über Meereshöhe Fische finden? Allerdings tauchte einmal pro Woche, ich weiß nicht mehr genau wann, vermutlich aufgrund irgendeines kirchlichen Gesetzes an den Freitagen, eine Frau auf und schrie durch die Straßen: *»U peesciu, u peeeesciu, u peeeeeeesciu frescu!«*

Die Fischverkäuferin war in der Stadt und pries ihren Fisch an, und ich schlief noch, und meine Tante war nirgends zu finden. Sowas, sie mußte sich wieder davongeschlichen haben. Das tat sie mir immer an den Tagen an, wenn sie Brot machte. Manchmal konnte ich meine Tante einfach nicht verstehen. Wenn ich lernen sollte, wie man Brot bäckt, warum weckte sie mich dann nicht? Warum ließ sie mich zurück? Brot war das Wichtigste im Leben. Es war die Sache, ohne die niemand leben konnte. Das hatte sie selbst gesagt. »Solange wir Brot haben, ist es gut.« Mammarosa erzählte uns das gleiche.

Mammarosa war nicht meine Mutter. Sie war die Mutter meiner Mutter, also war sie trotzdem meine Mutter, und sie lebte bei uns. Wenn man meine Mammarosa zufällig auf der Straße traf und höflich war, und wenn man mehr als nur Hallo oder guten Morgen sagen wollte, dann sagte man *»ziaco«* zu ihr. Wenn man sie oder irgendeine der alten Frauen schließlich fragte: »Wie geht's? Wie geht's?«, dann mußte man *»ziaco«* dazusagen. Es bedeutet Lieblingstante. Ich nannte jede alte Frau *ziaco,* auch wenn sie nicht Schwestern meines Vaters oder meiner Mutter waren. Das war einfach höflich. Und wenn man höflich war und sie *ziaco* nannte, belohnten sie einen bestimmt dafür. Sofort gaben sie alle möglichen Informationen weiter und erzählten einem eine Geschichte nach der anderen, ohne daß man darum bitten mußte.

Selbst wenn man ihr nie zuvor begegnet war, hätte meine Mammarosa geantwortet: »Wie's mir geht? Ich sage dir, wie's mir geht, mein Kind, ich bin verbraucht. Jeder Knochen in meinem Körper ist verbraucht ...« Mammarosa sagte immer, daß sie verbraucht war. Alle alten Frauen sagten: »Ich bin verbraucht ... Leute in meinem Zustand sollten das Bett hüten.« Und dann sagten sie: »Aber das Leben muß weitergehen. Die Felder sind ausgelaugt, die Ernte ist mager, und die Plagen nehmen zu. Trotzdem machen wir weiter. Wir essen, wir trinken und leben weiter. Solange wir Brot haben, leben wir und bleiben am Leben. Manchmal lachen wir, und manchmal weinen wir. Natürlich weinen wir mehr, als wir lachen. Und schließlich ist uns, wenn wir Glück haben, ein gnädiger Tod vergönnt, und dann finden wir endlich unseren Frieden. Hier und jetzt gibt es keinen Frieden. Wir vergießen Schweiß für das Brot, das wir essen. Sicher, es bedeutet Leben, wir könnten ohne Brot nicht sein, aber das Brot verlangt es zurück.«

Das konnte ich nicht wissen, weil ich nie zur Kommunion ging. Aber ich hörte, wie andere Kinder sagten, die kleine, dünne, harte Kruste, die ihnen der Pfarrer bei der Messe gab, sei wirklich Brot. Und hier zollte man dem Brot den höchsten Respekt. Es wurde niemals gekaut, weil man ihm keinen Schaden zufügen durfte. Es wurde immer ganz hinuntergeschluckt, so wie es war. Es war das Leben.

Man konnte Brot, wenn es nötig war, nur wenn es absolut nötig war, wegwerfen – wenn sich eine Maus darin angesiedelt hatte oder wenn es vor Schimmel blau und grün geworden war. Doch meine Tante warf auch solches Brot nicht fort. Sie kratzte es einfach ab, und wir aßen es trotzdem, weil sie meinte, man müsse Lösungen für die Probleme des Lebens finden, nicht aufgeben und alles wegwerfen.

Brot war heilig. Ich erinnere mich, daß sogar die Frau des Professors es küßte, bevor sie es für die Hühner zerkrümelte oder es in den Schweinetrank warf. Und sie hatte jede Menge Brot. Brot wurde nicht jeden Tag gebacken. Nicht einmal jede Woche, nur einmal im Monat wurde Brot gebacken. Und dann nicht nur ein paar Laibe. Natürlich nicht. Ich hörte meine Tante von an die hundert Pfund Mehl reden. Das hört sich nach viel an, nicht wahr? Aber es war nicht soviel, wenn man bedenkt, daß wir als Hauptmahlzeit Brot mit Feigen und Brot mit Nüssen und Brot mit Oliven und mit Wasser vollgesogenes hartes Brot mit Zucker und Öl oder einfach Brot aßen.

Das Brot wurde nicht daheim gebacken. Nicht einmal die Reichen buken ihr Brot zu Hause. Es gab an verschiedenen Stellen im Städtchen öffentliche Öfen und eine Bäckerin, immer eine Bäckerin. Brotmachen war Frauenarbeit. Sie wurde die *fornaia* genannt, weil sie die Herrin über den Ofen war (nicht über die Bäckerei, sondern über den *forno*, den Ofen). Sie stellte keine *pasticcini, panettoni, cannoli* und solche Leckereien her. Das taten Männer. Die *fornaia* machte nur Brot. Die Frauen sagten, Aufgabe der *fornaia* sei es, das Brotbacken zu überwachen, aber soweit ich es sehen konnte, übernahm sie die meiste Arbeit. Sie wurde mit Brot bezahlt. Sie verkaufte das Brot, und davon lebte sie.

Wenn Brot so wichtig war, warum ließ mich meine Tante dann wieder zu Hause? Jedesmal sagte sie: »Nächstes Mal, nächstes Mal.« Als die Fischverkäuferin wieder vorbeikam und ihr »Fische, frische Fische, kommt und holt euch eure frischen Fische!« ausrief, war ich wach, schon unterwegs und rannte bereits zum Ofen. Zum Teufel, ich rannte so schnell, daß ich fast außer Atem war und auf den Pflastersteinen beinahe stolperte. Sollte ich stolpern und mich verletzen, dann würde mich meine Tante an den Haaren ziehen. Ich wußte nicht, ob sie das tat, weil sie nicht wollte, daß ich meinem Körper wieder Schaden zufügte, oder ob sie sich ärgerte, weil das Nähen Geld kostete.

Ich war wütend. Was sollte der Quatsch? Man erwartete von mir, daß ich eines Tages in den Bergen Fische fange und Brot backe, ohne daß man es mir beibrachte. Wußte meine Tante nicht, daß Fische ganz viel Wasser brauchen und daß es bei uns nicht viel Wasser gab? Genaugenommen gab es so wenig Wasser, daß sich Don Antonio, der Pfarrer, Sorgen machte. Er war beunruhigt, weil die Christdemokraten gegenüber den Kommunisten an Boden verloren, die versprachen, die Flüsse einzudämmen und einen großen See aufzustauen, einen voller Forellen zum Angeln. Don Antonio war besorgt, weil treue Kirchgängerinnen wie Tata jetzt rote Röcke trugen und »Sichel und Hammer« sangen und dabei mit geballten Fäusten den Himmel zu schlagen schienen (jedenfalls schien es Don Antonio so). Und Tata stand natürlich in vorderster Front und trieb die Zuschauer auf die Straße, damit sie sich dem Marsch anschlossen und auch »Sichel und Hammer« riefen. Und das taten sie auch, weil sie unbedingt Wasser haben wollten, so etwas Gewöhnliches wie Wasser, das an einem riesigen Fleck zusammenlief. Ein versprochener See. Selbst wenn es darin nie Fische geben würde. Und jetzt, wo ich daran denke, fällt mir ein, daß die Kommunisten es schafften, ins Rathaus zu kommen, und wir hatten trotzdem keinen Damm und keinen See, nicht einmal einen Weiher. Wie sollte ich also Fische fangen?

Oh, ich weiß, Mammarosa sagte, nichts sei unmöglich. Ich erinnere mich, daß sie mir das mit einem Rätselspruch sagte, und sie wiederholte diesen Spruch jedesmal, wenn ich die Nase rümpfte und sagte: »Das kann ich nicht«, wenn man von mir erwartete, daß ich etwas Neues tat. *»Chine vo filare fila a nu scuerpuru«,* sagte sie dann. Ich wußte, was das bedeutete. Das war für mich nichts Neues. Ich hatte die alten Frauen diesen Spruch immer wieder aufsagen gehört, und ich hatte zugehört, aufgepaßt und es im Gedächtnis behalten. Es bedeutete, daß es, wenn ich wirklich ernsthaft stricken wollte, nichts ausmachte, wenn ich keine Nadeln hatte. Denn wenn ich wirklich stricken wollte, konnte ich es auch mit zwei Stöcken tun.

Aber ich wollte nicht mit Stöcken stricken, ich wollte lernen, wie man Brot bäckt. Meine Tante hatte tausendmal gesagt, daß ich dabei zuschauen könnte, und jetzt hatte sie ihr Versprechen wie immer gebrochen. Sie hatte gesagt, es sei wichtig, zu beobachten, und dann ließ sie mich zu Hause zurück! Ich rannte und rannte, und als ich außer Atem war, war auch meine Wut verflogen. Das war gut für mich, denn als ich an der Schwelle des Backhauses ankam, saß dort, gleich vor mir, meine Tante nervös und ungeduldig auf einer Bank und wartete, daß der Teig genug gegangen wäre. Pech für mich, der lustige Teil, der wichtigste Teil, war schon vorbei. Allerdings war beim Brotbacken nichts unwichtig. Jedes kleinste Detail machte etwas aus und zählte, von der Temperatur des Wassers, das man dem Mehl zufügte, bis zu der Art, wie das Brot auf dem Boden des heißen Ofens umgedreht wurde. Alles spielte eine Rolle. Das Wasser mußte genau richtig sein. Es mußte lauwarm sein, als ob es eine Weile in einem Becken in der Sonne gestanden hätte. Nicht kalt, nicht heiß, genau richtig.

Mit lauwarmem Wasser kannte ich mich aus.

Ich ließ jeden Sommer mehrere Male Wasser in einem Becken in der Sonne stehen, und meine Tante wusch mir dann die Haare damit. Nur im Sommer kümmerte sie sich um meine Haare, nie im Winter. Den Wanzen und Läusen machte das nichts aus. Mir auch nicht. Das Blut, das aus den kleinen Viechern spritzte, wenn ich sie zwischen meinen Fingernägeln zerquetschte, war nichts im Vergleich zu dem roten Zeug, das der Rouge-Dame aus dem Mund kam, weil sie so dumm gewesen war und nicht wollte, daß ein paar Viecher an ihrem Kopf saugten, und im Winter ihre Haare mit Wasser waschen wollte, das nicht lauwarm war. Die Frauen zeigten mit dem Finger auf sie und sagten »ha-ha«.

Nun, ha-ha. Die Rouge-Dame ist nicht gestorben, weil sie Dr. Rafaelino kommen ließ, der ihr in die Augen schaute und meinte: »Nichts. Es ist nichts.« Aber wenn sie gestorben wäre, wie die Frauen (und vor allem Dr. Cianos Frau) vorausgesagt hatten, dann hätten Tierchen und Wanzen und Mäuse ihren parfümierten Körper im Nu aufgefressen wie einen Laib Brot. »So ist das Leben«, sagte meine Tante.

Ach so, Brot. Das Brot mußte beim Backen vorsichtig umgedreht werden, weil die Hefebläschen im Inneren aufgehen mußten und nicht zusammenfallen durften. Die kleinen, aufgeplatzten Bläschen wurden zu Hohlräumen im Brot, und sie mußten ganz ausgebacken sein. Das war es, was dem Brot seine besondere Beschaffenheit und seinen Geschmack gab.

Nein, ich sagte überhaupt nichts. Ich machte ihr keine Vorhaltungen. Was nützte es, mit meiner Tante zu streiten? Vor allem, wenn sie nervös war. Es hatte keinen Zweck. Ich war dazu verdammt, das Brotmachen *a singhiozzo,* stückchenweise zu lernen. Hier ein Hinweis, dort ein Tip, ein Schritt, je nachdem, zu welchem Zeitpunkt ich beim Ofen angerannt kam. Hätte sie mich nur geweckt, mich nur helfen lassen, ich hätte nicht mit dem Mehl oder dem Teig in der Wanne herumgemurkst. Ich wollte doch nur ein Stück, ein kleines Stückchen klebrigen Teig zermatschen.

Brot machte solchen Spaß, bevor es zu Brot wurde. Weich und geschmeidig. Ich drückte den Teig mit meinen Fingern und klopfte mit den Händen darauf, und dann gab ich ihm irgendeine Form, und wenn ich es mir anders überlegte, dann formte ich ihn, so oft ich wollte, wieder neu. Na ja, nicht zu oft, weil man den Teig, wenn man sich einmal entschieden hat, welche Form er haben soll, ruhen und gehen und fest werden lassen muß. Und dann muß er zur richtigen Zeit gebacken werden, denn sonst ist er am Ende nur ein saurer Klumpen, der zu nichts zu gebrauchen ist als für den Müllhaufen.

Ich weiß nicht, warum mich meine Tante nicht rief, wenn sie Brot machte. Ich wäre ihr nicht auf die Nerven gegangen, damit sie mich kneten oder etwas anderes machen ließ, obwohl ich wußte, wie das geht. Ich wußte, daß ich vorsichtig sein mußte. Ich wußte, wie man eine Mulde in das Mehl machte und dann das Wasser mit der Hefe hineinschüttete und wie man dann immer etwas mehr vom Mehl hineingab und endlich so viel Wasser dazutat, wie das Mehl nötig hatte. Und das Salz, beinahe hätte ich das Salz vergessen! Das Salz mußte sich erst in etwas Wasser auflösen, aber nicht in dem Hefewasser; im Hefewasser war ein wenig Zucker besser als Salz. Also, ich hätte Brot backen können. Aber sie weckte mich einfach nicht.

Aber vielleicht war das doch gut, denn an diesen Tagen stand meine Tante auf, dann setzte sie sich hin, und dann lief sie herum. Sie war nicht nur nervös, sie war sehr nervös. Sie machte auch die Leute um sich herum nervös. Ihre Unruhe war wie ein Feuer. Sie strahlte mit solcher Intensität von ihrem Körper aus, daß sie manchmal, ohne es zu wollen, die Leute um sie herum ansteckte. Wenn sie nicht so heiß brannte, dann war sie warm, und es war sehr schön, daß sie da war, wie ein Feuer im Kamin im tiefsten Winter. Sie hatte schon früher hundert Pfund Mehl gemischt, und sie wußte, wie viele Laibe Brot hundert Pfund Mehl ergeben würden. Aber nein, jedesmal wenn sie wartete, daß es aufging, hob sie die darüber ausgebreiteten Tücher hoch und guckte und spähte darunter. Wenn die *fornaia* meine Tante so herumzappeln sah, schubste sie sie aus dem Weg. Ich erinnere mich, wie meine Tante dann sagte: »Ich wollte bloß, ich wollte doch bloß ...« – »Du wolltest bloß, du wolltest bloß meinen Ruf ruinieren«, zischte die *fornaia.* Nie werde ich die starken Hände der *fornaia* vergessen, die sie entschlossen in die Hüften stemmte. »Brot braucht Zeit, das weißt du.« Und die *fornaia* meinte es so, wie sie es sagte. Da ich den lustigen Teil des Brotmachens verpaßt hatte und jetzt nur noch die Phase blieb, in der meine Tante mit der *fornaia* herumstritt, ging ich nach draußen.

Neben dem Backhaus stand ein Brunnen. Es war der San-Giuseppe-Brunnen in der Via San Francesco d'Assisi. Weißt du, das war keiner dieser gewöhnlichen Brunnen, die mit den verzierten Eisenbecken und den häßlichen Gesichtern, die Wasser speien. Solche Brunnen gab es in San Giovanni an vielen Straßenecken. San Giovanni ist der Name meines Städtchens. San Giovanni war ganz, ganz am Anfang als *Universitas Florens* bekannt. Es sollte eigentlich nie ein Dorf oder eine Stadt werden. Es war eine Universitas, in die der Abt Joachim im Jahr 1190 mit seinen Studenten kam, um über das Leben nachzudenken. Selbst als San Giovanni eine Stadt wurde, war es nie eine sehr große Stadt. Ihr richtiger Name ist San Giovanni in fiore. Die Americanos, die wie Maria Pias Vater zu Besuch kommen, nennen es »Blühendes St. John«, aber ich sage einfach nur San Giovanni. San Giovanni blühte am Südhang eines Berges, umgeben von einem ganzen Ring, einer gewaltigen Wiege aus Berggipfeln und Hügeln, ein herrlicher Anblick. San Giovanni hatte zwei Hauptstraßen. Sie schmiegten sich an den Berg wie Arme. Eine Straße verlief an der Ostseite, eine an der Westseite hinunter. Nach vielen Windungen und Schleifen trafen sie an der Stelle zusammen, an der alles angefangen hatte, wo die Abtei der Kontemplation gestanden hat, nämlich am Zusammenfluß der zwei Flüsse des Tales, des Neto und des Arvo, und hier war San Giovanni zu Ende. Es war verboten, jenseits dieses Zusammenflusses zu bauen. Es gab einen Fluch, den der Abt bei seiner Ankunft im Jahr 1190 selbst ausgesprochen hatte. Der Abt hatte einen Fluch auf die aufstrebende Stadt San Giovanni und ihre Einwohner gelegt, für den Fall, daß sie weiterbauen und die Grenzen des Städtchens über den Punkt hinaus ausdehnen würden, bei dem die beiden Flüsse zusammenkamen. Der Fluch sagte eine vom Himmel gesandte Katastrophe vollkommener Zerstörung voraus, sollte seine Anweisung, das Städtchen in seinen vorgegebenen Grenzen zu belassen, nicht befolgt werden. Aber zum Glück kam jemand – nicht der Abt – auf eine hervorragende Idee. Dieser Mensch, wahrscheinlich ein weiser Mönch, schlug vor, daß man San Giovannis Friedhof an diesem verbotenen Ort anlegen könnte, damit man die Bewohner nicht ständig mit Warnungen vor der drohenden Katastrophe belästigen mußte. Und so geschah es. Danach brauchte man sich um die Ausdehnung von San Giovanni jenseits des Zusammenflusses keine Sorgen mehr zu machen. Niemand würde je neben oder in der Nähe oder mit Blick auf die Zypressen bauen, die dort als Schutz und Begrenzung der neuen heiligen Ruhestätte angepflanzt wurden. Niemandem würde je einfallen, nahe der Ruhestätte der Toten zu bauen. Denn wenn jemand tot war, dann war er tot, und egal, wie sehr er geliebt worden war, Tod und Leben konnten und wollten nicht nebeneinander bestehen. Leben und Tod haben immer gegeneinander gekämpft und werden sich immer bekämpfen, weil jeder behauptet, mächtiger zu sein als der andere.

Die Leute von San Giovanni hatten schon entschieden, wer von beiden der Sieger war. Diese Entscheidung war leicht zu fällen. Da niemand von den Toten zurückkam und jeden Tag Menschen starben, war es nicht schwierig, den Schluß zu ziehen, daß der Tod stärker war. Deshalb hielten sich die Leute von San Giovanni ganz von selbst an die von dem Abt vorgegebene Grenze, ohne daß jemand sie dazu bewegen mußte, einfach, indem sie sich von der Ruhestätte der Toten fernhielten. Der Friedhof war der Ort, wo die Toten von San Giovanni ruhten, und die Stadt San Giovanni war der Ort, wo die Lebenden wohnten. Und obendrein, um sowohl den Fluch des Abtes als auch den Tod so lange wie möglich fernzuhalten, beteten sie und erflehten die Hilfe vieler Heiliger.

Um sich daran zu erinnern, daß sie zu den Heiligen beten mußten, hatten die Leute von San Giovanni überall in der Stadt Straßen nach ihnen benannt. Die Straße, in der der Brunnen und das

Backhaus standen, wurde San Francesco d'Assisi genannt, wegen der gemeinsamen Ideale von Abt Joachim und Franz von Assisi. Der Brunnen hieß San-Giuseppe-Brunnen, weil der heilige Joseph ein vorbildlicher Ehemann und ein vorbildlicher Mann gewesen ist, und seine Frau zollte ihm großen Respekt, und sie wusch seine Kleider wahrscheinlich in einem Brunnen, der genau so war wie dieser.

Der San-Giuseppe-Brunnen war kein gewöhnliches Wasserbecken, kein gewöhnlicher Brunnen. Nein, dieser nicht. Er sah nicht einmal wie die normalen Brunnen aus, obwohl auch er einen Wasserspeier hatte. Die Wasseröffnung des San-Giuseppe-Brunnens war riesig und weit, nicht klein und eng wie die Öffnungen der anderen Brunnen. Aus diesem Brunnen ergoß sich ständig Wasser. Es strömte direkt in ein großes Steinbecken mit einem Loch darin, durch das das Wasser in die anderen Steinbecken fließen konnte, die außenherum angeordnet waren. Das war kein Brunnen, an dem du anhalten und Wasser trinken konntest, wenn du Durst hattest. Das konnte man, aber wenn die Frauen, die sich dort versammelt hatten, beschäftigt waren, dann ärgerten sie sich vielleicht über dich. Die Frauen kamen hierher, um die Wäsche zu rubbeln und zu waschen. Aber nach dem, was ich dort sah und hörte, wurde beim San-Giuseppe-Brunnen mehr als nur schmutzige Wäsche gewaschen.

Es war dort bei diesem Brunnen, während ich wartete, bis unser Brot aufgegangen war, daß ich zum ersten Mal die Geschichten von Brot und Leben hörte. »Ich bin überzeugt …« hörte ich eine Frau sagen. Ich weiß nicht mehr genau, wer diese Frau war, aber es ist wirklich nicht nötig, mich daran zu erinnern, wer es war, weil in San Giovanni jede Frau in dieser Sache der gleichen Ansicht war. »Ich bin überzeugt«, sagte sie, »daß eine Frau, wenn sie einmal mit einem Mann zusammengewesen ist, du weißt schon, wenn sie mit ihm geschlafen hat, heftiges Verlangen danach verspürt. Du weißt, was ich meine.« Und sie sagte immer wieder: »Du weißt, was ich meine, du weißt schon, was ich meine …«

Wie konnte ich wissen, was sie meinte? Sie redete zwar nicht mit mir, ich hörte einfach mit, aber ich fragte mich, wieso sie die Dinge so kompliziert machen mußte. »Und mit dieser Abwanderung, wenn die Männer ihre Frauen so lange allein lassen. Merk dir meine Worte, dabei kann weiß Gott nichts Gutes herauskommen. Den Unvernünftigen stehen traurige Zeiten bevor.«

Es kamen wirklich traurige Zeiten. Traurig für Filomena. Jemand hatte Filomena die Polizei auf den Hals gehetzt. Filomena wohnte gleich rechts an der Hauptstraße, fast direkt am Anfang der Via San Francesco, nahe beim Waschbrunnen von San Giuseppe. Sie saß vor ihrer Tür und tat, als sei sie ehrenwert und häuslich. Nie bestickte sie kleine Sachen wie Taschentücher oder Deckchen, o nein, sie bestickte große Stücke wie Bettücher, Tischdecken und Bettdecken. Sie legte sich das ganze Material für ihre Arbeit auf den Schoß. Während sie mit ihrem Nadelzeug beschäftigt war, behielt Filomena im Auge, was im Städtchen vor sich ging, weißt du, wer was auf dem Markt einkaufte, wer mit wem zusammen ging, wer welches Haus betrat und wer was sagte. Womit Filomena nicht rechnete, war, daß die anderen ihre Augen ebenfalls offen hielten. Und genau beobachteten, was sie im Schilde führte.

Filomena hätte kein gutes Brot gebacken. Bei Einzelheiten war sie nicht gut. Kleinigkeiten, die so unwichtig scheinen, wie das Salz in Wasser aufzulösen, aber nicht im Hefewasser, bevor man es dem Mehl beifügte. Sie hatte kein Salz zum Beifügen. Die anderen Frauen meinten sogar, ihrem Kopf fehle es völlig an Salz. Und sollte sie je welches gehabt haben, so hatte sie es an dem Tag plötzlich verloren, an dem ihr Mann nach Amerika abreiste.

Amerika ist weit weg. Männer, die in Länder wie die Schweiz oder Frankreich oder Deutschland gingen, kamen ein paarmal im Jahr zu Besuch. Aber dafür war Amerika zu weit weg. Bald gab Filomena Dollar aus. Sie aß gut, und weil sie gern tanzte, kaufte sie sich einen Plattenspieler. Filomena wäre es nie gelungen, wirklich gutes Brot zu backen. Sie wußte nicht, wann es genug war. Sie wußte nicht, wann man aufhören muß, zu formen und umzuformen und den Teig zu klopfen. Ich kann es ihr nicht verdenken, es macht einfach zuviel Spaß. Sie hatte Spaß, und was konnte irgend jemand bis dahin dagegen einwenden? Daß sie ein wenig Geld verschwendete? Daß sie die harte Arbeit ihres Mannes nicht hoch genug schätzte? Was konnten sie sagen? Daß der arme

Kerl die Dollar in Amerika nicht im Sitzen mit leichter Arbeit verdiente? Daß er das Geld entweder mit einer Spitzhacke oder einer Schaufel im Tagebau oder unter der Erde verdiente? Bis dahin – was sollte es? Kümmere dich um deine eigenen Angelegenheiten, könnte man antworten, und das mit Recht. Aber als junge Männer begannen, Filomena in ihrem Haus zu neuen, heißen Rhythmen aus dem Plattenspieler über den Wohnzimmerboden zu wirbeln, da änderte sich alles.

Das Leben machte Spaß. Genau wie Teig, bevor aus ihm Brot wird, in den Händen eines Kindes Spaß bedeutet. Aber wenn aus dem Teig Brot wird, kann man nicht mehr damit spielen. Brot ist Leben, und Brot ist heilig. Ganz sicher hätte ich großen Ärger bekommen, wenn mich meine Tante beim Spielen mit Brot erwischt hätte. Es hätte genausogut ein weiteres Gebot geben können: »Du sollst nicht mit Brot spielen.«

Während ich wartete, daß aus unserem Teig Brot wurde, hörte ich von den Frauen beim Brunnen, daß Filomenas Bauch oft aufging wie der Brotteig in der Wanne und dann ganz von allein – paff – wieder flach wurde. Kein Brot mehr. Wenn man das mit dem Teig zu oft machte, dann war er zu nichts mehr zu gebrauchen. Er wurde sauer und übelriechend; man konnte daraus kein Brot mehr backen.

Irgend jemand hat Filomena die Polizei auf den Hals gehetzt, weil jemand ein waches Gewissen hatte, sagten die Frauen. Als die Polizei vor Filomenas Tür auftauchte, saß sie gerade in ihrem Lieblingssessel und bestickte ein Bettuch. Natürlich war das Tuch auf ihrem Schoß ganz verknittert und aufgebauscht wie immer. Der Polizist hob den Haufen aus feinem Leinen mit seinem Stock hoch, und – o du meine Güte –, tatsächlich, da war es, ein sich blähender, fester, wohlgerundeter Laib, ach, Leib meine ich. Er war weder das direkte Ergebnis guten Essens noch des guten Weines. Eher die indirekte Folge solcher Genüsse. Meine Tante sagte, daß Läuse, wenn sie sich mit Blut vollgesaugt haben, anfangen, an freie Stellen zu wandern.

»Dieses Brot wirst du nicht brechen und wegwerfen«, sagte der Polizist und fuhr mit seinem Stock die leuchtend roten Streifen auf seiner Uniform auf und ab. Er war mit einer Zeugin gekommen, einer Frau, die bei jeder Silbe dieser Warnung heftig in Filomenas Richtung nickte. Und du hättest das Gesicht des Polizisten sehen sollen! Die Frauen beim Brunnen sagten, er hätte seine Augenbrauen so hoch gezogen, daß gar nichts mehr von seiner Stirn zu sehen gewesen sei. Sie war scheinbar weg, einfach verschwunden.

Er deutete mit seinem Zeigefinger warnend auf Filomenas Bauch. »Dieser Teig ist aufgegangen«, sagte er, »und jetzt wird er backen, und du wirst auf ihn achtgeben! Wenn du nicht auf das hörst, was ich dir sage, bekommst du eine Anzeige wegen Mordes.« Filomena war in Schwierigkeiten. Genauer gesagt, sie saß in der Scheiße.

Und dann, eines Tages, brachte Filomena einen kleinen Jungen zur Welt. »Man stelle sich vor, ein Junge«, sagten die Frauen spöttisch. Ich für meinen Teil hatte immer geglaubt, daß Jungen besondere Wunderwerke seien, weil man mir das so gesagt hatte. Und kommen Wunder nicht von Gott? Von wem sie das Kind hatte, wußte niemand genau. Etwa ein Dutzend Männer konnten der Vater sein. Keiner erhob Anspruch darauf. Vullarina, die Oberhure von San Giovanni, zog wirklich eine Schau ab. Vullarina und Filomena hatten sich wohl um einen Mann oder zwei gestritten, deshalb war Vullarina entschlossen, dieses freudige Ereignis auszukosten. Sie kam unglaublich stolz aus ihrem Haus heraus. Sie bemühte sich, ein riesiges Tablett mit Gläsern, die mit Strega-Likör gefüllt waren, zu balancieren. Ich liebte den süßen gelben Sirup, obwohl auf der Flasche ein Bild von einer Hexe mit wilden, ganz wilden langen Haaren war. Meine Tante hat uns vor Zauberei und Hexen gewarnt. Das Tablett wackelte in Vullarinas Händen. Ihr ganzer Körper bebte vor Lachen. Ihr roter Mund schien unglaublich groß. So groß wie die Öffnung des Wasserspeiers, aus dem das Wasser des San-Giuseppe-Brunnens strömte. »Kommt, trinkt und feiert«, rief Vullarina durch die Straße. »Filomena, meinen Glückwunsch, Filomè«, schrie sie zu Filomenas Fenster hinauf.

Bald war in der Via San Francesco jeder Balkon voller neugieriger Leute, die über die Einladung lachten und grölten. »Ein Junge, Filomena hat einen Jungen bekommen«, rief Vullarina weiter und weiter, während sie ihren Strega-Likör anbot. Ich erinnere mich an die Aufregung. Ich wußte damals nicht, worum es ging.

Ich ging mir das Baby anschauen, weil man das eben so machte. Den Kindern war es erlaubt, hinzugehen und das Neugeborene anzuschauen. Ich kann mich nicht einmal daran erinnern, daß man mich aufforderte, meine Hände zu waschen, und trotzdem ließ man mich ganz nahe heran. Ich ging, um mir Filomenas Sohn anzusehen. Er war warm und roch frisch. Er nuckelte an Filomenas Brust. Filomenas Brustwarzen waren groß und rund wie der Korken einer Weinflasche. Sie sahen aus, als wäre daran schon oft genuckelt worden, aber dieses war ihr erstes richtiges Kind. Das Baby lächelte. »Er redet mit den Engeln«, hatte ich die Frauen sagen gehört, wenn Babys lächelten.

Meine Tante sagt, daß ich auch einmal ein Baby war und daß ich viel gelächelt habe. Aber ich kann mich an keine Engel erinnern. Ich habe sie einmal gefragt, warum ich ihre Stimmen nicht mehr hören konnte und warum ich sie nicht mehr anlächelte oder mit ihnen redete. Sie sagte, daß man nicht gleichzeitig zwei Gespräche führen könne. Die Engel wissen, daß ihre Zeit des Sprechens vorbei ist, sobald ein Baby seine ersten Wörter sagt. Sie haben ihre Aufgabe erfüllt, sie haben uns auf unserer Reise den dunklen Tunnel hinunter begleitet, sie haben die Kerze angezündet, und dann lassen sie uns unser Leben allein führen. Weißt du, wie wenn ein kleiner Vogel seine Flügel zum ersten Mal ausprobiert. Die Mutter läßt ihn einfach machen. Sie schaut aus der Ferne zu. Sie sind immer noch da, sagt meine Tante. Auch die Engel schauen von weitem zu, und manchmal, in Notfällen, kommen sie uns sogar nahe. Aber sie kommen nicht *zu* nahe. Sie wollen, daß du es alleine schaffst, denk daran. Deshalb hörst und siehst du sie nicht mehr, das ist alles, sagte meine Tante.

Ich dachte, Engel müssen traurig sein. Engel müssen sehr traurige Geschöpfe sein, weil sie sich wie verlassene Freunde fühlen müssen. Sie sind da, und wir wissen, daß sie da sind, aber wir denken kaum einmal an sie und versuchen nie, mit ihnen zu reden. Ich denke auch nicht sonderlich oft über sie nach. Stell dir vor – ich habe mit ihnen geredet! Nachdem meine Tante mir das mit den Engeln erklärt hatte, bin ich gegangen, mir Babys anzuschauen, einfach um sie lächeln zu sehen, denn wenn Babys lächelten, dann mußten die Engel ja dasein, genau da in dem Zimmer. Ich erinnere mich daran, daß ich sogar ganz vorsichtig ging, weil ich nicht aus Versehen gegen einen von ihnen stoßen und ihn verletzen wollte. Wenn Babys antworten könnten, hätte ich sie gefragt, was die Engel sagten. Und dann hätte ich sie auch gebeten, mir zu sagen, wie Gott wirklich war, weil Engel und Babys von dort kommen, wo Gott wohnt, also wissen sie es.

Don Antonio wußte es nicht, und Bernardo wußte es auch nicht. In Wahrheit waren sie sich nicht einig. Don Antonio zeigte den Kindern Bilder von einem sehr, sehr alten Mann mit einem sehr langen weißen Bart, und er sagte, das sei Gott. Bernardo sagte, Gott sei, obwohl er seit Ewigkeiten lebte, kein alter Mann. Er sagte, Gott sei mehr wie der Wind, überall und immer, und alle könnten ihn gleichzeitig fühlen. Ich wußte nicht, wem ich glauben sollte. Aber die Engel würden es wissen. Ihnen würde ich glauben.

»Manchmal wünsche ich mir, ich hätte nie aufgehört, mit den Engeln zu reden«, sagte ich einmal zu meiner Tante. Und sie wiederholte, daß das Leben weitergehen müsse, und sie meinte, ich solle nicht traurig sein, denn wenn wir sterben, dann sei es ihnen wieder erlaubt, mit uns zu reden, und sie nähmen uns auf der Reise zurück bei der Hand. Die Reise zurück führt durch die Finsternis.

Es gab eine Zeit, da bezweifelte ich das, was meine Tante über die Engel sagte. Ich hatte meine eigenen Vorstellungen. Ich dachte mir, vielleicht seien die Engel gar nicht bei uns, weil die Stille so undurchdringlich war. Ich dachte, vielleicht sei es ihre Aufgabe, uns hierher nach San Giovanni zu bringen, und dann kehrten sie in den Himmel zurück. Ein anderes Mal dachte ich, der Grund dafür, daß ich sie nicht hören konnte, wäre, daß ihre Stimme zu schwach oder mein Gehör vielleicht nicht gut genug war. Und wieder ein anderes Mal dachte ich, der Grund dafür, daß ich die Engel nicht sehen oder hören konnte, liege darin, daß die Entfernung zwischen Himmel und Erde größer sein müsse als die Strecke rund um die Erde. Deshalb könnte ich so etwas wie meine riesige Kiefer herausziehen und mit ihren Wurzeln überall auf der Erde hinschleppen, aber ich konnte keinen Engel mit mir mitziehen und schleppen. Vielleicht war der Himmel, wo die Engel wohnten, einfach zu weit weg. Na ja, jetzt glaube ich, daß meine Tante recht hatte mit den Engeln. Auch meine Mammarosa ist der gleichen Meinung wie meine Tante.

Filomenas Baby lächelte viel, und es waren Frauen in dem Zimmer, aber keine sagte, daß es mit den Engeln reden würde. Ich weiß nicht warum, denn bei keinem einzigen der Babys, die ich mir anschaute – und ich habe sie mir alle angeschaut (ich bin sogar gegangen, mir ein Baby anzusehen, das ganz blau, so dunkelblau wie der Nachthimmel war) –, nie blieb das Lächeln eines Babys unbeachtet. Und jedesmal, nach jeder Geburt, redeten die Frauen von Schmerzen. Sie sagten: »Die Schmerzen sind vorüber, davongeflossen wie Wasser, die Schmerzen sind vorbei. Sie sind vergessen.«

Keine sagte zu Filomena: »Die Schmerzen sind vorbei, die Schmerzen sind vorbei.« Keine traute sich. Ich glaube, sie waren nur aus Neugierde da, weil es sie brennend interessierte, und bald würden sie über sie herfallen, richtig über sie herfallen. Bald würden sie dafür sorgen, daß Filomenas Schmerzen nicht vorbei waren, »davongeflossen wie Wasser.« Dafür würden sie sorgen. Das Leben selbst würde dafür sorgen. Und da war noch etwas, ich fühlte auch kein Salz in den Tüchern des Babys. Das war eine wichtige Sache, die man zuerst tun mußte: einen kleinen Salzstein einpacken und ihn in der Nähe des Babyherzens verstecken. Das Herz und die Seele des Babys mußten vor dem Bösen geschützt werden. Das Böse mag kein Salz. Und da ist noch etwas, an das ich mich erinnere, das ich bemerkte, als ich mir Filomenas Baby anschaute. Es stand keine Suppe auf dem Herd, und niemand brachte welche.

Hühnerbrühe war eine Tradition. Die Frauen

wußten das. Was war mit ihnen los, daß sie die Tradition mißachteten? Selbst wenn es ein karges Mahl war, einfach und dünn, schwach wie das Leben selbst, war es sehr wichtig, weil es dazu diente, das Innere der Mutter zu reinigen. Der *brodo* mußte einfach und klar sein. Nicht dick und voller Zutaten. Nicht zuviel Sellerie, nicht zuviel Zwiebeln. Er mußte einfach und klar sein, fast wie Wasser. Das Baby wurde mit Wasser gewaschen, und die Mutter trank für ihre Reinigung den *brodo.* Wieso brachte also keine Frau einen *brodo* für Filomena? Zahlte es ihr das Leben heim?

Filomena hatte ihre anderen Babys nicht gewaschen, die Babys, die es nicht geschafft hatten, der Teig, der immer wieder in ihr aufgegangen, aber nie zu Brot geworden war. Sie begrub sie schmutzig, wie sie waren, unter der Eiche in der Senke des Berges. Arme Filomena. Niemand kam ihr mit sauberen Händen zu Hilfe. Niemand.

Hatte mich meine Tante über den Wert von Freundschaften belogen? Oft hatte sie gesagt: *»Meglio un amico vicino che un fratello lontano.«* Wie wahr, besser ein Freund in der Nähe, als ein Bruder in der Ferne! Genau diese Worte waren in San Giovanni der Maßstab aller Freundschaften. Die alten, weisen Frauen sagten das gleiche. Sie waren mit meiner Tante einer Meinung. Ich glaube, meine Tante hatte das sogar von ihnen. Und tatsächlich gebraucht man für »Nachbar« und »nahe« das gleiche Wort: *»vicino«*. Die Begriffe sind austauschbar. Es war dein Nachbar, der herbeieilte, wenn du in Not warst.

Ich weiß nicht, warum Filomena eine Ausnahme war. Ich weiß nicht, warum niemand mit Hühnerbrühe zu ihr eilte. Piperellas Frau hätte einen *brodo* bekommen. Wenn ihr Mann im Rausch mit einem Messer hinter ihr herjagte, und das tat er oft, dann rannte sie nicht zum Haus ihrer Mutter, o nein, sie suchte im Haus ihrer Nachbarin Zuflucht. Die Ärmste, ich erinnere mich, daß sie einmal schwanger war, hochschwanger. Sie konnte kaum laufen, geschweige denn rennen, aber sie versuchte es. Sie wußte, daß sie ihr Kind im Notfall bei ihrer Nachbarin zur Welt bringen konnte. Ich hätte bestimmt nichts dagegen gehabt, wenn sie ihr Kind bei uns auf die Welt gebracht hätte. Auch wenn das bedeutete, daß ich ihr meinen Platz in unserem Bett (meiner war die linke Ecke am Fuß des Bettes) überlassen mußte. Siehst du, und wenn sie das getan hätte, wäre sofort eine andere Nachbarin mit einem *brodo* aufgekreuzt. Das war so Brauch, seit ewigen Zeiten Tradition. Deine Freunde, deine *vicini,* würden dir den *brodo* bringen. Der *brodo* fließt direkt in die Brust und wird zur allerbesten Milch für den neu angekommenen Engel. Wer würde einen Engel nicht füttern? War Filomenas Baby nicht auch ein Engel? Es lächelte, doch wie gesagt, niemand achtete darauf. Einen *brodo* zu bringen, war der echte Beweis der Freundschaft. In San Giovanni waren die Leute stolz darauf, wieviel Wert sie einer Freundschaft beimaßen. Ich schätze, Filomena hatte ihren Wert eingebüßt.

Für jemanden ein Hühnchen zu schlachten, ist keine Kleinigkeit. Arme Leute wie wir machten nicht jeden Tag einen *brodo*. Nicht einmal wöchentlich oder monatlich. Hühner sollten Eier legen. Sie waren eine gute und regelmäßige Quelle für Essen und Einnahmen. Sie sollten eigentlich nicht verzehrt werden, es sei denn, sie legten nicht mehr oder taten irgend etwas, so daß sie den Tod verdienten. Das letzte Mal, daß wir einen *brodo* aßen, werde ich nie vergessen. Niemand hatte ein Baby bekommen. Nein, es waren keine Engel angekommen. Statt dessen, da bin ich mir ganz sicher, war es ein Teufel, der die Geduld meiner Tante wieder einmal auf die Probe stellte!

La Casinise hatte ihren Hühnerstall direkt unter der Haustreppe ihres Sohnes Piperella. Da wir gegenüber wohnten, befand sich ihr Hühnerstall direkt gegenüber unserem Hühner- und Schweinestall unter unserer Treppe. Meine Tante kannte ihre paar Hühner ganz genau, und die Hühner kannten meine Tante. Die Hennen wußten nie, wann sie ihnen den Finger ins Hinterteil stecken würde, um zu testen, wie weit die Eier waren, aber sie kamen trotzdem, wenn sie nach ihnen rief. Die Hennen kreischten, aber sie kamen. Na ja, alle, außer einer.

Neuerdings hatte sie, eine schöne, zart kastanienfarbene Legehenne mit einem leuchtend roten Kamm, beschlossen, ihren Freundinnen in La Casinises Hühnerstall zu folgen. Das war eigentlich kein Problem. La Casinise und meine Tante waren Freundinnen, also gab es keinen Grund, warum die Hennen nicht auch Freundinnen sein durften. Und ich sollte erwähnen, daß die folgenden Ereignisse die Beziehung ein wenig belasteten, aber nur vorübergehend, weil diese beiden Frauen nicht nur Freundinnen waren, sondern die Lage ihrer Ställe sie auch zu *vicine* machte, und man muß die Beziehung zu einer *vicina* pflegen, man weiß ja nie! Man denke nur an Filomena! Sie hätte daran denken sollen, als sie ihre Tür zumachte, um ihren Plattenspieler laufenzulassen und mit Leuten zu tanzen, die nicht ihre Nachbarn waren.

Jedenfalls war die Tatsache, daß die kleine Henne meiner Tante sich bei La Casinises Hühnern aufhielt, kein Problem. Es war kein Problem, bis meine Tante merkte, daß ihre kleine Henne nicht nur rebellierte, sondern auch begonnen hatte, ihre Eier dort zu legen. La Casinise meinte, das sei nicht der Fall. »Und wie kannst du herausfinden, welches Ei von deiner Henne stammt? Auch ich habe Hennen, wie du weißt.« Als was für eine Freundin und Nachbarin entpuppte sich La Casinise da! Aber es war richtig. Gegen das, was sie sagte, war nichts einzuwenden.

Eines Morgens in der Frühe ging meine Tante in den Hühnerstall. Sie schloß hinter sich die Tür. Es war Zeit für eine Untersuchung. Sie packte die kleine, aufmüpfige Henne, hielt sie an den Füßen fest, mit dem Kopf nach unten, und steckte ihr dann den Finger ins Hinterteil. Meine Tante lächelte, als sie die Henne losließ. Das war genau der richtige Tag. Da war ein riesiges Ei, und es konnte jeden Augenblick herauskommen.

Und tatsächlich ging die kleine Henne ihren eigenen Weg und hinein in La Casinises Hühnerstall. Wie erwartet, legte sie dort das wertvolle Ei. »Das ist mein Ei!« sagte meine Tante. Meine Tante war auf keine Widerrede von La Casinise gefaßt – wenn etwas meine Tante auszeichnete, dann war es ihre Ehrlichkeit. Sie galt fast soviel wie ihre Verschwiegenheit. Die Nachbarn sagten es selbst: »Was die Ehrlichkeit angeht, übertrifft niemand Saveria!« sagten sie über meine Tante. Deshalb verlor meine Tante, als sie darauf bestand, »es ist mein Ei«, und La Casinise darauf beharrte, »es ist mein Hühnerstall«, schnell, wirklich schnell die Geduld. Im Handumdrehen hatte sie genug von »mein Ei!« und »nein, mein Hühnerstall!« Ihre Wut flammte auf wie Zunder.

Sogar das kleine Huhn spürte, daß es Ärger gab. Ich glaube, es versuchte sich zu verteidigen, als es verzweifelt kreischte und kreischte. Das kleine Huhn versuchte in irgendeiner Richtung ein Durchkommen zu finden, aber wohin es sich auch drehte, überall war meine Tante, die in Hockstellung mit ausgebreiteten Armen nach ihm schnappte. Schließlich packte meine Tante das Huhn und hielt es an den Füßen, Kopf nach unten, fest. Ich glaube, das arme Huhn hätte lieber tausendmal den Finger meiner Tante in seinem Hinterteil gehabt, als das mitzumachen, was nun folgte.

Ich wußte, als ich aus sicherer Entfernung zuschaute, daß meine Tante das eigentlich nicht tun wollte, aber irgendein Teufel in ihr hatte die Oberhand gewonnen. Er hatte gewonnen, und bestimmt lachte er, als meine Tante das Huhn mit einem wütenden Schwung gegen die Stallwand knallte. »Keine Eier mehr für dich!« sagte sie. Sie war in Rage. Meine Tante war rot im Gesicht, und ihr Atem ging schwer. Sie war so erregt, daß ihr Körper unwillkürlich begann, komische Bewegungen zu machen. Daran erkannte ich immer, bei jeder Gelegenheit, selbst von weitem, wenn meine Tante sich über etwas aufregte. Ihr linker Unterarm bewegte sich dann ruckartig in schnellen, reibenden Bewegungen nach oben gegen ihren Unterleib. Ich fragte mich oft, warum sie nicht ohnmächtig wurde, so schnell ging ihr Atem, wenn sie das machte.

Meine Tante holte das Huhn aus dem kochenden Wasser. Ich wußte, daß sie stark war, ich hatte einmal gesehen, wie sie sich einen ganzen Sack Kartoffeln auf den Rücken lud. Aber was hatte es für einen Sinn, das Hühnchen wie wild zu rupfen? Es nutzte nichts, im nachhinein zu heulen. Das Huhn war tot, und daran konnte weder sie noch irgend jemand sonst etwas ändern. Was geschehen war, war geschehen, und meine Tante hätte die Suppe ebensogut genießen können. Ich genoß sie jedenfalls.

An diesem Tag kam ich beim Himmel-und-Hölle-Spiel besonders weit, und ich wußte, daß es mit dem Hühnchen im Topf zusammenhing. Meine Tante bedeckte das Huhn in einem anderen Topf mit Wasser, und als der Schaum zur Oberfläche zu steigen begann, schöpfte sie ihn mit einem Schaumlöffel ab, wieder mit ein bißchen zuviel Kraft. Und wenn ihr einer von uns zu nahe kam, dann sagte sie: »Raus, raus, aus dem Weg, geh mir aus dem Weg.« Sie warf ein paar Zwiebeln, etwas Sellerie, Knoblauch und Petersilie hinein, bedeckte den Topf und ließ es lange Zeit köcheln. Die Nudeln, *capellini d'angeli,* kochte sie extra. Manche Leute geben sie gleich hinein. Nicht so meine Tante. Die Stärke beeinträchtigte den feinen, klaren Geschmack der Hühnerbrühe. Deshalb kochte sie die Nudeln extra und fügte sie erst ganz zum Schluß dazu. Und ja, noch etwas, *capellini* sind lange Nudeln, deshalb schnitt sie sie ganz klein, weil man Suppe nicht mit der Gabel essen sollte.

Ich erinnere mich, wir redeten nicht viel. Das Geschlürfe schien lauter zu sein als gewöhnlich. Meine Brüder Ceci und Peppe brachten uns zum Kichern, aber nicht allzuviel. Sie wußten, wie weit sie gehen konnten. Sogar als Jungen wußten sie, daß dies nicht der richtige Tag war, um sich lachend auf dem Boden zu wälzen. »Eine gute Legehenne. Eine verdammt gute Legehenne«, murmelte meine Tante von Zeit zu Zeit. Jetzt, wo ich darüber nachdenke, erinnere ich mich, wie froh ich war, daß keine der Nachbarinnen an diesem Tag ein Baby bekommen hatte, weil wir sonst von unserer Hühnerbrühe hätten etwas abgeben müssen. Selbst wenn La Casinise ein Baby bekommen hätte, hätte meine Tante die Hühnerbrühe hinübergebracht, das forderten nun mal die strengen Regeln der Freundschaft und der Nachbarschaft.

Jetzt wünschte ich mir, Filomena hätte ihr Baby an jenem Tag auf die Welt gebracht. Ich hätte heimlich etwas *brodo* zu ihrer Wohnung gebracht, auch wenn sie nicht unsere Nachbarin war. Arme

Filomena! Was macht das Leben für einen Sinn, wenn man nicht einmal eine Freundin oder Nachbarin hat? Es wäre für sie besser gewesen, jemand hätte sie an den Beinen gepackt, so wie meine Tante das Hühnchen, und hätte sie gegen eine Wand geschlagen. Dann wäre alles vorbei gewesen. Keine Eier mehr, kein Brot, keine Freunde und keine Nachbarn mehr. Arme Filomena, und zu allem Unglück ging in San Giovanni das Gerücht um, daß ihr Ehemann aus Amerika zurückkommen würde. »Gott sei Dank ist Amerika so weit weg«, meinte Filomena.

Stück für Stück, Tag für Tag, brachte Filomena alle Dinge aus ihrem Haus – den Plattenspieler und alles. Sogar die Glühbirnen. Sie schraubte sie heraus und trug sie, sorgfältig in der Wäsche verpackt, zum Haus ihrer Mutter. Filomena nahm ihren Sohn und ging zum Haus ihrer Mutter, denn obwohl Filomena das Gesicht ihrer Mutter mit Schande (die Frauen am Brunnen sagten: mit Dreck) bedeckt hatte, wußte sie, daß sie dort willkommen war, und wenn nicht gerade willkommen geheißen, dann doch zumindest geduldet wurde. Filomenas Mutter würde ihr vergeben und sie wieder aufnehmen. Das würde sie tun, weil ihre ehrenwerte Familie nicht noch mehr Schande oder weiteres Gerede gebrauchen konnte. Es war keine einfache Entscheidung. Wenn sie ihre Tochter nicht wieder aufnahm, dann würden die Leute den Kopf schütteln und sie eine Rabenmutter nennen. Wenn sie sie wieder aufnahm, würden sie sagen: »Sie muß selbst eine Hure sein, wenn sie eine Hure aufnimmt.«

Filomenas Mutter beschloß, ihre Tochter wieder aufzunehmen, weil sie alt genug war und wußte, daß man es nie allen recht machen kann. Sie sagte: »Was passiert ist, ist passiert und kann durch nichts rückgängig gemacht werden. Federn, die der Wind davongetragen hat, kann man nicht wieder einfangen.« Im Moment hatte ihre Tochter kein Haus, in dem sie bleiben und keine Dollar mehr, die sie ausgeben konnte. Was sollte sie also tun? Sollte sie sie fortwerfen? Sollte sie ihre Tochter dazu zwingen, sich zu verkaufen, um zu überleben? Nein, eine Mutter konnte das nicht zulassen. Nur eine Mutter wird immer vergeben, und nur eine Mutter wird immer lieben.

Das Gerücht entsprach der Wahrheit. Eines Tages kam Filomenas Mann zurück.

Er sah wie jeder andere Americano aus. Wer erinnerte sich in San Giovanni nicht an den Tag seiner Abreise? Er sah so klein aus, gebeugt unter seinen Bündeln. Wenn man ihn damals ansah, konnte man ihn für einen Teil seines Gepäcks halten. Jetzt, bei seiner Rückkehr, trug er sein Gepäck nicht einmal selbst. Die alten Koffer, die er aus San Giovanni mitgenommen hatte, hatte er in Amerika zurückgelassen oder weggeworfen. Das war offensichtlich. Seine neuen Taschen waren schön, stabil, mit Lederriemen zusammengehalten statt mit Schnüren. Filomenas Mann gab einem jungen Mann einen glatten grünen Schein dafür, daß er sein Gepäck getragen hatte. Er trug nicht einmal seine eigenen Taschen! Das hatte es in San Giovanni noch nicht gegeben! Was dir gehört, trägst du, egal, wie schwer es ist, wie bescheiden oder wie klein. Dein Gepäck, das bist du.

Filomenas Mann kam als neuer Mensch zurück. Er trug einen Fotoapparat, der ganz in Leder eingepackt war und an einem ebenfalls neuen Lederriemen über seiner Schulter baumelte. Ich glaube nicht, daß ich Fotoapparate mochte. Ich weiß, wahrscheinlich wirst du sagen, das ist wie mit den Trauben, die zu hoch hängen. Daß meine Gefühle diesem Apparat gegenüber nichts als Neid sind. Du wirst vielleicht sagen, daß ich Fotoapparate nicht mochte, weil ich keinen besaß und wahrscheinlich nie einen besitzen würde. Nein, ich legte deshalb keinen Wert auf einen Fotoapparat, weil Kameras einem etwas vortäuschen. Fotoapparate geben dir das Gefühl, etwas wirklich zu besitzen. Eine Kamera läßt dich in dem Glauben, daß du etwas wirklich besitzt, daß es für immer in Schwarz und Weiß da sein wird und daß du dieses Etwas nie verlieren wirst. Aber das, was die Kamera einfängt, wird zum Schweigen gebracht und getötet. Tote Erinnerungen. Sobald etwas vom Blitzlicht des Fotoapparates getroffen wird, stirbt es. Es stirbt, und du kennst es nicht einmal, denn wenn du etwas jemandem anderen anvertraust, wird es aus deiner Fürsorge entlassen. Es verläßt deinen Geist, und bald wird es auch dein Herz verlassen.

Ich war nicht neidisch. Ich wollte nicht einmal einen Fotoapparat. Wenn mein Vater aus Amerika mit einer Kamera käme, würde ich einen Weg finden, sie zu verlieren oder kaputtzumachen. Die beste Kamera ist ein wohlgehütetes Kämmerchen in deinem Gehirn, eines, das mit deinem Herzen verbunden ist. Ich hatte so eines. Und wo und wann auch immer ich wollte, konnte ich den Umweg zur Schule nehmen, und ich konnte lange dastehen und eine Weide oder meine Kiefer ansehen, und alles war so echt, daß ich sogar zusammenzuckte, wenn ein Zweig oder Kiefernnadeln in meine Finger stachen. Ich will dir was sagen. Ich möchte kein Foto vom San-Giuseppe-Brunnen. Ich habe den San-Giuseppe-Brunnen bei mir. Ich habe den San-Giuseppe-Brunnen und San Giovanni und alle meine Sachen in meinem sicheren Kämmerchen. Selbst wenn der Fluch des Abtes Wirklichkeit und das ganze Dorf ausgelöscht würde, könnte ich immer noch Wasser aus meinem Brunnen trinken. Und laß mich noch sagen, mit meiner Kamera, in meinem geheimen Kämmerchen, könnte ich verbotene Grenzen überschreiten, ohne daß es jemand merken würde. Fotoapparate lassen dich das vergessen, und was gibt es an einem Menschen zu beneiden, der sich selbst vergißt?

Die ganze Zeit kreuzten brandneue Americanos auf. Sie standen stolz und groß da. Aber worauf waren sie stolz? Auch Filomenas Mann kreuzte als neuer Mensch auf. Sogar seine Ideen waren brandneu. »Mach dir keine Sorgen«, sagte er zu ihr. »Sowas ist in Amerika ganz normal. Komm nach Hause zurück, komm heim. Wir fangen wieder ganz von vorne an. Wir ziehen das Kind gemeinsam groß und bleiben zusammen.«

Amerika, Amerika. Gott segne Amerika, dachte Filomena, als sie ihre Wäsche vom Haus ihrer

Mutter in ihr eigenes an der Via San Francesco d'Assisi zurücktrug. »Vielleicht gehen wir nach Amerika«, sagte sie zu ihrem Mann. Und es war ein zaghaftes Verlangen in ihren Augen. Sie sah auf den Boden, als sie sagte: »Amerika, was für ein schönes Land muß Amerika sein.« Und lächelnd antwortete er: »Vielleicht, vielleicht machen wird das.« Unglaublich!

Unglaublich war, daß Filomena ihm tatsächlich glaubte. Daß sie wirklich glaubte, jemand würde Amerikaner, bloß weil er nach Amerika ging. »Du bist, wer du bist«, sagten die alten Frauen. Hatte sie ihnen nicht richtig zugehört? Hatte ihr nicht einmal ihre eigene Mutter gesagt, daß ein Wolf ein Wolf ist und ein Lamm ein Lamm? Wußte sie nicht, daß aus einem Wolf kein Lamm wird, bloß weil er auf der Weide grast oder weil er sich einen Mantel aus weißer Wolle umhängt? Ein Wolf bleibt ein Wolf, es sei denn, jemand ist mutig genug, ihm sein altes Herz herauszureißen. Und dann müßte er auch noch in seinen Schädel greifen und ein neues Gehirn hineintun. Und dann müßte man sich immer noch wegen der Klauen und Zähne Sorgen machen, oh, das ist zu kompliziert. Ein Wolf sollte einfach ein Wolf bleiben, und ein Lamm ein Lamm.

Als Filomena schließlich wieder zu Hause eingezogen war, als all ihre Habe wieder an ihrem ursprünglichen, richtigen Platz aufgeräumt und sogar der Plattenspieler im Wohnzimmer stand, schloß Filomenas Mann die Tür zu. Sie und ihr Kind, ihr Junge, waren draußen. Filomena weinte, und das Kind weinte.

Wäre das kleine Kind doch noch in der Lage gewesen, mit den Engeln zu reden. Oh, wenn ich er wäre, ich hätte Millionen von ihnen herbeigerufen, um meine Mutter zu retten. Ich hätte die Engel gebeten, das Haus niederzubrennen, selbst wenn der Americano noch drin war – *vor allem* solange der Americano drin war. Ich erinnere mich, daß ich das meiner Mammarosa erzählte, und ich dachte, sie wäre ganz bestimmt meiner Meinung, aber sie schüttelte den Kopf. »Beruhige dich, beruhige dich. Du weißt nicht, was du da sagst, Kind. Du brauchst keine Million, ein einziger Engel würde ausreichen.« Und dann lächelte sie. Ich glaube nicht, daß Mammarosa die Engel gebeten hätte, das Haus niederzubrennen, aber ich glaube, daß sie auch nicht mit ihren Wassereimern herbeigestürzt wäre, wenn es tatsächlich gebrannt hätte.

Der Polizist ließ sich dort nie blicken. Er zeigte nie mit seinem Stock auf Filomenas Mann und sagte: »Schau diesen Laib Brot an, jetzt, da er aufgegangen und gebacken und zu Brot geworden ist, ist es rechtswidrig, ihn wegzuwerfen. Wenn du das tust, erstatte ich Anzeige wegen Mordes.«

Kein einziger Mann, keine Frau, kein Zeuge kam. Filomena verließ das Haus nackt, wie sie gekommen war, mit nichts.

Sogar die Frauen am Brunnen hatten jetzt Mitleid mit der armen Filomena. Filomenas Mann warf sie hinaus, und er warf sogar das Kind hinaus. Es war sauer geworden. Arme Filomena. Ihr Leben war sauer geworden. Den Frauen tat es hauptsächlich wegen des Kindes leid, weil kein

Kind hinausgeworfen werden sollte. Nicht einmal schimmliges, hartes, altes, wertloses Brot wurde auf solche Weise weggeworfen, und schlimmer, was schlimmer war, niemals ein frischer Laib! Einen frischen Laib Brot fortzuwerfen, war eine Todsünde. In San Giovanni wußten sogar die Männer, daß man Brot küßte und ein Kreuzzeichen darüber machte und es segnete, bevor man es wegwarf, wenn es unbedingt weggeworfen werden mußte.

Meine Tante rief. Unsere Brote waren fertig. Die *fornaia* achtete das Brot, auch wenn es nicht ihr eigenes Brot war, das sie machte. Sie machte über jedem Laib das Kreuzzeichen mit ebenso viel Pomp und Feierlichkeit wie Don Antonio, der Pfarrer, wenn er bei einer Taufe über einem Säugling oder vor einer Beerdigung über einem Sarg das Kreuz schlug. Die *fornaia* machte über jedem Laib das Kreuzzeichen, wenn sie ihn von ihrem Brotschieber auf den heißen Ofenboden gleiten ließ. Sie wollte meine Tante aus dem Weg haben, weil diese so kribbelige Finger hatte, und mit Brot muß man – wie mit dem Leben – freundlich umgehen.

Zuppa di Latte

Füll eine Schüssel mit trockenen,
alten Brotstückchen, am besten von der Rinde.
Bestreue sie mit Unmengen von Zucker.
Gieß heiße Milch und einen ordentlichen Schuß
starken Espresso darüber.

Milch

Ich erinnere mich, daß sich meine Tante viel Mühe, sehr viel Mühe gab, mit meinem Bruder Ceci freundlich umzugehen. Jeden Morgen, bevor Ceci zur Schule ging, sagte sie ganz ruhig zu ihm: »Achte deine Lehrer, respektiere sie, und paß auf, Ceci, paß auf, und sei respektvoll.« Aber es nützte nichts. Die Unterredungen mit Cecis Lehrern waren nie erfreulich. Der Direktor bestellte sie oft in sein Büro, und dann sagte er, was er immer sagte, wenn meine Tante zu ihm kam: *»Gli manca quel senso psicologico della vita del qual si può fidare.«* Das bedeutet, ihm fehlt das psychologische Gespür für das Leben, das für uns alle entscheidend ist. Nun ja, was der Direktor damit sagen wollte, war, daß Ceci seinen gesunden Menschenverstand verloren hatte. Man stelle sich vor, er sagte es einer so einfachen Frau auf so umständliche Weise, mit solch schwierigen Worten. Meine Tante verstand das, was sie die ganzen Jahre über aus dem Munde dieses Akademikers immer verstand: Bei Ceci fehlte es. Bei Ceci fehlte etwas, und dieses Etwas war Respekt. Das war für meine Tante nichts Neues. Auch sie hatte bemerkt, daß sein Mangel an Respekt plötzlich aufkeimte und wie Unkraut zwischen den Rebstöcken wucherte.

Ich erinnere mich daran, wie meine Tante einmal auf ein harmloses kleines Blatt neben einem Rebstock zeigte. Als ich versuchte, es herauszuziehen, merkte ich, daß es alles andere als schwach war. Ich erinnere mich, daß ich zog und zog, aber die Wurzeln gaben nicht nach. Am Ende waren meine Hände voller Pflanzenstückchen und klebrigem Saft. Meine Tante hatte oft genug im Weinberg Unkraut gejätet und wußte, daß man es am besten herauszieht, solange es zart ist, bevor es richtig festwächst. Sie sagte, wenn man das nicht tat, würde es bald wuchern und den Weinstock ersticken, und man würde es erst merken, wenn man nach den Trauben schauen wollte und feststellen mußte, daß die wenigen Trauben wie kleine, harte Kugeln waren, falsche Trauben, die nicht einmal die Vögel fressen wollten. Sie sagte, manche Sachen dürfe man nicht aufkommen lassen, weil sie bloß zerstören, einfach so.

Ceci war damals noch unschuldig. Er wußte nichts über Weinberge und Trauben und das Unkrautjäten. Er trank noch nicht einmal Wein, als es passierte, als jemand boshaft ein Samenkorn fallen ließ, einen Unkrautsamen, direkt neben ihn, in ihn, geradewegs in sein Herz und seine Seele. Er schlug schnell Wurzeln und wuchs und gedieh, und das war der Zeitpunkt, als Ceci seinen Respekt verlor. Er verlor den Respekt vor den Lehrern, vor dem Leben und vor allem. Das war schlimm. Wer würde Cecis Weinberg bewachen? Meine Tante war eine seiner Wächterinnen, und sie wollte lieber verdammt sein als zulassen, daß das Unkraut Ceci erstickte. Deshalb bemühte sich meine Tante auch so sehr, freundlich zu sein. Ich erinnere mich, daß sie das tat, damit er ihre Empfehlungen ernst nahm, damit sie dieses Unkraut namens »Respektlosigkeit« herausziehen konnte, bevor es den ganzen Weinberg kaputt machte. Ich erinnere mich, daß Ceci versuchte, höflich zu sein.

Auf die freundlichen Warnungen meiner Tante antwortete er immer mit »ja« zwischen zwei Löffeln voll Frühstücks-*zuppa* – einer Schüssel heißer Milch, *macchiato,* mit ein wenig Espresso, voller hartem, altem Brot, manchmal mit Zucker.

Die *zuppa* war sehr gut. Auch ich aß *zuppa,* aber ich glaube nicht, daß ich, wenn ich groß bin und selbst Kinder habe, ihnen diese *zuppa* machen werde. Ich werde ihnen *zuppa* geben, natürlich werde ich das, aber einfache *zuppa,* nicht *macchiata.* Ich werde sie nur mit Milch machen. Ich werde sie nicht mit Kaffee vermischen, denn Milch ist rein und gut, so wie sie ist. Gott hat auch nicht irgend etwas dazugemengt, als er sie aus den Mutterbrüsten fließen ließ. Kein einziges der Babys, die ich an der Mutterbrust saugen sah, und ich habe viele gesehen, hat braungefärbte Milch getrunken. Milch ist rein, und Kinder sollten sie ohne Zusätze und rein trinken.

Dr. Rafaelino hat das gesagt. Ich habe es gehört und ihm geglaubt. Dr. Rafaelino sagte es immer wieder zu den Frauen, wenn sie in seine Praxis kamen, um die Kinder impfen zu lassen. »Keine Fasern alter Hüte und keinen frischen Urin auf Wunden und keinen Kaffee in die Milch für Kinder, auf keinen Fall Kaffee.« Diese Empfehlungen waren zu Dr. Rafaelinos ständig wiederholter Predigt geworden, und schließlich beschlossen die Leute wegen der ständigen Wundinfektionen und der Fälle von Wundbrand, Dr. Rafaelinos Rat zu befolgen. Sie hörten auf, frischen Urin und Fasern alter Hüte auf Wunden zu tun, sie nahmen heißes

Wasser und Seife, genau wie der Doktor es empfohlen hatte. Nicht aber beim Kaffee. Nie befolgten sie seinen Rat hinsichtlich des Kaffees.

Das war eine klare und einfache Anweisung. Man mußte entweder dumm oder taub sein, wenn man sie nicht verstand. Selbst nachdem Dr. Rafaelino gesagt hatte, daß Kaffee das Wachstum der Kinder hemmt und sie nervös macht, selbst nach all dem gossen die Frauen noch immer die schwarze Flüssigkeit in die Frühstücksmilch ihrer Kinder. Natürlich waren sie taub. Was denn sonst? Wie könnte man sich den Widerstand gegen Dr. Rafaelinos Worte sonst erklären? Ich war entschlossen, auf Dr. Rafaelino zu hören, weil man blind sein mußte, wenn man nicht sah, daß er recht hatte. Hast du in San Giovanni jemals einen großen Menschen gesehen? Ich nicht. Nie. Und wie auch? Schon immer, andauernd, bekamen die Kinder ihre Milch mit Kaffee, *macchiato*. Kaffee war und ist und wird immer bleiben. So war das Leben. Du hast deinen Tag damit begonnen und ihn damit beendet. Auch das Leben begann rein, und der Morgenhimmel war vielleicht klar und schön, aber wer konnte garantieren, daß es für den Rest des Tages so bleiben würde? Genauso ist das Leben!

Ich erinnere mich, wie Ceci die Schüssel mit der gefärbten Milch an seinen Mund hob. Er saugte den letzten Brocken auf und sauste dann los wie von der Tarantel gestochen. In seiner Gesäßtasche trug er alles bei sich, was er für das Lernen in einem Schuljahr brauchte, ein zusammengerolltes

Heft und manchmal einen Füller. Ceci war höflich gewesen. Er hatte mit »ja« geantwortet, aber eigentlich meinte er: »Ja, ich werd's versuchen.« Dennoch folgte ihm meine Tante die Treppe zur Hälfte hinunter und wiederholte ihre Mahnung: »Sei respektvoll, Ceci, sei respektvoll und paß auf.« Ceci hatte gute Vorsätze, aber sobald er seinen Fuß über die Schwelle des Schulhauses gesetzt hatte, im Prinzip schon während er sich der Schule näherte, sobald die große Steinstatue des Engels in Sicht kam, passierte es. Mit Ceci passierte etwas.

Der Stadtrat hatte dem Kauf der Statue zugestimmt, weil die Eltern immer eine Verbindung zwischen Kindern und Engeln herstellten. (Und Eltern waren natürlich auch Wähler.) Dieser Engel hatte riesige Flügel und streckte ein Buch zum Himmel empor. Der Engel beschützte nicht nur die Kinder, sondern auch die Schule und das Lernen. Er behütete die Zukunft, das Wesentliche dieser Institution. Der Engel der Dante-Alighieri-Schule war majestätisch. Er war schön anzusehen, seine Flügel aus dunklem schwarzen Stahl waren stark genug, um Furcht einzuflößen. Aber er tat nichts, um Ceci Respekt abzuringen. Genauer gesagt, sobald Ceci in die Nähe der Statue und der Einrichtung, die sie beschützte, kam, war es, als ob jemand anderer die Kontrolle über ihn übernähme, und seine guten Vorsätze waren verflogen.

Als Ceci jünger war, hatte er keine Schwierigkeiten gehabt, respektvoll zu sein. Dann auf einmal, ungeachtet der Freundlichkeit und trotz der weisen Ermahnungen, konnte er einfach keinen Respekt mehr zeigen. Ich glaube, nein, ich bin sogar davon überzeugt, daß das alles mit dem Vorfall mit den Stiefeln in der Schule zu tun hatte, an dem Tag, als vor langer, langer Zeit das Klassenfoto gemacht wurde. Nun waren – wie die Birnen an einem Baum – die Früchte reif und auf die Erde gefallen. Oder, wie meine Tante es ausdrücken würde, das aus Boshaftigkeit ausgesäte kleine Unkrautsamenkorn hatte sich im Boden eingenistet und streckte nun seinen Kopf aus der Erde. Als ich davon hörte, wurde mir klar, warum die Bemühungen meiner Tante vergeblich waren. Sie konnte aus Ceci genausowenig Respekt herausquetschen, wie ich das kleine Blatt neben dem Rebstock im Weinberg herausziehen konnte.

Erst lange, nachdem es passiert war, hörte ich von den anderen Kindern von dem Vorfall mit den Stiefeln am Tag des Klassenfotos. Ich hob schon den Fuß und hätte der Statue beinahe einen Tritt gegeben. Aber ich tat es nicht. In mir hörte ich Mammarosa. Ich konnte keine Engelsstimmen hören, aber ihre Stimme und die meiner Tante hörte ich oft und dazu ganz deutlich: »Bleib dir selbst treu, bleib dir stets selbst treu.« Meine Stiefel waren noch ganz neu, und ich wußte nicht, wie lange es dauern würde, bis ich wieder ein neues Paar bekäme. Dies, zusammen mit Mammarosas Stimme, veranlaßte mich wohl, dem Steinengel doch keinen Tritt zu verpassen.

Ich hatte neue Stiefel, weil ich gelogen hatte. Normalerweise hielt ich Lügen nicht für richtig. Wenn ich log, fühlte ich mich gewöhnlich, als stünde ich nackt vor einer großen Menschenmenge. Wenn ich log, wollte ich am liebsten schrumpfen. Ich wünschte mir, mich so klein machen zu können, daß ich unter ein Möbelstück paßte, oder mich in einer dunklen Ecke verstecken zu können und nie mehr das Gesicht meiner Tante oder meiner Mammarosa zu sehen. Aber dieses eine Mal log ich, und ich erinnere mich, daß ich mich dabei wohl fühlte. Ich hatte überhaupt nicht das Bedürfnis, mich zu verstecken. Im Gegenteil, ich erinnere mich, daß ich mich sehr groß und stolz fühlte. Es war am Tag nach Dreikönig, am siebten Januar. Signor Ficosecco hatte keine Lust, Unterricht zu halten, deshalb versammelten sich alle Schüler um sein Pult. Wir redeten alle gleichzeitig: »Ich habe einen riesigen *torrone* bekommen«, und: »Ich habe einen Schal gekriegt«, oder: »Ich habe eine neue Puppe.« Alle hatten in der Dreikönigsnacht von der Befana etwas bekommen. Und dann war es plötzlich still, es war mucksmäuschenstill, und alle grinsten, weil Maria Pia ihre Liste aufzuzählen begann – einen neuen Hut, neue Spitzenhandschuhe für die Sonntagsmesse, einen neuen Mantel mit einem Kragen aus echtem Pelz, Bonbons, Schokolade und einen Globus! »Ooooh, ooooh«, riefen alle aus. Eine Karte von der ganzen großen runden Welt, die sich um einen goldenen Ständer drehte!

Die anderen Kinder drehten sich zu mir. Ihre Augen waren weit aufgerissen, so groß, daß ich das Weiße darin sehen konnte, so weiß wie der Vollmond am dunklen Himmel, der eine Flut hervorruft, eine Flutwelle, und alles, was in meinem Kopf war, zum Schwimmen brachte. Einen kurzen Moment dachte ich, ich würde ertrinken. Ich fühlte mich genau wie damals, als ich ein Glas nach dem anderen von dem gelben süßen Wasser aus einer Flasche getrunken hatte, die in einem Schrank stand, in dem meine Tante auch ein paar kleine, feine, nur Gästen vorbehaltene Gläser aufbewahrte.

Sie warteten darauf, daß ich erzählte. Ich wußte, was sie wollten. Maria Pias Vater war in Amerika. Mein Vater war auch in Amerika. Sie hatten gehört, was sie alles bekommen hatte, und jetzt war ich dran. »Ich habe eine Trompete bekommen«, log ich, »und eine Puppe mit einem eigenen Haus, mit ihrer eigenen Kutsche und einem rosafarbenen Kleid, und ein passendes rosa Organzakleid für mich, und rote und weiße Bonbons und Schokoladenpulver und Erdbeerpulver und eine Trillerpfeife ...« Ich schwamm auf einer Riesenwelle. Ich strampelte wie wild, weil ich nicht ertrinken wollte, und ich hörte nicht auf, als ich Signor Ficoseccos eigenartiges Lächeln sah, sondern machte weiter. »... und ganz neue Schuhe!« Signor Ficosecco lachte beinahe laut heraus. Niemand merkte das, außer mir. Die Münder der Kinder waren so weit aufgerissen wie ihre Augen. Sie sahen alle zu mir, nicht zu ihm. Deshalb kümmerte ich mich nicht darum. Ich wußte, was Signor Ficosecco dachte: Warum schauen deine Zehen aus deinen alten Schuhen heraus, wenn dir dein Vater neue geschickt hat? Na und! Ich hatte gesagt, daß er sie mir *geschickt* hatte. Ich hatte nicht gesagt, daß ich sie schon *bekommen* hatte. Was für ein Lehrer war dieser Ficosecco überhaupt? Weiß er nicht, daß Amerika ganz weit weg ist? Ich wußte, wo Amerika liegt, dabei hatte ich nicht einmal einen Globus wie Maria Pia.

Ich glaube nicht, daß sonst jemand die Existenz meiner Schuhe in Frage stellte. Das hätte ich gemerkt. Die Kinder machten immer weiter: »Ooooh, ooooh, ooooh«. Und wenn sie mich später fragen sollten, wo meine Bonbons und die Süßigkeiten und die Schokolade waren, würde ich sagen, daß ich sie aufgegessen hätte. Und wenn sie später meine Puppe und meine anderen Spielsachen anschauen wollten, dann würde ich sagen, daß Ceci und Peppe, meine Brüder, sie kaputtgemacht hätten. Aber meine Schuhe! Was würde ich über meine Schuhe sagen – die, die in meinem Kopf aus den tobenden Wassern der hohen Flut aufgetaucht waren? Deshalb log ich weiter. Ich belog meine Tante, um meine andere Lüge zu vertuschen.

Einmal hat meine Tante gesagt, Lügen sind wie Kirschen. Du ziehst eine herunter, und bald hast du einen ganzen Haufen in deinem Schoß. Ich mußte weiterlügen. Was sollte ich den Kindern und Signor Ficosecco antworten, wenn ich immer mit meinen viel zu kleinen Schuhen daherkam, aus denen die Zehen herausschauten?

Ich begann meiner Tante vorzujammern, meine Zehen täten weh und meine Füße seien kalt. Meine Zehen taten nicht weh, sie konnten sich ungehindert bewegen. Und meine Füße konnten sich nicht kalt anfühlen. Wie konnten sie sich kalt anfühlen, wo sie doch nie richtig warm gewesen waren? Meine arme Tante. Sie glaubte mir. Sie packte mich an der Hand und zog mich die Via Roma hinunter. Sie zog so fest, daß wir im Handumdrehen vor der Tür des Geschäftes standen. *Lallo Schuhe* verkündete das Schild im Fenster. Ich wollte mich von ihrer Hand freimachen und davonlaufen, weil meine Tante es ganz plötzlich gar nicht mehr so eilig hatte, das Geschäft zu betreten. Ich dachte, sie sei vielleicht dahintergekommen, daß ich gelogen hatte. Sie ging vor der Tür ein Weilchen auf und ab, als wäre sie nicht sicher, ob das das richtige Geschäft war. Wenn sie mir wirklich neue Schuhe kaufen wollte, war das genau der richtige Ort. Es gab Lichter, die auf dem Glas flackerten und sich auf den Schuhen spiegelten. Schuhe, Schuhe, überall Schuhe.

Meine Tante sagte, Lallo sei ihr Cousin, ein Cousin ersten Grades. Ich glaubte ihr nicht. Er schaute meine Tante kaum an. Und als sie mit ihm sprach, blickte sie nach unten, anstatt nach oben in sein Gesicht, als suchte sie auf den polierten Steinen dieses eleganten Bodens nach ihrem Spiegelbild. Als sie schließlich zu sprechen begann, klangen die Wörter aus ihrem Mund nur ganz schwach. »Ein Brief aus Amerika muß jeden Tag eintreffen«, sagte sie leise. »Ich bezahle, sobald er ankommt.« Ich glaube, er sagte nein, denn meine Tante hielt mich so fest, daß meine Hand beinahe weiß und taub wurde. Wir sind wieder gegangen. Wir sind ohne Schuhe gegangen. Ich weiß nicht, warum. Er hatte so viele. Die Wände bestanden aus aufeinander gestapelten Schuhkartons, so hoch, daß Lallo eine Leiter brauchte, um sie zu erreichen. Aber nimm dich in acht, Lallo!

Der Brief kam, und dann packte mich meine Tante, nachdem sie wie gewöhnlich geweint hatte, bei der Hand, und wieder waren wir schnell, wirklich schnell in der Via Roma. Dieses Mal hielt meine Tante nicht bei Lallos Geschäft an. Sie ging ein paar Türen weiter. Sie ging an der Metzgerei von Lallos Bruder vorbei. Aber Lallos Bruder war nett. Er war im Stadtrat, und zu Wahlzeiten schenkte er uns immer ein zerlegtes halbes Hühnchen und ein Stück Papier, auf dem stand, wo meine Tante und meine Mammarosa ihr Kreuzchen machen mußten und wie sie es richtig neben seinen Namen zu setzen hatten. Und auch Lallos Mutter war nett. Als mein Papagiuseppe – Papagiuseppe war nicht mein Vater, er war der Vater meiner Mutter und damit doch mein Papa, und auch er lebte bei uns – einmal den ganzen Sommer über krank war, schickte Lallos Mutter jeden Morgen einen Topf voll Milch. Denn immerhin war er ihr kranker Bruder. Die Milch war für ihren leidenden Bruder, das sagte sie immer wieder. Ceci holte die Milch ab. Und sie wollte von ihm immer wissen, ob er zum Frühstück Milch bekommen hatte.

Meine Tante ging an Lallos Schuhgeschäft vorbei und dann auch an der Metzgerei von Lallos Bruder und machte an der nächsten Tür halt. In diesem Geschäft kaufte mir meine Tante nicht etwa ein einfaches Paar Schuhe, sondern braune Lederstiefel, die so schön waren, sie sahen sogar noch besser aus als Schuhe. Sie hatten eine Sohle, die keine Nagelstifte brauchte. Das war ein neues Material, eine amerikanische Erfindung. Sie war dick und trotzdem weich, nicht rutschig, und wurde »cowchew« genannt.

Meine Tante trödelte in dem Geschäft herum und schaute aus der Glastür hinaus, nachdem wir die Schuhe schon längst bezahlt hatten. Dann plötzlich trat sie, den Schuhkarton in den Armen, als handele es sich dabei um ein Geschenk, aus der Tür. Wir gingen ganz langsam. Langsam genug, um Lallo zufällig zu treffen, der gerade aus seinem Schuhgeschäft trat, um ein bißchen frische Luft zu schnappen. Schuhe riechen. Selbst neue Schuhe riechen schlecht. Er muß wie seine Schuhe gerochen haben, denn meine Tante machte einen Bogen um ihn, als wir vorbeigingen.

Ich sah Lallo an, wie er so dastand, und ich kniff die Augen fest zusammen. Ich wollte ganz genau und tief in Lallo hineinsehen. Ich wollte mich mit meinen Augen hineingraben, um ihn zu sehen, wie ich die nackten Wurzeln meines Baumes an der Schlucht sah. Einen Moment dachte ich, ich würde es versuchen und Lallo mitziehen und schleppen wie meinen Baum, aber nein. Nein, nein. Gott behüte, niemals. Leute wie Lallo faßt man am besten nicht einmal an. Sie sind schlimmer als Unkraut. Sie heucheln nicht einmal. Sie haben keine Wurzeln. Wenn du mit ihnen zu tun hast, sie berührst, dann fallen sie um und gehen kaputt, und dann bekommst du ernsthafte Schwierigkeiten, weil du sie bezahlen mußt, als wären sie gut und neu. Weißt du, genau wie wenn du in ein Geschäft gehst und ein wertloses Glas zerbrichst, man dich dann aber für ein Kristallglas bezahlen läßt. Ich tat es nicht, ich wollte Lallo in meiner Vorstellung nicht herausziehen und auf meiner imaginären Reise rund um die Welt mitschleppen, weil es gar nichts gab, an dem man Lallo hätte herausziehen können. Er hatte nicht einmal Haare, geschweige denn Wurzeln.

Er stand da, an die Tür gelehnt, und fuhr sich über seinen glänzenden kahlen Kopf. Meine Tante sprach nicht mit ihm. Sie ging langsam weiter, den Schuhkarton in ihrem Arm offen zur Schau gestellt, und dann sah ich ihr Lächeln. Ein teuflisches Lächeln! Ich liebte dieses Lächeln. Ich hatte neue Stiefel, die schöner waren als Schuhe, und ich fühlte mich gar nicht schlecht wegen meiner Lüge. Aber ich erinnere mich, daß ich nicht mehr wußte, wie ich mich fühlen sollte, als ich von der Sache mit Ceci erfuhr. Ich trug die ganze Zeit neue Stiefel, während Ceci seine alten anhatte, und jetzt wußte ich, warum.

Ceci selbst hätte von dem Vorfall nie etwas erzählt. Auffällig war nur, daß sich ein glückliches, sorgenfreies Kind wie Ceci danach in ein eigenartig ruhiges verwandelte. Es war, als beobachte man, wie eine gesunde grüne Pflanze langsam gelb und dann braun wurde, als hätte etwas Unsichtbares im Boden das Leben aus ihr herausgepreßt. Jetzt war das Ganze natürlich verständlich. Gleich nach dem Vorfall in der Schule, am Tag des Klassenfotos, als Ceci noch jung und klein war, verlor er seinen Respekt. Plötzlich bestand er darauf, seine alten Schuhe anzuziehen, die Löcher in den Sohlen hatten, statt die neuen Gummistiefel zu tragen, die mit dem Hilfspaket aus Amerika gekommen waren. Das war komisch, weil ihm die Stiefel so gefallen hatten. Ich erinnere mich, daß Ceci, wenn er diese Stiefel anhatte, unauffindbar war. Ceci war immer auf Achse. Er liebte den Regen, und er liebte den Schnee.

Das amerikanische Hilfspaket war bei Bernardos Haus abgegeben worden, und seine Frau verteilte den Inhalt an die Gemeindeglieder. Meine ältere Schwester Nina bekam einen Mantel aus Kaninchenfell. Er war warm, und sie trug ihn, obwohl die Kinder lachten und sie mit dem Spitznamen *»pelliccietta«*, das Pelzmädchen, hänselten. Wir bekamen auch die uns zustehende Ration an gelbem Käse. Wir nannten ihn Aschenputtel-Käse. Wir steckten Käsewürfel auf einen Spieß und aßen die geschmolzenen Klumpen, selbst wenn sie ganz mit Asche bedeckt waren. Das passierte, wenn wir, einfach aus Spaß, den Käse in die Kohlen fallen ließen. Und Makkaroni, ach ja, Bernardos Frau wog die Nudeln der Gerechtigkeit halber ab und ließ unsere Ration in die Schürze meiner Tante fallen.

In dem amerikanischen Hilfspaket gab es viele elegante Abendroben und andere ausgefallene Kleider. Die meisten Leute lachten darüber und ließen sie liegen. Nicht so meine Tante. Sie nahm mit, was sie durfte. Sie trennte sie Stich für Stich auf, bügelte den Stoff glatt und fing ganz von vorne mit dem Nähen an.

Dann fand sich in der untersten Ecke des Kartons, plattgedrückt und deformiert, ein gelber

Kindergummistiefel, und in der anderen Ecke, genauso plattgedrückt und unförmig, lag ein ausgebleichter orangefarbener Kindergummistiefel. Wie schrecklich! Cecis Schuhe waren so abgetragen, daß seine Füße immer naß waren. Meine Tante beschuldigte Ceci sogar ein paarmal, absichtlich in den Pfützen zu spielen, bis sie die Sohlen genauer untersuchte. Da waren überall Löcher. »Es macht nichts. Wir nehmen sie trotzdem«, sagte meine Tante zu Bernardos Frau. Es war klug von ihr, die Gummistiefel zu nehmen, und es machte Ceci auch nichts aus. Er merkte nicht einmal, daß einer gelb und der andere blaßorange war.

Er merkte es nicht, bis zu einem Morgen in der Schule. Bis dahin war Ceci gegenüber Signor Ficosecco äußerst respektvoll gewesen. Er war respektvoll, paßte auf und drehte sich nicht um. Er stand ehrfurchtsvoll auf, wenn Signor Ficosecco hereinkam. Ceci schlug die Füße zusammen und hielt seine Arme steif an seiner Seite. Wie ein kleiner Soldat hielt er seinen Kopf sogar ein wenig zur Seite gewandt und hoch gereckt. Einmal hat er Signor Ficosecco sogar einen Korb voll Feigen mitgebracht, die Mammarosa getrocknet hatte, und Walnüsse, die Ceci selbst am Wegesrand auf dem Heimweg vom Weinberg gesammelt hatte. Und das war nicht einfach. Ceci hatte die Last den ganzen zweistündigen Heimweg nach San Giovanni auf dem Rücken getragen.

Na ja, an diesem Morgen schien Signor Ficosecco sehr guter Laune zu sein. Der flaumige Cappuccino-Schaum hing noch in seinen Schnurrbartspitzen. Aber keiner lachte. Er holte seinen Cappuccino immer aus der Espresso Bar. Auf unserer *zuppa* gab es nie solche Milchwolken. Bei uns war es einfacher Kaffee mit Milch, Ziegenmilch, die der Hirte direkt vor unserer Tür molk. Und der Dreck, den die Ziegenhirten jeden Morgen zurückließen! Den kenne ich. Ceci nicht. Ceci bemerkte diesen Teil seines Frühstücks nicht einmal. Er mußte die Stufen nicht putzen. Er war ja ein Junge.

Wie dem auch sei, Signor Ficoseccos Tante, so er eine hatte, hätte ihm nachrufen sollen: »Respekt, Respekt, Ficosecco, paß auf, und sei respektvoll.« Zum einen, weil Signor Ficosecco seinen Cappuccino nicht hätte ins Klassenzimmer bringen sollen. Er kam nicht vom Himmel, weißt du. Auch er wohnte in San Giovanni und wußte, daß manche der Kinder, die er unterrichtete, keine *zuppa* bekommen hatten. Nicht jeder konnte es sich leisten, regelmäßig Milch vom Hirten zu kaufen. Und dann vor allem zweitens, war da das Stück Brot, das er in die Tasse tunkte. Es war nicht hart wie unseres. Es war frisch und süß, das konnte man an dem Duft erkennen, der einen fast umwarf. Signor Ficosecco hatte keinen Respekt, und jemand hätte ihm ins Gewissen reden sollen, bevor er in die Schule ging, so wie meine Tante Ceci ins Gewissen redete, denn Signor Ficosecco fragte die Kinder nicht einmal, ob sie etwas davon haben wollten. Er bot uns nicht einmal etwas an, wie es der Brauch verlangte.

Manche der Kinder waren vielleicht sogar hungrig, aber sie hatten alle Manieren. Man hatte ihnen Respekt beigebracht, und sie kannten die

Regeln des Lebens und des Umgangs. Die Kinder hätten sein Angebot dankend abgelehnt, sie hätten nein gesagt. Mir war zum Beispiel beigebracht worden, so zu antworten, wenn mir jemand etwas zu essen anbot. Diese Anweisung war so heilig, daß sie sogar eine Warnung beinhaltete. »Sie werden dir Leckerbissen anbieten«, hatte meine Tante einmal gesagt, bevor wir jemandem so einen komischen Besuch abstatteten, »und ich werde zu dir sagen: ›Nimm etwas, nimm etwas.‹ Aber achte nicht auf meine Worte; hör genauer hin, errate meine Gedanken!«

Wir gehorchten, weil wir verstanden. Wir wußten, daß wir, wenn die Leute respektvoll genug waren, uns etwas anzubieten, unsererseits respektvoll sein und ablehnen mußten. Es waren keine Zeiten des Überflusses, das wußten wir nur zu gut. Aber Signor Ficosecco achtete nicht darauf, sein Kopf war mit anderen Dingen beschäftigt. Er hatte keine Zeit für die Regeln des Lebens. Meine Tante sagte immer, daß man für die Pflege eines Weinbergs Leute anstellen muß, die wissen, was sie zu tun haben, sonst hat man am Ende ein verwüstetes Feld vertrockneter Stöcke und kann Trauben und Wein vergessen.

Ich frage mich, wer Signor Ficosecco angestellt hat. Er verstand nichts, und er paßte nicht auf, weil er zu beschäftigt war. Er zupfte an seinem Schnurrbart herum und fuhr mit den Fingern durch seine glatten schwarzen Haare. Er wackelte mit den Schultern und richtete seinen Kragen. Ein Foto sollte von ihm gemacht werden. Von ihm und seinen Schülern, natürlich. Bald war die ganze Klasse in wilder Aufregung. »Raus, raus«, rief Signor Ficosecco. Es war ein schöner Tag. Das Klassenfoto sollte draußen gemacht werden.

Nach dem ganzen Geschiebe und Gedränge fand sich Ceci rechts in der Mitte der vordersten Reihe wieder. Seine Hände waren ordentlich an die Seite gelegt, er lächelte und wartete darauf, daß der Fotograf, Signor Chica, seinen Kopf in den kleinen schwarzen Kasten steckte und »Achtung! ... Lächeln!« rief. Aber die Sache wurde abrupt abgebrochen. Signor Chica, der seinen Kopf immer wieder in seinen Kasten hineingesteckt und wieder herausgezogen hatte, beschloß, alles zu ändern und umzustellen. »Du dahin. Du dorthin.« Ceci war respektvoll. Er stand still, wie die anderen, und gestattete Signor Chica, ihn dahin zu schieben, wo er meinte, daß er besser stehen sollte.

Genau in diesem Moment, als Signor Chica seiner Aufgabe nachging, blickte Signor Ficosecco nach unten und bemerkte Cecis ungleiche Stiefel. »Weg da, du mußt weg da, zum Teufel, geh nach hinten. Geh nach hinten, hierher«, rief Signor Ficosecco, während seine dicken Hände Ceci in die zweite Reihe dirigierten. »Du ruinierst noch mein Bild«, fügte er hinzu. (Als ob in Schwarz-Weiß viel zu ruinieren gewesen wäre!) Plötzlich bemerkten alle die kleinen, ungleichen Gummistiefel. Gelächter, ein unbändiges Gelächter, brach aus. Der gelbe Stiefel schien heller zu werden, und der orangene begann zu glänzen. Auch Signor Ficosecco und Signor Chica, der Fotograf, fingen zu lachen an.

Ich finde, es ist zu schade, daß es Ceci gar nicht einfiel, ein schönes *»va fa n'culo«* zu Signor Ficosecco zu sagen. Statt dessen veränderte sich Ceci nach diesem Vorfall. Er zog sich einfach in sich zurück.

Ich glaube, es war ein wenig wie damals, als mich Signor Ficosecco (als er mein Lehrer wurde) aufforderte, das Bild von mir neu zu malen. Ich machte es nicht noch einmal, aber am Tag des Klassenfotos, als alle lachten und Ceci nichts sagte und sich in sich zurückzog, da, denke ich, war es das gleiche, als ob Signor Ficosecco ihn aufgefordert hätte, sein Bild neu zu malen. Und Ceci tat es. Er tat es und war darüber gar nicht glücklich.

Das hätte ich ihm gleich sagen können! Ich hätte ihm sagen können, daß du, wenn du das veränderst, was du wirklich bist, überhaupt nichts mehr sein wirst. Du bist, wer du bist. Ich hörte Bernardo einmal sagen, daß wir eins sind, so wie Gott eins ist. Er sagte, Gott hat uns ein wenig so gemacht, wie er selbst ist. Deshalb hätte Ceci so bleiben sollen, wie er war. Einfach er selbst. Er hätte *»va fa n'culo«* zu Signor Ficosecco sagen sollen, weil es eine schwierige Sache ist, sich selbst zu verändern, um ein anderer zu werden. Am Ende hast du zwei Paar Ohren, und mit einem Paar zu hören, ist schon schwer genug, ich weiß das, frag meine Tante, die kann es dir bestätigen. Stell dir vor, mit vier Ohren zu hören. Und was ist mit den Augen? Jeder mit vier Augen wird dir bestätigen, daß es besser ist, zwei gute Augen zu haben. Zwei sind genug.

Ceci war noch klein. Er wußte es damals nicht besser. »Ich will einfach nicht«, sagte Ceci, als meine Tante fragte, warum er seine Stiefel nicht mehr anziehen wollte. »Deine Füße sind naß und deine Strümpfe ständig feucht. Du wirst dir noch Rheumatismus holen, und dann mußt du am Stock gehen, wenn du alt bist. Warum, Ceci, warum? Sie sind doch schön, es sind doch schöne Stiefel, und sie halten dich warm und trocken.«

»Ich will einfach nicht«, rief Ceci immer wieder. Ja, er sagte nach diesem Vorfall nicht viel, aber um diese Zeit herum fingen die Kämpfe an. Gedanken, schlechte Gedanken, begannen sich in seinem Kopf breitzumachen. Gedanken, die ihn vor Probleme stellten. Gedanken und Probleme, wie beispielsweise die Frage: »Huh, soll ich heute Signor Chicas Reifen durchstechen, oder soll ich im Papierkorb unter Signor Ficoseccos Pult Feuer legen?« Von dieser Zeit an runzelte Ceci oft die Stirn und war meistens traurig. Dann lachte er plötzlich, und lachte und lachte, dann runzelte er die Stirn und war wieder traurig.

Er lachte mich auch oft aus. Der gelbe Plastikregenmantel, den ich trug (auch er kam aus der Tiefe des amerikanischen Hilfspakets), war hübsch und bequem, er hatte eine Kapuze und schützte mich voll und ganz vor dem Regen. Ich liebte diesen Regenmantel. Als alle lachten, dachte ich bloß, Pech gehabt! Sie lachten offenkundig, weil sie neidisch waren. Pech gehabt. Ich konnte draußen bleiben und im Regen spielen, anstatt drinnen beim Feuer zu sitzen und meiner murrenden Tante beim Stricken zuzusehen. Ich trug den

Regenmantel, trug ihn bis zu Cecis erbarmungslosem Gelächter. »Die Druckknöpfe sind aus Metall«, sagte er zwischen zwei Lachanfällen. Er lachte so sehr, daß er eine Weile brauchte, bis er diese wenigen, schrecklichen Wörter herausbekam. Und ich verstand das, was er sagte, nur, weil Peppe mir seine Worte wiederholte. Auch er lachte, nur nicht so arg. »Metall zieht die Blitze an, das weißt du doch.« Peppe erklärte, was Ceci meinte.

Ich weiß nicht, warum mein Bruder Peppe mitlachte. Ich lachte nie, wenn ihn meine Tante jeden Tag beim Essen austrickste und seine Nudeln in eine große Schüssel tat, damit es aussah, als ob er mehr bekäme, und er nicht weinte. Und wenn er weinte, lachte ich nie. Aber er lachte die ganze Zeit, als Ceci lachte.

Als ich auf den Pflastersteinen der Via Monterosa einmal Himmel-und-Hölle spielte, hielt ich an und sah hinauf, weil ich von oben, von der Treppe unseres Hauses, Worte hörte, die mir sehr bekannt vorkamen. Und natürlich waren sie mir bekannt, weil es meine eigenen Worte waren! Worte, die ich in aller Stille in mein Gedichtheft geschrieben hatte, und Peppe lachte, während Ceci meine Gedanken, meine sehr privaten, intimen Gedanken, achtlos in den Wind schleuderte. Oh, wenn mir jemand meine Kleider gestohlen hätte und mich nackt hätte durch die Straßen laufen lassen, wäre ich nicht so verlegen und wütend gewesen. Ich fühlte mein Herz so wild schlagen, als wollte es zerspringen. Ich fühlte das Blut durch meinen ganzen Körper strömen, vor allem im Gesicht. Ich weinte, und sie lachten. Ich rannte die Treppe hinauf, drei Stufen auf einmal, und riß mein Heft in tausend Stücke. Ich vermißte meine Gedichte. Ich würde bestimmt auch meinen Mantel vermissen. Damals hätte ich es Peppe sagen sollen, vielleicht hätte er dann nicht gelacht. Ich hätte ihm sagen sollen, daß ich es wußte.

Ich wußte es, obwohl meine Tante nichts davon gesagt hatte, weil ich alles gesehen hatte. Ich wußte, daß ich meinen Regenmantel nicht direkt aus dem amerikanischen Hilfspaket bekommen hatte, daß Bernardos Tochter ihn vor mir getragen hatte. Ich sah meine Tante einen großen Korb voller Kleider bei Bernardos Tür abholen, und ich war dabei, als sie das Eis über dem Wasser aufschlug, um sie zu waschen. Ihr nasser Rock wurde steif und ihre Hände blutrot. Sie waren noch immer rot, rot und geschwollen, als sie den Korb mit den sauberen Kleidern hinstellte und den gelben Regenmantel herausnahm. Er hätte nicht gelacht, wenn er das gewußt hätte. Jetzt ging ich immer noch zur Schule, wenn es in Strömen goß, aber ohne meinen Mantel. Ich wollte lieber naß als geschmort werden. Hättest du nicht dasselbe getan?

Und ja, nach dem Vorfall mit dem Foto in der Schule erschienen von Zeit zu Zeit wütende Mütter an unserer Tür. Sie zogen schreiende Kinder hinter sich her. Eins mit einem Kratzer, eins mit einer blutenden Nase, eins mit einer schwarzblauen Beule am Schienbein und andere mit allen möglichen Blessuren. Na, wenn das einer Frau nicht das Leben schwer macht, die in so schwierigen Zeiten so viele Kinder großzieht! Meine Tante raufte sich die Haare und schlug oft die Hände vors Gesicht. Von da an begann meine Tante, Ceci laut anzuflehen: »Respekt, Respekt, paß auf, und sei respektvoll.« Aber es nützte nichts.

Der gleiche Signor Berlini, der Schuldirektor, der die Gespräche mit meiner Tante führte und ihr jedes Jahr, mehrmals im Jahr, mit so geschwollenen Worten mitteilte, daß es Ceci an gesundem Menschenverstand fehlte, bestellte sie wieder ein. Signor Berlini nahm an, daß es Ceci war, der den dreitägigen Streik der weiterführenden Schule organisiert hatte, die er nun besuchte. Und er ging auch davon aus, daß es Ceci war, der gedroht hatte, den Musiklehrer zu verprügeln, und den Mann aus San Giovanni vertrieben hatte. Als ob es sich San Giovanni leisten könnte, den einzigen Musiklehrer zu verlieren! Und jetzt begann Ceci, sich mit dem Philosophielehrer anzulegen, einem ziemlich intellektuellen, ernsten Menschen, den Signor Berlini nicht auch noch verlieren wollte.

Professor Pallina, der Philosophielehrer, begann tatsächlich jede seiner Unterrichtsstunden mit einer Lektion über Lebensweisheiten. Er sprach flüssig und rein, wie die Milch, die der Hirte am frühen Morgen in unseren Topf molk.

Ceci kannte sämtliche Lebensweisheitslektionen von Professor Pallina auswendig. Und jedesmal, wenn der arme Mann auf das Podium stieg, äffte ihn Ceci nach: »Die Wiege der Pflichten und die Wiege der Rechte, die Wiege der Pflichten und die Wiege der Rechte ...« Und die ganze Klasse stimmte mit ein. Professor Pallina versuchte weiterzusprechen, aber er konnte nicht. Und dann verlor dieser sehr geduldige, vornehme Mann die Kontrolle und packte seinen Stock. Er ließ ihn mehrmals heftig krachend auf sein Pult heruntersausen, bevor das Nachäffen und Gelächter aufhörte und ein gewisses Maß an Ordnung wiederhergestellt war, die es dem Lehrer erlaubte, mit seinem Unterricht fortzufahren. »Man verbringt sein Leben in zwei Wiegen«, sprach der Professor weiter, »und ein ausgeglichenes Leben ist ein ausgeglichener Aufenthalt in jeder der beiden. Da gibt es die Wiege der Pflichten. In dieser Wiege entwickelt man ein Gespür, welche Verpflichtungen man gegenüber der Gesellschaft, der Familie und sich selbst hat. Hier lernt ihr eure Verpflichtungen als menschliche Wesen dem Leben gegenüber kennen und entwickelt Tugenden, Werte und Moral. Aber verweilt nicht zu lange in dieser Wiege. Selbstgefälligkeit und Stolz finden sich ebenfalls in dieser Wiege, und sie würden euch verderben. In der Wiege der Rechte lernt ihr etwas über die Gesellschaft und die Familie und was ihr euch selbst schuldig seid. Aber bleibt auch hier nicht zu lange. Sonst könntet ihr glauben, das Leben sei euch alles schuldig. Denn in dieser Wiege der Rechte werden Gewohnheiten, Schwächen und Fehler gehegt. Genau auf diesem Feld gedeiht das Unkraut. Genau hier leben die Betrüger. Achtet die Heiligkeit jeder dieser Wiegen. Beachtet die zeitliche Begrenzung einer jeden Wiege.«

Ceci mochte Professor Pallina, und er wollte tun, was richtig war. Er wollte sich weiterentwickeln. Er wollte die Wiege der Rechte verlassen. Er wußte, daß er sich darin viel zu lange aufgehalten hatte. Das war er sich selbst schuldig. Aber er konnte nicht. Es war, als ob ihm jemand, jemand, der mit Ceci verbunden war, Streiche spielte. Es war, als hätte jemand Ceci Blei in die Stiefel gegossen, das ihn daran hinderte, sich von der Stelle fortzubewegen, an der er stand.

Nach dieser letzten Unterredung meiner Tante mit Signor Berlini verließ Ceci die Schule. Eine ganze Gruppe junger Burschen folgte ihm. Es nützte nichts, daß meine Tante ihm so häufig nachschrie: »Schlechte Gesellschaft wird dich ins Verderben stürzen.« Manchmal glaubte er, daß sie recht hatte, manchmal nicht. Die gleichen Probleme, die gleichen bösen Gedanken. Auf wen sollte er hören? Ceci beschloß, doch noch ein bißchen länger in der Wiege der Rechte zu verweilen. Er hatte Spaß, und jetzt war er es, der lachte. Er verpaßte der Engelsstatue in Signor Berlinis Anwesenheit einen Tritt, als er aus der Schule geworfen wurde, und er lachte, er lachte immer. Er lachte, bis er nach Hause kam, wo er still und ruhig dasaß, und dann lachte er ein bißchen, dann beleidigte er zwischendurch einen von uns ein wenig, und dann lachte er wieder ein bißchen.

»Wein, Weib, Gesang und Gelächter.« Es war Cecis Recht, noch ein wenig mehr Spaß zu haben. »Oh, Rechte, Rechte sagst du«, schrie meine Tante. »Es ist dein Recht, zu arbeiten und Geld zu verdienen für die Hähnchen und die Würste und den Wein, den du mit deiner vergnügungssüchtigen ›*cincin-compagnia*‹ verzehrst.« Und dann hob sie ein Glas, aber keineswegs, um mit Ceci – *cin-*

cin – auf dessen vergnügliche Zeiten anzustoßen, sondern um es auf seinem Kopf zu zerschlagen.

Meine Tante schrie und schrie und war nicht mehr freundlich und nicht mehr nett. Es war zuviel für meine Tante, sie mußte alles bewachen. Sie mußte die Hühner zählen und die Würste verstecken, was gar nicht so einfach war, weil Würste schlecht werden und schimmeln, wenn man sie am falschen Ort aufbewahrt. Sie versteckte sie, aber das machte Ceci nichts aus. Er fand alles.

Ich erinnere mich, daß er einmal sogar die Schokoladentafel fand, die sie auf dem Speicher für Nina versteckt hatte. Meine Tante kaufte die Schokolade für Nina nicht etwa, weil sie Nina bevorzugte, sie kaufte sie, weil sie von einer anderen Frau, deren Tochter auf die Universität ging, gehört hatte, daß Schokolade das Gehirn anrege und gut fürs Lernen sei. Meine Tante wollte nichts dem Zufall überlassen. Sie kaufte die Schokolade und versteckte sie, aber Ceci fand sie. Er fand sie und lief aus dem Haus, und dann rief er nach meiner Tante und schwenkte die Schokoladentafel, bevor er sie auspackte und aufaß.

Aber ich frage mich immer noch, wer Signor Ficosecco angestellt hat. Was soll man mit einem Ficosecco und einem Chica anfangen? Denk darüber nach, was machst du mit einer verschrumpelten, verdorbenen Feige, einer Zigarettenkippe oder trockenem Unkraut? Ich würde sie nicht mit mir herumschleppen, selbst wenn sie Bäume wären. Tote Sachen haben keine Wurzeln. Ich würde sie vergraben und nie wieder an sie denken. Nicht einmal in dem Kämmerchen in meinem Gehirn würde ich sie aufbewahren. Warte, na ja, vielleicht in einem abgelegenen Winkel doch. Ich würde mich vielleicht gern als Warnung an sie erinnern. Aber nur als Warnung für mich selbst.

Meine Tante ist nie zu Signor Ficosecco gegangen. Ich mache ihr deshalb keinen Vorwurf. Auch ich habe mir nicht die Mühe gemacht, zu irgend jemandem irgend etwas über Signor Ficosecco zu sagen. Welche Aussichten hatte ich, gehört zu werden, wenn schon niemand auf jemanden wie Dr. Rafaelino hörte, der sagte, daß man die Milch nicht verderben sollte, daß man sie den Kindern weiß und rein geben müsse?

Funghi

Erhitze ein bißchen wirklich gutes Olivenöl.
Wirf ein paar scharfe Peperoni hinein.
Gib etwas Knoblauch dazu.
Füge in Scheiben geschnittene Pilze dazu.
Wenn sie fast gar sind, gieß einen Schuß
Weißwein an.
Gib Salz, Pfeffer und frisches Basilikum dazu.

Mammarosa hörte auf das, was ich zu sagen hatte. Sie paßte ganz genau auf. Meine Mammarosa war sehr alt und sehr gescheit. Sie konnte nicht lesen und nicht schreiben, und doch war sie sehr klug. Signor Ficosecco hatte so gut lesen und schreiben gelernt, daß er sogar Lehrer geworden war, aber trotzdem war er dumm. Mammarosa war nicht dumm, weil sie zuhörte und das beachtete, was ich sagte.

Ich hatte keine eigene Tafel zu Hause wie Maria Pia, aber wir hatten eine besonders große Steinplatte vor unserer Feuerstelle in unserem Haus in der Via Monterosa Nummer 14. Es waren nicht etwa Mammarosa oder meine Tante, die die Feuerstelle so wunderbar gebaut hatten. Meine Ururgroßeltern hatten das gemacht. Ich wette, meine Ururgroßeltern haben mehr Geld gehabt als Maria Pias Vater, und dabei hatten sie noch nie etwas von Amerika gehört.

Du hättest diese Feuerstelle sehen sollen. Sie war größer und breiter als die Tafel hinter Signor Ficoseccos Pult. Das Haus und die Feuerstelle gehörten jetzt meiner Mammarosa, deshalb benutzte ich die Platte als Tafel, um ihr die Vokale und das ganze Alphabet beizubringen. Wenn sie einen Fehler machte, dann lachte ich nicht, ich wischte die schwarzen Kohlezeichen mit einem feuchten Lappen weg. Und wenn meine Hände und mein Gesicht ganz schwarz und verschmiert waren, dann lachte sie auch nicht. Sie wischte sie mit einem feuchten Lappen sauber. Wenn die Unterrichtsstunde vorbei war, sahen wir beide aus wie der Hufschmied, mit schwarzer Kohle verschmutzt und verschmiert, und dann lachten wir beide.

Wir wuschen uns mit viel Wasser über einer weißen Emailleschüssel. Mammarosa nahm meine Hände im Wasser und wackelte mit meinen Fingern. Sie wackelte vor allem mit meinen kleinen Fingern und sagte: »Und dieser kleine Gauner, der ißt sie alle auf.«

Wenn wir fertig gelacht hatten, nahm ich die Hände meiner Mammarosa und hielt sie fest unter Wasser. »Nochmal, nochmal ... nochmal, Mammarò.«

Meine Mammarosa war ehrlich. Wenn sie sagte, sie würde mich am Morgen wecken, um mit mir irgendwohin zu gehen, dann tat sie das auch. Mammarosa wollte, daß ich mit ihr zum Pilzesuchen ging. Es war ihre Idee, daß ich mitgehen sollte. Sie wollte wirklich, daß ich mit ihr ging, weil sie sagte, beim Brot könne man sich einen Fehler erlauben, nicht aber bei Pilzen. »Pilzesammeln ist eine Sache auf Leben und Tod«, sagte sie. Und da es immer Pilze geben wird und die Leute sie immer sammeln und essen werden, meinte Mammarosa, dann könnte ich die Regeln genausogut gleich jetzt lernen, weil das mit Pilzen so eine Sache ist, man weiß halt nie.

Mammarosa schüttelte mich sanft, als die Sonne noch kaum über den Berg lugte. Bald würde sie aufgehen. Das konnte man an dem fahlen Leuchten erkennen, das langsam hinter dem Berg zunahm und ihn aufglühen ließ. Der Wald, wo die Pilze wuchsen, war nicht weit, aber das Pilzesammeln dauerte lange, und die jetzt bleiche Sonne würde gegen Mittag glühen und herniederbrennen.

Bevor wir gingen, machte mir Mammarosa *zuppa*. Sie bewegte sich langsam. Sie klemmte die Kaffeemühle fest zwischen die Beine und drehte an der Kurbel. Sie mahlte die Bohnen jedesmal frisch, jeweils nur eine kleine Handvoll.

Ich machte ein Auge auf. Mammarosa sah so klein aus. Die Feuerstelle wirkte so groß. Auf der rechten Seite der Feuerstelle, fast daneben, befand sich als Teil der Ummantelung eine Nische. Früher hatte in dieser Nische die hübscheste Figur der niedlichsten Madonna gestanden, solange, bis jemand meinem Papagiuseppe eine Bibel geschenkt hatte und er auf einmal nicht mehr in die Kirche ging, weil er und Don Antonio, der Pfarrer, plötzlich verschiedener Meinung waren. Von da an, und sogar nachdem Papagiuseppe schon lange gestorben war, lagen nur noch ein paar Brocken Salz und der Salzstößel in der Nische bei der Feuerstelle.

Das war ein praktischer Platz für das Salz. Mammarosa saß immer auf ihrem Lieblingsstuhl, wenn sie die Bohnen mahlte und das Salz zerkleinerte. Es war ein kleiner Stuhl, der für ein Kind gedacht war, und der geflochtene Binsensitz war schon ganz abgenutzt. Sie saß auf einem Kinderstuhl, vielleicht sah sie deshalb so klein aus.

Ich erinnere mich, daß meine Tante sagte, Mammarosa habe früher sehr an der kleinen Madonna gehangen. Sie hatte ein Bild von ihr, so hübsch und zierlich, in einen himmelblauen Mantel gehüllt, mit einer Krone aus goldenen Sternen über dem Kopf. Meine Tante sagte, Mammarosa habe das Bild der Madonna eine Weile in der tiefen Tasche ihres schwarzen Dirndlkleides versteckt. Wenn Mammarosa müde war oder Kummer hatte, vor allem in der Nacht, dann steckte sie ihre Hand in die tiefe Tasche ihres schwarzen Rockes und murmelte mit geschlossenen Augen vor sich hin. Mammarosa versteckte die Madonna nur vorübergehend, nur ganz kurz. Jetzt war sie froh, daß das Salz in der Nische stand. Und wenn sie müde war, meistens nachts, bedeckte Mammarosa ihr Gesicht mit beiden Händen, und ihre Lippen bewegten sich still.

Als ich vom Bett aus Mammarosa mit beiden Augen anschaute, tat sie genau das. Sie hatte ihr Gesicht in ihren Händen begraben und murmelte etwas, und dabei war es nicht einmal Nacht. Vielleicht hatte es etwas mit unserem *funghi*-Ausflug zu tun. Pilzesammeln war eine ernste Sache, wir konnten Leben, aber ebensogut den Tod einsammeln.

Mammarosa und ich sagten nichts. Alle im Haus schliefen noch. Ich las von ihren Augen ab. Wir brauchten nicht zu sprechen. Als ich mit meiner *zuppa* fertig war, deutete sie mit ihrem Kopf zur Tür. Wir gingen. Auch in den Straßen war es still. Von den Häuserwänden klang das Geräusch unserer Schritte auf den Pflastersteinen dumpf zurück. Man könnte meinen, es sei in San Giovanni verboten, irgendeine Art von Pilzen zu essen, sagte ich zu Mammarosa, als wir weitergingen. Aber nein, selbst nach dem Vorfall im letzten Jahr, als diese ganze Familie, Vater, Mutter und Kinder, an ein und demselben Tag beerdigt wurde, nachdem sie alle an schlechten *cuculi* gestorben waren, aßen wir immer noch Pilze! Ich suchte in Mammarosas Augen nach einer Antwort. Sie antwortete nie schnell. »Manche Frauen sterben bei der Geburt ihrer Kinder«, sagte sie, während sie geradeaus nach vorne schaute, als ob sie sorgsam darauf achtete, ihren Weg nicht zu verfehlen, »und das hat noch nie jemanden davon abgehalten, zu lieben und für einen neuen Engel Platz zu machen.« Und dann seufzte sie.

Mammarosa brachte mir bei, daß das Pilzesammeln schwierig ist, so schwierig wie das Leben. Es ist eine Kunst mit eigenen Regeln und Traditionen, und sie wollte, daß ich diese Regeln und Traditionen gut kannte, damit ich nicht irgendwann, wenn sie nicht mehr dabei war, hinlief und einfach einen alten Pilz pflückte und ihn in meinen Korb legte, ohne ihn zuerst einer Prüfung zu unterziehen. Ich konnte sonst mit meinen eigenen Händen den Tod pflücken.

Wenn Mammarosa Pilze sammelte, war sie sehr still. Sie hielt jeden Pilz lange Zeit in der Hand. Sie hielt ihn gegen die Sonne, und dann hielt sie ihn an die Nase und dann lange sehr nahe vor ihre Augen. Sie untersuchte jede Lamelle. Sie sagte, es spiele eine Rolle, wo sich die kleinen Linien verzweigten und wie sie sich verzweigten. Sie untersuchte, ob die Lamellen beim Hut oder beim Stiel zusammenliefen. Sie drückte sogar jeden

Hut, aber vorsichtig, und dann wartete sie, um die Farbe der Druckstelle zu beobachten. Jeder dieser Schritte war wichtig, nicht einer davon durfte ausgelassen oder auf die leichte Schulter genommen werden. Es gab allgemeine Regeln für das Pilzesammeln, und es war gut, sie zu kennen, aber sie konnten niemals die richtige Behandlung und die Untersuchung eines jeden Pilzes ersetzen.

Die erste Faustregel hatte mit den Lamellen zu tun. Jeder Pilz mit Lamellen war gefährlich, aber es gab Ausnahmen. Die zweite lautete, daß alle Pilze, die auf Bäumen wuchsen, sicher waren, aber es gab Ausnahmen. Und dann natürlich die wohlbekannte Regel, die dritte (die selbst Leute kennen, die nie Pilze sammeln), die da lautet, daß man alle *funghi* meiden sollte, die in der Nähe von rostigen Blechdosen oder sonstigen Metallgegenständen wachsen. Bei dieser Regel gab es keine Ausnahmen. Und schließlich gab es eine wichtige letzte Regel, bestimmt nicht die unbedeutendste: So ernste Expeditionen unternimmt man niemals allein. Es ist am besten, mit einem alten Freund zu gehen, auf den man sich verlassen kann, jemand wie Mammarosa, nie mit einem jungen. Jetzt weiß ich, warum.

Ich erinnere mich noch gut an das erste Mal, als ich mit Mammarosa Pilze sammeln ging. Es gab da eine Stelle ganz voller Steinpilze, *porcini.* Ich sah sie schon von weitem, die braunen kleinen Hüte mit den dicken, knollenförmigen Stielen. Ich hätte die ganzen Pilze sofort in meinen Korb gelegt, hätte alles hinter mir gehabt und wäre dann nach Hause gelaufen. Das hätte ich getan, wenn mich Mammarosa nicht am Ärmel gepackt hätte. »Nicht so schnell«, sagte sie. Nicht einer davon landete in ihrer Schürze, wenn er nicht jede dieser Prüfungen bestand und nach allen Regeln und mit all ihren Sinnen untersucht worden war.

Und warum nicht? Ich weiß jetzt, daß Schwindler potentielle Mörder sind. »So ist das auch mit den Männern«, sagte sie. »Es dauert lange, bis du weißt, ob es Gift oder Leben ist, das durch das Herz eines Mannes fließt.« Mammarosa sagte immer, man müsse erst Unmengen von Salz mit jemandem gegessen haben, bevor man behaupten könne, ihn zu kennen. Bei der geringen Menge, die wir aßen und kochten, glaubte ich nicht, daß wir jemals jemanden wirklich gut kennenlernen würden. Wozu das Ganze überhaupt, dachte ich bei mir, wenn *funghi* und Männer tatsächlich so gemein sind?

Pilze sind gemein. Als ich zum ersten Mal an die Stelle kam, wo sie zu finden waren, dachte ich, daß sie ganz bestimmt gemein sind. Plötzlich sah ich sie als Verführer, die dich in den Wald lockten. Sie lockten selbst die allerklügsten Leute an, sogar Mammarosa. Nachdem ich Mammarosa beobachtet und ihr zugehört hatte, kam ich darauf, daß die *funghi* einen Plan verfolgen. Sie sind schlau. Sie haben sich alles im voraus ausgedacht. Und so gehen sie vor: Sie warten, bis du am Waldrand bist, und dann fangen sie mit ihrem Zauber an. Auch der Wald, der Wind, die Sonne und die Bäume, die ganze Bande liegt auf der Lauer und hilft dabei, dich in die Falle zu locken. Die Vögel verstecken sich, nicht schüchtern, sondern feige, in den Bäumen. Sie geben nicht den geringsten Laut von sich, kein leises Flügelschlagen, nicht das feinste Zirpen. Sie sind schuld, sie sind Teil des Hinterhalts, sonst würden sie ein Lied der Gefahr singen, eine Warnung an die Unschuldigen, die in den Wald gelockt werden.

In meinen einfältigen Kindergedanken stellte ich mir vor, daß die gemeinen Pilze lachten. Sie lachten uns aus, uns, die Dummköpfe, die in den Wald gingen, um nach ihnen zu suchen. Ich stellte mir die Pilze als gerissen vor, wie sie ihren Duft verströmten – den Duft des Lebens. Das Aroma des Überlebens. Die Pilze verströmen das Aroma und vertrauen es dem Wind an, der es durch die Bäume bläst. Die Blätter der Bäume tanzen im Sonnenlicht, um dich abzulenken, dich zu verfolgen, dir mit ihrem Zittern und Beben Angst einzujagen. Bald zitterst und bebst auch du, und dann bist du aufgeregt und rennst los, die Pilze gierig zu pflücken.

Wenn du sie ißt, fangen die Pilze sofort an, von innen zu wirken. Sie packen dich am Hals und würgen dich, und du stirbst. Und dann liegst du in der Erde und verwest, und der Wald und die Bäume und die Pilze verzehren dich. Sie überleben und leben munter weiter, während du verführt wurdest und in die Falle getappt bist! So sterben Dummköpfe. Wieder und wieder verfolgte mich in diesem Wald voller Pilze dieser schreckliche Refrain: »So sterben Dummköpfe, so sterben Dummköpfe.«

Es war mein allererstes Mal. Ich wollte schnell wieder zu Hause sein und konnte nicht verstehen, warum meine Mammarosa noch bleiben wollte. Sie war weise. Warum konnte sie nicht sehen, was ich sah? War auch sie verzaubert und verführt? War ich nun die Kluge? Ich erinnere mich, daß ich bei diesem allerersten Ausflug in den Wald auf der Suche nach Leben oder Tod weinen wollte. Die Strahlen der Sonne erschienen mir wie Dolche in den hohen Kiefern. Es waren Dolche, die einen ärgerten und im sanften Wind blitzten.

Das Pilzesammeln war eine Tradition, die Respekt erforderte, den ich aber schon beim ersten Mal verlor. Ich erinnere mich, daß ich an Mammarosas Schürze zupfte, nachdem sie ihren Finger über den Mund gelegt hatte, um mir zu zeigen, daß ich ruhig sein sollte. Ich war aber nicht ruhig. Und sie machte einfach weiter mit ihrer Stille und den Untersuchungen. Das lag nicht daran, daß die Pilze für Mammarosa wichtiger waren als ich. O nein, im Gegenteil, wenn meine Mammarosa mich rief, dann rief sie mich nie bei meinem Namen. Sie nannte mich *Bene, meine Gute.* Selbst wenn wir kein besonders gutes Brot machten, weil wir kein Getreide hatten, selbst dann nannte sie mich, wenn sie mich oder ich sie rief: »Schatz, ja, meine *Bene.*« Pilze waren nicht ihr Schatz, das war nur ich. Ich war ihre *Bene.* Aber das Pilzesammeln war wichtig, und ich sollte das in Ruhe durch Zuhören und Zuschauen lernen, nicht Energie für meine wilden Vorstellungen vergeuden. Deshalb beachtete meine Mammarosa die Panik auf meinem Gesicht nicht. Das wußte ich alles, aber ich war dennoch nicht still. Es war Panik auf meinem Gesicht und in meinem Herzen, und ich rief laut, laut genug, um jeden Fluch oder Zauber zu brechen. »Warum?« schrie ich. »Warum also? Warum?«

Immer frage ich warum. Wenn man mit den Pilzen nie sicher sein kann, wenn man es einfach nicht weiß, warum geht man dann das Risiko ein? Wenn man, nachdem man sich die ganze Mühe gemacht und alle Regeln befolgt und jede Tradition eingehalten hat, am Ende immer noch einen schlechten erwischen kann, warum? Warum also, warum?

Ich habe nie irgend jemandem von diesem Kampf mit meiner Einbildung im Wald erzählt. Nicht einmal meiner besten Freundin Sara. Sara war meine beste Freundin, weil ihre Mutter Tata mich in ihr Haus ließ, um mit Sara zu spielen. Sie ließ mich ein, obwohl ich zur Hälfte ein Teufel war. Das stimmt, ein halber Teufel.

Einmal spielten zwanzig Kinder in Lucrezias Haus. Lucrezia war neu in der Schule. Es war Lucrezias Geburtstag, und irgendwie war ich unter den zwanzig Kindern, obwohl ich mich nicht erinnere, eingeladen worden zu sein. Als Lucrezias Mutter mich erblickte, sah sie überrascht aus und lächelte (als ob ich nicht gesehen hätte, daß sie auf und in alle ihre Finger gespuckt hatte). Bald danach sagte sie, es seien zu viele Kinder da, und ein paar müßten gehen.

Aber ich war die einzigen »paar«. Ich, die einzige, die Lucrezia beim Aufstehen geholfen hatte, als sie ein paar Tage vor ihrem Geburtstagsfest gestürzt war. Mit meinem Rock, meinem einzigen Rock, hatte ich den Sand von der offenen Wunde an ihrem Knie gewischt. Ihre Mutter wußte das, weil ich Lucrezia geholfen hatte, nach Hause zu kommen, und trotzdem mußte ich gehen.

Weißt du, mein Papagiuseppe hörte auf, in die Kirche zu gehen, bevor wir geboren wurden, deshalb war ich nicht getauft (alle wußten, daß ich nicht getauft war). Das bedeutete, ich war keine Christin, das heißt, ich war zumindest zur Hälfte ein Teufel. Was mit der anderen Hälfte war, wußte keiner. Bestimmt kein Teufel, weil ich keine Hörner hatte und genauso aussah wie alle anderen Kinder.

Ich glaube, Tata ließ mich mit Sara spielen, weil ihr Mann, Gaetano, und meine Mammarosa Cousin und Cousine waren, und Teufel oder nicht, Familie ist Familie, und Pflichten sind Pflichten. Und außerdem hätte sie mich nicht zehnmal am Tag hinauswerfen können. Da wären ihr bestimmt die Vorwände ausgegangen.

Ich hatte damit, daß ich ein halber Teufel war, nichts zu tun. Ich wußte überhaupt nichts darüber. Ich wußte nicht genug, um beurteilen zu können, ob Don Antonio, der Pfarrer, oder mein Papagiuseppe recht hatte. Ich wußte nicht, wer recht hatte und wer nicht. Ich zerbrach mir darüber einmal wirklich den Kopf und kam zu dem Schluß, daß Papagiuseppe recht hatte. Das lag nicht daran, daß ich ganz plötzlich alle Informationen hatte, nein, daran lag es nicht. Es hatte gar nichts mit Tatsachen zu tun, es war eher ein Gefühl in mir, so klar wie das Wasser, das aus dem San-Giuseppe-Brunnen spritzte, und es flüsterte mir zu, daß das, was mein Papagiuseppe glaubte, richtig war. Und zwar ging mir folgende Überlegung durch den Kopf: Wenn Piperellas Tochter mich an den Haaren zog, riet meine Mammarosa mir (dem Halbteufel), es einfach hinzunehmen. Wenn ich sie an den Haaren zog oder wenn sonst jemand die Kinder von Piperella ärgerte, forderte ihre Mutter (die getauft war) sie auf, mit Steinen zu werfen. Sie riet ihnen zu beißen, und sie lachte, wenn sie böse waren und fluchten.

Diese Beobachtung allein war jedoch noch nicht genug. Es reichte noch nicht aus, mich davon zu überzeugen, daß mein Papagiuseppe recht daran tat, nicht mehr in die Kirche zu gehen. Ich habe vielleicht nicht gerade vor den Augen meiner Mammarosa Steine geworfen, getreten und gelogen, aber insgeheim wollte ich all das tun, und manchmal tat ich es auch. Es war also eher ein Gefühl, das mich überzeugte. Das Gefühl, das ich spürte, wenn ich in meinem Kopf die Stimmen der beiden Frauen hörte. »Schlag zurück«, sagte Piperellas Frau. Wenn ich die Stimme von Piperellas Frau und ihre Worte »Schlag zurück, schlag zurück« hörte, hatte ich kein gutes Gefühl. Es fühlte sich nicht richtig an. Das Gefühl ähnelte einem tobenden Sturm.

Aber wenn ich Mammarosas Stimme und ihre Worte »Laß gut sein, laß es gut sein« hörte, obwohl ich es nicht gut sein lassen wollte, dann war das Gefühl anders. Dann gab es keinen heulenden Wind, keine donnernden Wellen. Keinen Sturm. Im Gegenteil, da herrschte eine süße Stille und eine Ruhe in mir, so süß wie der Duft, der nach einem Regenguß von der Erde aufstieg, und so still wie die Luft, wenn sich der Wind gelegt hatte, nachdem er sich auf unserer Seite des Berges ausgetobt hatte.

Manchmal denke ich, es müssen die Engel sein, die dir helfen zu fühlen, was richtig und was falsch ist. Wenn du größer wirst, kannst du keine Engelsstimmen mehr hören, aber wenn du genau aufpaßt, fühlst du sie klar und deutlich in dir, und wenn du hinhörst, führen sie dich, und du wirst immer das Richtige tun. (Das muß ich von Mammarosa gehört haben.)

Als ich die Worte meiner Mammarosa hörte, die die Worte meines Papagiuseppe waren, hatte ich ein gutes Gefühl, und gut ist immer richtig. Deshalb beschloß ich, daß mein Papagiuseppe recht gehabt haben muß und daß ich, getauft oder nicht, kein halber Teufel war. Ich war ich, ganz allein ich, und nicht die Hälfte von irgend etwas.

Einmal fingen Maria Pia und ein paar andere Mädchen, mit denen sie immer spielte, an, richtig nett zu mir zu sein. Maria Pia lud mich sogar zum Spielen zu sich nach Hause ein. Maria Pias Mutter bemerkte mich nicht einmal. Sie war damit beschäftigt, mit ein paar Männern zu sprechen, die dabei waren, das Haus zu vergrößern. Auf dem Küchentisch lag ein amerikanisches Bilderbuch mit Lampen und großen Kronleuchtern. Ich glaube, ihr Vater hat das Buch aus Amerika geschickt. Es mußte aus Amerika sein, weil ich kein einziges Wort sah, das ich lesen und verstehen konnte, aber die Bilder waren wirklich schön.

Maria Pia war eine Weile sehr freundlich zu

mir, und dann rückte sie eines Tages mit der Sprache heraus: »Wenn du mit mir zu Don Antonio gehst und dich taufen läßt, bekommst du meinen Globus. Ich werde deine Taufpatin sein, und dann sind wir *comari!*«

Ihren Globus? Der, der sich frei um den goldenen Ständer drehte? Oh, das war sehr hart. Ich hatte nie zuvor einen Globus, die ganze Welt, in meinen Händen gehalten. Don Antonio fing an, mich jedesmal, wenn er in der Schule die Treppe heraufkam, um die Religionsstunde zu halten, wie ein Engel anzulächeln, nachdem Maria Pia das gesagt hatte. Ich glaube, er wußte Bescheid. Ich wußte nicht, was ich tun sollte.

Jetzt wußte ich aber, wie es sich für den Baum an der Schlucht angefühlt haben mußte, für diesen nackten Baum, den ich an dem Tag gesehen hatte, als mich Signor Ficosecco aufforderte, das Bild von mir selbst neu zu malen. Jetzt faszinierte er mich nicht nur, jetzt verstand ich ihn, weil auch ich fühlte, wie die Erde, auf der ich stand, aufbrach und mir war, als ob meine Wurzeln freigelegt würden, so daß jeder sie sehen konnte.

Und dann, nachdem ich einen Tag lang wirklich intensiv nachgedacht hatte, schüttelte ich den Kopf vor Maria Pia. Nein! Ich schüttelte den Kopf, weil ich umknicken und an den Wurzeln verdorren und absterben würde, wenn ich mich verbiegen ließe, wie so viele andere Bäume, die ich während eines Sturms durch mein Fenster beobachtet hatte. Ich wollte nicht sterben. Nackt sein, ja, aber nicht sterben.

Ich wollte diesen Globus wirklich haben. Ich

nahm nach der Schule den weiten Weg nach Hause, und ich ging an diesem Tag, an dem ich zu Maria Pia nein gesagt hatte, sehr langsam. Ich mußte unbedingt spät zu Hause ankommen! Ich hielt an und betrachtete meinen Baum an der Schlucht. Ich faßte die Zweige an, die ich erreichen konnte, und streichelte langsam einen nach dem anderen. Dann, als ich genau hinsah, bemerkte ich, daß an der Spitze der Zweige weiche grüne Nadeln wuchsen. Stolze Verlängerungen der alten. Das waren die neuen Triebe, weich, babyweich, und überhaupt nicht stachelig. Plötzlich fühlte ich, daß ich viel stärker wurde, und ich rannte nach Hause und war nicht einmal spät dran. Ich dachte nicht mehr an diesen Globus.

Sara ging mit mir den weiten Weg zur Schule und nach Hause, wenn sie konnte. Auch deshalb war sie meine beste Freundin. Aber beste Freundin oder nicht, ich hätte Sara nie von meinem Ausflug in den Wald und von dem erzählt, was ich in meinen Vorstellungen gesehen hatte, als ich mit meiner Mammarosa zum ersten Mal zum Pilzesammeln ging.

Wenn ich ihr davon erzählt hätte, hätte Sara gelacht. Ich wußte, daß sie lachen würde. Sara war so eine Besserwisserin. Das hatte sie von ihrer Mutter.

Tata wußte alles und fürchtete sich vor nichts. Sie hatte keine Angst vor Don Antonio, sie hatte keine Angst vor den Politikern, sie hatte keine Angst vor Männern, sie hatte keine Angst vor der Dunkelheit, dem Wald, dem Leben, und sie hatte keine Angst vor dem Tod. Es war in San Giovanni immer Tata, Saras Mutter, die gerufen wurde, wenn eine Leiche gewaschen und hergerichtet werden mußte. Sie sagte, daß sie gerufen wurde, aber oft sah ich sie dort, wie sie einfach wartete. Sie richtete alle her, jene, die einen guten Tod gestorben waren, und jene, denen das nicht vergönnt war. Die Mordopfer, die Unfallopfer und die Selbstmörder. Tata war immer da, um ihre Aufgabe zu erfüllen. Und wie die Mutter, so die Tochter.

Sara hätte gesagt, ich sei ein Angsthase. Sara hätte mir so fest auf die Schulter geklopft, daß ich einen Kilometer nach hinten geflogen wäre, und dann hätte sie gelacht. »Du bist übergeschnappt«, hätte sie gesagt, und dann hätte sie mich wieder geschubst und gelacht, bis ihr die Tränen gekommen wären. Wer kann so etwas schon leiden?

Warum sollte ich irgend jemandem etwas sagen? Da gab es gar nichts zu lachen, weil daran nichts Lustiges war. Sara hätte vielleicht gelacht, aber ich kenne jemanden, der das nicht getan hätte. Teresa hätte mir zugehört, und dann hätte sie es sich vielleicht, wenn sie von meinem Erlebnis bei meinem ersten Abenteuer beim Pilzesammeln gewußt hätte, zweimal überlegt, bevor sie allein in den Wald gegangen wäre.

Ich hörte, was Teresa passiert war, von den Frauen, die auf dem Platz vor Piottas Tür saßen und stickten. Es war eine Art Innenhof, an der Stelle einer Einbuchtung in der Via San Francesco d'Assisi. Diese Einbuchtung der Hauptstraße war die Via Monterosa, meine Straße, und sie begann bei Piottas *patio*. Teresa war älter als ich, genaugenommen war sie viel älter, aber ich denke, sie hätte mir geglaubt und nicht gelacht. Teresa war ein braves Mädchen, das sagten auch die Frauen. Sie respektierte alle Traditionen und Regeln. Ich denke, sie wußte einfach nicht, daß die Regel, nicht allein zum Pilzesammeln zu gehen, in keinem Fall mißachtet werden durfte. Ich hätte Teresa geraten, nicht in den Wald zu gehen und sich verlocken zu lassen. Ich hätte ihr gesagt, daß der Schein oft trügt, daß Pilze gemein sind. Ich hätte ihr geraten, vorsichtig zu sein, weil das alles nur ein Trick war. Ich hätte es ihr sagen sollen. Ich hätte es ihr gesagt, aber ich wußte ja nicht, daß Teresa vorhatte, allein in den Wald zu gehen.

Arme Teresa, sie wußte nicht, was sie an jenem Tag erwartete, an jenem Tag, als sie auf der Suche nach Trüffeln und *porcini* ein wenig herumirrte. Sie spielte im Wald mit den Sonnenstrahlen, aber ich hätte sie gewarnt, daß das Dolche waren, nicht Strahlen von Licht, die durch die Bäume leuchteten. »Sie verzaubern dich«, hätte ich ihr zurufen sollen. Und das taten sie.

Teresa folgte ihnen bis zum Bach. Dort setzte sie sich nichtsahnend in das weiche Gras nieder. Sie legte die Enden ihres Rockes über die Knie. Weit und breit war kein Mensch. Ihre Mutter war nicht dort und konnte nicht die Stirn runzeln. Teresa hielt die Füße in das sprudelnde Wasser des Baches. Sie glaubte, sie habe Zeit. Es gab ja so viele *porcini*. Sie konnte sie schon riechen. Dann hörte sie schließlich das ferne Geräusch knirschender Kiefernnadeln. Es bestand kein Zweifel, Füße, schwere Füße stapften über den Waldboden. Teresas Herz tat einen Sprung. Sie drehte sich, um nachzusehen, aber sie hatte keine Angst. Es war Nando. Nando stand lächelnd da.

Nando war ein guter Fang für sie. So viele Mädchen beneideten Teresa! Nando hatte alle Prüfungen bestanden. Er war gutaussehend und geistreich. Nando hatte Aussichten, Angestellter im öffentlichen Dienst zu werden, und seine Familie besaß fruchtbares Land. Nando war eine gute Partie und darüber hinaus ein guter Mensch. Jeder dachte so. Er war jung und manchmal ein bißchen großspurig, aber die Frauen sagten, daß sich selbst junge, unruhige Gockel irgendwann in ihrer eigenen Ecke des Hühnerstalls niederließen, das war also kein Problem.

Teresa war verzaubert. Ganz sicher war sie verzaubert. Hätte nicht ein Zauber auf sie gewirkt, dann wäre ihr Geist klar genug gewesen, um nachzudenken, und sie hätte sich gefragt, was sie da allein mit Nando im Wald tat. Und dann hätte sie sich vielleicht auch gefragt, was Nando dort zu suchen hatte. Auch Nando kannte die Regeln. Aber Teresa ließ sich treiben. Sie dachte überhaupt nicht nach. Und sie erwiderte Nandos Lächeln.

Er drehte sich seine Zigarette fertig, und die ganze Zeit lächelte er. Seine geschickten Finger rollten, während seine Augen sehnsuchtsvoll in die ihren schauten. Er zündete ein Streichholz an. Er hielt das Feuer in den hohlen Händen, dann zündete er die Zigarette an. Nando inhalierte den

Rauch tief und blies ihn schließlich ganz langsam wieder aus. Es war so still, und sie hatten so viel Zeit. Langsam kam er auf sie zu. Teresa kannte Nando. Er hatte ihr seine Liebe gestanden. Na ja, nicht ihr direkt. Seine Eltern hatten mit ihren Eltern gesprochen. Sie hatten sich über die Mitgift geeinigt. Jetzt mußte nur noch ein Datum für die Verlobung festgesetzt werden, und dann würde die Zeit der eigentlichen Werbung beginnen.

Nando kannte Teresa. Sie kannten beide die Regeln. Nando kam näher. Hatte er keine Achtung vor den Regeln? Teresa stand ganz ruhig da. Ihr Kopf konnte nicht nachdenken, als wäre sie von einer eigenartigen Substanz berauscht. Ich wußte, was es war. Es waren die Pilze. Sie hatten ihren verlockenden Duft verströmt. Er hing in der Luft. Und sie atmete ihn tief ein. Sie trieb dahin. Aber er – hatte er keinen Respekt vor Teresas Ehre?

Ah, warte einen Moment, vielleicht stellte Nando Teresa auf die Probe! Ein kleiner Test gehörte einfach dazu. Die Frauen meinten, daß Teresa diese so simple Regel vergessen haben muß. Wäre sie nicht allein, verzaubert im Wald gewesen, dann hätte sie ihn wütend angesehen. Sie hätte Nando mit ihren Augen geradewegs durchbohrt. Sie hätte ihm eine knallharte Ohrfeige verpaßt, und dann hätte sie kehrtgemacht und wäre lächelnd nach Hause gegangen. Oh, hätte sie das bloß getan, hätte sie ihm nur einen bösen Blick zugeworfen und wäre dann nach Hause gelaufen, dann hätte sie die Prüfung bestanden. Ja, die Prüfung.

Auch Pilze werden getestet. Als letzte Vorsichtsmaßnahme wird, wenn man *porcini* kocht, dem Wasser Knoblauch hinzugefügt. Wenn sich der Knoblauch schwarz färbt, würden dir die weisen Frauen von San Giovanni raten, alles, sogar den Topf, wegzuwerfen. Wenn der Knoblauch schön weiß bleibt, sind die *porcini* in Ordnung. Die roten Pilze dagegen werden nicht mit Knoblauch gekocht. Das würde nicht ausreichen. Rote Pilze kocht man für alle Fälle lange mit ein paar Stücken guter Holzkohle. Frauen testen Pilze, und Männer testen Frauen. Wie sonst konnte ein Mann herausfinden, ob ihm seine Frau das ganze Leben lang, durch dick und dünn, treu bleibt? Wie konnte er herausfinden, ob sie ihn wirklich ehren würde? Vor allem, wenn sie schön war. Wenn die Frau schön war, dann mußte der Mann besonders sichergehen, denn ein altes Sprichwort besagt, daß man eine schöne Frau nur zur Hälfte besitzt, eine häßliche dagegen ganz.

Teresa war schön, darüber bestand kein Zweifel. Die Frauen, die bei Piottas Hof stickten und strickten, sagten das immer wieder: »Teresa war schön, Teresa war schön. Aber ob schön oder nicht, jede junge Frau mit ein bißchen Verstand und ein wenig Kenntnis der Regeln und Traditionen mußte während ihrer Verlobungszeit damit rechnen, ein wenig auf die Probe gestellt zu werden.« Alle Frauen nickten zustimmend, als Caterina mit dem Stricken innehielt und dies sagte.

Caterina fuhr fort und erzählte von der Zeit, als ihr Verlobter, ihr heutiger Ehemann, sie auf die Probe stellte. Sie erzählte ihre Geschichte voller

Stolz, mit geschwellter Brust und zurückgeworfenen Schultern. Sie sagte, daß er jeden Abend gekommen sei, ihr – wie es sich gehört – den Hof zu machen. Alle versammelten sich um das Feuer. Caterina sagte, ihre Mutter habe auf ihrer einen Seite und ihr Bruder, ihr Vater und ihre Schwester auf der anderen Seite gesessen. »Es gab eine doppelte Mauer aus Menschen zwischen uns«, meinte Caterina. Ihr Verlobter saß ihr respektvoll gegenüber auf der anderen Seite der Feuerstelle. Alles, was sie austauschten, waren schüchterne Blicke. »Ich war schüchtern«, meinte Caterina. »Er nicht. Mein Gesicht brannte vor Scham, wenn er mich zu lange anschaute.« Die Frauen nickten, als Caterina sagte, daß sie vor Scham errötete. Das Nicken bedeutete Respekt, Hochachtung vor Caterinas Ehrbarkeit und Keuschheit. »Er hätte sich auf das konzentrieren sollen, was meine Eltern sagten. Es wurde über unsere Hochzeitsvorbereitungen geredet. Aber nein, er starrte mich weiter an. Ich stand auf, um Asche über die heiße Kohle zu streuen. Mir war heiß. Am nächsten Tag kam er, um mich auf die Probe zu stellen. Ich glaube, er kam, um einfach herauszubekommen, wie schüchtern ich wirklich war. Er kam, um herauszufinden, ob ich auf meine Ehre wirklich Wert legte oder ob ich einfach bloß Angst vor meinem Vater hatte.« – »Aha!« lachten die Frauen. Und dann ließen sie alle auf einmal ihre Nadeln sinken und beugten sich nach vorn, um genau hinzuhören. »Er wollte herausbekommen«, erzählte Caterina weiter, »er wollte herausbekommen, ob er eines Tages würde prahlen können wie sein Vater.«

Sein Vater prahlte damit, daß er seine Frau mitten in die Hölle schicken könnte und daß die Hitze sie nicht schmelzen würde. »Und deshalb kam der Teufelskerl, um mich zu testen. Er wollte herausbekommen, ob ich eines Tages über die Kohlen der Hölle gehen und es überleben könnte.« Caterina sah so empört aus, als habe sich das Ganze erst gestern abgespielt. »Er wußte, wann und wo er mich finden würde. Aber ich war nicht dumm. Ich war allein, aber meine Mutter und mein Vater mußten in Kürze von den Feldern heimkommen. Ich hatte alle meine Arbeiten erledigt, und so saß ich beim Fenster und stickte an meiner Aussteuer. Sein Gesicht erschien an den Eisenstäben, und dann raspelte er Süßholz: ›Mach sie schön, hörst du‹, sagte er. ›Bald werde ich auf diesen Leintüchern schlafen.‹«

»Ich fühlte mich weich und warm«, meinte Caterina. »Einen Augenblick lang hatte er mich tatsächlich in seinem Bann. Ich kam sogar ein wenig näher und sah ihm direkt in die Augen. Jetzt war ich in seiner Reichweite. Er griff mit seinen Händen durch die Stangen und packte mich. Er war stark wie ein Stier, der Scheißkerl. Ich merkte, wie meine Füße den Kontakt zum Boden verloren und ich angehoben wurde, und mein Gesicht berührte plötzlich das kalte Eisen. Ich hing an meinem Blusenkragen. ›Ein Kuß, nur einen Kuß‹, forderte er. Ein Kuß? Er packte zwar meine Bluse, aber meine Hände waren völlig frei. Ich langte durch die Stäbe und nahm genug Kraft zusammen, um ihm die Ohrfeige seines Lebens zu verpassen. Eine Weile rieb er sich die Backe, dann ging er. Er lächelte. Ich nicht. Ich glaube, der Abdruck meiner Finger war noch immer auf seiner Backe, als er später am selben Abend wiederkam und sich höflich ans Feuer setzte. An diesem Abend und an allen weiteren hat er mich oft angelächelt. Er hatte diese Ohrfeige erwartet, der Dreckskerl! Wir hatten zum Küssen noch ein ganzes Leben vor uns.«

Auch Teresa hätte wissen sollen, daß es ein Test war. Die Frauen hatten keine Nachsicht mit Teresa. Sie hätte wissen müssen, daß Nando gekommen war, um herauszufinden, ob sie den Test bestand. Teresa errötete. Auch sie war schüchtern. Teresa wich sogar ein wenig zurück, als Nando lächelte und mit seinen Fingern ganz langsam über ihr schönes Profil glitt. »Ich liebe dich«, sagte Nando im Wald zu Teresa. Das konnte kein Test sein. »Ich liebe dich«, wiederholte er.

Nando war gekommen, um ihr persönlich zu sagen, daß er sie liebte. Er war gekommen, um es ihr selbst zu sagen? War das nicht an sich schon ein Bruch einer sehr wichtigen Regel? Er kam, um es ihr selbst zu sagen! Ein Mann, der kommt und es einer Frau selbst sagt! Wozu waren denn die Eltern da?

Teresa war verzaubert. Es gibt keine andere Erklärung für ihre Vergeßlichkeit. Sie konnte sich später nicht erinnern, wie es kam, daß sie dort auf den weichen Blättern lag, Nandos Arme über ihrer Brust, seine Hände in ihren seidigen Zöpfen, als sie von Stimmen, von Frauenstimmen, wieder zur Besinnung gebracht wurde.

Am gleichen Abend schnitt Teresa Zwiebeln,

scharfe Peperoni und frische Fleischtomaten auf. Sie tat sie in die Pfanne, um sie zu braten, aber es würde kein Abendessen geben. Der Knoblauch in den kochenden *porcini* war schwarz geworden. »Es ist nichts passiert, gar nichts ist passiert.« Teresa schwor, daß nichts passiert war. Aber es war zu spät. Die Frauen, die weiter oben am Bach Wäsche gewaschen hatten, sagten, sie hätten Teresa und Nando gesehen. Sie waren viele, und Teresa war nur eine. »Es ist etwas passiert«, sagten sie. *»Niente è troppo poco.«* Und weil nichts zu wenig war, wurde das Wenige bald zu etwas, und das Etwas wurde größer und größer. Überlaß es nur den Frauen, dann wird es immer größer, gib ihnen bloß Zeit, Wasser und eine Menge schmutziger Wäsche.

Es war Nandos Schuld. Er hatte ihre Ehre verletzt. Er hatte sie nicht respektiert, und auch dafür gab es eine Regel. Jetzt mußte Nando Teresa heiraten, so wollte es die Regel und die Tradition. Teresa würde nun natürlich keine kirchliche Hochzeit haben, aber immerhin noch eine Hochzeit. Sobald die Eltern von Teresa und Nando die Einzelheiten geklärt hätten, würde die Hochzeit stattfinden.

Arme Teresa, sie wurden sich nicht einig. Es kam zu keiner Klärung der Einzelheiten. Es war ein Test gewesen, nichts als ein Test. Und Teresa hatte ihn nicht bestanden. Nando beschloß, kein Flittchen zu heiraten. Denn, so argumentierte Nando, wessen Zärtlichkeiten und welchem Zauber würde sie als nächstes erliegen? Und Nandos

Eltern stimmten ihm zu, wie auch die Leute, mit denen er sprach.

Teresa hockte in einer Ecke des Zimmers. »Es ist nichts passiert, es ist nichts passiert«, wiederholte sie, während ihr Kopf wieder und wieder erbarmungslos gegen die Wand krachte. Nando kannte die Wahrheit. Es war nichts passiert. Sie war kein Flittchen. »Ich liebe dich«, hatte er gesagt. »Ich liebe dich von ganzem Herzen, du bist mein Leben«, hatte er Teresa im Wald zugeflüstert. Was für ein Leben? Was für ein Herz? Nando kümmerte sich nicht um Teresas Leben, weil er kein Herz hatte. Falls er eines besaß, dann war es aus Stahl, vergammeltes, rostiges Dosenblech.

Nando besuchte sie nicht. Seine Mutter hätte ihm sein Herz (sein mieses Herz!) mit bloßen Händen aus seiner Brust (seiner miesen Brust!) gerissen, wenn er es gewagt hätte, zu Teresa zu gehen. Sie war überzeugt, daß Teresa nicht die richtige Frau für ihren Sohn, ihren einzigen Sohn, ihren Nando war. Viele Tage lang blieb Teresa in ihrer Ecke und schlug wieder und wieder ihren Kopf gegen die Wand. Sie trauerte um ihre Ehre.

An der Kaffeebar in der Via Roma machten die Männer Nando bereitwillig Platz, obwohl schon ausreichend Platz an der Theke war. Sie nickten, sie verneigten sich fast, als Nando hereinkam und *»buon giorno«* sagte. Nach einer Weile sagte Teresa in ihrer Ecke nichts mehr. Sie summte bloß. Jedesmal, wenn ihr Kopf gegen die Wand krachte, heulte sie klagend auf. Und dann hielt ihr Kopf es schließlich nicht mehr aus. Er fiel schwer nach vorn auf ihre Brust.

Träge läuteten die Glocken von San Giovanni, als Teresa die Via San Francesco d'Assisi hinuntergetragen wurde. Tata, Saras Mutter, hatte Teresa weiß gekleidet. Sie wurde in einem weißen Sarg in den weißen Leintüchern, die sie selbst bestickt hatte, sanft zur Ruhe gebettet. Ihr Körper war bleich, bedeckt mit frischen weißen Blüten, den Zweigen der in Blüte stehenden nahen Bäume. Sie wurde an den Stadtrand von San Giovanni und zur anderen Seite des Flusses Neto getragen. Auf dem Friedhof, umgeben von dem Zaun aus Zypressen, wurde Teresa zur letzten Ruhe gebettet. Hier wurde Teresa angenommen. Teresa war nicht die erste. Die Frauen auf Piottas Hof sagten, daß dort viele Närrinnen beerdigt seien. Ich dachte mir (das hätte ich aber niemals laut gesagt), wie gemein es war, daß nur Teresa bezahlen mußte! Warum mußte nicht auch er sterben? Wer legte denn überhaupt diese Regeln fest?

Nina – nicht meine Schwester Nina, eine andere Nina – hielt sich nicht an die Regeln. Nina wohnte direkt neben uns. Nina war Barbaras Tochter, und jeder kannte die steife und anständige Barbara. Dennoch mißachteten Barbara und Nina die Regeln. Ich habe es mit eigenen Augen gesehen. Wie gesagt, sie wohnten neben uns. Auch Nina war verlobt. Die Vorbereitungen waren alle schon getroffen, als ihr Verlobter einen Brief aus Rom erhielt, in dem stand, daß sein Antrag auf Arbeitserlaubnis in Deutschland genehmigt worden sei. In dem Brief befanden sich auch sein Visum und sein Paß. Alle Hochzeitsvorbereitungen waren getroffen, aber jetzt mußte er fort. Nina verstand das. Es war schwierig, eine Aufenthaltsgenehmigung zu bekommen. Man konnte sie nicht einfach sausen lassen, wenn sie versiegelt und mit Stempel versehen ankam und so offiziell aussah. Deutschland war nicht weit. Er würde Geld verdienen und recht bald zurückkommen und Nina heiraten.

Ich erinnere mich an den Morgen, als Ninas Verlobter nach Deutschland abreiste. Ich war da und habe alles gesehen. Und ganz offenkundig brachen sie die Regeln am hellichten Tage. Nina steckte ihrem Verlobten als dauerhaftes Zeichen ihrer Liebe einen Ring an den Finger – und was für einen Ring!

Barbara hatte Geld. Sie muß ganz viel davon besessen haben, weil ihr Schwiegersohn in spe bei jeder Gelegenheit ein neues Schmuckstück geschenkt bekam. Nina war noch nicht mit ihm verheiratet, und trotzdem jammerte und weinte sie, und Barbara brauchte die Unterstützung einiger anderer Frauen, um die Arme ihrer Tochter von seinem Hals loszureißen. »Ich kann ohne dich nicht leben«, sagte sie. »Ich liebe dich von ganzem Herzen, du bist mein Leben«, weinte er. Nina und Barbara müssen sich eingebildet haben, sie wären in Amerika und wohnten in der Montrose Street anstatt in der Via Monterosa, daß sie eine solche Schau abzogen. Sie verletzten die Regeln mehr, als Teresa sie verletzt hatte. Teresa hatte sich nicht auf Nando gestürzt. Sie war reingelegt worden. Nina nicht.

Na ja, ich kann dir sagen, daß sich Nina, als die

Briefe ausblieben und die Monate, einer nach dem anderen, verstrichen und sie kein einziges Wort von ihrem Liebsten im nahen Deutschland hörte, Sorgen zu machen begann. Auch Barbara wurde allmählich unruhig. Seine Mutter machte sich keine Sorgen. Sie ging ein wenig auf Distanz und wurde ein bißchen abweisender, und dann herrschte nebenan eine nervöse Stille.

Eines Tages kehrte einer der Gastarbeiter (das erkannte ich an der dreiviertellangen Lederjacke und dem Fotoapparat, der an seiner Schulter hing – sie sahen alle so aus, wenn sie zurückkamen) von Deutschland heim und hielt es aus gewissen Gründen für geraten, Nina einen Besuch abzustatten. »Er verbringt viel Zeit mit einer Blondine«, berichtete ihr der Mann. »Ihre Haut ist so weiß wie Milch und ihre Beine länger als eine Kiefer.« Natürlich war er für eine solche Schönheit attraktiv! Mit seiner ganzen Ritterlichkeit, als Ritter in der glänzenden Rüstung, mit all seinem funkelnden Gold und dem Ring an seinem Finger!

Aber Nina schlug den Kopf nicht gegen die Wand, und Barbara saß nicht tatenlos in einer Ecke. Im Gegenteil (aber das habe ich nicht selbst gesehen), Barbara und Nina machten sich alleine mitten in der Nacht, in einer dunklen Nacht, auf den Weg. Sie stiegen bergauf, immer bergauf, fast bis zum Berggipfel, und durchquerten weit oben die Senke. Dort lebte in einer strohgedeckten Hütte eine sehr alte Frau. Aus einem Loch im Dach stieg winters wie sommers Rauch auf. Die alte Frau ließ Nina und Barbara herein und spähte um sich, bevor sie die Tür wieder schloß. Der

Rauch stieg in dieser Nacht dichter und dicker aus dem Dach auf, und bald hing er über der Hütte wie eine dunkle Wolke.

Ich beobachtete, wie Barbara einer Nachbarin etwas ins Ohr flüsterte. Ich hörte sie von düsteren Gesängen und eigenartigen Tänzen reden. Ich schlich mich ganz schnell davon. Von solchen Dingen wollte ich nichts wissen. Gott behüte, nein, niemals.

Bald, schon ein paar Wochen später oder so, war so um die Mittagszeit, kurz nachdem der Briefträger seine Tasche voller Briefe abgeliefert hatte, große Aufregung auf der Straße. Leute rannten in das Haus von Ninas Verlobtem und wieder heraus. Schreie, laute Schreie, drangen heraus. Die Nachbarn wollten der Frau helfen, die Ninas Schwiegermutter hätte werden sollen, aber keiner konnte etwas unternehmen. Als sie das Haus betraten, war das Gesicht der armen Frau schon ganz entsetzlich zugerichtet. Es war voller Blut, und sie raufte sich die Haare. Sie zog daran und heulte und schrie und brüllte: »Mein Sohn, mein Sohn«, und niemand konnte sie beruhigen. Nicht einmal Tata. Natürlich war Tata da, für den Fall, daß es noch schlimmer kommen sollte. Ihr Sohn, so stand in dem Brief, hatte einen Arbeitsunfall gehabt. Sein Finger, der mit dem goldenen Ring, war ins Montageband geraten und abgerissen worden.

Barbara beschaffte Nina eine größere und bessere Aussteuer, und an dem Tag, als Nina heiratete, läuteten die Glocken fröhlich und laut. Sie wurde in der Kirche von Don Antonio mit einem sehr gutaussehenden Mann getraut, der zehn Finger und einen Ring hatte.

Mein Innerstes sagte mir laut und klar, daß Barbara und Nina ihm den Finger und den Ring hätten lassen sollen. Ich fühlte mich gut, als mir meine innere Stimme das sagte. Das war etwas, was bestimmt auch mein Papagiuseppe gesagt hätte. Meine Mammarosa würde sagen: »Laß gut sein, laß es gut sein.« Kein Problem. Aber sie war nie mit meinem Papagiuseppe einer Meinung, wenn er sagte: »Laß es ihnen, laß sie es doch behalten.« Meine Tante hat mir erzählt, daß er das oft gesagt hat und daß Mammarosa immer wütend war, wenn er die Leute etwas behalten ließ, was ihnen eigentlich nicht zustand.

Einmal kam mein Papagiuseppe barfuß nach Hause. Mammarosa wurde fuchsteufelswild. Er hatte einem Bettler einfach seine Stiefel überlassen, bloß weil dieser darum gebeten hatte. Sie war deshalb so wütend, weil ihm das andere Paar Stiefel, das er noch zu Hause hatte, zu eng war und ihm ausgerechnet an dem Fuß Blasen machte, ausgerechnet an der Seite seines Körpers, die gelähmt war. Ja, mein Papagiuseppe war verkrüppelt. Giuseppe Marra aus dem Hause der Colerusu, der verbitterte, der traurige, verkrüppelte. Das sagten alle über ihn. Aber das konnte ihn nicht aufhalten, weder die Blasen noch das Hinken konnten ihn jemals aufhalten. Er würde trotzdem jemandem seine Stiefel geben, wenn der darum bat. Darum glaube ich, daß mein Gefühl wegen Barbara und Nina und dem Finger und dem Ring von einer inneren Stimme kam, die ich nie mit meinen Ohren gehört hatte, aber jetzt sehr laut in mir vernehme.

Das Gefühl war gut, deshalb war es ganz bestimmt richtig. Ich hatte kein gutes Gefühl, als ich Barbara und Nina lachen sah. Es war nichts Bewundernswertes daran, daß sie die alte Hexe um Hilfe gebeten hatten. Auch nicht, daß sie die Mutter ihres Verlobten auslachten, die wie ein Tier herumlief, mit eingezogenem Schwanz, gesenktem Kopf und für immer völlig vernarbtem Gesicht.

Trotzdem bewunderte ich sie, weil sie nicht in einer Ecke saßen wie Teresa. Ich bewunderte sie, weil sie nicht mit ihren Köpfen gegen die Wand schlugen. Ich bewunderte sie, weil sie den Regeln und Traditionen und denen, die diese aufgestellt hatten, ein lautes *»va fa n'culo«* entgegengeschrien hatten. Ich bewunderte sie, weil sie jenen, die vorgaben, alles über *pane* und *vino* zu wissen, den ausgestreckten Mittelfinger gezeigt hatten.

Ich sprach mit niemandem über diese Gefühle. Ich hörte den Frauen in Piottas Hof gut zu. Ich war dort, um zuzuhören und etwas über das Leben zu lernen, über Brot, Wein und vieles mehr. Ich hätte eine neue Furcht entwickeln müssen, ich hätte zittern müssen. Ich hätte größeren Respekt vor den Regeln des Lebens und den Traditionen entwickeln müssen, als ich lauschte, was die Frauen zu sagen hatten. Denn schließlich ließ mich meine Tante bei den Frauen sitzen, die in Piottas Hof stickten und strickten, damit ich etwas lernte. Aber das tat ich nicht. Wenn ich zu Signor Ficosecco *»va fa n'culo«* sagen würde, konnte ich dafür in eine Besserungsanstalt oder ein Kloster geschickt werden. Ich weiß nicht, wohin ich geschickt worden wäre, wenn ich der Angst, dem Zittern und dem Respekt, den ich in Piottas Hof entwickeln sollte, *»va fa n'culo«* gesagt hätte. Wenn Piperellas Kinder nicht folgten, biß ihre Mutter sie so fest, daß sie, eines ihrer Gliedmaßen im Mund, ihren ganzen Körper vom Boden hochhob. Ich würde niemandem sagen, was ich fühlte.

Die Glocken hatten um Teresa geweint. Auch ich wollte weinen. Ich wollte laut losheulen. Warum? Warum sollte man es erst versuchen? Warum sollte man sich um die Rituale und Regeln kümmern, wenn am Ende doch der Tod stehen konnte? Ich wollte schreien: »Warum konnte Nando Nando sein, aber Teresa nicht Teresa?« Ich wollte sagen, daß dieser Irrsinn verboten werden müßte. Genau wie das Pilzesammeln, es sollte für ungesetzlich erklärt werden. Ich wollte, aber ich tat es nicht. Ich sagte es nicht zu meiner Mammarosa, nicht zu meiner Tante, nicht einmal zu Sara. Sara hätte es ihrer Mutter erzählt, und ihre Mutter hätte es meiner Tante weitergesagt. Und meine Tante hatte sehr gute Zähne.

Ich hatte mich bemüht zu verstehen. Ich versuchte, diese Regeln zu dehnen und zu strecken, aber sie waren nicht elastisch. Sie waren überhaupt nicht wie die Wurzeln meiner Kiefer an der Schlucht. Ich konnte sie auf meine imaginäre Reise um die Welt nicht mitnehmen. Sie brachen ab. Und wenn ich neben mir nach ihnen suchte, konnte ich sie nicht finden.

Pesto

Nimm:
Basilikumblätter
Olivenöl
Knoblauch
Pinienkerne
Pecorino
Salz und Pfeffer.
Gib alles in einen Mörser.
Zerstoße es gründlich.

Basilikum

Bei uns läuteten immer die Glocken. Sie läuteten ständig. Sie läuteten zur Frühmesse, bei Hochzeiten, bei Beerdigungen und kirchlichen Prozessionen, bei Sonnenuntergang und um Mittag. Bei der geringsten Gelegenheit läuteten die Glocken von San Giovanni. Es gibt ein Sprichwort: Wo es Glocken gibt, gibt es auch Huren. Ich kann mich nicht mehr erinnern, von wem und wo ich das zum ersten Mal gehört habe, aber das spielt auch keine Rolle. Ich habe oft gehört, wie die Leute das sagten, als ob es ein Sprichwort aus San Giovanni wäre. Und ich hörte die ganze Zeit, wie die Männer ihre Frauen Hure, sogar gemeine Hure, nannten.

»He, du gemeine Hure, ist das Essen fertig?« Piperella rief das tagtäglich seiner Frau zu. Im Gesichtsausdruck der Frau war nicht die geringste Veränderung zu bemerken, wenn ihr Mann sie eine gemeine Hure nannte und begann, gegen die Stühle und Töpfe und alles zu treten, was ihm im Weg war. Piperellas Frau war gescheit! Sie sagte kein einziges Wort. Es wäre sinnlos gewesen, denn er war höchstwahrscheinlich betrunken. Sie machte sich keine Sorgen, denn meistens hatten die Kinder und auch sie bereits gegessen, sollte er also soviel treten und Krach machen, wie er wollte. Ihre Mutter hatte ihr geraten, was jede Mutter in San Giovanni ihrer Tochter riet, bevor sie heiratete: »Meine Liebe, iß, bevor dein Mann nach Hause kommt, wart nicht auf ihn. Wenn er kommt und gute Laune hat, dann ißt du eben noch einmal; wenn nicht, dann hast du wenigstens bereits gegessen.«

Und sie hatte zugehört. Piperellas Frau konnte weder lesen noch schreiben, aber sie hörte zu. Ich kann mich nicht erinnern, jemals gehört zu haben, daß Professor Ciano oder Dr. Mauri so etwas zu ihren Frauen sagten. Vielleicht haben sie es trotzdem getan, daheim, aber das konnte ich natürlich nicht wissen.

Die Cianos und die Mauris hatten eine Zentralheizung, eine ganz neue amerikanische Erfindung, deshalb blieben ihre Türen meistens geschlossen. Wir wohnten alle in der gleichen Straße, der Via Monterosa. Der *professore*, der *dottore*, Piperella und eine Reihe unbedeutender anderer wie wir selbst. Die Häuser standen in zwei ordentlichen Reihen nebeneinander. Unparteiisch schien die südliche Sonne auf uns alle gleichermaßen herab. Manche der Nachbarn wünschten sich wahrscheinlich, daß es nicht so wäre, vor allem der *professore* und der *dottore*. Sie sahen so verärgert drein, wenn Piperella wieder einmal betrunken nach Hause kam, und veranstalteten ein Mordstheater, wenn ein paar Dutzend Kinder vor ihrem Fenster spielten. Die vornehme Frau des Doktors streckte dann den Kopf heraus und machte höflich »Schhhhhhhh.« Die Frau des Professors dagegen befahl uns einfach: »Fort, fort«, als ob sie Fliegen von ihrem Gesicht verscheuchte. Sie schloß die Fenster und Türen und schickte uns weg, wenn der Professor unter schrecklichen Kopfschmerzen litt oder vor lauter Erschöpfung im Bett liegen mußte.

Ich wußte schon, wann der Professor Kopfschmerzen hatte, weil seine Frau ihm dann immer ein sorgfältig gefaltetes Taschentuch um den Kopf band. Dann rief sie den Doktor, nicht Dr. Rafaelino, sondern einen anderen Arzt, der uns ebenfalls befahl, von der Straße zu verschwinden. Wir taten unser Bestes, sie zufriedenzustellen. Wir wußten nicht, daß wir genauso viel Recht auf die Via Monterosa hatten wie sie. Wir wußten nur, daß wir unbedeutende Leute waren, die wenig Rechte und kaum etwas zu sagen hatten.

Gegen den Krawall, den Piperella machte, konnten die Frau des Professors und die des Doktors wenig unternehmen. Er war so voller Wein, daß er es ohnehin nicht hören würde, selbst wenn sie ihm »Sei ruhig« direkt ins Ohr geschrien hätten.

Die Situation besserte sich für uns Kinder, nachdem die Frau des Professors dahintergekommen war, daß ihr Mann eine kleine Affäre mit der Rouge-Dame hatte, die über Mancusos Lager wohnte – seine »doppelte Pflicht« nannten die Frauen das. Kein Wunder also, daß er erschöpft war! Danach behelligte sie uns überhaupt nicht mehr, wenn wir einmal laut waren und der Professor war krank: Sie ließ sogar das Fenster offenstehen, wenn er im Bett lag.

Wir lebten alle zusammen, Seite an Seite, und daran konnte keiner etwas ändern, weil der Besitz vom Vater auf den Sohn, auf die Tochter weitergegeben wurde und so weiter, so war das nun einmal. Es war ein wenig wie mit einer großen Nase oder einem schönen Mund; über Generationen würden diese in der Familie sein wie ein Grenzzeichen auf einem Feld. Ich hatte einen Schneidezahn, der sich weigerte, mit den anderen ordentlich in einer Reihe zu stehen. So einen hatten wir alle, Nina, Ceci, Peppe, Julia und ich. Mein Bruder und meine Schwester in Amerika hatten ihre bleibenden Zähne noch nicht, aber ich war mir sicher, daß der rebellische Zahn auch bei ihnen auftauchen würde. Der Vater meines Vaters sah sich unseren Zahn an und war stolz. Mein Papagiuseppe, der Vater meiner Mutter, war ebenfalls stolz, obwohl keiner von uns seine tiefblauen Augen geerbt hatte. Mit dem Eigentum war es ein wenig wie mit meinem Zahn.

Es ist auch wie eine Fackel, die ewig brennt, zum Lob jener, die vor uns kamen. Es ist ein Gelübde an jene, die die Vergangenheit gemeistert haben, eine Zusicherung, daß wir die Zukunft bewältigen und sie in uns weiterleben werden. Manche ließen diese Fackel leuchten und hell erstrahlen. In den Händen anderer flackerte sie kaum, sie rauchte bloß. In Piperellas Händen, zum Beispiel, rauchte die Fackel nicht einmal mehr, sie war total erloschen und kalt.

Er stammte von einer reichen Familie ab, und sein Großvater hatte seinem Sohn, Piperellas Vater, genügend Häuser in San Giovanni für ihn und jedes seiner Kinder hinterlassen. Aber die Piperellas versoffen ihren ganzen Reichtum. Alles, was ihnen jetzt noch blieb, war das faulige Gemäuer uns gegenüber an der Via Monterosa. Sie hatten ihren Glanz verloren und gehörten jetzt zu den unscheinbaren, unbedeutenden Leuten. Wenn irgendeiner der unbedeutenden Leute in die Augen von anderen sah, so wie Dr. Rafaelino in meine, als ich chronische Bindehautentzündung hatte, und sagte: »Es ist nichts, du wirst leben«, oder wenn sie zu jemandem sagten: »Es ist ernst, du mußt sterben«, dann hörte ihnen niemand zu, weil sie ihr Feuer hatten verlöschen lassen. Das Licht war ihnen ausgegangen. Wer würde den Wegweisungen eines Blinden Beachtung schenken? Ich glaube, deshalb trank Piperella so viel. Keiner schenkte irgendeiner seiner Aussagen noch Beachtung oder nahm irgend etwas, was er sagte, wichtig.

Jeder paßte auf, wenn Dr. Mauri, der neben uns wohnte, etwas sagte. Seine Fackel brannte lichterloh. Das Haus, das ihm sein Vater hinterlassen hatte, funkelte vor lauter Neuerungen. Er hatte den Marmorboden einbauen und das Haus unterteilen lassen. Dr. Mauris Vater war ein einfacher Mann gewesen, der die Fackel, die ihm sein Vater übergeben hatte, am Leuchten gehalten hatte. Er trank nur ein Glas Wein zu Mittag. Er legte sein Geld auf die hohe Kante und schickte seinen Sohn zur Schule.

Professor Ciano nutzte den offenen Kamin jetzt natürlich nur noch der Atmosphäre wegen, weil er sich das allerneueste amerikanische Heizungssystem hatte einbauen lassen. Er besaß sogar einen Fernseher, den ich lange Zeit nicht zu Gesicht bekam. Der Professor kaufte sich auch ein neues Auto, einen Fiat Topolino, und ich war dort und sah ihn, als er damit zum ersten Mal nach Hause kam. Ich war auch dort, als Don Antonio kam, um den Wagen zu segnen und ihn mit Weihwasser zu taufen. (Jetzt war also sogar der Topolino ein Christ!) Nach der Segnung warfen der Professor und seine Frau Bonbons auf die Straße, als ob sie ihren Hochzeitstag feiern würden, aber ich fing keines auf. Ich konnte nicht, weil mich meine Tante ins Haus zitiert hatte und ich bloß durchs Fenster zusehen konnte, wie Sara ihre Taschen mit *confetti*, gebrannten Mandeln, vollstopfte. Ich sah den Confettiregen auf dem Pflaster und auf meiner Treppe niedergehen, aber ich bekam überhaupt nichts davon ab. Meine Tante meinte, das gehöre zu der ganzen heidnischen Schau. Sie waren Christen, ihr Auto war ein Christ, aber die Süßigkeiten, die ich haben wollte, die auf dem Fenstersims lagen und mir das Wasser im Munde zusammenlaufen ließen, waren heidnisch!

Gar kein Zweifel: Auch der Vater des Professors wäre stolz gewesen, genau wie Dr. Mauris Vater. Die Fackeln in den Händen dieser Männer leuchteten wirklich. Mammarosa meinte, das Anhäufen von Reichtümern und das Renovieren von Häusern habe nichts mit dem Tragen oder Weitergeben einer leuchtenden Fackel zu tun. Die Frauen in Piottas Hof waren da anderer Meinung. Sie sagten, genauso wäre es, *pane è pane e vino è vino* (Brot ist Brot, und Wein ist Wein). »Die Welt ist wie eine Leiter, manchmal gelingt es dir, hinaufzusteigen, manchmal rutschst du wieder zurück.« Sie sagten, je mehr man leuchtete, um so weiter kam man nach oben, und je weiter man hinaufgelangte, um so heller leuchtete man.

Na ja, sogar ich als Kind wußte, daß es Unterschiede zwischen bestimmten Leuten gab – ob mit Fackel oder nicht, mit Leiter oder ohne. Der Professor und der Doktor waren ganz bestimmt anders, und wenn es diese Leiter gab, dann standen sie sicher auf der obersten Sprosse. Sie aßen sogar anders als, sagen wir, Piperella, der jeden Abend von den Feldern schon betrunken nach Hause kam, wobei ihm die Hacke von der Schulter baumelte. »He, du gemeine, dreckige Hure. Wo ist diese gemeine Hure?« schrie er dann und suchte nach ihr. Seine Frau stand direkt vor ihm, aber trotzdem fragte er: »Wo ist diese gemeine Hure?« Ich glaube nicht, daß er sie sehen konnte. Er stieß mit Passanten zusammen und lief in die Karren der Kaufleute. Dann flogen Kekse, Tomaten und Nudeln durch die Luft. Woraufhin er an seine Baskenmütze tippte und höflich bedauernd nickte. Er faßte sogar zum Gruß an seine Mütze, wenn er mit voller Wucht gegen eine Wand lief. Piperella war höflich. Der einzige Mensch, dem gegenüber er nicht höflich war, war seine Frau. Er schrie nach ihr, während er sich vorwärts tastete. Mit der einen Hand hielt er seine Hacke und seine Baskenmütze fest, und mit der anderen tastete er nach dem Geländer seiner Treppe, das vor seinen Augen hin und her schwamm. Er schimpfte und fluchte, denn wenn er danach griff, hielt er nichts in seiner Faust als eine Handvoll Luft. Es war seine Frau, die ihm schließlich half, das Geländer zu finden, trotzdem schrie er: »Wo ist sie, wo ist diese gemeine Hure?«

Einmal habe ich meine Tante gefragt, ob Piperella mit seiner Frau jemals Händchen gehalten hat oder ob sie Arm in Arm gegangen sind, so wie es andere Paare machten. Sie meinte, nein. »Nicht einmal, als er sie als seine Braut hierherbrachte? Du hast sie doch gesehen, nicht wahr? Hast du nie gesehen, wie sie sich geküßt haben?« – »Nein«, antwortete meine Tante. Sie schüttelte dabei den Kopf, und das bedeutete ein doppeltes Nein. Sie sagte, die beiden würden sich erst küssen, wenn sich unsere Türen, die einander direkt gegenüber lagen, berühren würden. Und das setzte eine Erschütterung, ein Erzittern und ein gewaltiges Erdbeben voraus. Ein so starkes wie das, das der Abt Joachim für den Fall prophezeit hatte, daß die von ihm vorgegebenen Grenzen von San Giovanni verletzt würden. Und wenn es dazu käme, dann würden wir uns alle einen langen Abschiedskuß geben! Ich wollte meiner Tante noch ein paar Fragen stellen, aber da wurde sie plötzlich ärgerlich und begann zu schimpfen: »Na und! Was interessiert dich das, was stellst du so dumme Fragen, ob sie sich küssen, ob sie Händchen halten, ob sie dies tun, ob sie jenes tun?« Na ja gut, aber sie mußten sich manchmal wohl doch geküßt haben, dachte ich.

Jetzt glaube ich das nicht mehr, aber damals glaubte ich es (weil Sara es mir gesagt hatte), daß nämlich Frauen schwanger würden, wenn ihre Männer sie küßten. Natürlich küßte Piperella seine Frau. Warum machte ich mir überhaupt die Mühe, meine Tante zu fragen? Jedes Jahr bekam Piperellas Frau ein Baby! Aber diese Theorie warf ein neues Problem und für mich weitere Fragen auf, weil ich mir jetzt nicht erklären konnte, wie es kam, daß Dr. Mauri jeden Abend seine Frau an der Haustür küßte, und sie trotzdem kein Baby hatten, nicht einmal eins! Vielleicht, so dachte ich mir, hatte es etwas mit der Leiter und den Sprossen zu tun. Die Reichen konnten ihre Frauen küssen und bekamen trotzdem keine Babys, aber die Armen hatten, sobald sie ihren Frauen bloß ein Küßchen auf die Wange drückten – schwupp – einen weiteren Mund zu stopfen.

Mammarosa sagte, wir seien bei der Geburt und im Tod alle gleich. Sie sagte, daß wir alle nackt geboren werden, daß wir alle schreien und alle mit geballten Fäusten auf die Welt kommen, bereit zu einem ordentlichen Kampf. Sie sagte, daß wir beim Sterben alle nackt fortgehen, in absoluter Stille, mit geschlossenem Mund und geöffneten Händen. Wir gehen ohne irgend etwas. Da gibt es keine Ausnahmen, nicht einmal, wenn du eine eigene goldene Leiter hättest und auf der allerobersten Sprosse sitzen würdest.

Sie sagte auch, wir seien noch in einer anderen Sache alle gleich: ob Reich oder Arm, Hure oder nicht, wir alle hätten einen Magen, der Forderungen stellte, und wenn man diesen nicht nachkäme, so könnte das einen frühen Tod bedeuten. Deshalb aß ein jeder, um seinen Magen zufriedenzustellen, weil, abgesehen von ein paar wenigen Leuten, die trotz eines vollen Magens starben, niemand diese Welt wirklich früher als nötig verlassen wollte, obwohl Don Antonio – und auch Bernardo – von nichts anderem redete als von jenem wunderbaren Ziel in einer anderen Welt.

Und dann gab es noch etwas, das hatten absolut alle in San Giovanni gemeinsam, auf welcher Sprosse der Leiter sie auch standen. Das war ein starker Geruchssinn mit einer ganz besonderen Vorliebe für Basilikum.

Jeder hier hatte Basilikum. All die wichtigen Leute hatten Basilikum, und auch der unbedeutende Rest. Na ja, einen Unterschied gab es doch: Die wichtigen Leute ließen ihr Basilikum in Töpfen wachsen, die alle ordentlich nach Größe auf ihren gußeisernen Balkonen aufgereiht standen. Ein Topf mit roten Hängegeranien, einer mit üppig wachsendem Basilikum. Eine Unmenge von roten Tontöpfen, alle ordentlich aufreiht. Andere nutzten ganz verschiedene Tontöpfe oder kaputte Küchenbehältnisse, um darin ihr Basilikum anzupflanzen.

Wir hatten nur einen, auf unserem einzigen Fenstersims. Es war der alte Topf, der so lange unter unserem Bett gestanden hatte. Dieser weiße Emailtopf mit dem sehr schönen Henkel hatte im Laufe der Jahre einige schwarze Flecken bekommen. Eines Tages lief durch einen der schwarzen Flecken die Flüssigkeit aus, aber meine Tante warf den Topf nicht weg. Sie sagte, er sei bestens geeignet, um darin Basilikum anzupflanzen. Sie meinte, die Erde käme nicht heraus, und das Wasser bliebe darin nicht stehen, es würde durch das Loch ablaufen, und dann würden die Basilikumwurzeln nicht faulen. Deshalb hatten auch wir jetzt Basilikum.

Basilikum, Basilikum, den ganzen Sommer über Basilikum. Und mit dem Basilikum kamen die Tomaten. Piperellas Frau, die Doktorsfrau, Saras Mutter und die Frau des Professors, egal wer und egal wo, sie alle machten Tomaten ein. Das Einmachen von Tomaten gehörte zum Leben jeder Frau. Es gehörte dazu, wie sie auch die Nächte mit demjenigen verbrachten, den die Eltern ausgesucht hatten. (Wenigstens für das Einmachen von Tomaten bekam jede Frau Anweisungen und konnte praktische Erfahrungen sammeln. Aber das ist eine andere Geschichte.) Natürlich hatte die Frau des Professors Hilfe, wenn sie ihre Tomaten einmachte, auch wenn sie so tat, als würde sie die ganze Arbeit allein erledigen, obwohl sie in Wahrheit nur herumlief und jeden nervös machte.

Es war unmöglich, um das Einmachen der Tomaten herumzukommen. Es handelte sich schlicht um eine Lebensgrundlage, die, so glaube ich, als einfache Begeisterung für Basilikum begonnen hatte. Keiner machte Tomaten ein, bevor das Basilikum da war. Die Tomaten wurden einfach in der Sonne getrocknet und im Winter dann in Wasser eingelegt und verzehrt. Aber es war ein Muß, das kostbare Basilikum zu konservieren. In San Giovanni wuchs das Basilikum ja nur so kurze Zeit. Kaum waren die Kastanien aufgesammelt, da fiel auch schon der erste Schnee. Basilikumblätter sind zart und empfindlich, und mit Basilikum muß man – wie mit dem Leben – vorsichtig umgehen. Die richtige Art, das Basilikum zu konservieren und das ganze Jahr über zu genießen, war, die zarten Blätter zwischen frischen Tomatenscheiben in Flaschen einzulegen und zu verstecken. So hielt man es, nach langem Ausprobieren und vielen Fehlschlägen, seit Generationen.

Tomaten wurden in Flaschen eingemacht. Das ganze Jahr über hortete jeder geeignete Flaschen. Meine Tante mochte Millefiore-Likör, aber sie kaufte ihn nicht, weil die Flasche zwar schön und groß war, aber einen sehr dünnen Hals hatte und daher ungeeignet war. Gelegentlich kaufte sie Marsalawein, weil dieser in einer ordentlichen, vernünftigen Flasche verkauft wurde. Das Glas war dick, der Hals richtig und die Größe ideal. Wenn sie jemandem einen Besuch abstattete und eine Flasche Marsala mitbrachte, was üblich war, dann sagte sie immer: »Wenn ihr die Flasche nicht braucht, schicke ich eins der Kinder vorbei, um sie abzuholen.« Ich kann kaum glauben, daß meine Tante so etwas gesagt hat. Aber sie tat es, obwohl sie doch genau Bescheid wußte. Natürlich brauchten sie die Flasche. Sie wollten die Flasche wahrscheinlich mehr als den Marsala, der darin war. Nur Piperella mochte Marsala oder Wein oder Essig mehr als die Flasche.

Tomateneinmachen war Teil des Lebens. Es war einfach und erleichterte einem das Dasein. Am Mittag oder am Abend oder wann immer du sonst in Eile warst, konntest du eine Flasche Tomaten nehmen, sie über den in heißem Öl brutzelnden Knoblauch gießen, und bis die Nudeln gekocht waren, war auch deine Soße fertig. Einfach, oder?

Aber das Leben war nicht einfach. Meine Tante sagte, es sei nicht einfach, und sie sorgte dafür, daß es das nicht wurde. Ich erinnere mich an ein Jahr, in dem wir Tomaten einmachten. Das konnten wir nicht jedes Jahr, aber in diesem fiel unsere Kartoffelernte so reichlich aus, daß meine Tante fünfzehn Kisten mit jeweils zwanzig Pfund Tomaten kaufen konnte. Sie drehte völlig durch. Gleich bei mehreren Gelegenheiten raufte sie sich an diesem Tag die Haare. Erstens war sie mit den Tomaten nicht zufrieden. Sie waren nicht ganz reif. Dann war sie nicht zufrieden, weil die wenigen reifen Tomaten matschig waren. Sie mußten reif *und* fest sein. Meine Tante schlug die Hände vors Gesicht, weil bei ihr nie alles ohne Komplikationen ablaufen konnte. Jetzt konnte sie sich endlich einmal Tomaten leisten, und dann waren diese miserabel, schlicht und einfach nicht zu gebrauchen. Obwohl ich erwähnen sollte, daß sich sonst niemand beklagte. Nicht einmal die Frau des Professors, und die war wirklich pingelig.

Jeder von uns hatte seine bestimmte Aufgabe an dem großen Küchentisch in der Mitte unseres aus einem Zimmer bestehenden Hauses. Meine Tante wusch die Tomaten am Brunnen bei Mancusos Lebensmittelladen ganz in der Nähe, und dann türmte sie sie mitten auf dem Tisch zu einem Berg auf, nicht ohne immer wieder angewidert den Kopf zu schütteln. Julia und Peppe schnitten. Nina und ich füllten die Flaschen. Ceci war nirgends zu finden. Er war draußen und hatte seinen Spaß. Ich nicht. Wenn ich eine Handvoll Tomaten zu Julia und Peppe zurückschob, weil sie nicht alle Samenkörner ordentlich entfernt hatten, paßte ich auf, daß meine Tante es nicht sah. Dann würde es wieder Ohrfeigen setzen, und das würde die ganze Prozedur nur verlängern, und ich wollte doch ganz dringend hinaus zum Spielen. Ich bemühte mich, die geviertelten und entkernten kleinen Roma-Tomaten in die Flaschen zu füllen. Ich befolgte ihre Anweisungen ganz genau. Na ja, jedenfalls machte ich nach, was Nina tat.

Sie war älter und hatte es schon oft zuvor gemacht. Nina füllte die Flasche zur Hälfte, dann gab sie ein paar Basilikumblätter dazu und klopfte die Flasche auf den Tisch, bis sich die Tomaten und das Basilikum gesetzt hatten und dicht aufeinander lagen. Dann füllte sie den Rest der Flasche mit Tomaten und Basilikum, und mit ein wenig mehr Klopfen und Sich-Setzen-Lassen war die Sache erledigt.

Na ja, meine waren nicht ganz so dicht gefüllt. Es gab darin zu viele Hohlräume, sagte meine Tante. Wieder raufte sie sich die Haare und schlug die Hände vors Gesicht. Ich blieb dabei, bis die letzte Flasche verkorkt, in Lappen gewickelt und mit den anderen in den großen Kupferkessel gestapelt war.

Während der Kessel kochte, machten wir sauber. Aber da war es schon dunkel und Zeit, ins Bett zu gehen. Das war's also mit dem Spielen. Oh, und Zeit, ins Bett zu gehen, bedeutete nicht Zeit zu schlafen. Jedesmal, wenn ich ein *kraaak* vernahm, das aus der Richtung des Kupferkessels kam, dann hörte ich meine Tante fluchen. Und ich bin mir nicht sicher, weil es dunkel war, aber bestimmt raufte sie sich dann wieder die Haare. Alles nicht so einfach, oder?

Aber wenn diese einfache Soße erst einmal auf dem Herd kochte, dann hatte es sich gelohnt. Die Glocken brauchten nicht zu läuten und jedem anzuzeigen, daß es Mittag war. Der Duft von Basilikum und Tomaten, von Knoblauch und heißem Olivenöl, der durch jedes Haus und jede Straße zog, war deutlich genug. Aber die Glocken läuteten trotzdem. Auf meinem Nachhauseweg von der Schule sah ich, wie die alten Frauen mit dem Sticken und Stricken aufhörten. Sie ließen ihre Stühle in Piottas *patio* einfach dort, wo sie waren. Sie würden bald zurückkommen. Auch ich würde später am Nachmittag dort sein. Ich hüpfte die letzten Stufen der Treppe hinauf, die in unser Haus führte. Ich zählte laut mit: »Dreizehn, vierzehn ... jetzt bin ich da.«

Und meine Tante war auch da! Sie war da und saß auf einem Stuhl an dem Tisch, der mitten im Zimmer stand. Sie raufte sich nicht die Haare oder so etwas. Dafür war sie zu erschöpft. Sie hatte gerade einen Sack Kartoffeln vom Feld hereingeschleppt, und der Postbote hatte ihr einen Brief gebracht. Es war ein weißer Umschlag mit rotblauen Rändern. In dem Brief war kein Geld, das wußte ich schon. Briefe mit Geld kamen in einem braunen Umschlag, der überall mit Schellack verschmiert war und Schnüre hatte, die die Siegel zusammenhielten. Meine Tante war so heiß wie die Sonne am Mittag, und es war Mittag, was bedeutete, daß es Zeit war, wieder einmal das Mittagessen zuzubereiten. Sie war verschwitzt, sie war müde, und sie sagte, sie hätte genug vom Leben.

Ich wünschte mir, ich hätte in der Schule bleiben können. In der Schule bekam man ein herrliches Mittagessen, kostenlos, und am Ende eines jeden Mittagessens gab es – ebenfalls kostenlos – eine riesige Scheibe frisches Weißbrot, beladen mit Marmelade, das man auf dem Nachhauseweg essen konnte. Jeden Tag starrte ich die gewaltigen Scheiben schneeweißen Brotes an, dick bedeckt mit Rot, Orange oder Blau. Ab und zu gab mir Sara einen Bissen ab. Sie durfte in der Schulcafeteria essen, obwohl ihre Speisekammer voll war, und auch ihre Schränke waren voll. Sie waren voll mit Getreide und Kartoffeln und Äpfeln und so vielen anderen Dingen. Sie hatten so viel, daß ihre Wohnung stank. Saras Haus roch immer nach irgend etwas Verdorbenem. Faule Kartoffeln, faule Feigen, faule Zwiebeln, sogar faules Leinen. Ich weiß nicht, warum sich Saras Mutter die Mühe machte, faulig riechende weiße Kugeln zwischen ihr feines neues Leinen zu tun.

Wenn ich bloß eine Karte gehabt hätte, dann hätte ich wie Sara und die anderen Kinder für ein kostenloses warmes Essen in der Schule bleiben können. Aber nein, mein Vater war in Amerika, und das machte mich zur Tochter eines Americanos, was automatisch bedeutete, daß ich reich war, ob das stimmte oder nicht. Wenn du reich warst und dich für das Essen anstelltest, dann schauten dich alle komisch an, weil es unfair war.

Ich sag dir, was unfair war. Es war unfair, anzunehmen, daß die Leute nach Amerika gingen, um säckeweise Gold zu scheffeln. Es war unfair, zu glauben, daß jeder Americano groß, fett und reich war wie Maria Pias Vater. Mein Gott, der war ja schon vor dem Krieg nach Amerika gegangen.

Signor Ficosecco unterrichtete uns ein wenig in Geschichte, und er erzählte manchmal vom Krieg. Er sagte, San Giovanni sei ganz zu Beginn ein Ort des Friedens, nicht des Krieges gewesen. San Giovanni hieß ganz am Anfang nicht einmal San Giovanni, als es von Abt Joachim gegründet wurde. Signor Ficosecco sagte, daß San Giovanni eine »Universitas« genannt wurde und daß friedliebende Menschen hierher kamen, um Betrachtungen über das Leben anzustellen. Im Jahr 1206 wurde diesem Ort der friedvollen Kontemplation von König Friedrich II. der Status eines *ius asyli* – eines Zufluchtsortes – garantiert. Ein ideales *asyli*, eine Wiege, ein Korb, ein mit Pech ausgekleideter Korb. Ein Zufluchtsort, der sich an die schlammigen Ufer eines fruchtbaren Flusses schmiegte, wo Binsen, Weiden und harzbedeckte Kiefern einen geeigneten Platz fanden, um auf den Anhöhen der zerklüfteten Berge zu wachsen, und diesen Ort der Zuflucht – San Giovanni – versteckten und uneinnehmbar machten.

Vor 1206 hatte es keine Kaufleute, Schuhmacher, Blech- und Hufschmiede, Töpfer oder Goldschmiede hier gegeben. Zu dieser Zeit gab es keine Getreide- oder Kartoffelfelder am Berg von San Giovanni. Der Berg war bis zu diesem *ius asyli* und der Zufluchtsgeschichte einfach nur ein Teil des Himmels, eine himmlische Wolke aus grünen Riesenkiefern.

Dann begannen die Flüchtlinge herbeizuströmen, denn wenn dir jemand nach dem Leben trachtete, dann war eine versteckte Wiege schon immer, schon seit Urzeiten, genau der richtige Ort.

Im Jahr 1206 kamen viele, 1492 mehr und noch mehr im Jahr 1497. Sie waren müde und erschöpft, trotzdem beugten sie sich nieder und küßten die Erde. Fremde waren gekommen, manche gingen wieder, andere blieben. Widderhörner und blühender Salbei zieren seitdem die unter der Erde gelegenen Mauern von San Giovanni. Seltsame, stille Hinterlassenschaften von Fremden, die sowohl aus nahen Dörfern als auch aus fernen Ländern gekommen waren.

»Marranos, Schweine, sogar aus dem fernen Spanien«, meinte Signor Ficosecco. Er sagte, daß viele Christenhasser und Ketzer in San Giovanni Zuflucht gesucht hätten. Immer schaute er mich an, wenn er das sagte. Und jedesmal dachte ich: Was? Bin ich Spanierin? Lautet mein Nachname etwa Lopez oder Iaquinta? Es gab tatsächlich jemanden namens Iaquinta in der Klasse, aber nein, er mußte mich anschauen. Wenn sich Ceci irgendwann in den nächsten Tagen wieder entschließt, Signor Ficoseccos Reifen zu durchstechen, dann mache ich vielleicht sogar mit.

Signor Ficosecco sagte, daß sich San Giovanni verändert habe. Er sagte, am Anfang wäre es ein kleiner Ort des Friedens und der Beschaulichkeit gewesen, aber dann wuchs es und schickte Männer in den Krieg. Er sagte, an diesem letzten Krieg wären aber nur die Deutschen schuld gewesen. Er sagte, eines schönen Tages hätten die Deutschen den Verstand verloren und wären der Wahnvorstellung erlegen, daß sie Römer seien, und dann wollten sie die Welt erobern, weil das die Römer immer getan haben. Er sagte, unser einziges Problem hätte darin bestanden, ihnen irgendwie geglaubt zu haben, daß sie Römer seien wie wir, weil wir uns tatsächlich mit ihnen zusammentaten, als sie sich an die Eroberung machten.

Wohl wahr!

Ich habe einige Deutsche gesehen. Genaugenommen sah ich sie jeden Sommer. Sie zelteten direkt am Fluß im Tal. Nicht einer von ihnen war klein, und keiner von ihnen hatte dunkle Augen und dunkle Haare wie wir Römer. Signor Ficosecco sagt, daß der Krieg schon lange her ist. Da hat er recht; ich kann mich überhaupt nicht daran erinnern, ich war damals noch nicht einmal auf der Welt. Signor Ficosecco schon, doch weder die Zeit noch die Erfahrung haben dazu beigetragen, seinen Verstand zu schärfen.

Er tat sich schwer, zwei und zwei zusammenzuzählen, denn wenn der Krieg schon so lange her ist und der Vater von Maria Pia die ganze Zeit in Amerika war, bedeutete das nicht, daß er einen ordentlichen Vorsprung hatte, um Gold oder Pferdeäpfel oder was auch immer in seinen Sack zu schaufeln? Beides sieht irgendwie gleich aus, wenn dir die Sonne in die Augen scheint. Wenn das nicht unfair ist, dann weiß ich nicht, was man als unfair bezeichnet. Anzunehmen, daß jemand, sobald der Vater seinen Fuß auf amerikanischen Boden gesetzt hat, keine Essenskarte mehr braucht.

Quatsch!

Einmal hat mein Vater geschrieben, daß es in Amerika manchmal Warteschlangen gab, in denen erwachsene Männer für Essensmarken anstanden. Und weißt du, was noch unfair war? Das war, daß Maria Pia dort hinter Signor Ficosecco stand und ihm bei der Ausgabe der Essenskarten half. Sie schaute in jedes Gesicht und suchte die Augen eines jeden – Augen, die nicht entdeckt werden wollten, die eher auf die Holzplattform schauten als auf ihr strahlendes Lächeln. Jedesmal, ein paarmal im Jahr, wenn Signor Ficosecco sagte: »Die, die Essenskarten wollen, stellen sich bitte auf«, dann dachte ich mir, diesmal ist es mir egal. Dieses Mal stelle ich mich mit an. Aber dann dachte ich auch daran, was Signor Ficosecco sagen würde: »Nein, du nicht. Dein Vater ist in Amerika!«

Das hätte er gesagt. Als meine Tante zu Beginn des Schuljahres in sein Büro ging, damit ich wie alle anderen Kinder die Bücher kostenlos bekäme, da sagte Signor Ficosecco nein. »Bitten Sie ihren Vater, ein paar Dollar zusätzlich zu schicken«, meinte er. Er hielt sich für sehr lustig. Es war überhaupt nicht lustig, Sara die ganze Zeit fragen zu müssen, ob ich ihre Bücher mitbenutzen durfte. Ich mußte immer warten, bis sie mit ihren Aufgaben fertig war, und das dauerte ewig. Einmal, als ich darauf wartete, daß Sara endlich fertig würde, flüsterte mir meine Tante zu, daß Sara ein Esel sei, ein gesattelter und beladener Esel. Sie war ein Esel, und sie bekam die Bücher.

Meine Tante fand Signor Ficosecco nicht witzig, als er ihr riet, meinen Vater um ein paar zusätzliche Dollar zu bitten. Meine Tante wollte ihm sagen, daß Kinder Kinder sind, daß sie alle die gleichen Bedürfnisse haben und daß die Lage nicht so war, wie es den Anschein hatte. Sie wollte ihm sagen, daß nichts einfach war, aber das tat sie nicht. Sie beschloß, daß das reine Zeitverschwendung sei, und ich denke, das war klug von ihr. Meine Tante sagte einfach danke und ging. Sie sah ihn nicht einmal an. Sie hatte es eilig, hinauszukommen.

Deshalb hatte ich mich auch diesmal nicht für eine Essenskarte angestellt, und jetzt war nichts im Topf. Der Topf stand noch nicht einmal auf dem Herd. Meine Tante las gerade den Brief aus Amerika, und sie weinte. »Meine liebe Schwester ...« hieß es da. Aber darüber, ganz oben, stand eine Zeile mit Wörtern, die eigentlich nicht zu dem Brief gehörten: »Denen, die Gott lieben, alle Dinge zum Besten dienen.« Diese Worte standen über den Wörtern des Briefes. Sie waren wie ein Rahmen, und der Brief war das Bild in diesem Rahmen. »Ich bemühe mich sehr, mich nicht vor den Leuten zu fürchten, aber es ist schwer, das nicht zu tun ... *senta e trema*«, hieß es in dem Brief.

Meine Tante weinte lange, als sie diesen Brief gelesen hatte, weil meine Mutter Arbeit hatte, nicht aber mein Vater.

Das war gar nicht so schlecht, weil die Hauswirtin immer auf das Baby aufpaßte, wenn beide bei der Arbeit waren, aber eines Tages hat die Hauswirtin dem Baby gar keine Milch gegeben. Meiner Mutter war die Milch ausgegangen, und die Hauswirtin wollte nicht zum Laden an der

Ecke gehen, weil sie meinte, das sei nicht ihre Aufgabe. Als meine Mutter und mein Vater an diesem Tag nach Hause kamen, hatte meine Schwester so viel geschrien, daß sie ganz schlapp in einer Ecke des Sofas lag und tränenlos schluchzte. Darum, so schrieb meine Mutter, war es gar nicht schlecht, wenn mein Vater zu Hause blieb, aber es war trotzdem nicht so gut, weil er die Windeln waschen mußte. Nicht daß es ihm etwas ausmachte, sie zu waschen, er ärgerte sich einfach darüber, daß er sie mitten im Winter in eiskaltem Wasser waschen mußte, weil die Hauswirtin ganz ohne Grund beschlossen hatte (vielleicht um Geld zu sparen), das heiße Wasser abzustellen. Mein Vater weinte, wenn er die Windeln wusch, weil seine Hände erst rot und dann blau wurden, und schließlich waren sie ganz taub.

Und dann beschloß die Hauswirtin eines Tages (vielleicht um an der Heizungsrechnung zu sparen), die Schächte für die Warmluftzufuhr mit Zeitungspapier zu verstopfen. Als meine Eltern am Morgen aufwachten, zitterten sie vor Kälte, und das Babyjäckchen, das mein Vater aufgehängt hatte, damit es über Nacht trocknete, war noch immer naß, deshalb wickelte er meine Schwester in eine Decke. Was war das denn für ein Amerika, fragte ich mich, als ich hörte, was meine Mutter in dem Brief berichtete. Gab es Amerika wirklich, oder war es nur ein Traum, ein Trugbild, eine Fata Morgana, die meinem Geist durch die Sonne vorgespiegelt wurde?

Ich hatte meinen Freundinnen erzählt, daß in Amerika Coca-Cola, Milch und Orangeade aus den Leitungen floß, nicht bloß einfaches Wasser. Ich hatte ihnen erzählt, daß meine Mutter und mein Vater von Tellern aßen, die klar wie Glas waren, und ich hatte sogar gesagt, daß die Töpfe in der Küche meiner Mutter in Amerika aus Glas waren. Ich hatte behauptet, daß man die Nudeln durch den Topf im Wasser schwimmen und tanzen sah und daß das Glas über der Flamme nicht zerbrach.

Ich weiß nicht, wie ich auf die Idee mit dem Glas gekommen war, das über der Flamme nicht zerspringt. Meine Freundinnen hatten zu allem, was ich ihnen erzählte, »Ooooh, ooooh, ooooh« gesagt, bis ich zu den Glastöpfen kam. Dann wandten sie sich ab und meinten, ich würde träumen. Sie sagten, Glas würde bei kochendem Wasser zerspringen, und erst recht über einer Flamme! »Aber es ist wahr, es ist wahr«, rief ich ihnen zu und versuchte, ihre Aufmerksamkeit wieder für mich zu gewinnen. Aber es gelang mir nicht.

Na ja, vielleicht war es doch nicht wahr. Vielleicht hatten meine Freundinnen recht, und ich träumte. Natürlich muß ich geträumt haben. Wie konnte ich etwas über das ferne Amerika wissen, wenn ich nicht einmal meinen Vater kannte, der in Amerika war?

Ich kannte meinen Vater nicht. Ich konnte mich nicht an sein Gesicht erinnern. Ich versuchte, ihn mir vorzustellen, wie er in einer Wanne wusch und weinte und vielleicht immer mal innehielt, um seine Hände mit seinem Atem zu wärmen, aber ich konnte mir sein Gesicht nicht vorstellen.

Über unserem Schrank neben dem Bett hing ein Bild von einem Mann. Meine Tante behauptete, es sei mein Vater, aber ich glaubte ihr nicht. Kein Mann, der einen so feinen Wollmantel anhat, einen besseren als Maria Pias Vater, und auf einem so glänzenden Marmorfußboden steht, hätte es nötig, nach Amerika oder sonstwohin auszuwandern.

Unser Fußboden glänzte nicht, er hatte eine matte Oberfläche. Er war nicht aus Marmor mit matter Oberfläche, er war aus einfachen *mattoni*, aus Terrakotta, das heißt aus gebrannten Fliesen.

Immer wieder hoben sich die Fliesen, weil sie nicht einzementiert waren. Einmal, als Ceci eine lose Fliese wieder einsetzte, stürmte meine Tante herein, um zu überprüfen, ob er es richtig gemacht hatte, und hob die Fliese einfach mit ihrer großen Zehe heraus. Ceci wurde fuchsteufelswild, und ich finde, er hatte recht. Was untersuchte meine Tante da? Träumte sie etwa? Bildete sie sich ein, Ceci würde mit Zement und Marmor arbeiten? Ich frage mich, woher sie das Bild von diesem Mann auf dem glänzenden Marmorboden hatte. Dieser Mann war nicht mein Vater.

Ich schätze, ich kannte meinen Vater so, wie ich die Engel kannte. Ich wußte, daß sie da waren, und ich wußte, daß es auch ihn gab, dort in Amerika. Es war nur so, daß ich nie seine Stimme gehört und ihn nie gesehen hatte. Auch an das Gesicht meiner Mutter konnte ich mich weder erinnern, noch konnte ich ihre Stimme hören, obwohl ich wußte, daß meine Mutter dort war, in Amerika. Ich konnte sie mir aber nicht als Engel vorstellen, wie mir das bei meinem Vater gelang. Ich stellte mir Engel so vor, wie Bernardo sie mir gezeigt hatte.

Bernardo zeigte mir Wesen mit Flügeln, in Flammen stehende Seraphim und freundliche Cherubim. Er sprach von kämpfenden Engeln, und dann erzählte er einmal, daß ein Engel mit einem Mann gekämpft und der Mann gewonnen habe. Ich glaube, Bernardo hat diese Geschichte irgendwie nicht richtig verstanden. Ich glaube, der Engel hat den Mann gewinnen lassen. Der Engel und der Mann waren Freunde, und wenn Engel so nett sind und mit Babys reden, dann sind sie bestimmt auch freundlich genug, einen Freund gewinnen zu lassen, einfach damit der sich freut.

Bernardo sprach von Soldatenengeln, die in großen Schlachten kämpften, und dann erzählte er von Engeln, die mit Feuerschwertern leere Gärten bewachten. Ich konnte mir meine Mutter beinahe, beinahe als Engel vorstellen, so wie meinen Vater, weil Engel mit Babys reden und über Gärten wachen, aber es ist die Sache mit den Soldaten und dem Kämpfen, die mich davon abhält. Ich kann mir meine Mutter nicht als Soldat vorstellen. Nicht einmal in meinen Schulbüchern habe ich je ein Mädchen als Soldatin gesehen. Obwohl ich ein Mädchen bin und so gut kämpfen könnte wie jeder Jungen-Soldat.

Ich erinnere mich, daß Piperellas Sohn, der, der schon dick auf die Welt gekommen und jetzt eine richtige Memme war, einmal meinen Bruder Peppe besiegt hatte und auf ihm lag. Ich weiß nicht, wie er auf meinen Bruder Peppe, der zwar schwach und dünn auf die Welt kam, aber jetzt stark und dick war, zu liegen kam. Ich sah ihn aus der Ferne, den Waschlappen, wie er auf Peppes Brust einboxte. Ich rannte ganz schnell, und im Nu war ich auf ihm und bohrte meine Zähne in sein Fleisch. Die Memme gab einen Schrei von sich, ein lautes Aufheulen, und der Kampf war vorüber.

Ich kann also nicht erklären, wie es kommt, daß ich mir meine Mutter nicht als Kämpferin vorstellen kann, obwohl ich, ihre Tochter, eine so gute Kämpferin bin. Vielleicht bin ich auf diese Idee gekommen, während ich mich in Piottas *patio* aufhielt. Ich weiß, daß es so war. Sie sagten, ich sei schwach, nicht stark, weil ich mein Gespür für den »nötigen Anstand« verloren hätte, als ich losrannte, entschlossen, meine Beine um den Körper eines Mannes zu schlingen. (Ein Mann? Dieser Waschlappen?) Ich muß irgendwann noch mal darüber nachdenken. Damals wollte ich mir meine Mutter jedenfalls nicht als Engel vorstellen, sondern als kleinen Gott, weil Bernardo einmal gesagt hatte, daß Gott seine Kinder um sich versammelt und sie beschützt, so wie eine Glucke ihre Küken unter ihre Fittiche nimmt, um sie zu beschützen.

Eine Glucke ist zweifellos eine Mutter. Ich kann mich nicht an das Gesicht meiner Mutter erinnern noch höre ich ihre Stimme, aber ab und zu spüre ich ganz schwach die samtige Weichheit ihrer Flügel. Genau in dem Moment, als meine Tante ihren Brief las, konnte ich die Weichheit ihrer Flügel spüren. Meine Tante sagte, daß meine Mutter neben dem tropfnassen Babyhemdchen gekniet sei und geweint habe. Sie flehte zu Gott und sagte ihm, daß das Haus, das sie sich wünschte, nicht groß zu sein brauchte. Sie wollte kein besseres Haus als das, das ihre Hauswirtin besaß. Sie sagte, daß die Hauswirtin davon redete, wegzuziehen. Es klang nicht so, als würde das bald sein, aber wenn es soweit sein würde, dann müßten sie mit ihr umziehen, weil es mit einem Baby, das nachts noch immer schrie, schwierig war, eine Wohnung zu finden. Sie flehte Gott lediglich um ein kleines Haus an, ganz egal, was für eines, solange es ihr eigenes wäre. Und dann ging sie soweit, Gott zu bitten, ihr das Haus zu geben, bevor die Hauswirtin fortzog. Nicht daß sie ihn auf die Probe stellen wollte oder so, sagte meine Tante, meine Mutter dachte eben, sie könnte einfach mal darum bitten.

Die Sache mit dem Haus war mir neu. Das Leben war nicht einfach, aber was soll's? Wir hatten ein Haus. Wir besaßen ein Haus hier in San Giovanni. Niemand rechnete damit, daß mein Vater und meine Mutter ein Haus kauften. Sie hatten gesagt, daß sie nach Amerika gingen, um Geld zu verdienen, und dann zurückkämen. Würden sie nun jemals zurückkehren? Wozu sollte das am Ende bloß führen, selbst wenn es noch kein richtiges Haus war, selbst wenn es bloß ein Gebet auf den Lippen meiner Mutter war? Wenn jemand von diesem Haus in Amerika erfuhr, dann wäre es nicht mehr bloß ein Wunschtraum, sondern gleich ein richtiges Wohnhaus mit einem spitzen Dach und grünen Fensterläden und einem Garten und einem Hund. Man brauchte es bloß den Frauen zu überlassen, diese einfache Neuigkeit auszuschmücken.

Und jetzt würde ich natürlich niemals eine Essenskarte oder ein Buch oder einen Stift oder sonst irgend etwas bekommen. Ich überlegte sogar, ob Signor Ficosecco von uns Schulgeld verlangen würde, jetzt, da wir so reich waren! »Jetzt werden die Leute denken, wir sind wirklich reich«, sagte ich zu meiner Tante. Aber sie weinte weiter. Ich glaube, ich hörte sie durch die Tränen murmeln, was sie immer sagte. Daß die Dinge nicht immer so lagen, wie sie schienen, daß es so etwas wie einen festen Nennwert nicht gibt, weil Leute eben Leute sind und nicht Münzen oder Lirascheine. Und dann hörte sie auf zu weinen und sagte ganz deutlich, das Leben sei nicht leicht. »Es ist keine Pastasoße, weißt du?« Das brauchte sie mir nun wahrhaftig nicht zu sagen!

Mammarosa regte sich nicht sonderlich auf. Aber ich glaube, innerlich schon. Denn immerhin war meine Mutter ihr Kind, und wenn sie nun im fernen Amerika ihre Wurzeln tief in die Erde eingrub, würde Mammarosa dann das Gesicht ihres Kindes jemals wiedersehen? Mammarosa war alt und klein und wurde immer kleiner. Ich erinnere mich, daß sie einmal, nur ein einziges Mal die Fassung verlor und mit dem Fuß aufstampfte und meine Tante anschrie: »Mein Magen ist voll bis obenhin. Er ist voll, aber nicht voller Essen!« Ich glaube, in Mammarosas Magen tobten Stürme. Aber sie ließ sich davon nichts anmerken. Sie saß einfach auf ihrem Kinderstuhl neben der Feuerstelle. In der Nacht, als ich tat, als ob ich schliefe, sah ich, daß sie nur ein Auge offen hatte. Ich sah die Kohlen in der Dunkelheit glühen, und ich sah sie da allein neben dem Feuer. Ihr Gesicht war in ihren Händen vergraben, und sie murmelte ganz lange vor sich hin.

Mammarosa benahm sich an diesem Tag um die Mittagszeit so, als würde sie meiner Tante nicht viel Beachtung schenken. Sowie sie hereinkam, machte sie sich daran, Kartoffeln zu schälen, und im Nu war wieder Leben in unserem Ein-Zimmer-Haus. Dann sagte Mammarosa, daß meine Eltern, wenn sie sich ein Haus kaufen müßten, das auch tun sollten. Ich konnte es kaum fassen! Sie sagte, die Menschen legten den Weg um die ganze Welt zurück, um ihre Familien zu ernähren, nicht weil sie es wollten, sondern weil es notwendig war. Es war notwendig, weil der Körper nicht funktionieren konnte, wenn der Magen nicht voll war.

Don Antonio, der Priester, der hohe Priester, sollte ich vielmehr sagen, predigte einmal über das Thema Essen und Magen und Überleben. Don Antonio trug Gewänder in vielen Farben, schwarz, rot, und einmal habe ich ihn sogar in weiße Spitze gekleidet gesehen, als wäre er eine Braut. Andere Priester trugen dicke braune Gewänder mit Kapuzen, sogar in der Gluthitze im Sommer. Andere trugen Holzkreuze an einem dicken Strick um ihre Taille. Don Antonios silbernes Kreuz, das an einer schweren Silberkette hing, ruhte bequem auf seinem Bauch. Don Antonio las die Messe in Latein, was ganz großartig war, weil die Leute, obwohl keiner Lateinisch sprach oder es verstand, trotzdem genau wußten, wann sie aufstehen, wann sie sich hinsetzen, wann sie sich hinknien und wann sie Amen sagen und nach Hause gehen mußten.

Eines Tages beschloß Don Antonio, die Messe auszudehnen und zu predigen. Don Antonio wußte, daß er nicht zu entscheiden hatte, wer ins Paradies und wer in die Hölle kam. Er wußte, daß das die Aufgabe des heiligen Petrus war. Don Antonio sagte, es sei der heilige Petrus, der dich an der Paradiespforte erwartete und sich deine Beurteilung ansah und entschied, ob du hineindurftest oder nicht. Don Antonio kam eines Tages zu der Erkenntnis, es sei seine Aufgabe, dafür zu sorgen, daß diese Zeugnisse so gut wie möglich ausfielen, deshalb fing er, nachdem er die Messe gelesen hatte, zu sprechen an, nicht in Latein, sondern in der Sprache, die jeder verstand.

Beim ersten Mal war das eine Überraschung. Die Gläubigen wollten gerade gehen, da streckte Don Antonio seine Arme aus und machte ihnen Zeichen, dazubleiben, sich wieder hinzusetzen und sich nicht vom Fleck zu rühren, als ob er den Verkehr regeln würde. Wie Professor Cianos Frau, die ihrem Mann in seinem Topolino immer zu Fuß folgte, bis er die unübersichtliche Ecke der steilen Via Monterosa hinter sich gebracht hatte. Jeden Morgen stand sie dort und fuchtelte mit den Armen wild in alle möglichen Richtungen, um den Leuten anzuzeigen, wann sie gehen konnten und wann sie sich nicht vom Fleck rühren durften. Und um ihrem Mann zu zeigen, wann er anhalten mußte oder weiterfahren durfte. Mit der einen Hand bedeutete sie den Kindern, zu warten, mit der anderen gab sie Piperellas Esel oder dem Lastwagen, der ab und zu durch die Straße kam und Plastikwaren geladen hatte, Zeichen, heranzukommen, den Berg hinauf und aus der Bahn zu fahren.

Jeder folgte den Anweisungen von Professor Cianos Frau, jeder außer dem Mann in seinem Laster mit den Plastikwaren. Ich erinnere mich, daß er einfach die Musik lauter stellte, um ihre Anweisungen zu übertönen.

Die Leute in der Kirche sahen sich um. Was hatte Don Antonio vor? Wem winkte er zu? Was sollte das bedeuten? In ihren Augen standen viele Fragen, aber sie waren respektvoll und setzten sich wieder nieder, um noch eine ganze Weile zuzuhören, was Don Antonio zu sagen hatte. »Der Bauch, die Kutteln. Wir schinden uns für nichts anderes ab als für die Kutteln«, sagte Don Antonio, aber nicht in Latein, sondern in der einheimischen Landessprache. »Wir schwitzen, wir stehlen, wir betrügen, wir gehen bis ans Ende der Welt, bloß um unseren Bauch zu füllen, alles bloß für die dummen Kutteln ... Ist das alles im Leben ... die Kutteln, die Kutteln, die Kutteln?« Ich war Sara die Via Monterosa hinunter nachgelaufen bis zur Abbiegung auf die Via San Francesco, die ganze steile Via Roma hinunter, den ganzen Weg bis zu *piazza,* die Kirchentreppe hinauf, ich rannte ihr nach und war nicht einmal außer Atem – was war so falsch daran, bis ans Ende der Welt zu gehen?

Es war der Feiertag des heiligen Johannes des Täufers, der vierundzwanzigste Juni. Johannes der Täufer war der Schutzpatron von San Giovanni. Die Statue des heiligen Johannes befand sich normalerweise in seinem eigenen kleinen Haus neben dem Strommast ganz oben auf dem Gipfel des Berges. Da er die ganze Stadt beschützte, mußte er an diesem neutralen Ort stehen. Aber an diesem Tag, seinem eigenen Feiertag, war der heilige Johannes vom Berg heruntergetragen worden, und jetzt blickte er auf alle herab, die an der Messe in der Kirche an der *piazza* teilnahmen. Die Kirche war voll, sogar übervoll.

Ich bin nicht hineingegangen. Nicht nur, weil ich nicht getauft war, es waren genau die Portale ebendieser Kirche an dieser *piazza,* über die mein Papagiuseppe und Don Antonio in Streit geraten waren. Ich blieb vor den Portalen und verrenkte mir hin und wieder den Hals, um zu sehen, was Sara trieb. Alle trugen zu Ehren des heiligen Johannes ihre Sonntagskleider. Es nutzte nichts, den heiligen Johannes um Hilfe anzurufen, wenn ein Erdbeben den Berg erschütterte oder wenn die Regenfälle drohten, jedes Haus und jeden Baum von den Abhängen zu spülen, wenn du dem heiligen Johannes an seinem Namenstag nicht die Ehre erwiesen hattest.

Da sah ich Antonio (nicht den Pfarrer Don Antonio; der war in der Kirche und las die Messe, sondern einen anderen Antonio) auf die Kirche zukommen. Antonio war ein gewöhnlicher Bauer, na ja, vielleicht doch nicht so gewöhnlich. Die meisten Bauern redeten mit dir, wenn du ihnen eine Frage stelltest. Nicht aber Antonio. Antonio benutzte seinen Mund nicht oft. Statt dessen benutzte er seinen Kopf. Er nickte, wenn er ja meinte, und schüttelte den Kopf für nein, und manchmal, wenn er keine Lust hatte, dann schnalzte er mit der Zunge gegen seinen Gaumen, und das bedeutete ein kategorisches Nein. Oh, Antonio konnte reden, er wollte bloß einfach meistens nicht. Vielleicht wollte er nicht, um sich seine Energie dafür zu sparen, wenn er einmal etwas wirklich Wichtiges zu sagen haben würde.

Antonio war auf dem Weg nach Hause. Er war im Metzgerladen gewesen und trug ein gutes Kilo Kutteln ordentlich in dickes braunes Papier verpackt. Kutteln waren billig. Ich weiß nicht, wie das kam, denn es brauchte so lange, bis man den Pansen gesäubert hatte. Ich erinnere mich, daß ich ihn einweichen, schrubben, kochen und abschaben mußte. Wenn ich eine Metzgerei hätte, würde ich die Kutteln kostenlos hergeben, das heißt, wenn ich sie nicht gesäubert hätte. Wenn ich sie gesäubert hätte, dann würde ich sie zum gleichen Preis wie Steaks verkaufen.

Antonio wirkte überrascht, als er die *piazza* überquerte und die Menge in der Kirche bemerkte. Ich sah, daß auch er hineinspähte. Er wollte wissen, wieso sich die Menge versammelt hatte. Er drückte die schweren Kirchentüren auf. Sie quietschten. Nein, es war keine Trauerfeier und auch keine Hochzeit. Ooooh, die Statue des heiligen Johannes stand auf dem Altar. Antonio hatte vergessen, daß heute der Tag Johannes' des Täufers war. Wie konnte er das bloß vergessen!

Antonio versteckte das Paket in seiner Jacke und betrat die Kirche. Er ging mitten im Gottesdienst durch das ganze Seitenschiff und nickte und verbeugte sich und winkte den Leuten, die er kannte, freundlich zu, bis er ganz vorn einen Platz gefunden hatte, der ihm behagte. Antonio wußte nicht, wann man sitzen und wann man stehen oder wann man Amen sagen mußte, obwohl er getauft und gefirmt war. Deshalb sah er sich einfach um und tat, was alle anderen machten, und sagte, was sie sagten.

Antonio war froh, daß er in die Kirche gegangen war. Er war froh, bis Don Antonio ihm alles verdarb, als er mit dem nicht-lateinischen Teil des Gottesdienstes begann. »Der Bauch, die Kutteln, und die Kutteln und der Bauch …« Don Antonio wollte mit dieser Kutteln-Geschichte gar nicht mehr aufhören. Er begann sogar, jene ganz besonders zu warnen, die den Bauch vergötterten, jene, die alles tun würden, die sogar bis ans Ende der Welt gingen und keine Mühen scheuten, um den Bauch zufriedenzustellen.

Ich persönlich dachte mir, wenn diese verdammte Sache mit den Kutteln so wichtig ist, warum schlägt er sie dann um Himmels willen nicht an den Kirchentüren an? Ein weiteres Gebot, das in etwa lauten würde: »Du sollst keine Kutteln essen oder verehren.«

Das Paket in Antonios Jacke begann zu rutschen und hinunterzugleiten, wie das bei Kutteln so geht, weil sie glitschig sind. Antonio hatte sich auf eine Mahlzeit mit Fleisch gefreut, auch wenn es bloß Kutteln waren. Warum zeigte Don Antonio nicht warnend auf jene, die Steaks aßen? Warum hatte er es an diesem Festtag des heiligen Johannes nur auf die abgesehen, die Kutteln aßen? Warum spricht er bloß zu mir? dachte Antonio. Und wieso weiß er, daß ich Kutteln dabei habe?

Das war eine gute Frage, weil Antonio die Kutteln in seiner Jacke versteckt hatte. Antonio schloß daraus, daß der Pfarrer ein heiliger Seher sein mußte. Er sah nicht nur, was Antonio in seiner Jacke hatte, er wußte auch, was er dachte. Denn in der Tat hatte Antonio die ganze Messe hindurch an nichts anderes gedacht als an die Kutteln.

Antonio stellte sich die Kutteln in einer »einfachen« roten Soße mit ganz viel Kartoffeln und Knoblauch und jeder Menge Lorbeerblättern vor, und diese Gedanken hatten ihn sogar wünschen lassen, der Gottesdienst möge so bald wie möglich zu Ende sein. Er fühlte sich schuldig. Vielleicht hatte Don Antonio recht. Vielleicht vergötterte er die Kutteln. Der arme Bauer war nicht nur von seinem Unrecht überzeugt, jetzt war er auch noch verwirrt. Sind Kutteln nicht Essen, und bedeutete Essen nicht Leben, und gibt es überhaupt ein Leben ohne Essen?

Ich hörte Don Antonio sogar draußen vor dem Kirchenportal, und auch ich fragte mich, was denn so Verwerfliches daran war, ein wenig Essen haben zu wollen. Was konnte so falsch daran sein, wenn man dafür hart arbeitete? Was war falsch daran, an einem Feiertag wie diesem beim Metzger vorbeizugehen und sich ein Kilo Kutteln zu kaufen?

Antonio war nervös, das sah ich. Ständig mußte er die Haltung seiner Hände verändern, um zu verhindern, daß die Kutteln herunterfielen und sich auf dem Boden verteilten. Der Gottesdienst wurde ihm lang, seine Beine waren müde, und die Kutteln meldeten sich zu Wort, genau als der Pfarrer seine Anschuldigungen wiederholte: »Die Kutteln, die Kutteln, alles für die Kutteln!« Und das gab Antonio den Rest. Was genug war, war genug. Antonio holte das Paket aus seiner Jacke, und die Kutteln rutschten heraus. Sie plumpsten herunter und verteilten sich auf dem Marmorboden. »Die Kutteln, die Kutteln«, äffte Antonio nach. *»Va fa n'culo,* Don Antò. Nimm die Scheißkutteln!« rief Antonio, schaute noch ein letztes Mal – ohne Reue – auf seine am Boden liegende Mahlzeit und ging.

Mammarosa meinte, Antonio hätte sich nicht schuldig fühlen sollen. Sie sagte, der arme Mann vergötterte die Kutteln nicht, und Don Antonio, der Oberpriester, hätte sich um seine eigenen Angelegenheiten kümmern sollen. Sie sagte, er solle sein eigenes Essen verzehren, sich um seinen eigenen Bauch kümmern und die anderen leben lassen. Was wußte der schon vom Überleben, vom Leben und vom Bauch? Was wußte Don Antonio vom Arbeiten, Schwitzen und vom Um-die-Welt-Ziehen, damit der Bauch einer Familie gefüllt werden konnte?

Don Antonio hatte keine Familie. Er hatte keine Kinder. Meine Mutter hatte Kinder, bis jetzt insgesamt neun, wenn nicht zwei gestorben wären, während sie noch mit den Engeln redeten, weil es nicht genug *brodo* gab, daß sich die Brüste meiner Mutter mit Milch füllen konnten.

Wenn meine Mutter ein Kind bekam, dann machte Mammarosa, nachdem der richtige *brodo* aufgebraucht war, eine andere Art von *brodo*. Sie brachte einfach Wasser zum Kochen, tat etwas Salz hinein, verrührte ein Ei und goß es dann nach und nach in das heiße Wasser. Sie fügte ein wenig Olivenöl und ein paar Brocken hartes, altes Brot hinzu, und das nannte sie dann Eier-*brodo*. Meine Mutter aß den *brodo*, und dann füllten sich ihre Brüste mit Milch für das neue Baby.

Meine Tante erzählte, daß in dem Jahr, als Peppe geboren wurde, der Hühner-*brodo* ganz schnell aufgebraucht war und Mammarosa Eier-*brodo* machen mußte. Ceci saß bei meiner Mutter auf dem Bett. Das Baby, Peppe, trank die Milch meiner Mutter, meine Mutter bekam den Eier-*brodo*, und Ceci sah zu. Jedesmal, wenn meine Mutter einen Löffel *brodo* nahm, gab sie auch Ceci einen. Ceci war noch klein, aber er wußte Bescheid. »Soll ich jetzt gehen, Mama, soll ich gehen?« fragte Ceci nach jedem Löffel. Und jedesmal antwortete meine Mutter: »Nein, nein, natürlich nicht.«

Ceci war noch klein, aber er wußte Bescheid. Er wußte, daß Mama eine Menge Eier-*brodo* brauchte, wenn er seinen Bruder Peppe, das Baby, behalten wollte. Aber Don Antonio, was wußte der schon? Mammarosa sagte: »Bei allem Respekt, ich meine, eine Frau wäre eine gute Sache für einen Pfarrer.«

Mehr als einmal habe ich gesehen, wie die Frauen in Piottas Hof ihre Nadeln niederlegten und ihre Stühle zusammenrückten, damit sie miteinander flüstern konnten, ohne daß ich es hörte. Na ja, ich hörte es trotzdem. Ich hörte sie sagen: »Es ist grausam, unnatürlich und feige. Eher würde ich sterben. Manche Leute tun einfach alles für die Kutteln. Ich würde lieber hier bleiben und sterben, als einfach fortzugehen, um zu überleben. Ich würde lieber Zwiebeln und trockenes Brot essen, als meine Kinder im Stich zu lassen und um die halbe Welt zu reisen auf der Suche nach Reichtum, damit der Bauch vollgestopft werden kann.«

Als sich die Frauen dies zuflüsterten, sahen sie so traurig aus. Sie schauten zu mir und schüttelten den Kopf. Und dann strichen sie mir übers Haar. Oh, Mist, ich dachte, sie würden gleich zu weinen anfangen! Und ich überlegte, ob ich etwas tun oder sagen sollte, das es mir für immer verbieten würde, hier auf Piottas Hof zu sitzen, doch genau im rechten Moment hörte ich eine innere Stimme, die mir sagte: »Laß es, laß es gut sein«, und das tat ich auch.

Es war nicht die Schuld meines Vaters oder meiner Mutter, daß es hier kein Brot gab. Wir hätten ja Zwiebeln und Brot gegessen, aber wir machten nicht so oft Brot. Meine Tante sagt, daß wir, bevor meine Eltern nach Amerika gingen, kaum je Brot gebacken haben.

Einmal hat sie Professor Cianos kleine Tochter mit einem halben Laib Weißbrot, ganz weißem Brot, gesehen. Das Kind war so zierlich, und meine Tante wußte, daß es das Brot niemals ganz aufessen würde. Also setzte sie sich hin und sah zu, wie Esterina, während sie spielte, an dem Brot herumknabberte. Nach einer ganzen Weile riefen Kinderstimmen: »Esterina, Esterina.« Sie sprang auf und warf, als sie zum Spielen fortlief, das Brot in den Schmutz neben der Treppe. Das Warten hatte sich gelohnt. Meine Tante nahm den schönen Laib und wischte den Sand und Schmutz sorgfältig ab, bevor sie ihn Nina gab.

Standen die Frauen auf Piottas Hof, die behaupteten, alles über das Leben und *pane* und *vino* zu wissen, jemals von ihren bequemen Stühlen auf, um einen schönen Laib Brot vom schmutzigen Boden aufzuheben?

Nein!

Niemals würden sie irgendwohin fortgehen. Es sei denn, ganz San Giovanni würde auf einmal aufbrechen, wie eine Herde. Vielleicht würden sie dann aufstehen und hinterherziehen. Sie waren wie Don Antonio, der Hirte, der sie führte. Na ja, ich hörte sie sagen, daß sie lieber sterben würden, als fortzugehen, und das, so dachte ich, war offen und ehrlich dahergesagt, weil solche Leute wie sie, da bin ich mir sicher, es niemals schaffen würden. Diese Frauen, die von Zierdeckchen und hübschen Pullovern umgeben waren, würden bestimmt umkommen, wenn sie je versuchten, so tapfer zu sein wie meine Mutter und den heimischen Boden zu verlassen. Ihre Wurzeln waren nicht elastisch, im Gegensatz zu jenen meines Baumes an der Schlucht. Wenn sie sich entfernten, auch nur ein ganz klein wenig, dann würden sie brechen. Die Stämme würden umfallen, verdorren und absterben.

Meine Mutter dagegen war stark und elastisch, genauso biegsam wie mein Baum. Sie war um die halbe Welt gezogen und geschleppt worden, und sie hatte es überstanden. Ich fühlte mich damals auf Piottas Hof stark, weil ich wußte, daß meine Mutter stark war. Aber als ich dann von Piottas Hof nach Hause kam, war ich doch unsicher. »Mammaaaroooosa«, rief ich zögernd. »Ja, *Bene«*, antwortete sie. »Würden wir alles für die Kutteln tun? Vergöttern wir den Bauch?«

Mammarosa sagte, daß Frauen, die Zeit hatten, herumzusitzen, kein Recht auf Brot und Wein hätten. Sie hatten kein Recht, zu sprechen. Mammarosa und meine Tante wußten, was sich die Frauen zuflüsterten. Das war eine alte Geschichte, die sie nur allzugut kannten. Ich brauchte ihnen die Einzelheiten nicht zu erzählen. Sie wußten genau, was die Frauen gesagt hatten.

Ich dachte, meine Tante würde ganz bestimmt eines Tages explodieren. Aber das tat sie nicht, nicht an diesem Tag. Vielleicht hörte sie die gleiche Stimme wie ich, die sagte: »Laß es, laß es gut sein.« Wenn sich jedoch meine Tante jemals entschloß, nicht auf diese Stimme zu hören, die sie zurückhielt, die freundliche Stimme, die »laß es gut sein« flüstert, dann würde es den Frauen von Piottas Hof leid tun, weil meine Tante, wenn sie etwas tat, es entweder richtig machte oder gar nicht. Bei meiner Tante gab es keine halben Sachen. »He, ihr Huren«, würde sie ihnen dann entgegenschreien. Und dann würde sie ein paar von ihnen an den Haaren von einem Ende der Via Monterosa zum anderen ziehen.

Meine Mammarosa war im Gegensatz zu meiner Tante nicht der Meinung, daß man mich bei faulen Frauen herumsitzen lassen sollte. Sie sagte, daß ein guter Charakter wie eine gute Soße zu Hause gemacht wurde, nicht in Piottas Hof. Zu Hause, mit unserem eigenen Kochlöffel in unserem eigenen Topf umgerührt, neben unserem eigenen Feuer sitzend. Aber zu Hause, bei unserem eigenen Feuer in unserem eigenen Haus, hörte ich meine Tante sagen: »Springt nicht herum, stoßt eure Schuhe nicht ab, zerreißt eure Kleider nicht.« Sie meinte, wenn wir uns je die Zeit nähmen und die Dollar ausquetschten, mit denen unsere Schuhe, unsere Kleidung, unser Essen und unsere Bücher bezahlt wurden, dann würde Blut aus ihnen herauslaufen. Aus demselben blutigen Grund nörgelte sie: »Lernt, lernt, lernt.« Sie sagte, schließlich stapften meine Mutter und mein Vater durch den tiefen Schnee, damit wir lernen konnten.

Zu Hause, wenn ich neben dem Feuer saß, kam mir nie die Idee, daß meine Mutter grausam sei. Im Gegenteil, ab und zu dachte ich mir, ich sei diejenige, die Grausamkeit zeigte, denn schon zu bald, nachdem sie abgereist war (und ich so arg geweint hatte, wie ich nur konnte), verstrichen die Tage, ohne daß ich auch nur einmal an sie dachte. Und später gingen immer mehr Tage dahin, bis ich wieder an sie dachte. Nur wenn wir uns mit meiner Tante neben das Bett knieten, erinnerte ich mich an sie.

In ihren Briefen schrieb meine Mutter, daß sie die ganze Zeit an mich dachte. Im Februar, als ich am Berg Veilchen pflückte, dachte ich nicht an sie, wie sie durch den Schnee stapfte. Nein, meine Mutter war nicht grausam. Die Frauen auf Piottas Hof wußten nicht, was sie da sagten.

Mammarosa meinte, Antonio, der Bauer, habe das Richtige getan, als er Don Antonio die Kutteln vor die Füße warf. Und jetzt wünschte ich mir, ich hätte ein gutes Kilo Kutteln bei der Hand. Ich würde den Metzger bitten, sie in schöne kleine Stücke zu schneiden. Ich würde sie nicht auf Piottas Hof verstreuen, nein, ich würde sie den Frauen ins Gesicht schleudern. Was wußten die oder Don Antonio schon? Mammarosa sagte, daß Don Antonio ganz bestimmt nie Bescheid wissen würde. Ich bin mir ganz sicher, daß ihm nie der Magen knurrte. Er war immer so dick. Ich frage mich, ob sein Essen je verdaut wird?

Biasi, der Krüppel, sagte einmal zu Don Antonio, er sei voller Scheiße. Biasi war der einzige Mann in San Giovanni, der in einem Rollstuhl saß, und das gefiel ihm überhaupt nicht. Wenn Peppe, mein Bruder, Biasis kraftlose Beine und Arme in seine Kleider schob und ihn rasierte, dann fluchte Biasi und schimpfte und zeterte. Peppe lachte bloß, und bald lachte dann auch Biasi. Peppe schob Biasi jeden Tag bis zum Läuten der Abendglocken die Straßen hinauf und hinunter. Dann zog er Biasis lahme Glieder aus den Kleidern und steckte ihn ins Bett unter seine karierte Decke.

Einmal traf Don Antonio Biasi auf der *piazza*. An diesem Tag hatte Don Antonio einen hüpfenden Gang, das Kruzifix sprang auf seinem Bauch auf und ab, und er lachte und lächelte und fuhr liebevoll über die wenigen Haaren auf Biasis Kopf. Er knuffte Biasi in den Bauch und lachte, als er eine Thermoskanne unter der karierten Decke entdeckte. »He, he, was haben wir denn da? Hübsch, wirklich hübsch. Sie paßt gut zu der karierten Decke. Schau dir bloß die Größe dieses Dings an.« Don Antonio rief gleich eine ganze Menschenmenge zusammen, und alle lachten. »Da kannst du aber eine Menge Essen hineinstopfen!« Don Antonio neckte Biasi gern. Don Antonio hätte noch lange so weitergemacht. Er hielt sich für sehr lustig. Biasi war da anderer Meinung. Seine Hände konnten nicht gut stoßen und puffen, aber seine Zunge war vollkommen in Ordnung. Deshalb begann er zu schimpfen, zu lästern und zu fluchen. Zum Schluß schrie er: »*Va fa n'culo,* Don Antò, ich wette, du hast gerade ein ordentliches Steak verdrückt. In dieser Thermoskanne ist nichts anderes als Bohnen. Und du hast nichts anderes in dir als Scheiße!« Peppe war dabei, als Biasi dem Pfarrer sagte, er sei angefüllt mit Scheiße, und als er nach Hause kam, hat er es uns erzählt. Haben wir gelacht! Natürlich wälzte sich Ceci auf dem Boden. Don Antonio wußte überhaupt nichts über den Bauch. Mammarosa hatte recht.

Es gab einen alten Mann, der am Ende der Via Monterosa auf unserer Straßenseite wohnte. Er hatte einen dicken Bauch. Er war der einzige Mensch, den ich kannte, der in Amerika gewesen war und trotzdem von niemandem Americano genannt wurde. Jeder nannte ihn *zu'* Michele, weil er alt war. Ich nannte ihn *zu'* Michele, Onkel Michele, weil Mammarosa sagte, daß wir irgendwie ganz entfernt miteinander verwandt wären.

Zu' Michele trug im Sommer wie im Winter oder im Herbst immer die gleiche braune Samtjacke. Sie glänzte nicht mehr wie Samt, weil er sie schon so lange trug, und die Knöpfe ließen sich wegen seines Bauchs nicht schließen. Sein Bauch war so dick, daß er die Lungen verdrängte, deshalb keuchte er, wenn er den Hang heraufkam.

Man konnte *zu'* Michele hören, bevor man ihn sah. Er hustete, und dann, jedesmal wenn er hustete, spuckte er aus. Und das war oft. Er hustete und spuckte sogar in seinem eigenen Haus. Seine Enkelin Carletta weinte, wenn er ausspuckte, vor allem, wenn ihre Freundinnen zu Besuch da waren. *Zu'* Micheles Tochter Caterina versuchte, ihn zur Vernunft zu bringen, aber er wollte auf Vernunft nicht hören. »Das ist mein Haus, und bis ich sterbe, spucke ich, wann und wo ich will.« Und damit basta. Und dagegen konnte niemand etwas sagen oder tun, weil es wirklich sein Haus war.

Ich ging dorthin, weil Caterina, seine Tochter, mich manchmal bat, ihre Wäsche am San-Giuseppe-Brunnen zu waschen. Manchmal schenkte sie mir etwas Süßes, manchmal gab sie mir einen Klaps auf die Schulter und sagte, ich wäre sehr geschickt und sehr begabt und bekäme die Wäsche mit so wenig Seife so sauber! »Ooooooooh – tz tz tz, und mit so wenig Seife«, sagte sie dann.

Ooooh, ja, schon gut! Mir taten die Ohren weh, wenn sie ihre Oooohs und tz tz tz dahersang. Das klang so schlimm, wie wenn Maria Pia auf ihrer verstimmten Geige Pizzicati übte.

In Wirklichkeit ging ich meistens wegen der Wärme in *zu'* Micheles Haus. Die Wände waren dick, und die Türen geschlossen, und es lag immer ein großer Stapel Holz für das Feuer bereit. Und außerdem roch es nach Marmelade und Brot und frisch und ganz dünn aufgeschnittener Mortadella. Ich sah die Marmelade und das Brot, den Provolone, die Mortadella und die duftenden Seifen nicht, aber ich wußte, daß sie da waren, irgendwo in den Schränken und Schubladen versteckt lagen. Ein weiterer Grund, warum ich dort hinging, war, um Carletta nachzuspionieren. Das brachte mir gewöhnlich sogar mehr ein als das Waschen der Leintücher ihrer Mutter Caterina.

Einmal bin ich hinaufgeschlichen, und weißt du was? Dort auf dem Balkon im dritten Stock waren Carletta und meine Schwester Nina in ihrer Unterwäsche und taten, als wären sie am Strand. Und nicht nur das, die beiden rasierten sich! Sie rasierten sich die Beine, und danach sah es so aus, als wollten sie bei ihren Achseln weitermachen.

Nina und Carletta gingen in der Großstadt zur Schule, nicht in San Giovanni, weil San Giovanni, obwohl es als eine »Universitas« angefangen hatte, nun nicht einmal mehr eine richtige Oberschule besaß. Carletta hatte ein paar Sachen aus amerikanischen Zeitschriften aufgeschnappt, die sie in der Großstadt gekauft hatte. Sachen, die ihr Ärger einbringen konnten. Ich wußte das, weil ich die

Regeln gelernt hatte. Ich hatte meine Zeit in Piottas Hof verbracht. Ich kannte mich mit Brot aus, und ich wußte über Wein Bescheid.

Carletta hatte einen Freund in der großen Stadt. Ich kannte ihn, weil auch er aus San Giovanni stammte. In San Giovanni taten sie so, als würden sie sich nicht kennen, aber in der Großstadt gingen sie Hand in Hand und küßten sich in Hauseingängen und schwänzten sogar Unterrichtsstunden, um die Zeit miteinander zu verbringen. In San Giovanni war ich ihre Verbindungsperson. Ich überbrachte die Briefe, die mir Peppino anvertraute, um sie Carletta zu geben. Ich erinnere mich an Peppino, ich erinnere mich, daß er immer nervös war, an die Mauer seines Hauses auf der anderen Seite des San-Giuseppe-Brunnens gelehnt, ständig von einem Fuß auf den anderen trat und Rauchwolke um Rauchwolke ausstieß, bis ich endlich auftauchte. Er zwickte mich in die Wange, wenn er mir seine Briefe übergab.

(Oft dachte ich, wenn er mein Gesicht das nächste Mal berührte, dann würde ich ihm zwischen die Beine greifen und ganz fest zwicken, aber Sara meinte, das sollte ich besser nicht tun.)

Wenn ich Carletta einen Brief von Peppino überbrachte, tätschelte sie mir nicht die Schulter oder sagte Sachen wie: »Ooooh, du bist aber geschickt«, oder »Ooooh, du bist so hübsch«, wie es ihre Mutter machte. Nein, nein, Carletta redete kein so blödes Zeug. Sie wußte, Wörter reichten nicht aus, um zu verhindern, daß ich etwas verriet, deshalb schenkte sie mir Sachen. Sie schenkte mir einen Kuchen. Sie schenkte mir einen Kamm oder ein Haarband, einen Stift oder etwas, was sie plötzlich nicht mehr anziehen wollte, und das fand ich gut.

Carletta war das bestgekleidete Mädchen in San Giovanni. *Zu'* Michele hatte seine Sache gut gemacht. Er war allein abgereist, ohne seine Kinder, und hatte in den Kohlegruben von Clarksburg in West Virginia gearbeitet. »Im richtigen Amerika«, sagte er zu mir. »Nicht in Kanada. Kanada, wo deine Eltern sind, ist nicht das richtige Amerika.« Ab und zu hielt ich ihm den Mund mit meiner Hand zu, weil ich hoffte, er würde nicht immer weiter davon reden, daß Kanada nicht das richtige Amerika sei. Ich flüsterte ihm ins Ohr, daß er das nicht vor allen Leuten sagen sollte. Ich wollte nicht, daß meine Freundinnen hörten, daß mein Vater ins falsche Amerika gereist war!

In Clarksburg war *zu'* Michele durch die tiefen Schächte in die schwarze Erde hinuntergestiegen und hatte dort mit einer Hacke und einer Schaufel gearbeitet und geschuftet. Er arbeitete für das Haus. Er arbeitete für das Brot und das Holz und die Marmelade und die Mortadella. Und er hatte auch für die schönen Kleider seiner Enkelin Carletta geschuftet.

Nina und Carletta schlenderten Arm in Arm die Via San Francesco hinunter und dann die Via Roma entlang. Nina sah nie so elegant aus wie Carletta. Als ich sie so zusammen sah, wurde mir klar, daß *zu'* Michele vielleicht recht hatte – mein Vater war ganz gewiß im falschen Amerika.

Alle machten Carletta Komplimente und bewunderten sie. Nina machte das nichts aus. Sie sagte Carletta ständig, daß sie schön sei. Und sie *war* schön mit ihrer schneeweißen Haut, ihren nachtblauen Augen und ihren schwarzen, wehenden Haaren.

Ich kann mich nicht erinnern, Carletta je gesagt zu haben, daß sie schön sei. Ich weiß nicht warum. Ich wollte es ihr immer sagen, aber wenn ich sie dann sah, wie sie die Nase hoch trug und mit den Hüften wackelte, herausgeputzt in einem neuen Pullover oder einem neuen Kleid daherkam, dann vergaß ich es. Statt dessen musterte ich sie von oben bis unten, und dann sagte ich ihr, daß ich ihren Rock oder ihren Pulli, oder was sie halt gerade anhatte, an diesem oder jenem Tag an der und der gesehen hätte – das verfehlte nie die Wirkung.

Jedesmal, wenn ich sagte, daß ich ihre Kleider an irgendeinem anderen Mädchen gesehen hatte, weinte sie. Sie zerrte und riß an ihren Kleidern und fluchte und schrie: »Nachmacherinnen, gemeine Nachmacherinnen, ich wünschte, sie würden sterben.« Sie sagte, das täten sie absichtlich, bloß um ihr das Leben zu vermiesen. Carletta zog dieses Kleidungsstück nie wieder an, nicht in einer Kleinstadt wie San Giovanni, wo sie einzigartig sein mußte, einfach weil sie Carletta war. Carletta war dumm. Sogar ihr eigener Großvater, *zu'* Michele, bezeichnete sie als dumm.

Er mochte Nina. Nina war gut in der Schule, obwohl es sich meine Tante nicht leisten konnte, den Lehrern Geschenke zu machen. *Zu'* Michele dagegen gab ständig Geld für die riesigen Schinken und großen Käseräder und die Weinkrüge aus, damit Carlettas Lehrer sich verpflichtet fühlten, ihr zumindest eine passable Note zu geben und sie so die Klasse bestehen zu lassen. Und das taten sie. Sie nahmen die Schinken und den Käse und den Wein und gaben ihr eine Note, die mehr als passabel war, weil es kein Vergehen war, wenn die Leute Dankbarkeit zeigten. Im Gegenteil, es war höflich. Ich glaube, das ist der Grund, warum die Reichen höflich waren und die Armen unverschämt.

Mammarosa sagte, man müsse, wenn man wollte, daß einem eine Tür geöffnet wurde, mit den Füßen anklopfen, nicht weil man die Tür beschädigen wollte, sondern weil die Hände freundlich und voll sein sollten, zu voll, um die Klinke zu drücken oder an die Tür zu klopfen. Meine Tante klopfte nie mit ihren Füßen an die Türen von Ninas Lehrern.

Am Tag, als die Goldmedaillen vergeben wurden, war es nicht Nina, die hinaufging, um sie entgegenzunehmen. Nina hatte viel bessere Noten als das Mädchen, das sie bekam; es war die Tocher von einem der höflichen Reichen. Ich erinnere mich, daß der Lehrer mit den Achseln zuckte und Nina den Rücken tätschelte und lächelte. Er wand sich, als ob er sich selbst klein machen wollte, vielleicht um sich zu verstecken. Aber Nina machte es nichts aus. Sie war genauso stolz, als hätte man ihren Namen ausgerufen, als ob es sie wäre, die die Holzstufen hinaufstieg, die auf das Podest führten, auf dem der Lehrer der Gewinnerin die Hand schüttelte.

Zu' Michele sagte immer, daß es Nina im Leben zu etwas bringen würde, aber er machte sich Sorgen um seine Enkelin Carletta, weil er glaubte, sie würde nicht überleben, wenn sein Vermögen einmal verbraucht sei und sie nicht mehr höflich sein könnten.

Zu' Michele wußte, was überleben bedeutete. Er erzählte mir viel vom Überleben. Wenn ich ihn von weitem die Steigung der Via Monterosa heraufkommen sah, rannte ich auf ihn zu. Dann nahm ich ihn immer am Arm und führte ihn zur nächsten Treppe, wo er sich hinsetzte. Das war meistens die Treppe von Saras Haus. Kaum hatte er sich hingesetzt, da kamen die ganzen Kinder wie ein Bienenschwarm herbei und nahmen auf den anderen Stufen Platz. »Noch eine, noch eine, nur noch eine Geschichte, Onkel Michele«, bettelten wir alle. Er hatte immer noch eine Geschichte parat.

Im Geiste folgte ich *zu'* Michele auf seine Schlachtfelder. »Es wurde geschossen, und der Himmel war schwarz, es gab Tote und Schreie.« *Zu'* Michele sagte, er wäre nicht gern auf den Schlachtfeldern gewesen. Er wollte dort nicht bleiben und in diesem Krieg kämpfen. Er sagte, wenn er geblieben wäre, wäre er gestorben, aber wenn man einen Weg fände, wie man abhauen könnte, dann hatte man eine Chance, zu überleben. Er erzählte nur uns, nur uns Kindern seine Geschichten vom Überleben. Den Frauen auf Piottas Hof hätte er diese Geschichten niemals erzählt, weil sie ihn nicht verstanden hätten. Sie hätten wahrscheinlich gesagt, daß sie lieber gestorben wären, als ihren Posten im Leben zu verlassen. Deshalb hatten wir *zu'* Michele ganz für uns.

Er erzählte uns, daß nicht er es gewesen sei, der diesen ersten großen Weltkrieg ausgelöst habe. Nicht er sei die Ursache des Krieges gewesen. Er sagte, es sei ein Mann gewesen, ein einzelner Mann, der den Sohn eines Königs erschossen habe, und daß sich der König daraufhin rächen wollte. *Zu'* Michele sagte, er habe nach einer Weile genug Söhne von Vätern für diesen einen Königssohn sterben sehen, und darum wollte er nicht länger auf den Feldern des Todes bleiben, weil auch er dort umkommen konnte.

Zu' Michele war schlau. Er setzte ein, was er im Kopf hatte. Professor Ciano würde wahrscheinlich sagen, daß in *zu'* Micheles Kopf nicht viel drin war, weil er nicht viel gelernt und nur die Erde bearbeitet hatte und nicht mehr wußte, als zum Pflanzen, Jäten und Ernten nötig war. Darüber machte sich *zu'* Michele keine Sorgen. Es stimmt, alles, was er im Kopf hatte, hatte mit Pflanzen und Feldern zu tun, und das nutzte er.

Unter dem dunklen Himmel entdeckte *zu'* Michele, während Männer auf den Schlachtfeldern schrien und starben, die Pflanze des Lebens. Es war *vurra*. Er erkannte die *vurra* schon aus einem Kilometer Entfernung. Seine Augen leuchteten bei ihrem Anblick. Beinahe weinte er. Er wartete, bis spät in der Nacht die Gewehre allmählich schwiegen. Dann kroch er durchs Gebüsch und riß im Mondlicht die dicken Stiele aus. Die *vurra*-Stiele waren saftig und weich. Sie enthielten genug milchigen Saft, daß er darin hätte baden können, wenn er gewollt hätte.

Zu' Michele verrieb den *vurra*-Saft auf seinem ganzen Körper, und am Morgen schwitzte und fror er vor Fieber, und sein ganzer Körper war mit roten Pusteln bedeckt. Der Militärarzt zog *zu'* Micheles Augen mit den Fingern weit auseinander. Der Doktor schüttelte den Kopf und sah sehr besorgt drein. Dann unterschrieb er ein paar Papiere, und *zu'* Michele wurde umgehend nach Hause geschickt, weil er möglicherweise ansteckend sei, und die Männer sollten auf ihren Kampfposten sterben, nicht an Fieber und roten Pusteln.

Zu' Michele wurde zum Sterben nach Hause geschickt, aber er überlebte. Und als später der Hunger, nicht der Krieg, sein Leben wieder bedrohte, reiste *zu'* Michele ins richtige Amerika, damit er Marmelade und Mortadella kaufen konnte und die Bäuche seiner Familie voll wurden und sie überleben konnten.

Er ging alleine und kümmerte sich nicht darum, was andere sagten. Als er zurückkam, ließ er sein altes Haus in Ordnung bringen und kaufte seiner Enkelin die besten Kleider. Alle waren neidisch. »Das ist doch zu dumm«, sagte ich einmal zu Onkel Michele. *Zu'* Michele hatte die dunklen Felder des Todes und das Innere der schwarzen Erde im richtigen Amerika überlebt. *Zu'* Micheles Bauch wippte immer, wenn er lachte und sagte: »Ich habe getan, was ich tun mußte, deshalb habe ich überlebt.«

Zu' Michele hustete und spuckte sogar, wenn er uns Geschichten erzählte, deshalb setzten wir uns vor ihn, nie auf die Seite neben ihn. Und dann sagte er, jetzt würde er bald sterben. Ich sah in *zu'* Micheles Gesicht. Ich würde ihn nicht sterben lassen. Ich würde ihn mit mir ziehen und schleppen, wohin ich auch ginge und solange ich lebte. Ich wußte, daß er das überstehen würde, weil er stark war. Er würde weiterleben. *Zu'* Michele würde überleben.

Nach vielen weiteren weißen Umschlägen mit roten und blauen Rändern kam ein brauner Umschlag mit einem Brief aus Amerika. »Fürchte dich nicht, die Wasser werden dich nicht fortreißen.« Das waren die Worte, die über dem Rest der anderen Wörter standen und den Brief einrahmten. Meine Tante las den Brief und weinte. Sie sagte, mein Vater und meine Mutter hätten tausend Dollar gespart! Meine Mutter schrieb, der Hausmeister bei *Canada Packers* am Ende der Marion Street in St. Boniface ließe meinen Vater manchmal die Fußböden putzen.

Mein Vater ging durch den tiefen Schnee und manchmal über Eis zur Marion Street. Er stand um vier Uhr morgens auf, um von der Alexander Avenue zur Marion Street zu gehen. Eines Tages, als er bei *Canada Packers* ankam, gab es für meinen Vater dort nichts mehr zu arbeiten. Mein Vater ging weiter, bis er zum Rangierbahnhof kam. Dort ging er eine Weile herum, bis er einen Mann traf. Dieser Mann war ein Vorarbeiter in dem Verschiebebahnhof, und er suchte Männer zum Verlegen von Schienen. Mein Vater sagte ja, natürlich wolle er das machen, und auch meine Mutter sagte selbstverständlich ja. Es machte ihr nichts aus, daß er die ganze Strecke nach Vancouver, ans andere Ende des Landes, reisen mußte.

Sie mußten tun, was sie tun mußten!

Meine Mutter zog das Baby warm an und ging hinüber zum Haus ihrer Freundin Ina, wo das Baby tagsüber blieb, weil sie jetzt ja beide arbeiteten. Meine Tante las in dem Brief, daß der Direktor der Toronto Dominion Bank von Main and Higgins meinem Vater die Hand schüttelte und ihm tausend Dollar gab, weil mein Vater seine eigenen tausend Dollar in dieser Bank eingezahlt hatte. So hatten sie jetzt also zweitausend Dollar, und damit kauften sie sich ein Haus.

Sie hatten also wirklich das Haus gekauft!

Meine Tante sagte, daß wir auch bald nach Amerika reisen würden. Mein Vater schrieb in seinen Briefen weiterhin, daß er zurückkommen werde, aber meine Tante glaubte ihm nicht, weil meine Mutter in ihren Briefen zu schreiben begann, wie schön Amerika sei. Sie schrieb, daß es für Kinder schön sei, dort aufzuwachsen. Mein Vater sagte nein, und meine Mutter sagte ja. Jetzt gehörte ihnen das Haus, und ich hatte das Gefühl, daß sich bald einer von ihnen durchsetzen würde – hoffentlich nicht meine Mutter.

Meine Mutter schrieb, daß es wahrlich kein kleines Haus sei. Es hatte ein großes Badezimmer und neun weitere Zimmer, wenn man den abgeschlossenen Eingangsraum mitrechnete, der so groß wie alle anderen Zimmer war. Im Keller war ein Heizkessel mit automatischer Brennstoffzufuhr, und es gab sogar eine kleine Hütte in der

Südostecke des Gartens, in der meine Eltern eine Schubkarre und die Geräte aufbewahrten. Meine Mutter war von dem Garten begeistert. Sie nutzten nicht alle Zimmer des Hauses für sich. Mein Vater sagte, sie brauchten nicht so viele Zimmer. Mein Vater schien nicht zu glauben, daß er in Amerika überhaupt viel brauchte.

Meine Mutter berichtete, daß mein Vater manchmal wunderlich wurde und aus heiterem Himmel sagte, sie brauchten keine Milch. »Natürlich brauchen wir Milch«, antwortete meine Mutter dann. Aber er kaufte trotzdem keine, weil er meinte, seine anderen Kinder hätten an diesem Tag vielleicht noch keine Milch bekommen. Meine Mutter schrieb, daß mein Vater, wenn er in dieser Stimmung war, meist eilig fortging und sich zum Frühstück nicht einmal hinsetzte.

Jedes der anderen fünf Zimmer in dem Haus, berichtete meine Mutter, wurde von sehr netten Leuten bewohnt, die ihr jeden Monat etwas bezahlten. Meine Mutter bekam Geld, ohne eine Stechuhr bedienen zu müssen, und es war mehr als genug, um am Ersten eines jeden Monats die Rückzahlung an die Bank leisten zu können. In Wahrheit hatte sie Geld übrig, und sie mußten niemandem mehr Miete bezahlen! Meine Mutter sagte, es wäre ein schönes, großes Haus, und es gehörte ganz alleine ihnen.

Meine Tante weinte. Sie drehte den Umschlag um. Es stimmte. Die Adresse oben in der linken Ecke des Umschlags war neu. Meine Tante hatte diese Zahlen und Wörter nie zuvor gesehen. Da stand:

301 Fountain Street
Winnipeg, Manitoba
Canada

»Das stimmt«, sagte meine Tante, »Kanada.« Es machte nichts aus, daß es in Kanada war, dem falschen Amerika. Aber sag mal, sag mal ehrlich, warum konnte das Leben nicht einfach sein? Denn wenn das Leben einfach wäre, dann könnte jeder Ort Amerika sein.

Tomaten

Wasche, schneide und entkerne die Tomaten.
Gib sie in Gläser oder Flaschen und
dazwischen Unmengen von Basilikum.
Verschließe sie, wickle sie in Tücher, gib sie
in einen großen Topf voll Wasser.
Laß sie eine Stunde kochen.

Coca-Cola

Und warum konnte Amerika, »das richtige Amerika«, nicht überall sein? Warum mußten die Leute um die halbe Welt reisen, um nach Amerika zu kommen? Warum mußte es bloß ein schön eingefärbter Fleck auf der anderen Seite des blauen Meeres auf Maria Pias Globus sein? Ich hatte Maria Pias Globus gesehen, den ihr Vater ihr geschickt hatte. Die Berge waren Wellen aus verschiedenen Brauntönen, das Meer war natürlich aus verschiedenen Blautönen, und Amerika, auf der anderen Seite, war grün, das Ganze ein einziges leuchtendes Grün.

Einmal schickte Maria Pias Vater ihr eine Postkarte von Amerika. Natürlich brachte sie die in die Schule mit. Wir drängten uns alle um Maria Pia, um das kleine, glänzende, bunte Papier zu bestaunen. Über Maria Pias Schulter hinweg sah ich Amerika, das schöne, das echte. Das Meer war blau und ruhig. Die Häuser am Hafen waren groß und viereckig und hoch. Aber höher als die Häuser und breiter als der Himmel war eine weißgekleidete Frau. Sie hielt ein Buch und eine Fackel, die ganz herrlich leuchtete. Über der Flamme auf dem glänzenden Meer, über das ganze kleine Papier hinweg, das von einer Seite bis zur anderen Amerika enthielt, standen folgende Worte: »Die Heimat der Mutigen und das Land der Freien!«

Es war also noch mehr dran an Amerika. Es war mehr als ein Paradies, ein Land der Verheißung, wo es Brot, Milch, Honig, Arbeit und all diese Sachen gab. Es war kein Ort für Sklaven und bestimmt auch keiner für Feiglinge. Nur mutige und freie Menschen lebten in Amerika. Überall konnte Amerika sein, überall, wo Kinder genug Brot und Milch bekamen. Aber das würde in San Giovanni nicht eintreten, nicht so bald. Brot und Milch und Brot und Honig und Brot und Wein waren nur Worte, nette Wunschträume, die die Bauern im Sprechchor ausriefen, wenn sie zur Zeit der Wahlen hinter der Autokolonne der Fremden hermarschierten, die immer kurz vor dem Wahltag vorbeifuhr. Ich erinnere mich, daß San Giovanni kurz vor der Wahl überall mit bunten Fahnen und Plakaten geschmückt war, auf denen geschrieben stand: *»Viva la Democrazia Cristiana«*. Don Antonio verteilte Figuren der Madonna, der Mutter der Christen, die ganz sicher die Democrazia wählen würde, meinte er. Aber Tata sagte zu Don Antonio: *»Va fa n'culo«*, und marschierte in vorderster Reihe und rief »Brot und Arbeit«, zusammen mit dem Rest der Männer und Frauen, die ebenfalls nach Brot und Arbeit und Wein und Honig schrien.

Ich weiß nicht, wie es kam, daß diese gut gekleideten Fremden in den Cabriolets immer gewannen. Es gab so viele Bauern – auch ich war dabei –, die Tata anfeuerten. Eine ganze Menge marschierender Bauern, auf deren Gesichtern sich die dunkle, verdorrte Erde widerspiegelte, die sie beackerten. Sie marschierten forsch, um hinter der Autokolonne Schritt halten zu können, aber sie gewannen nie.

Am Morgen, nachdem die Wahlen stattgefunden hatten, sah ich, wie der Graf Berlingieri und der Baron Lopez auf ihre Schimmel aufsaßen, die Hunde losbanden und unter Geschrei über die leeren Felder trampelnd davonritten. Weite, fruchtbare und grüne Felder, die hätten eingesät werden können, die eine Ernte hätten bringen und eine Menge Brot hätten versprechen können und San Giovanni vielleicht in Amerika verwandelt hätten. Aber nein, gegen Mittag kehrten der Graf und der Baron und der ganze Troß lachend zurück, hoch zu Roß. Ich habe sie selbst gesehen. Ein kleines Wildschwein, nur eines, hing an einem der Pferde.

Der Mangel an Brot und Arbeit und Milch und Wein und Honig war nicht das einzige, was verhinderte, daß aus San Giovanni Amerika wurde. Es würde sicher eines Tages in naher Zukunft Brot und Arbeit und Milch und Honig geben, wenn genügend Leute *»va fa n'culo«* zu Don Antonio und Berlingieri und Lopez sagten. Die wirkliche Hürde war die Sache mit dem Mut und der Freiheit! San Giovanni konnte nie Amerika werden, weil Amerika das Land der Freien war. Und frei zu sein ist nicht einfach. Um frei zu sein, braucht man Mut. Du darfst keine Angst haben, die anderen frei sein zu lassen. Na ja, vielleicht könnten wir eines Tages hier, direkt in San Giovanni, Amerika haben. Eines Tages vielleicht. Aber nicht jetzt. Ich jedenfalls glaubte nicht, daß das bald sein würde.

In San Giovanni gab es noch einen Mann. Auch er hatte einen dicken Bauch. In Wahrheit war alles an ihm dick. Er war weich, rund und sehr füllig. Und wenn er ging, schwankte er ein bißchen. Sein Name war Ghinghillo. Ghinghillo trug stets einen Wettermantel, und er zog dessen Gürtel immer so fest zu, daß er in den Falten seines Körpers ganz verschwand. Sein Gesicht war glatt, ein wenig gebräunt, wie die Farbe von Pfirsichen in einer Schale Milch.

Ghinghillo war ein freundlicher Mann, so freundlich wie seine Fistelstimme. Es war sehr eigenartig, daß ein so großer Mann eine so freundliche Stimme hatte. Ich habe gehört, wie die Leute Ghinghillo als Kastraten bezeichneten, und wenn sie das taten, kümmerten sie sich nicht darum, ob er in der Nähe war. Ich erinnere mich, daß sich sein Gesicht dann von pfirsichfarben zu pflaumenfarben verfärbte und daß er immer mit hoher Stimme etwas zu seiner Verteidigung schrie. Es kam wie ein Quieken heraus, ein verzweifeltes Quieken, wie das von unseren Schweinen, wenn Tata ihnen die Beine zusammenband und ihnen ins Fleisch schnitt und es – nachdem sie ihnen die Hoden erbarmungslos abgeschnitten hatte – wieder zusammennähte.

Ghinghillo war häufig in den Straßen von San Giovanni unterwegs, weil er, obwohl er kein eigenes Geschäft besaß, der beste Goldschmied weit und breit war. Er ging von Haus zu Haus, in die Häuser, in die man ihn bestellt hatte, um matt gewordenes Gold aufzupolieren. Niemandem sonst hätten die Leute von San Giovanni ihr Gold anvertraut, und dennoch, wenn Ghinghillo vorbeiging oder wenn er in ihren Häusern Platz nahm, mußten sie sich anstrengen, um nicht zu kichern.

Auch ich kicherte und hänselte Ghinghillo und

sagte, was die anderen Kinder sagten, auch wenn ich dabei ein ungutes Gefühl hatte, das mich warnte. In mir spürte ich dieses Nagen, das mich drängte, mutig und frei zu sein. Aber ich hatte nicht den Mut, darauf zu hören. Ich rief trotzdem mit den anderen Kindern im Chor: *»Ghinghillo, Ghinghillo cu lu culu piccurullu.«* Das hieß: dicker Fettarsch Ghinghillo. Und obwohl ich in meinem Herzen einen anderen Chor hörte, der genauso laut sagte: »Gott liebt Ghinghillo, Gott liebt Ghinghillo«, hörte ich nicht darauf. Und ich fühlte mich erbärmlich.

Amerika, das Land der Freien und der Mutigen, konnte überall sein, wo eine freundliche Stimme sprechen durfte, der man zuhörte und die stark sein konnte. Ich war nicht stark, und wenn ich garstige Sachen machte wie diese, fühlte ich mich erbärmlich. Und wenn ich mich erbärmlich fühlte, dann versuchte ich, mein Unglück an meiner Schwester Julia auszulassen, die jünger und ein bißchen kleiner war als ich. Aber ich glaube nicht, daß ich das mehr als ein- oder zweimal versucht habe, denn Julia hatte, obwohl sie jünger war, verdammt gute Zähne und hätte einmal fast ein Stück aus mir herausgebissen.

Ich hätte wissen müssen, daß ich mich besser nicht mit Julia anlegte. Nicht einmal Signor Ficosecco legte sich mit Julia an. Sehr, sehr häufig sagte sie *»va fa n'culo«* zu Signor Ficosecco, vor allem, wenn er beim Anstehen für die Essensmarken zu ihr meinte: »Du nicht.«

Einmal, als meine Tante zu einer Unterredung

einbestellt war, teilte ihr Signor Ficosecco mit, daß Julia es auf sein Pult abgesehen habe. Wohin sie auch ging, immer verspürte sie den Drang, die Macht an sich zu reißen. Er sagte, sie sei wie ein loderndes Feuer. Julia hänselte Ghinghillo nie, aber sie nannte Don Antonio einen Fettsack. Sie nannte Don Antonio einen Fettsack, weil sie sich sicher war, daß die Idee, sie sei ein Halbteufel, von ihm stammte. (Auch Julia war nicht getauft.) Sie nannte ihn einen Fettsack und rannte dann nicht davon. Sie ging vor ihm her, und von Zeit zu Zeit blickte sie über ihre Schulter, um voll Abscheu in sein Gesicht zu schauen. Genausogut hätte sie sagen können: »Komm und fang mich, komm und fang mich doch.«

Das gleiche machte sie mit Bernardo. Bernardo wohnte vorübergehend in unserem Haus in der Via Monterosa, bevor er sich endgültig in San Giovanni niederließ, und er reizte Julia gern. »Oh, Julia, du bist so hübsch ..., aber ...« – »Aber was?« wollte Julia dann wissen. Es stand ihr ins Gesicht geschrieben. Sie war drauf und dran, zu explodieren. Bernardo lachte und lachte und setzte sein Spielchen fort: »Aber Nina ist hübscher als du.« Ich erinnere mich, daß Julia auf das Bett losstürmte, in dem er schlief. Sie warf seine Decken und sein Kissen auf den Boden, bevor sie auf der Matratze herumhüpfte und stampfte, wild entschlossen, sie kaputtzumachen, und sie schrie: »Hau ab aus meinem Haus, du Schwein! Ich will dein Schweinsgesicht nie wieder sehen!« Julias Stimme war bis zum San-Giuseppe-Brunnen zu hören. Dort hielten die Frauen, die gerade ihre schmutzige Wäsche wuschen, mit ihrem Getuschel inne und horchten auf.

Don Antonio und Bernardo legten sich nicht mit Julia an. Sie hat ein Stück Fleisch aus mir herausgebissen, und auch ihnen würde ein Stück fehlen, sollten sie sich je mit Julia anlegen.

Ich denke, Amerika könnte überall sein, wo die Schwachen und der »unbedeutende Rest« eine Stimme hätten. Überall, wo deine Augen nicht als »Katzenaugen« bezeichnet wurden, falls sie zufällig blau waren. Es wäre überall, wo eine Frau nicht von einem Mann verdorben wurde, wenn er zu ihr sagte: »Ich liebe dich.« Amerika konnte überall auf der Erde sein, wo du sogar vor langer Zeit aus dem fernen Spanien gekommen sein konntest und dich in der Geschichtsstunde trotzdem keiner komisch anschaute. Ich meine, Amerika konnte überall sein, wo die Leute aufmüpfig und stark sein konnten. Julia war stark. Sie war frei, während ich mich fürchtete. Wenn Amerika ein kleines Mädchen wäre, kein Land auf der Karte, dann wäre Julia Amerika. Sie würde die Fackel wirklich hochhalten und würde sie für immer und ewig über all ihren Nachkommen leuchten lassen.

Amerika, das Land der Freien und die Heimat der Mutigen. Das Land, wo zerbrechliches Glas dem Feuer standhielt. Das Land von Milch und Coca-Cola. (Ich weiß, daß Coca-Cola aus Amerika kommt. AMERIKA – das steht in der Bar in der Via Roma in großen Buchstaben hinter dem Zeichen für Coca-Cola.) Amerika, das Land der Träume und der Wunder. Ich fragte mich, ob in

Amerika, in der Fountain Street, der Straße, wo das schöne Haus meiner Mutter stand, wirklich ein Brunnen war. Ich dachte mir, wenn dort einer stünde, dann wäre er ein echter Konkurrent zum San-Giuseppe-Brunnen in der Via San Francesco d'Assisi in San Giovanni. Ich stellte mir vor, in Amerika, in der Straße meiner Mutter, wäre der Mund des Wasserspeiers, aus dem das Wasser heraussprudelte, aus Messing oder sogar aus Gold!

Oje, ich rede so dahin, entweder träume ich, oder mir scheint die Sonne in die Augen.

Ein einfacher Sugo

Erhitze etwas vom besten Olivenöl, das
du auftreiben kannst.
Wirf gehackte Zwiebeln, scharfe Peperoni
und Knoblauch hinein.
Gib ein Glas Tomaten dazu.
Bis das Nudelwasser kocht und die Nudeln
weich sind, ist die Soße fertig.

Mist

»Mist!« schrie ich, und meine Tante weinte, weil sie gerade wieder einen Brief las, der soeben aus Amerika angekommen war. »Die aber, die dem Herrn vertrauen, schöpfen neue Kraft, sie bekommen Flügel wie Adler. Sie laufen und werden nicht müde, sie gehen und werden nicht matt.« Das waren die Worte, die meine Tante als erstes las. Sie standen ganz oben und über den anderen Wörtern, als wären sie eine Krone über dem Rest des Briefes, den meine Mutter geschrieben hatte. Während ich den Rest hörte, den meine Tante vorlas, fühlte ich mich, als hätte jemand ganz langsam die blendenden Sonnenstrahlen von meinen Augen abgelenkt; das grelle Licht war fort, und urplötzlich sah ich die Dinge, wie sie wirklich waren. Mit einem Schlag wurden alle meine Phantasiebilder und Träume, daß Amerika eines Tages überall sein könnte, wo man nur wollte, genau zu dem, was sie waren – Phantasiebilder und Träume.

Ich hätte auf Mammarosa hören sollen. Sie hatte mir, wenn ich in ihrer Anwesenheit laut träumte und meinen Gedanken nachhing, tausendmal gesagt: »Nicht so hastig, Kind, beruhige dich, Menschen sind Menschen, und die Welt ist ein Dorf, ein einziges großes Dorf.« Sie hatte recht, und das, was meine Tante vorlas, bewies es. San Giovanni hatte es geschafft, Amerika zu erreichen, bevor Amerika auch nur daran dachte, nach San Giovanni zu kommen. Das war klar, und ich erkannte es ganz eindeutig, als meine Tante weiterlas. Nicht alles, was in Amerika glänzte, weder im richtigen, noch im falschen Amerika, war Gold, und deshalb rief ich: »Mist!«

Meine Tante las vor, daß mein Vater in Amerika seine Anstellung beim Eisenbahnbau verloren hatte. Er hatte sie verloren und wieder gefunden und verloren und gefunden, und dann hatte er schließlich eines Tages dieses Versteckspiel so satt, daß er auf niemanden mehr wartete, der ihm sagen würde, er solle wieder gehen; und deshalb ging er von allein, und zwar für immer.

Mein Vater verlor seine Anstellung so oft, weil ihm die Regeln nicht gefielen. Wenn die Vorarbeiter am Morgen gutgelaunt zur Arbeit kamen, dann hatte die ganze Kolonne einen guten Tag vor sich, aber wenn sie schlechtgelaunt kamen, war das nicht so. Diese Vorarbeiter besaßen wohl Autos, genau wie Professor Ciano, und genau wie der Professor standen sie wahrscheinlich sehr früh auf, um sie mit Benzin vollzutanken. Ja, ich konnte sie direkt vor mir sehen, ganz wütend und gereizt, genau wie der Professor zu dieser unchristlichen Stunde, wie sie fluchten und gegen die Reifen traten, bevor sie sie mit Luft vollpumpten. Und ich vermute, daß diese Vorarbeiter hin und wieder aus der Fassung gerieten, weil nämlich Wut bei Menschen zu eigenartigen Erscheinungen führt, und daß sie mehr als nur ihre Autos aufpumpten. Ich denke, daß sie zu so früher Stunde alles verwechselten und auch sich selbst ein bißchen aufpumpten, und das bedeutete natürlich, daß sie, sobald sie beim Verschiebebahnhof ankamen, auf dem einen oder anderen Arbeiter herumhacken mußten, um den Überdruck loszuwerden.

Mein Vater gab nicht jedesmal, wenn ein Vorarbeiter auf ihm herumhackte, seine Stelle auf. O nein, mein Vater arbeitete still in seiner eigenen Ecke. Normalerweise bemerkte der Vorarbeiter kaum, daß er da war. Mein Vater arbeitete mit gesenktem Kopf, aber er sah alles. Er sah alles, und er kochte. Meine Mutter war nicht glücklich, wenn mein Vater kochte, weil sie die Soße und das Nudelwasser kochen sah und wußte, daß Kochen eine verzehrende Sache war. Wenn man nicht acht gab, sagte sie, dann blieb am Ende gar nichts übrig. Mein Vater wußte, daß sie recht hatte, aber er versuchte nicht einmal, sein Kochen im Zaum zu halten.

Einmal, als mein Vater nach unten schaute und darauf wartete, daß sich ein Schienenverbindungsstück unter seiner Spitzhacke von der Stelle bewegte, da beobachtete er aus den Augenwinkeln, wie ein Vorarbeiter einen Mann (den mein Vater nicht kannte, der aber weiter vorn an den Schienen arbeitete) ordentlich anbrüllte. Mein Vater hob den Kopf, weil aus dem Anbrüllen ein Herumschubsen und aus dem Herumschubsen ein Stoßen geworden war. Es wurde lauter und heftiger, bis sich der Arbeiter still auf dem Schotter neben den Schienen krümmte. Na ja, und was auch immer in meinem Vater brodelte, kochte nun über. Er warf seine Spitzhacke ein paar Meter von sich, und im Nu waren seine Hände am Kragen des Vorarbeiters. Er hob ihn hoch, und dann landete auch der Vorarbeiter auf dem Schotter.

Meine Mutter sagte, es sei ganz in Ordnung, daß mein Vater die Stelle aufgegeben hatte. Sie meinte, es bestünde ohnehin keinerlei Hoffnung, daß er bei der Eisenbahn jemals hätte die Karriereleiter hinaufsteigen können. Wenn er Glück hätte, würde er von einer Kolonne zur nächsten wechseln, bis er aus jeder einzelnen ausgeschlossen oder überhaupt gefeuert würde, und dann würde er eines Tages auf der untersten Sprosse der Leiter sitzen bleiben, mit nichts als seiner Spitzhacke und seiner Schaufel.

Meine Mutter riet meinem Vater einmal, dem Vorarbeiter eine Flasche Whisky zu schenken, weil einige Vorarbeiter bei der Eisenbahn Whisky mochten. Ich stellte mir diesen Vorarbeiter mit einer übergroßen roten Nase vor, mit so stark vergrößerten Poren, daß sie wie kleine Löcher und schwarze Punkte aussehen, weil Piperella eine riesengroße rote Nase hatte, die mit kleinen Löchern und schwarzen Punkten übersät war, und auch er trank gern Whisky. Meine Mutter hatte das mit dem kleinen Geschenk, wie zum Beispiel dem Vorarbeiter eine Flasche Whisky zu bringen, vorgeschlagen, weil vor nicht allzulanger Zeit Inas Mann, der seinem Vorarbeiter ständig Whisky schenkte, einen besseren Posten bekommen hatte und nun ein wenig mehr Geld nach Hause brachte. Aber nein, mein Vater sagte, er verschenke keinen Whisky. Meine Mutter meinte, dann könne er genausogut gleich kündigen.

Ich bin froh, daß mein Vater dem Vorarbeiter keinen Whisky geschenkt hat. Mein Vater schwieg und schaute bei seiner Arbeit nach unten, aber er sah alles. Er konnte in die Tiefe, und er konnte in die Weite und die Ferne des Tages sehen. Viel weiter und viel ferner, als ich Amerika jetzt in meinem Geiste sah, und ich bemühte mich sehr, alles zu sehen, während meine Tante den Brief vorlas. Mein Vater sah voraus, daß er, wenn er damit anfinge, den Leuten Whisky oder andere solche Sachen zu schenken, bloß weil sie auf der Leiter höher saßen, vielleicht enden würde wie Carletta.

Genau in dem Moment, als ich mir vorstellte und einbildete, in Amerika bei den Gleisanlagen zu sein und vorsichtig, einen Fuß vor den anderen setzend, die Schienen entlang zu balancieren, hörte ich die Stimme meiner Tante nicht mehr, die noch immer las. Deshalb zupfte ich sie am Rock. Sie schubste mich weg. Ich zupfte noch mal am Rock, und sie stampfte mit dem Fuß auf, und es sah so aus, als wolle sie gleich die Hände vors Gesicht schlagen, aber statt dessen drehte sie sich um und sagte: »Habe ich hier denn nie einen Augenblick Frieden und Ruhe? Gar nie?« Sie hielt sich den Brief ganz nah vors Gesicht und las wieder und wieder: » A u to mo biiiil ... Auto mobil ... Automobil! Automobil!« – als ob sie nicht richtig lesen könnte.

Mein Vater hatte ein Automobil gekauft! Ich konnte es nicht glauben. Selbst meine Tante konnte es nicht glauben. Und darum konnte ich sie nicht hören. Sie hatte die Zeilen wieder und wieder leise für sich gelesen, um ganz sicher zu gehen, daß sie nicht träumte, sondern daß es wirklich stimmte. »Oh mein Gott! Oh, ooh! Ein

Auto, du meinst ein Auto wie das von den Cianos? Ist es ein Topolino? Ist es ein Fiat Topolino? Oh, warum kann es nicht wahr werden, warum kann Amerika nicht hier sein?«

Meine Mutter schrieb, es sei kein neues Auto, und auch kein richtiges Auto. Es war ein Auto, das hinten so geräumig war wie ein Lastwagen, aber es war kein Lastwagen, dafür war es nicht hoch genug. Es war so lang und niedrig wie ein Auto und hatte die Farbe von *latte macchiato,* aber an den Seiten Platten aus Holzimitat. Und es hustete eine große Wolke schwarzen, dreckigen Rauch aus, weil mein Vater das Gaspedal ein wenig herunterdrücken mußte, bevor er dieses Auto, diesen Lastwagen, startete. Nein, ich schätze, es war nicht wie Professor Cianos Auto, aber meine Tante sagte ganz stolz, es höre sich so an, als sei es größer, viel größer und besser als das Auto vom Professor, weil mein Vater eine ganze Menge Kisten voller Früchte und Gemüse auf die Ladefläche dieses Autos packen konnte.

Am allerersten Morgen des allerersten Tages, an dem mein Vater die Ladefläche seines Autos mit Früchten und Gemüse vollud, so schrieb meine Mutter in dem Brief, war es kalt, sehr kalt. Schon die ganze Nacht über hatte der Wind geheult. Er hatte gespielt und sich die Zeit damit vertrieben, die Kuppen der Schneewehen aufzuhäufen und wieder umzuformen. Mal waren die Hügel auf der linken, mal auf der rechten Seite dieser Straße von Winnipeg zwischen der Elgin- und der Alexanderstraße, besser bekannt unter dem Namen Fruit Row.

Es war noch nicht Tag, als mein Vater unschlüssig vor den vielen, vielen Obst- und Gemüsekisten stand, die an den Wänden von Rogers' Großhandel fast bis zur Decke aufgestapelt waren.

Mit den Händen umklammerte mein Vater sein kleines Bündel Dollarnoten in der Tiefe seiner Hosentasche. Mal war er bereit und sich seiner Sache sicher, im nächsten Augenblick zögerte er wieder. Mein Vater zitterte innerlich, und ihn fröstelte. Er zitterte tatsächlich, obwohl er warm angezogen war und nicht draußen in der Kälte stand. Schließlich rang er sich durch und nahm die Dollar aus seiner Tasche, um die Früchte und das Gemüse, das er ausgesucht hatte, zu bezahlen, bevor er es auf eine Karre lud. Der Mann in Rogers' Großhandel an der Fruit Row war sehr zufrieden. Er klopfte meinem Vater auf den Rücken, während er das Geld nahm, und er half ihm sogar, das Auto mit den Grapefruits, Bananen, Orangen, Brokkoli, Tomaten und so vielem anderen zu beladen.

Es war spät in der Nacht, als mein Vater von seinem allerersten Tag als von Haustür zu Haustür ziehender Obst- und Gemüsehändler heim kam. Meine Mutter rührte gerade eine einfache Soße mit einem langen Holzlöffel um, als die Tür aufging und der heulende, eiskalte Wind hereinblies. Schnell sammelte sich in einer Ecke ein Wirbel aus pudrigem, feinem Schnee an. Meine Mutter wußte Bescheid, sie brauchte erst gar nicht zu fragen, und mein Vater sagte nichts, weil ihm klar war, daß sie Bescheid wußte.

Stück für Stück trugen sie die Holzkisten mit ihrem köstlichen Inhalt in den Eingangsraum, der genauso groß war wie alle anderen Zimmer in dem schönen Haus meiner Mutter an der Fountain Street Nr. 301. Mein Vater saß schweigend am Tisch, während die Eiszapfen, die sich an seinem Schnurrbart und den Augenbrauen gebildet hatten, schmolzen und über seine Wangen hinunterliefen. Er blickte nicht oft auf und redete nicht. Wie auch, wo seine Lippen doch so arg zitterten? Meine Mutter fragte immer noch nicht, und mein Vater erzählte nichts.

Auch sie saß da, ganz ruhig am Tisch, und stellte es sich lediglich vor. Sie stellte sich vor, wie mein Vater ständig an fremde Türen klopfte und jeder nur den Kopf schüttelte und meinte, nein, nein, sie wollten nichts. Mein Vater hatte versucht, die Ware bei Rogers zurückzugeben, aber auch Rogers hatte offensichtlich nein gesagt.

In der Dunkelheit dieser kalten ersten Nacht lag meine Mutter still auf ihrem Bett. Sie bedeckte ihr Gesicht mit den Händen und murmelte.

Am Morgen, als mein Vater das Auto wieder mit den Grapefruits und den Bananen und dem Brokkoli und dem Kopfsalat belud, sagte meine Mutter nichts. Sie murmelte immer noch. Der Schnee, der sich am Vorabend in der Ecke angehäuft hatte, war geschmolzen, und sie stand in der Pfütze. Die Frauen auf Piottas Hof hätten gesagt, das sei ein gutes Omen, aber meine Mutter bemerkte das nicht. Sie bewegte sich nicht. Sie murmelte noch immer und murmelte auch noch, als er ging und versuchte, seine Früchte in entfernteren Teilen der Stadt an den Haustüren zu verkaufen.

Meine Mutter berichtete, daß er nach Windsor Park gefahren sei. Ich weiß nicht, wo Windsor Park ist, und ich glaube nicht, daß die anderen Obstverkäufer von Winnipeg es wußten, weil sie nie dorthin fuhren. Aber mein Vater tat es an diesem zweiten Tag. Er war schüchtern, und er zitterte, als er an die erste Tür klopfte. Die Frau, die an der Tür erschien, sprach nicht gut Englisch. Das tat auch mein Vater nicht, aber beide konnten *Brokkoli* sagen. »Brokkoli? Brokkoli?« fragte die Frau überrascht. »Ja, Brokkoli, Brokkoli«, antwortete mein Vater.

Brokkoli an ihrer Tür! Die Frau, die nach Aussage meiner Mutter aus Griechenland stammte, kaufte Brokkoli und Grapefruits und Tomaten und Salat. Und dann rief sie ihre Freundinnen, die etwas weiter in der gleichen Straße wohnten, und diese Freundinnen schickten meinen Vater zu anderen Häusern in einer anderen, nicht weit entfernten Straße. Mein Vater kam an diesem zweiten Tag früh nach Hause, weil er nichts mehr zu verkaufen hatte.

Mein Vater nahm jetzt nicht nur die Windsor Park-Route, sondern er klapperte auch die Straßen von Fort Rouge ab. Dort wußte Mrs. Palmisani genau, wann er vorbeikam, und alarmierte alle anderen in ihrer Straße. Na ja, sie versuchte es zumindest. Sie streckte ihren Kopf sogar mitten im Winter aus der Tür und schrie genau wie die Fischverkäuferin in den Straßen von San Giovanni. »Das Obst, das Gemüse, Teresì, Caterì, er ist da«, schrie sie in Richtung der Häuser ihrer Freundinnen. Und obwohl sie wußte, daß ihre Freundinnen, Teresina und Caterina, von ihrem Haus in der Mulvey 681 aus gesehen die Straße weiter runter, in ihren Häusern waren und Fenster und Türen geschlossen hatten und sie deshalb wahrscheinlich gar nicht hören konnten, schrie sie: »Teresì, Caterì.«

Mein Vater arbeitete hart, und er lebte nach seinen eigenen Regeln. Das war kein Mist und auch nichts Neues für mich. Das war mein Vater, so wie ich ihn mir vorstellte. Er war um die halbe Welt gereist, und er stand – genau wie mein Baum, obwohl herumgezogen und -geschleppt – aufrecht da, seine Wurzeln fest in den Boden gegraben.

Mammarosa sagte, es sei leichter, nach den Regeln anderer zu leben, weil diese sichtbar seien. Sie waren eindeutig und wurden von sichtbaren Menschen aufgestellt, denen man Rechenschaft schuldete, und die Einhaltung war normalerweise mit irgendeiner sichtbaren Belohnung verbunden. Diese Regeln sind im Geist fest verankert.

Nicht so die unsichtbaren Regeln, meinte sie. Sie werden von deinem Gewissen aufgestellt und sind in deinem Herzen verborgen. Auch sie können scharf umrissen sein, aber es gibt keine sichtbare Autorität und natürlich keine sichtbare Belohnung. Die unsichtbaren Regeln haben es schwer, zu bestehen, sagte sie, weil die Stimme des Herzens im Gegensatz zu der des Geistes leise ist, so leise wie Engelsstimmen. Ich glaube, deshalb legte sie so oft ihren Finger über meine Lippen und wollte unbedingt, daß ich ein gutes Gehör entwickelte.

Mein Vater wußte, wie schwer es ist, diese unsichtbaren Regeln zu befolgen, aber das machte ihm nichts aus, weil er still war und so leise umherging, daß sein Gehör sehr gut war. Er konnte das leiseste und schwächste Flüstern vernehmen. Eines Abends, als mein Vater spät vom Obstverkaufen in der ganzen Stadt nach Hause kam, setzte er sich wie gewöhnlich an den Tisch, und während die Nudeln auf dem Herd kochten, zählte er sein Geld. Meine Mutter berichtete in dem Brief, daß er in dieser Nacht einen seltsam aussehenden Schein in seiner Tasche gefunden hatte. Darauf war ein Adler mit großen, majestätisch ausgebreiteten Schwingen. Er hatte noch nie zuvor einen solchen Schein gesehen. »Fünfzig Dollar« stand darauf, und das Wort Amerika war ganz oben und ganz unten darauf gedruckt. Mein Vater legte die amerikanische Fünfzig-Dollar-Note zur Seite und zählte den Rest seines Geldes noch zweimal durch.

Die Nudeln waren fertig, und es war dunkel und sehr spät, aber mein Vater bestand darauf, daß er noch einmal fort mußte. Meine Mutter meinte, das würde sie verstehen. Sie tat einfach die Deckel auf die Töpfe und winkte ihm, bevor sie die Tür zumachte. Erst als er fort war, schüttelte sie den Kopf und knallte die Tür des Küchenschranks zu. Ich glaube nicht, daß sie ihre Hände so fest vors Gesicht schlug wie meine Tante, denn obwohl meine Tante und meine Mutter

Schwestern waren, waren sie sich nicht ähnlich. Das hat mir Mammarosa einmal zugeflüstert, als meine Tante mal wieder einen schlimmen Tag hatte und ständig die Hände vors Gesicht schlug.

Mein Vater wußte genau, wo er hinging. Es gab nur einen Ort, von dem diese amerikanische Fünfzig-Dollar-Note kommen konnte. Er war am selben Abend schon einmal dort gewesen, als es gerade dunkel zu werden begann, als der Himmel dunkelblau, fast schwarz war und vom Halbmond und den ersten funkelnden Sternen erleuchtet wurde. Die Lichter der Santinis in der Langside 630 waren in ihrer Helligkeit heruntergeschaltet worden, um zu verhindern, daß die Stechmücken all die nackten Arme und Beine erblickten. Die Santinis waren eine sehr lebhafte Familie. Wenn sie redeten, redeten sie mit Händen und Füßen, und mein Vater erinnerte sich, daß sie alle gleichzeitig gesprochen hatten. »Ej, *compari,* whariugonnadu, so ist Amerika nun einmal, sogar die Insekten wollen Blut.« – »Stimmt, *compari,* aber hier bekommen wir für den Schweiß, der uns von der Stirn tropft, wenigstens Brot.« Und sie redeten und redeten so weiter, als mein Vater an ihre Tür kam.

Herr und Frau Santini und ihre Gäste machten einen unglaublichen Wirbel, als sie meinen Vater auf ihrer Treppe erblickten. »Kommen Sie, kommen Sie … wollen Sie nicht einen Espresso? Keinen Espresso? Und wie wär's mit einem Glas, bloß einem kleinen Gläschen Wein?« Sie sprachen alle durcheinander. »Wo ist ein Glas, Carmela, gib mir ein Glas«, brüllte Herr Santini seine Frau an.

Er war mit seiner Frau nicht böse, oh, keineswegs, er wollte meinen Vater nur wissen lassen, daß er es mit dem Glas Wein wirklich ernst meinte.

Aber mein Vater blieb nicht und trank keinen Wein. Nicht daß er nicht gewollt hätte. O nein, es gab nichts, was er mehr liebte als eine gute Diskussion über Politik und Amerika, aber es war spät, dies war seine letzte Station, und er war müde. Deshalb wog er nur die Früchte ab und sagte: »Zwei Dollar.« Mein Vater hatte einfach gesagt, daß sich die Summe für das Obst und das Gemüse auf zwei Dollar belief, und ganz plötzlich stürmten sie alle auf einmal auf ihn zu, wobei von überall her Dollarscheine flogen: aus Taschen, Händen, Ärmeln und sogar aus dem Dekolleté. Sie drängten sich alle, als ob sie ein Rennen zu gewinnen hätten, um der erste zu sein, der ihm das Geld in die Hand drückte.

Es war der Gast der Santinis, ein Onkel aus dem richtigen Amerika, der das Rennen gewann und meinem Vater als erster das Geld in die Hand drückte. »Hier«, sagte er triumphierend und außer Atem, »zwei Dollar.« Er hatte das Geld meinem Vater in die Hand gelegt und drückte die Finger meines Vaters fest um den glatten Schein, während er alle anderen Bewerber aus dem Weg stieß.

Mein Vater wußte nicht, was er tun sollte, weil ihm klar war, daß dieser Mann ein Gast war, und Gäste zahlen nie, das ist eine Regel. Er wußte, daß dieser Mann ein Gast war, weil Herr Santini, als mein Vater zum ersten Mal ihr Haus betreten hatte, ihn stolz hereingebeten und gesagt hatte: »Kommen Sie, kommen Sie herein, das ist mein Onkel, er ist aus Amerika zu Besuch.«

Der Gast hatte darauf bestanden, zu zahlen, und mein Vater hatte inmitten des ganzen Tumults den Schein eilig in seine Tasche gesteckt, weil er wußte, daß die Diskussion, wer bezahlen dürfe, ewig weitergehen würde, und es wurde allmählich spät. Ja, Herr Santinis Gast war der Mann. Es war sein Geld, und hier war das Haus.

Es war stockdunkel, als mein Vater zum zweiten Mal am selben Abend beim Haus der Santinis an der Langside Street ankam. Die Lichter waren nun vollständig gelöscht, und auf der Veranda herrschte – abgesehen vom unaufhörlichen Zirpen der Grillen – Ruhe. Ein leichter Windhauch raschelte in den Fliederbüschen. Sie verströmten ihren starken Duft. Der Geruch von Espresso, Wein und Zigarettenrauch hing noch in der Luft. Eine aufgeschreckte Katze sprang auf und brachte die Tassen auf dem Tisch zum Klappern. Unter den Stiefeln meines Vaters knarrten die Stufen laut, viel lauter als früher an diesem Abend. Und einen Augenblick lang wußte er nicht, während er dort auf der leeren Veranda wartete, ob es richtig gewesen war, so spät in der Nacht hierherzukommen. Aber er blieb.

Er blieb, weil er die Stimmen, so leise und zart sie auch waren, deutlich vernahm, die ihn an seine verborgenen, unsichtbaren Regeln erinnerten. Mein Vater wußte, daß ihm ein neuer Tag bevorstand, an dem er sein Auto beladen und entladen und an Türen klopfen mußte, und er brauchte seinen Schlaf. Mit diesem seltsamen Schein in seiner Tasche hätte er keinen Schlaf gefunden.

Mein Vater klopfte und wartete geduldig und ruhig. Eine kleine Frau kam zur Tür. Es war Frau Santini im Nachthemd. Sie nahm das Geld und schüttelte lächelnd den Kopf, während sie seine Hände eine ganze Weile herzlich drückte, und dann ging mein Vater wieder.

Es war spät, und eigentlich hätte er müde sein müssen, aber ganz plötzlich war er stark. Er fühlte sich so stark, daß er hätte springen und fliegen können, vielleicht sogar zum Mond hinauf, der den weiten Nachthimmel über den riesigen Ebenen erhellte, und noch über ihn hinaus.

Kastanien

Nimm eine alte Bratpfanne.
Schlag in den Boden mit einem Nagel und
einem Hammer viele Löcher hinein.
Bereite die Kastanien vor, indem du in jede
einen kleinen Schlitz einritzt (wenn du das nicht
tust, fliegen sie dir später um die Ohren).
Gib sie in die Pfanne und auf den Herd.
Wenn sie geröstet sind, übergieße sie (solange
sie noch auf dem Herd stehen) mit Weinbrand.
Schäle die verkohlte Schale ab und iß die
Kastanien.

Kastanien

Ich fragte Mammarosa, was die Wörter über den anderen Wörtern bedeuteten, die in dem neuen Brief meiner Mutter standen: »Sie schöpfen neue Kraft, sie bekommen Flügel wie Adler. Sie laufen und werden nicht müde, sie gehen und werden nicht matt.«

Meiner Mammarosa konnte ich Fragen stellen und sie tausendmal wer und was fragen, und sie wurde es nie leid und regte sich nie auf. Sie hatte immer Zeit.

Mammarosa zog ihren geliebten Kinderstuhl an die Feuerstelle neben den meinen. »Manchmal begegnen wir auf unserem Lebensweg Gefahren, schrecklichen Gefahren, großen Bergen. Ohne daß du es weißt, könnte dein nächster Schritt dich an den Rand eines Abgrunds führen, oder die Erde am Abhang könnte einfach unter deinen Füßen fortrutschen. Oder der Berg könnte auf einmal zu steil werden, um hinaufzusteigen, und genau dann entdeckst du, warum und wer du wirklich bist.« Mammarosa wollte eigentlich noch viel mehr sagen, aber der Kopf sank ihr immer wieder auf die Brust, und ihre Augen waren müde. Deshalb schloß auch ich die Augen.

Ich erinnere mich, daß meine Tante, Ceci, Peppe und ich einmal ein bißchen zu lange im Weinberg geblieben sind. Selbst als die Wolken über den Bergen ineinander zogen und die wildesten und dunkelsten Tierungeheuer formten, die jemals den Himmel bevölkerten, blieben wir noch dort.

Es lagen so viele Kastanien auf dem Weg verstreut, und wir wollten sie alle in unsere Säcke einsammeln. Die Kastanien waren nicht von selbst heruntergefallen. Der Wind hatte die Bäume geschüttelt, und die meisten von ihnen waren in ihren stachelschweinartigen, spitzstachligen Schalen heruntergeplumpst. Es waren viele, und sie waren so stachelig. Wir brauchten lange, bis wir unseren Heimweg nach San Giovanni antraten.

Es war schon spät am Abend, als wir – meine Tante, Ceci, Peppe und ich – auf unserem Weg plötzlich einem Berg gegenüberstanden, einem richtigen Berg! Es war der Berg, der auf der anderen Seite des Flusses Neto, gegenüber von San Giovanni, aufragte. Wir sahen ihn in der Ferne, aber bevor wir uns ihm näherten, gerieten wir mitten in einen Sturm, einen tobenden Kampf zwischen diesen dunklen Bestien oben am Himmel. Die Adler, die hoch auf den Kiefern saßen, schauten hinunter und flatterten aufgeregt herum, als ob sie uns, während wir auf den Berg zugingen, warnen wollten. »Gefahr, Gefahr im Verzug«, schienen sie zu sagen, als sie über uns flogen.

Wir gingen alle eng nebeneinander, Hand in Hand, meine Tante, Ceci, Peppe und ich. Wir waren zu einem Körper geworden und tasteten uns durch die plötzliche tiefe Dunkelheit vorwärts. Der Wind pfiff und heulte und kämpfte mit den Bäumen an der Gipfelkuppe und am Steilhang. Die Bäume bogen und neigten sich zur Erde, und manche von ihnen, auch wenn sie sich noch so stark neigten, knickten direkt vor meinen Augen um.

Als wir den Gipfel erreichten, prasselte der Regen auf unsere Köpfe und Körper nieder. Der Himmel war schwarz. Die Erde rutschte weg, als wir den Abhang hinunterstiegen. Sie bebte und zitterte unter unseren Füßen. Ganze Brocken davon brachen vom Berg ab und rollten zum angeschwollenen Neto hinunter.

Eigentlich hätten wir rennen sollen. Wenn ich sonst in San Giovanni vom Regen überrascht wurde, dann rannte ich. Ich rannte und rannte, bis ich zu Hause in Sicherheit war. Aber an diesem Berg wagten wir es nicht, auch nur einen hastigen Schritt zu tun. Die Dunkelheit war zu undurchdringlich. Wir hörten unter uns das Wasser rauschen, aber man konnte unmöglich sagen, wie weit der Fluß über die Ufer gestiegen war. Ein falscher Schritt, und es konnte uns wie den vielen abgebrochenen Ästen oder dem losen Felsgestein ergehen, die den Abhang hinunterstürzten und von den tosenden Fluten fortgerissen wurden.

Wir rannten nicht. Über die neu entstandenen Schluchten und Steilabbrüche zu rennen, die von der Dunkelheit wie verschluckt waren, würde den sicheren Tod bedeuten. Deshalb warteten wir geduldig ab; obwohl wir gern davongerannt wären, warteten wir, bis ein Blitz über den Himmel zog und unseren Weg hinunter zur Brücke erleuchtete und wir erkennen konnten, ob sie den Neto noch immer überspannte, bevor wir weitergingen. Wir warteten geduldig, setzten uns aber nicht hin oder taten nichts, o nein. Geduldig zu warten ist nicht das gleiche wie dazusitzen und nichts zu tun.

Ich hörte Mammarosas warnende Worte: »Dasitzen und nichts tun bedeutet den sicheren Tod, genau wie achtlos durch die Schluchten zu rennen.« Deshalb standen wir, wir standen immer, während wir warteten. Wir setzten uns dabei nie hin. Wir tasteten uns auf unserem Weg behutsam vorwärts, aber nur, wenn der Blitz unseren Weg erleuchtete. Ich erinnere mich, daß ich mich vor dem Blitz ebensosehr fürchtete wie vor dem Geräusch der tobenden Fluten unter mir. Zuerst schloß ich die Augen und ließ mich von Peppe vorwärtsziehen. Ich verbarg mein Gesicht unter seinem Arm, während meine Füße neben den seinen herschlurften, bis ich mich allmählich, zunächst nur mit einem Auge, an die Lichter gewöhnte, die den Himmel zerrissen. Zusammen, ein Körper, Hand in Hand schafften wir es, die Brücke über die tosenden Fluten zu überqueren.

Die Adler schwebten sogar mitten durch den Sturm. Sie flogen, während der Regen herunterprasselte und der Donner grollte. Ich sah sie, wenn die Blitze einschlugen. Sie segelten über uns am Himmel hin und her, als wollten sie, daß wir ihnen auf die andere Seite in Sicherheit folgten. Aber wir hatten keine Schwingen wie die Adler, deshalb stiegen wir den Berg vorsichtig und ängstlich hinunter. Wir flogen ganz und gar nicht darüber hinweg wie die Adler.

Als wir in dieser Nacht nach Hause kamen, sagte Mammarosa, das sei nicht wichtig. Sie sagte, wir alle – Ceci, Peppe und ich – wären trotzdem Adler. Sie sagte, wir wären Adler, auch wenn wir nicht richtig flogen. Sie sagte, wir wären Adler, schon seit wir ganz klein waren, als wir nicht nur nicht fliegen, sondern noch nicht einmal laufen konnten.

Feigen

Öffne die Feigen in der Mitte.
Steck ein Stück Walnuß in jede Hälfte.
Klapp sie wieder zusammen.
Backe sie, bis sie goldbraun sind.

Feigen

Sobald wir alt genug waren und fest genug auf den Füßen stehen konnten, gingen wir zu Mammarosas Weinbergen, wir alle – Nina, Ceci, Peppe, Julia und ich. Die Weinberge und das Haus an der Via Monterosa – das war die Fackel, die Mammarosa von ihrem Vater und ihrer Mutter anvertraut bekommen hatte. Es war ihre Aufgabe, diese Fackel am Leuchten zu halten, und das tat sie. Einmal lächelte eine Frau, die durch die Via Monterosa kam, Mammarosa – aus meiner Sicht völlig grundlos – an und sagte: »Wackle nicht so wild mit den Hüften, Marò.« Ja, meine Mammarosa hatte es eilig, die Treppe zu fegen, und ihre Hüften bewegten sich ein wenig, aber du hättest die Hüften dieser Frau erst sehen sollen! Sie balancierte einen großen Korb voll frischem Brot auf ihrem Kopf, ohne ihn mit den Händen zu halten. Aber dafür wackelten ihre Hüften ganz wild, sie wiegten sich nach rechts und wiegten sich nach links, sie schaukelten wie ein Schiff auf stürmischer See. »Ärg're dich nicht und hetz' nicht so. Wenn die Hüften so wild wackeln, nehmen die Eier Schaden.« Die Frau redete weiter und weiter, und dann lachte sie, und Mammarosa stellte ihren Besen ab und lachte mit.

Ich habe einmal gesehen, wie Mammarosa den Rock wechselte, als wir beim Weinberg ankamen. Sie sagte nicht: »Geh raus und spiel jetzt«, so wie sie es zu Ceci und Peppe zu sagen pflegte, um sie aus dem Zimmer zu haben. Ich war also da, als sie ihren guten Rock auszog, um in den zu schlüpfen, den sie immer bei der Arbeit in den Reben trug. Ich schaute hin, und da waren, soweit ich sehen konnte, keine Eier. Vielleicht hatte sie sie in sich versteckt, denn nachdem mein Papagiuseppe gestorben und selbst nachdem mein Vater nach Amerika abgereist und also kein Mann mehr im Hause war, gedieh ihr Weinberg trotzdem. Sie schnitt die Reben, sie beackerte den Boden, sie erntete die Trauben, und ihr Weinberg gedieh genau wie die nebenan, die von Paolino und Sciurillu gepflegt wurden; das waren Männer, und die hatten selbstverständlich Eier.

Mammarosas Weinberge waren weit weg, hinter einer ganz anderen Hügelkette, jenseits der Brücke über den Neto, vorbei an dem Zypressenzaun um den Friedhof, wo mein Papagiuseppe beerdigt war. Das war ein weiter Weg von San Giovanni, aber wenn du dort ankamst und vor dem Haus im Weinberg standest, was für ein herrlicher Anblick bot sich dir dann!

Weit über den Hügeln konntest du, wenn du den Hals recktest (falls du das konntest), ein Stückchen Blau sehen, und das war nicht der Himmel, sondern das Meer. Nie sah man auf den Hügeln von Macchia di Fava jemals einen Flecken Weiß. Nicht einmal im grimmigsten Winter waren die grünen Hügel mit Schnee bedeckt. Es war immer da, das Blau, sowohl das des Himmels als auch des Meeres, das beim Weinberg den Horizont begrenzte.

Peppe jammerte und weinte manchmal, wenn wir zum Weinberg gingen. Mammarosa hob ihn hoch und trug ihn und versprach ihm ganz viele

Trauben und Feigen und Rosinen und Pfirsiche und Brombeeren, die alle im Weinberg wuchsen. Dieses Versprechen brachte ihn zum Lächeln und zum Weiterlaufen, bis er wieder müde wurde und ihn Mammarosa wieder an die Trauben und Feigen und Brombeeren erinnern mußte. Als ich alt genug war, in den Weinberg zu gehen, wurde auch ich müde und jammerte, und da war es Peppe, der mich ein kleines Stück trug und mir Trauben, Feigen und Brombeeren versprach. Aber wenn wir von der Hauptstraße abbogen und den Abstieg in das Tal begannen, das Macchia di Fava heißt, dann jammerte ich nie, nicht ein einziges Mal.

Gleich rechts, ein wenig von der Hauptstraße entfernt, direkt am Beginn dieses lieblichen Tales, war eine große, kalte Quelle. Diese Quelle war von einem smaragdgrünen glitschigen Felsen bedeckt, und die Sonne schien in das Wasser, das sich über den Felsen ergoß und ihn schimmern ließ. Das Wasser lief auf unserer Seite des Tales hinunter zu Mammarosas Weinberg und weiter durch die Hügel, und dann wurde es schließlich zu einem Teil des blauen Flecks am Horizont, der das Meer war. Ein warmer Wind blies durch die Bäume am Abhang und kitzelte meine Nase mit dem köstlichen Duft von Mammarosas und Peppes Versprechungen. Die Zeit spielte keine Rolle mehr, sobald wir den Abhang hinunterstiegen, und keiner fragte mehr: »Wann sind wir da – sind wir endlich da?«

Ich rannte, um die Sonnenstrahlen einzufangen, wenn die anderen im Farn und im hohen Gras neben dem Weg Verstecken spielten, und im Nu war ich zu dem kleinen Haus im Weinberg gegangen, nein, ich war dorthin gerannt, und ich fühlte mich so flink und leicht wie ein Schmetterling. In San Giovanni machten die Schmetterlinge nicht halt, um die Blumen zu küssen. Im Weinberg jedoch, gleich vor unserer kleinen Tür, kamen sie in Schwärmen, so dicht wie Wolken, um eine einzelne Hummel von ihrem Baum zu verjagen.

Wenn im Weinberg der wilde Fenchel gelb wurde und die Sonne ihn ganz heiß werden ließ, wenn die Feigen aufbrachen und die Bienen ihre Tränen aufsaugten, dann waren die Trauben reif. Ich half Mammarosa, Schicht um Schicht reifer Trauben zu backen, bis sie geschrumpft waren und süß dufteten. Ich half ihr auch, die Feigen zu trocknen, die weißen und die schwarzen. Wir trockneten sie in dem Backsteinofen gleich neben der kleinen Tür des Hauses im Weinberg.

Manchmal schlitzten wir die Feigen auf und steckten Walnüsse, die Peppe und Ceci am Straßenrand aufgesammelt hatten, in die dunkelroten Hälften. Mammarosa gab auf die Feigen, die sie gebacken hatte, sehr acht, weil sie uns, wenn wir im Winter nachts aufwachten und weinten, immer eine Handvoll Feigen aus einem Korb gab, der auf dem Schränkchen neben dem Bett stand. Nachdem die Feigen abgekühlt und fest geworden waren, trugen wir sie in Säcken vorsichtig – zu Fuß – den ganzen Weg bis heim nach San Giovanni.

Einmal, als wir das Tal hinaufstiegen und uns

die Säcke mit den Feigen auf dem Rücken baumelten, holte uns Paolino mit seinen beiden Eseln ein. Auch er war auf dem Heimweg nach San Giovanni. Paolino sagte, die Augen nach unten auf die Steine und den Schotter gerichtet, zu Mammarosa *»buon giorno«*, und dann sprang er plötzlich erschrocken zurück. Eine Schlange hatte gerade seinen Weg gekreuzt! Einen kurzen Moment lang sah er verängstigt aus; dann lachte er. Es war eine harmlose schwarze Schlange, die sich über die Kiesel und Steine auf unserem Weg schlängelte. Deshalb lachten wir alle.

Erst als Paolino beim Lachen den Kopf hob, sah er, daß wir alle – Mammarosa, Nina, Ceci, Peppe und ich – schwer beladen waren und von den Feigen, den Säcken voller Feigen, ganz niedergedrückt wurden. Na ja, alle außer mir; ich trug nur einen Korb voll, weil ich noch klein war. Paolino bestand darauf. Obwohl seine Esel beladen waren, zog er dennoch an Mammarosas schwerem Sack und legte ihn einem der Esel auf den Rücken.

Ich sagte Mammarosa, ich könne nicht verstehen, warum sich Paolino, der zwischen seinen beiden Eseln ging, entschloß, unseren schweren Sack Feigen ausgerechnet dem Esel aufzuladen, der schon die größere Last trug. Ich mußte wissen, warum, deshalb zupfte ich Mammarosa am Rock. Sie zog mich nah zu sich heran und flüsterte: »Paolino kennt seine Esel, und er weiß, welchem er die Last aufladen kann«, und dann drückte sie ihre Finger auf meine Lippen.

Ich mochte Paolino nicht. Paolino war gemein

zu seinen Eseln, und Mammarosa war zu mir gemein, weil ich still sein mußte, wo ich doch weiterreden wollte. Deshalb runzelte ich die Stirn, ich zog sogar den ganzen Weg zurück nach San Giovanni eine Schnute. So gemein! Es war so gemein.

Mammarosa erzählte mir, daß San Giovanni einmal, vor langer Zeit, bevor meine Mutter und mein Vater nach Amerika gingen – tatsächlich war es im Jahr 1943, so sagte sie, in der Zeit dieses schrecklichen Weltkriegs – von einem schweren Sturm heimgesucht wurde. Don Antonio und die anderen Pfarrer trugen die Statue des heiligen Johannes vom Berg herunter und stellten sie auf den Altar der Kirche an der *piazza* und lasen eine Extramesse, damit der Sturm aufhöre. Aber Wind und Regen gehorchten nicht. Mammarosa sagte, sie habe abgewartet. Sie wartete und wartete, und sie betete. Sie betete, der böse Wind möge die schwarzen Wolken nicht in Richtung ihrer Weinberge blasen.

Als der Regen nachließ, zog sie los, um nachzusehen, ob der Sturm auch in Macchia di Fava gewütet hatte. Natürlich, als sie zu den Weinbergen kam, war ganz klar, daß Wind und Regen sich dort ausgetobt hatten. Die Feigenbäume waren so gerüttelt und geschüttelt worden, daß Mammarosa überrascht war, ihre Wurzeln nicht nackt und freigelegt zu sehen. Nicht eine einzige Feige hing noch an den Ästen der Bäume. Sie waren allesamt auf die Erde heruntergefallen. Sie konnte nicht mehr als eine Handvoll davon retten. Sie hob sie vorsichtig auf, wie echte Kostbarkeiten, legte sie behutsam in einen Korb und trug sie in das kleine

Haus. Der Rest der Feigen blieb einfach dort auf der Erde liegen und verfaulte bereits.

»Gemein«, schrie ich Mammarosa an, als sie mir diese Geschichte erzählt hatte. Ich war ganz aufgewühlt und verwirrt. Ich runzelte die Stirn und zog eine Schnute. Und dieses Mal drückte sie ihre Finger nicht auf meine Lippen, sondern ließ mich reden.

Ich redete und redete und erinnerte sie daran, daß sie mich einmal, als ich mich über die endlosen Kilometer bis zum Weinberg beklagt hatte, böse angeschaut hatte. Sie meinte, ich hätte allein bei dem Gedanken, in den Weinberg zu gehen, begeistert sein müssen, weil Weinberge etwas Besonderes seien. Etwas so Besonderes, daß selbst Gott einen Weinberg besaß. Sie sagte, die Feigenbäume seien unter allen anderen Bäumen die außergewöhnlichsten, weil Feigenbäume uns so vieles gaben. Selbst ihre Blätter gaben sie uns zu essen.

Ich erinnerte sie an etwas anderes. Sie hatte gesagt, daß Gott von allen Pflanzen in seinem Weinberg den Feigenbaum am meisten liebte, obwohl ihm auch die Trauben sehr wichtig waren, weil Gott alles und jeden liebt. »Erinnerst du dich?« fragte ich. »Erinnerst du dich?« – »Ja, ich erinnere mich.«

»Warum also, warum? Das verstehe ich nicht! Wenn der Feigenbaum so gut war und am meisten geliebt wurde, warum hat Gott die Augen zugemacht, als Wind und Regen durch den Weinberg tobten und die Feigen vom Baum gerissen haben?« Auch die Rebstöcke und die Trauben waren durchgeschüttelt worden, aber es war der Feigenbaum, der bei diesem schrecklichen Sturm in dem Jahr des entsetzlichen Krieges am meisten abbekommen hatte.

Ich erzählte Mammarosa, daß Don Antonio in der Religionsstunde gesagt hatte, nur die Bösen würden bestraft. Und dann stellte ich ihr Fragen über Fragen, tausendmal warum. So viele, daß Mammarosa, wenn sie so wie meine Tante gewesen wäre, sich inzwischen umgedreht und mir eins um die Ohren gegeben hätte, nachdem sie sich zunächst selbst die Hände vors Gesicht geschlagen hätte.

Warum? fragte ich.

Warum ist mein Vater nicht hier?

Warum kommt er nicht zu Besuch wie Maria Pias Vater?

Warum sitzt Biasi in einem Rollstuhl?

Warum ist Signor Ficosecco für die Essenskarten zuständig?

Warum kann ich keine Bücher bekommen?

Warum ist Teresa gestorben und nicht Nando?

Warum werden wir alt und sterben?

Warum? Warum? Warum? fragte ich Mammarosa.

Aber sie ging langsam weiter, ohne ein Wort zu sagen. Sogar als ich an ihrem Rock zupfte, behielt sie ihren ruhigen Schritt bei. Nicht ein einziges Mal sagte sie: »Sei still«, und deshalb rief ich um so mehr: »Wie gemein!« und fragte warum.

Warum kann ich nicht schön sein?

Warum können meine Haare nicht wie die von Maria Pia sein?

Warum? Waren die Feigen böse? Bin ich böse?

»O nein, nein«, antwortete Mammarosa schließlich und zog mich nahe zu sich heran. »Du bist nicht böse, und die Feigen waren auch nicht böse. Gott kennt den Feigenbaum, und er kennt dich.« Mammarosa sagte, ich sei gut, und auch die Feigen seien gut, selbst auf dem Boden seien sie noch gut. »Was für wertlos gehalten wird, kann sich manchmal als etwas sehr Gutes und sehr Schönes entpuppen«, sagte sie.

Auf dem Ladentisch von Signor Spadafora hatte ich Unmengen wertloser, häßlicher und kaputter Sachen gesehen. Aber er verwandelte jedes Ding in etwas Schönes. Ich habe gesehen, wie Signor Spadafora das fast wie mit Zauberei machte, direkt vor meinen Augen. Ich erinnere mich, daß ich Signor Spadafora von draußen durch das Fenster seines Goldschmiedeladens auf der Via Roma beobachtete, nicht allzuweit von San Giovannis kleinem Bahnhof entfernt.

Ich bin oft dorthin gegangen und habe meine Nase gegen die Fensterscheibe gedrückt, damit ich ihm genauer zusehen konnte. Er pumpte Luft ins Feuer, kein so großes wie das in der Werkstatt des Hufschmieds, aber doch ein Feuer.

Mit einer ausladenden Handbewegung schob Signor Spadafora alles von seinem Ladentisch und warf es ins Feuer: alte Armbänder, verbogene Ohrringe, alte Zähne und andere kaputte Stücke, die niemand, wenn er sie auf der Straße liegen sähe, für Gold gehalten hätte. Aber Signor Spadafora kannte sich aus.

Ich beobachtete ihn, wie er das wertlose Material schmolz, und ich sah es über der Flamme blubbern. Ich beobachtete ihn, wie er die glänzende Flüssigkeit ausgoß und abkühlen ließ und wieder erhitzte und mit dem Hammer bearbeitete und wieder erhitzte und abkühlen ließ, wieder und wieder, bis er direkt vor meinen Augen eine schöne Blume mit Blüte und Blättern in die Höhe hielt. Einmal habe ich sogar gesehen, wie er rote, grüne und blaue Steine auf den Blütenblättern einer Blume anbrachte.

Mammarosa besaß eine goldene Blume. Ihre Mammateresa hat sie ihr geschenkt, als sie noch ein Kind war. Es war eine Nadel daran befestigt, und sie benutzte sie, um damit ihr Kopftuch festzustecken.

Einmal habe ich den alten Signor Spadafora (nicht seinen Sohn, weil der mir immer mit Handzeichen zu verstehen gab, daß ich abhauen sollte, wenn ich durch das Fenster seiner Werkstatt spähte) gefragt, warum Gold so kostbar war und warum sie es so oft in das Feuer tun und so oft klopfen mußten.

Der alte Signor Spadafora saß auf einem Stuhl neben der Tür seines Ladens, um die Sonne ein wenig zu genießen. Er trug sogar im Sommer eine Jacke, obwohl ich nicht glaube, daß sein Zittern etwas damit zu tun hatte, daß ihm kalt war. Mammarosa sagte, er sei einfach uralt. Er hatte nichts dagegen, wenn Kinder bei ihm saßen, sich neben seinen Stuhl auf das Pflaster setzten, um ihn nach allem möglichen Warum zu fragen.

Als ich Signor Spadafora die Frage stellte, lachte er, und sein ganzer Bauch wackelte. Nachdem er mit Lachen aufgehört hatte, legte er seine Hand sanft auf meinen Kopf und sagte, man müsse sich durch eine Menge Dreck durcharbeiten, um ein bißchen Gold zu finden. »Ganz viel Dreck sieht wie Gold aus. Aber niemand würde so viel Zeit verschwenden und Dreck ins Feuer tun und ihn klopfen, weil du ihn erhitzen und klopfen kannst, soviel du willst. Dreck ist Dreck und wird niemals zu Gold. Nur Gold ist die Mühe mit dem Feuer und dem Hammer wert. Nur Gold.«

Auch Mammarosa konnte hübsche Sachen herstellen. Ich erinnere mich daran, daß sie einmal einen nutzlosen alten Ast, der bei jenem schrecklichen Sturm von 1943 von einem Feigenbaum abgerissen wurde, mit nichts weiter als dem winzigen Taschenmesser in ihrer Tasche in ein kleines Holzpferd für Ceci und Peppe verwandelte.

Sie konnte Dinge reparieren und herstellen. Sie konnte sogar Feuer machen. Ja, ich erinnere mich, Mammarosa konnte wirklich Feuer machen. Sie machte nicht einfach nur so zum Spaß Feuer, o nein. Die Mädchen, die in San Giovanni die Türen der schönen Doktorenhäuser öffneten, wußten genau, was Mammarosa in ihrer Schürze versteckt bei sich trug. Sie zogen sie hastig in die Eingangshalle, bevor sie ihr Geld zusteckten.

Feuer zu machen war so geheim, daß Nina, Ceci, Peppe, Julia und ich abwechselnd aufpaßten, ob die Wachen, die in den Weinbergen und Wäldern der Gegend patrouillierten, zu sehen waren, wenn Mammarosa die Leiter hinaufstieg, um oben in die Speicherkästen zu greifen und den speziellen glänzenden Topf mit den dünnen, langen Tüllen herauszuholen, aus denen das Feuer dann herauskommen würde.

Mammarosa verwendete die wertlosen und ausgequetschten Überreste der Trauben, die als stinkender Haufen in der Ecke des kleinen Hauses im Weinberg lagen, und machte Feuer daraus. Feuer für die Gelehrten, Feuer zum Heilen von Wunden und zum Lindern von Schmerzen. Sie machte es aus den leblosen, vertrockneten Büscheln. Wenn man sich die ansah, konnte man es nicht für möglich halten, daß sie einmal köstliche, dicke Trauben voller Saft gewesen waren. Aber Mammarosa hielt sie nicht für nutzlos. Sie tat nach und nach ein wenig davon in den speziellen Topf, gab ein bißchen Wein dazu und kochte ihn ganz lange, sogar noch, als wir alle schon längst eingeschlafen waren.

Einmal habe ich gegen meine schweren Lider angekämpft, die immer wieder zufallen wollten – und habe gewonnen! Ich bin nicht eingeschlafen, und deshalb habe ich gehört, wie sich die toten Überreste der ausgepreßten Trauben in dem Wein hin und her bewegten. Dann hörte ich sie in dem Topf zischen und kreischen, als er über den Flammen im Kamin kochte und kochte. Und dann, als meine Lider gerade zufallen wollten und mein Kopf schwer auf Mammarosas Schoß sank, sah ich, wie sie sich streckte und die ersten paar Tropfen, die aus der Tülle kamen, mit einem Löffel auffing.

Das, was herauskam, sah dem, was im Topf

war, überhaupt nicht ähnlich. Es sah nicht aus wie Wein, und noch weniger sah es aus wie die trockenen Reste der Traubenschalen. Es war klar wie der Regen und schimmerte wie das Wasser, das oben am Gipfel unseres Berges aus der Quelle sprudelte. Und wenn Mammarosa den Löffel mit der Flüssigkeit über das Feuer hielt, entzündete sie sich mit einer hohen Stichflamme und dem Geräusch des Windes. Sie zuckte zurück und schob auch mich nach hinten.

Mammarosa konnte Sachen reparieren und herstellen, genau wie Signor Spadafora, sie konnte sogar Feuer machen, aber die böse Geschichte mit den toten Feigen, die am Tag nach dem schrecklichen Sturm überall im Weinberg verstreut lagen, die konnte sie nicht in Ordnung bringen.

Ich sagte ihr das, aber sie meinte, das mache nichts aus, weil da nichts in Ordnung zu bringen gewesen sei. Sogar die toten, zermatschten und faulenden Feigen, die bei dem Sturm von 1943 heruntergefallen waren, waren nicht nutzlos, weil sie genau da, wo sie hingefallen waren, in der Sonne trockneten und schrumpften und dann zu Staub, zu feinem weißen Staub wurden, wie die Asche in unserer Feuerstelle. Und obwohl das nicht plötzlich vonstatten ging, obwohl es sehr lange dauern sollte, trotzdem waren die verrottenden Feigen, als sie noch als solche erkennbar auf dem Boden lagen, schon am Werk.

Sie waren wertvoll, und sie hatten ihre Aufgabe. Die Asche sollte durch die Wurzeln in den geschwächten Baum hinaufsteigen und ihm Nährstoffe liefern. Und dann eines Tages, wenn sie ihre Arbeit getan hatten und der Baum wieder kräftig geworden war, würden sie an den Zweigen der heimgesuchten Bäume als zarte Blüten erscheinen, aus denen dann Feigen würden. Mammarosa sagte, das seien Siegerfeigen.

Und das waren sie auch! Obwohl die echten Sieger erst im Frühjahr, fünf Jahre nach dem Sturm, an unseren Feigenbäumen zu wachsen begannen, waren diejenigen, die Nina, Ceci, Peppe, Julia und ich jetzt aßen, bestimmt die besten. »Komisch, nicht wahr«, sagte Mammarosa, »daß aus dem Tod Leben hervorgeht.« Ich glaube, sie wollte, daß ich lächelte, aber das tat ich nicht. Ich machte ein ernstes Gesicht. Mammarosa fragte mich, ob ich auch sie für wertlos halten würde, nur weil sie sich, wie sie sagte, bald niederlegen würde wie die Feigen nach dem Sturm, dann sterben und sich zu Asche verwandeln würde. »Nein, nein, du darfst nie sterben und zu Asche werden.«

Allerdings sah ich, wenn ich die Hände betrachtete, die die meinen festhielten, daß sie bereits runzelig geworden waren. Nichts als eine Schicht durchsichtiger Haut lag über ihren blauen Adern und hervorstehenden Knochen. Nein, nein, ich würde Mammarosa nicht schrumpeln und zu Asche werden lassen. Ich würde sie vor dem Sturm in einem ganz besonderen Kämmerchen in meinem Kopf verstecken, und dort würde sie ewig leben. Ich würde die Schlüssel zu diesem geheimen Kämmerchen gut verstecken, ihn in die haarähnlichen Wurzeln meines so ganz besonderen Baumes an der Schlucht wickeln. Nur wer den weiten Umweg zur Schule nahm und stehen blieb, um einen einsamen nackten Baum zu streicheln, würde die Schlüssel zu diesem besonderen, geheimen Kämmerchen finden.

Biscotti

Nimm die gleiche Menge Mehl und Honig,
den Saft einer ausgepreßten Orange,
Orangenschale,
Vanille,
Amaretto-Likör,
eine Prise Natron,
etwas Backpulver,
ein Ei und viele Mandeln.
Mische alles in einer Schüssel zusammen.
Forme den Teig in zwei Laibe (sie sind etwas
klebrig, aber das ist richtig so).
Back sie, bis sie goldbraun sind.
Hol sie aus dem Ofen.
Schneide sie in lange Stücke.
Schieb sie wieder in den Ofen, um sie
zweimal *(bis)* zu backen *(cotti)*.

Biscotti

Mammarosa war stolz auf ihren Weinberg, aber ganz besonders stolz war sie auf ihre Feigen. Sie war auf uns alle stolz, aber ganz besonders stolz war sie auf Peppe.

Eines Tages kam Peppe ganz verschwitzt und außer Atem nach Hause. Meine Tante wollte gerade loslegen und ihn anschreien: »Verschwende keine kostbare Energie auf die Rennerei, du mußt wachsen ...«, und sie hätte weitergeredet über Essen und Geld und Schweiß und Eis und Schnee und all das Zeug, aber nachdem Peppe seine Tasche auf den Tisch ausgeleert hatte, hielt sie inne und stand mit offenem Mund da und wußte nichts mehr zu sagen. Dort auf den alten Tisch zwischen den trockenen Scheiben Brot, die wir *biscotti* nannten (nein, die waren keineswegs wie die zweimal gebackenen, süßen, mürben Stücke, die Carletta und Sara aßen; die mußte man mit Öl, Butter, Zucker und Honig machen, und das alles kostete Unmengen von Geld), hatte Peppe eine glänzende, weiche Brieftasche aus Leder gelegt, ganz dick vor lauter Geldscheinen, Unmengen von Scheinen für riesige Mengen von Öl, Butter, Zucker und Honig.

Wir standen still um sie herum, während meine Tante die Scheine zählte. Dreimal. Und jedesmal kam sie auf die gleiche Zahl. Dreiunddreißig. Dreiunddreißigtausend. Am Ende jeder Runde fuchtelte sie mit den Händen in alle Richtungen und sagte: »Ruhe, seid doch ruhig«, und dabei hatten wir kein einziges Wort gesagt.

Ich sah, wie sie für einen Moment innehielt, um ganz ruhig durchzuatmen, während sie uns ansah, wie wir alle um unser Mahl aus altem Brot am Tisch versammelt waren. Dann packte sie rasch Peppes Hand und die Brieftasche mit dem Geld und stürzte davon zu Bernardos Haus. Bernardo brauchte ihr nicht zu sagen, wessen Brieftasche das war, weil sich Papiere mit dem Namen des Mannes darin befanden. Trotzdem dachte meine Tante als erstes daran, sich an Bernardo zu wenden.

Vielleicht dachte sie, Bernardo sei wie Don Antonio, der die Macht besaß, alles heilig zu machen, indem er es mit Wasser besprenkelte, sogar Lirascheine. Das stimmt! Als Dr. Mauri in seiner speziellen Brieftasche zu Hause genug Scheine zusammenhatte, daß er bis auf eine Million zählen konnte, gab er ein großes Fest, und Don Antonio war als Ehrengast eingeladen, extra um Wasser über die Brieftasche zu sprenkeln. Es stellte sich heraus, daß Bernardo (obwohl er nie Geld mit besonderem Wasser besprenkelte) den Mann kannte, dessen Brieftasche Peppe gefunden hatte, und meiner Tante genau sagen konnte, wohin sie gehen mußte.

Der Herr wohnte in einem neuen, eleganten *palazzo,* kurz vor der Grundschule am Fuß des Hügels, nicht weit von Lucrezias Haus entfernt. Ich spielte fast jeden Tag auf dieser Straße. Ich hatte den großen, abweisenden Bau mit der Marmortreppe und dem goldenen Knopf neben der Tür gesehen, auf den Besucher drücken mußten, wenn sie eingelassen werden wollten. Ich hatte aber nie jemanden aus dieser Tür herauskommen sehen. Die Tür war geschlossen, wie die von Professor Ciano oder Dr. Mauri. Bestimmt hatten sie so eine neue amerikanische Zentralheizung. Ich kann mir einen *palazzo* ohne eine solche Heizung gar nicht vorstellen. Ich kann mir nicht vorstellen, daß Leute mit so viel Geld keine haben. Sie hatten Geranien, rote, weiße und rosafarbene, die an den Balkonen mit den schmiedeeisernen Gittern hinaufkletterten, weil die Leute in Amerika überall Blumen haben. Das waren Amerikaner, und dabei waren sie noch nie von San Giovanni fortgegangen.

Ich drückte mich zwischen Peppe und meine Tante, als sie hineingingen, und so gelangte auch ich in diesen Palast. Ich weiß nicht, wie lange mir der Mund offen stehenblieb. Der *palazzo* strotzte nur so von Marmor – auf dem Boden, auf den Stufen und sogar an den Wänden bis auf halbe Höhe. Und Goldverzierungen überall. Gold und funkelnde Steine. Die Glühbirnen leuchteten durch Kristallformen hindurch. Sie hingen nicht einfach in der Mitte des Zimmers von einem schwarzen Kabel herunter wie die unsere. Und es gab jede Menge Lichter, die tanzten und funkelten, als sie von dem Windhauch, der durch unser Eintreten ausgelöst wurde, erfaßt wurden. Nicht wie unsere einzige Glühbirne, die nur unheimliche Schatten an die Wände warf, wenn sie grundlos, von ganz alleine, an- und ausging.

Der Mann war sehr nett, und er bot meiner Tante und Peppe Espresso an, und seine Frau gab mir *biscotti*, süße, weiche *biscotti*. Sie reichte sie herum, und jedesmal nahm ich einen und aß ihn auf, und jedesmal war doch noch Platz in meinem Bauch für einen, bloß noch einen solchen *biscotto*.

Lucrezias Mutter (die gleiche Frau, die gefaucht und gezischt hatte, weil ich mich als Ungetaufte in ihrem Haus aufhielt) sah, wie meine Tante, Peppe und ich, die ganze Teufelsschar, in den schönen *palazzo* (viel schöner als der ihre) hineingingen und auch drinblieben. Ich stand da und schaute und staunte, und niemand sagte, ich solle gehen, wie man es in Lucrezias Haus oder im Haus der Cianos an jenem Abend getan hatte, als ich endlich den Fernseher zu Gesicht bekam.

Ja, ich muß dir erzählen, wie ich endlich zu sehen bekam, was ein Fernseher wirklich war. Ich weiß nicht, warum, aber eines Abends änderten die Cianos ihre Meinung und ließen eine ganze Herde Kinder hereinkommen und fernsehen.

Ich kam hinein, aber ich bin nicht lange dort geblieben. Ich habe den schwarzen Kasten mit der Glasfront gesehen, der ein extra Zimmer für sich hatte. Er stand hoch oben auf einem Metallgestell. Und er war ganz unter einer eigenen bestickten, herabwallenden Abdeckung versteckt, wie eine Braut unter ihrem Schleier. Professor Ciano nahm die Abdeckung vorsichtig und langsam ab. Nein, er hat den Fernseher nicht geküßt, er drückte nur auf einen Knopf und drehte dann an einer Skala.

Alle saßen regungslos da, ehrfürchtig, mit offenem Mund, und starrten auf den Fernseher. Nur ich nicht. Die Geräusche und die Landschaft, die

Leute und alles in diesem Kasten war so echt, daß ich unmöglich bewegungslos dasitzen konnte. Ich versuchte, so still zu sitzen und so höflich zu sein wie alle anderen. Ich steckte sogar meine Hände unter die Oberschenkel, aber ich konnte nicht lange wie am Stuhl festgeklebt sitzen bleiben.

Deshalb stand ich leise auf und kroch auf allen Vieren unter den Stühlen hindurch, bis ich unter und dann hinter dem Fernseher war. Ich war nicht deshalb so zappelig, weil ich mich langweilte. O nein, ich liebte Popeye. Ich hatte schon Popeye-Aufkleber auf den mit Schokolade überzogenen Galbani-Riegeln gesehen. Sara und ich spielten sogar mit einem großen Popeye-Ball, gegen den wir mit der Faust schlugen und schlugen und der immer wieder hoch kam, um noch mehr einzustecken. Mancuso hatte Sara den Ball geschenkt, weil sie so viele Galbani-Schokolade-Riegel bei ihm gekauft und alle Aufkleber aufbewahrt hatte.

Was mich an diesem Fernseher beunruhigte, war die für mich unerklärliche Frage, wie Leute so klein werden konnten. Wie konnten sich Männer und Frauen in diesem kleinen Kasten bei der Sendung *Carosello* küssen und bewegen und miteinander reden? Sobald ich herausgefunden hätte, wie das funktionierte, wollte ich mich zufrieden hinsetzen und still sein und meine Augen wie alle anderen darauf richten. Deshalb kroch ich unter und hinter dem Fernseher in diesem dunklen Zimmer in Professor Cianos Haus herum, in dem alle Lichter ausgeschaltet waren und in dem sich alle versammelt hatten und höflich dasaßen, um fernzusehen.

Eine innere Stimme warnte mich, daß nichts Gutes dabei herauskommen könnte, wenn ich als erste meinen Stuhl verließ und zu der Stelle in der Ecke kroch, wo sich die Rückseite des Fernsehers befand. Ich hätte darauf hören sollen. Jedesmal, wenn ich solche Fragen, die mich beschäftigten, zu beantworten versuchte, bekam ich Ärger.

Das letzte Mal hatte es Ärger gegeben, als ein Paket von meiner Mutter aus Amerika ankam. Zwischen dem Tee und den Schokoladetafeln, dem Zucker und dem Kakao befand sich eine Puppe. Genauer gesagt zwei Puppen, eine für mich und eine für Julia. Nachdem ich gleiche Pakete (meine Tante achtete darauf, daß alle genau gleich waren), die drei Teebeutel, eine Tafel Schokolade, eine Tasse Zucker und eine Tasse Kakao enthielten, zu den Nachbarn gebracht hatte, spielte ich mit meiner Puppe.

Man stelle sich vor, die Puppe weinte! Ich hätte gerne mit der Puppe gespielt wie alle anderen, aber ich konnte nicht. Nicht, bis ich herausgefunden hatte, was meine Puppe zum Weinen brachte. Wenn sie auf dem Bauch lag, war sie zufrieden, aber wenn ich sie hochnahm, schrie sie. Ich dachte, daß sie mich vielleicht nicht mochte. Ich ließ meine Puppe schreien und schreien, und dann verwirrten die ungelösten Fragen rund um die schreienden Puppen meinen Geist, und noch bevor ich ihr einen Namen gegeben hatte, wollte ich unbedingt herausfinden, warum sie schrie.

Deshalb stand ich, als niemand es sah, als nur Julia und ich zu Hause waren und wir unsere Puppen schreien ließen, ruhig auf und durchsuchte alle Schubladen meiner Tante, bis ich ihre Schere unter einem Stapel von Briefen in weißen Umschlägen mit blauroten Rändern versteckt fand.

Julia sah mir beim Schneiden zu. Zuerst quer über die Knöchel meiner Puppe, dann über ihre Handgelenke und schließlich über ihrem Bauch. »Keine Sorge«, sagte ich zu Julia, die ihre Puppe fest an die Brust drückte. »Ich bekomme eine neue Puppe, und dann nehme ich die Stoffstücke für Schuhe und Handschuhe und Hosen.«

Während ich das sagte, fanden meine Finger eine kleine runde, mit Löchern versehene Dose. Da merkte ich, daß meine Puppe gar nicht unglücklich war, sie schrie gar nicht wirklich, es war die kleine Dose, die den ganzen Lärm machte.

Ich wandte mich an Julia und fragte sie, ob auch sie sehen wollte, was ihre Puppe zum Schreien brachte. Sie sah mich ganz entgeistert an, mit weit aufgerissenen Augen, und schleuderte mir ihre Puppe quer über die Augen, und einen Augenblick lang dachte ich, es sei Nacht und jemand habe das Licht ausgeschaltet.

Ich erinnere mich, daß bei den Cianos die Lichter aus waren und das Zimmer dunkel war. Jedenfalls so lange, bis der Professor mich unter und hinter dem Fernseher entdeckte. Gleich darauf gab es ein Stühlerücken und Füßescharren, und jemand schaltete das Licht an. Plötzlich war ich, auf allen Vieren auf dem Boden, mein Kleid ganz schmutzig und meine Haare völlig zerzaust und voller Staubflocken, der Mittelpunkt des Interesses.

Gab das eine Aufregung!

Professor Ciano schlug sich an den Kopf, auf seine kahle Stelle, und dann bat er seine Frau um ein Taschentuch für seinen Kopf. Sie stand auf, um das Taschentuch zu holen, das dachte ich jedenfalls, aber statt dessen drehte sie sich steif zu mir um, ihre Lippen fest zusammengepreßt. Sie packte meine Hand und führte mich eilig zur Tür. Ich sagte nichts, und meine Freundinnen auch nicht. Ich glaube, sie waren alle froh, ohne mich fernsehen zu können.

Aber die Frau im Haus des feinen Herrn, in das Peppe, meine Tante und ich gegangen waren, die wies mir nicht die Tür. Sie ließ mich alles ansehen, und sie streichelte mir über die Wange mit Händen, die sich wie Seide anfühlten, und ich faßte alles an, was ich wollte. Allerdings war ich ganz vorsichtig. Ich fuhr nur mit den Fingern, nicht mit der ganzen Hand, über die Steine und die goldenen Verzierungen.

Der feine Herr, der in diesem Haus wohnte, war froh, daß wir gekommen waren, und auch er hatte nichts dagegen, daß ich mich umsah und vieles anfaßte. Er baute *palazzi* und stellte Männer für die Bauarbeiten an, und am Ende jeder Woche entlohnte er sie mit Geld – diese Woche aber nicht, weil seine Brieftasche verlorengegangen war.

Meine Tante zählte das Geld in der Brieftasche, die Peppe gefunden hatte, in Anwesenheit des Mannes, und dann reichte sie ihm das Bündel und die Brieftasche über den Tisch. »Dreiunddreißigtausend«, sagte meine Tante.

»Dreiunddreißigtausend«, antwortete der Mann und lächelte. Er nahm das Geld und gab Peppe davon dreitausend. Dann schüttelte er Peppe die Hand. Peppe war noch ein kleiner Junge. (Er hätte jetzt Unmengen süßer *biscotti* kaufen können.) Aber Mammarosa sagte, Peppe sei groß.

Wein

Zerquetsche Weintrauben, bis die Häute
ganz trocken sind.
Gib den Saft in ein Faß oder in Krüge.
Laß ihn eine Ewigkeit gären.
Wenn er aufhört zu gären, verschließe ihn
sorgfältig.
Fülle den Wein mehrmals im Jahr vorsichtig
durch einen Filter um, bis die »Mutter« am
Boden vollkommen verschwunden ist.

Wein

Mammarosa sagte, wir alle wären groß, auch wenn wir noch ganz klein aussahen, und wir wären Adler, auch wenn wir überhaupt nicht fliegen konnten. Das sagte sie zu uns allen – zu Nina, Ceci, Peppe, Julia und sogar zu mir. Aber es gab etwas, was sie nicht zu allen sagte. Es gab etwas, was nur Nina, Julia und mich betraf (und natürlich auch meine kleine Schwester in Kanada).

Das sagte sie uns jedoch nie ins Gesicht. O nein, sie konnte uns unmöglich in die Augen schauen und sagen: »Ihr seid Weinfässer, und wir müssen euch losbekommen, bevor aus euch wertloser Essig wird.« Nein, nie hätte sie uns das so direkt gesagt. Aber ein- oder zweimal sah ich, wie Mammarosa zustimmend nickte, wenn eine der alten, weisen Frauen sagte: »Oh, Gott bewahre. Bloß keine Tochter! Töchter sind Weinfässer, die man so schnell wie möglich loswerden muß, denn Wein kann zu Essig werden, und Männer trinken Wein, keinen Essig.«

Meine Tante und Mammarosa machten Wein. Wenn wir Wein machten, rannte meine Tante herum, und Mammarosa rief ihr und uns allen zu: »Paßt auf und macht es richtig, hört ihr? Denkt daran, die Katze, die herumsaust, bekommt blinde Junge.« Trotzdem rannten wir mit den Körben voller Trauben. Und natürlich fielen die Trauben, wenn wir uns so beeilten, auf den Boden, und dann dauerte die Arbeit doppelt so lang, und es dauerte doppelt so lang, bis wir in den *parmiento* steigen und damit anfangen konnten, die dicken Trauben mit unseren nackten Füßen zu zerstampfen. Und das war der lustigste Teil des Weinmachens.

Mammarosa sauste nicht herum. Sie hatte es nicht eilig, ihn zu machen, sie hatte es nicht eilig, ihn zu verkaufen, und deshalb kann ich diese ganze Geschichte mit der Eile, von der sie sprach, nicht verstehen, die Eile, Töchter und Wein loszuwerden.

Ich weiß, woher sie die Idee hatte! Ich bin mir ganz sicher, daß sie das auf Piottas Hof von den Frauen aufgeschnappt hat, als sie selbst noch ein kleines Mädchen war. Die Frauen redeten, während sie auf Piottas Hof herumsaßen, die ganze Zeit von Wein und Essig und vergaßen dabei, daß auch sie selbst Töchter waren.

Ich habe gehört, wie Maria Francesca (sie war ständig auf Piottas Hof) sagte, sie sei erst sechzehn gewesen, als ihr Vater sie dem Mann versprach, der ihr Ehemann wurde. Sie hatte diesen Mann nie zuvor gesehen, aber ihr Vater bestand auf dieser Hochzeit. »Du bringst kein Geld nach Hause wie deine Brüder. Du arbeitest nicht, und es ist teuer, dich in die Schule zu schicken, mit all den Büchern und Kleidern und Sachen, die du brauchst. Jetzt ist die richtige Zeit, daß du gehst. Er ist ein guter Mann, und du wirst ihn heiraten.« Und das war's.

Dann drückte er die Kippe seiner Zigarette zwischen seinen Fingern zusammen und zog ganz fest daran. Eine richtige Rauchwolke kam aus seinem Mund. Sogar als er sein Glas hob und an seinem Wein nippte, kam noch immer Rauch aus seinem Mund und breitete sich im Zimmer aus, und Maria Francescas Augen begannen zu tränen. Ihre Mutter stand bloß da und nickte, sie war mit dem Teufel einer Meinung und hatte selbst nichts dazu zu sagen.

Maria Francesca sagte, daß sie erst siebzehn war, als sie ihr erstes Kind bekam. »Als die Wehen schlimm wurden, hat die Hebamme den Doktor gerufen«, erinnerte sie sich. Aber als Maria Francesca sah, daß Dr. Rafaelino in seinem weißen Kittel mit seiner vollgestopften kleinen Ledertasche an das Bett trat, klemmte sie mitten in einer starken Wehe ihre Beine zusammen und schrie.

Dr. Rafaelino verstand sie. Er ging in das Zimmer nebenan und gab der Hebamme von dort aus Anweisungen. »Sie ist halt ein verängstigtes kleines Mädchen«, sagte er, als sich die Hebamme für sie entschuldigte. Er hätte sagen sollen, daß sie Wein war und kein Essig, und daß es nicht geschadet hätte, wenn sie noch ein bißchen länger bei ihrer Mutter geblieben wäre, wo sie hingehörte.

Einmal hat mich Mammarosa geschickt, eine Flasche Wein aus dem Keller zu holen, und ich erinnere mich, daß sie sagte, ich solle vorsichtig sein und sie nicht schütteln. Als ich ihr die Flasche gab, deutete sie auf den dunklen, trüben Satz am Flaschenboden und sagte: »Das ist die Mutter.«

Mammarosa sagte, daß Wein, gleich ob in Fässern oder in Flaschen, immer auf seiner Mutter ruhen würde und daß der Wein nicht gut wäre, bevor er sich nicht vollkommen »abgestoßen und abgesetzt oder angenommen« hatte, was auch immer das sein mochte, was da »abgestoßen und abgesetzt« werden mußte. Es war ein Geben und Nehmen zwischen der Mutter und dem Wein. Wein war nicht Wein, solange dieser Austausch nicht richtig und vollständig abgeschlossen war. Diese Sache mit der Mutter und dem Wein war so kompliziert, deshalb sagte ich zu Mammarosa, um sicher zu sein, daß ich es richtig verstanden hatte: »Oh, du meinst, es das ist gleiche, wenn man Wein von seiner Mutter wegnimmt, bevor die Zeit reif ist, wie wenn ein Baby auf die Welt kommt und die Nabelschnur durchgeschnitten wird, bevor es richtig ausgewachsen ist und allein atmen kann?« – »Ja, der Wein ist genau wie der Mensch«, meinte sie.

Die »Mutter« am Boden der Weinflasche war geduldig und hatte es nie eilig, aber einige Mütter in San Giovanni schon. Maria Francescas Mutter hatte es eilig gehabt. Sie hatte ihre Tochter ganz schnell mit dem Mann verheiratet, den ihr Mann ausgesucht hatte. Und weil die Aussteuer noch nicht fertig war (wegen dieser schrecklich großen Eile), kamen sie mit dem Bräutigam und dessen Eltern überein, daß einiges davon später nachgeliefert würde.

Das geschah aber nie, und Maria Francescas Mann sorgte dafür, daß sie das nie vergaß. Ebenso ihre Schwiegermutter, die eine Liste der fehlenden Wäschestücke und Haushaltsgegenstände und Geldsummen aufstellte. Maria Francescas Mann begann zu trinken, weil er sah, daß sein Vater dasselbe tat, und wenn er trank, dann erzählte er seiner Frau immer die gleiche uralte Geschichte. »Deine Eltern haben dich mir aufgehalst, sie haben dich mit nichts als ein paar Lumpen fortgeschickt. Aber keine Angst! Ich habe breite Schultern! Ich bin ein guter Esel. Ich schaffe das. Ich kann dich an den Haaren herumziehen!« So machte er weiter und weiter, während er in einem Anfall von Wut die Leintücher vom Bett riß und durchs Zimmer schleuderte.

Maria Francesca ließ ihn reden. Sie blieb still und kümmerte sich um ihre Kinder, während er herumtobte. Maria Francesca hatte schon vor langer Zeit gelernt, den Mund zu halten. Schon in der allerersten Woche ihrer Ehe hatte sie gelernt, daß Schweigen eine sichere Insel war, ein idealer Ort, um sich zurückzuziehen.

Maria Francesca erzählte, daß sie in den allerersten Tagen tatsächlich glücklich gewesen sei. Sie freute sich darauf, auf die Felder zu gehen und bei ihm zu sein. Sie schnitt einen ganzen Laib Brot auf und belegte ihn mit gebratenen roten und grünen Peperoni, mit Tomaten, Knoblauch und Basilikum, Unmengen von Basilikum. Maria Francesca folgte ihm an diesem Tag zu Fuß auf die Felder. Sie konnte nicht auf dem Esel reiten, weil ihr Mann den mit allen möglichen Sachen beladen hatte und das arme Tier es schon schwer genug hatte, die steilen Hänge hinaufzusteigen.

Auf dem Feld angekommen, breitete Maria Francesca das Mittagessen auf einem Tischtuch im Gras aus und rief ihren Mann, als die Sonne hoch am Himmel stand. »Ich goß ihm Wein ein, und dann saß ich auf seinem Schoß und reichte ihm liebevoll mit einem breiten Lächeln sein Glas.«

Hatte sie wirklich auf seinem Schoß gesessen? dachte ich. Hatte ich richtig gehört? Oje, selbst ich war ja schlauer. Wo war Maria Francesca denn da gewesen!? In Amerika vielleicht?

Sie sagte, sie hätte gar nicht nachgedacht. Sie hatte nur diesem starken Verlangen nachgegeben, ihn zu umarmen und die rauhe, wettergegerbte Haut seines müden Gesichts zu streicheln und vielleicht sogar seine Stirn zu küssen. Es war einer jener allerersten, ganz besonderen Tage. Sie versuchte, ihn zu liebkosen, ihn abzuküssen und ihn zu streicheln, als wäre er ihr Kind, als wäre er aus ihr herausgekommen, als wäre er ein Teil ihrer selbst. Sie versuchte, ihn zu umarmen und ihn fest an ihren Busen zu drücken, aber er wollte nicht umarmt werden.

Statt dessen umschlang sie mit ihren Armen Feuer, ein loderndes, verzehrendes Feuer. Es brannte heiß. »Ihr Frauen seid doch alle gleich, Huren, ihr seid nichts als Huren!« Maria Francescas Mann packte das Glas, zog sein Knie unter ihr weg und schubste sie zu Boden.

Das war der Zeitpunkt, als sie zum ersten Mal verstummte.

»Ich war so einsam, und es herrschte eine solche Leere um mich. Eigentlich sollte ich sagen: Fülle, weil ich soviel zu geben hatte und geben wollte, aber es war niemand da, dem ich es hätte geben können.«

Niemand, bis das erste Kind, eine Tochter, geboren wurde, als sie erst siebzehn war. Das Kind sog ihre Liebe auf, es gluckste zufrieden, es lächelte und schrie sogar, wenn die Mutter nicht in der Nähe war. Wenn Maria Francescas Mann nach Hause kam, ging sie ihm aus dem Weg. Sie wartete ruhig ab, bis der Wein seine Sinne benebelte und ihm die letzten Worte von der alten Geschichte mit den Lumpen über die Lippen kamen: »Nichts als ein paar Lumpen haben sie dir mitgegeben.« Sie gab ihm nie eine Antwort. Sie blieb einfach stumm.

Und als Dr. Rafaelino warnend den Finger hob und ihrem Mann sagte: »Keinen Wein«, auch da hielt sie den Mund. Maria Francesca sagte kein einziges Wort, als ihr Mann antwortete, daß er nicht einmal Wein machen würde.

Und das tat er tatsächlich nicht. Er machte sich nicht die Mühe, Wein herzustellen. Es war ihm egal, ob er rot oder weiß oder rosé war oder wie er in seinem Mund schmeckte. Im Gegenteil, einmal bewahrte Maria Francesca im Küchenschrank einen Krug Essig auf, den sie nutzen wollte, um eine große Menge grüner Tomaten einzumachen, die sie auf den Feldern gepflückt hatte. Aber sobald er den Weinkrug erblickte, wollte er ihn haben. Maria Francesca vergaß still zu sein und versuchte, ihn zur Vernunft zu bringen, aber er schob sie aus dem Weg und trank den ganzen Krug noch am selben Abend leer.

»Deine Leber zeigt schlechte Symptome«, sagte Dr. Rafaelino, als er ihm mit den Händen über den Bauch tastete. »Schlechte Symptome«, wiederholte er, als er ihm die Lider auseinanderzog und sich seine Augen lange und genau ansah. Er hörte, was Dr. Rafaelino sagte, und murrte, aber er hörte nicht darauf, und Maria Francesca blieb stumm. Sie hielt ihn bei Laune und goß ihm ein paar Gläser zusätzlich ein, sogar, wenn er gar nicht danach verlangte. Und er trank sie jedesmal, bis sich seine Leber weigerte, noch mehr von dem Zeug aufzunehmen, genau wie Dr. Rafaelino es ihm vorausgesagt hatte.

In der Nacht, als ihr Mann starb, konnte sich Maria Francesca keine einzige Träne abringen. In Wahrheit ging sie, gleich nachdem sie ihm die Augen zugedrückt hatte und während sein Körper noch warm war, zum Küchenschrank und holte eine Wurst heraus, und zum ersten Mal goß sie sich sogar selbst ein großes Glas Wein ein. Maria Francesca und ihre Schwester, die bei ihr war, aßen und tranken, und dann zogen sie ihre Schau ab. Sie rannten, wie es sich gehörte, aus dem Haus und heulten und schrien und schlugen die Hände verzweifelt vors Gesicht. Ich war nicht überrascht zu hören, was Maria Francesca da erzählte. Im Grunde genommen, was sollte eine Frau denn tun?

Ich erinnere mich, wie ich zu den Frauen auf Piottas Hof sagte, jemand solle dem großen Weinverkauf ein Ende bereiten. Aber sie sahen mich entgeistert an. »Nein, auf keinen Fall.« Sie blieben dabei, daß der Wein, wenn er zu lange steht, zu Essig wird und das nicht mehr rückgängig gemacht werden kann. Dann bleibst du darauf sitzen. »Und ich sage, daß man, wenn man den Wein schüttelt und ihn zu früh von seiner ›Mutter‹ trennt, am Ende gar keinen Wein hat«, rief ich. Und dann rannte ich davon, weil ich sah, daß eine der älteren Frauen ihr Stickzeug aus der Hand legte, ihren Stuhl zurückschob und aufzustehen drohte. Sie starrte mich an, ihr Kinn schleifte fast auf dem Boden des *patio*. »Da schau her! Jetzt wollen sogar die Küken im Hühnerstall mitreden!«

Die Männer behaupteten immer, es sei kompliziert, Wein zu machen. Ich weiß nicht, was daran so kompliziert sein soll, etwas bis zur Unkenntlichkeit zu zerquetschen! Trotzdem sagten sie, man müsse an ihm arbeiten, solange er jung war und noch gärte, wenn man sich Hoffnungen machte, ihn in etwas zu verwandeln, was man als sein eigenes Werk bezeichnen könnte. Er mußte noch jung und im Gärzustand sein, weil es nicht einfach war, eine köstliche Rosé-Farbe oder ein dunkles, klares Rot zu erhalten, wenn er zu lange an Ort und Stelle gestanden hatte. Es war nicht einfach, den Duft des Waldbodens oder das Aroma von Wildbeeren hervorzurufen, wenn die Gärung des Weines erst einmal abgeschlossen war, sagten sie.

Einmal habe ich bei einer Hochzeit ein Schlückchen Wein aus einem eleganten Kristallglas getrunken. Ich war zu der Hochzeit nicht eingeladen, aber Barbara von nebenan nahm mich einfach mit, damit ich mit dem kleinen Sohn ihrer Tochter spielen konnte, während sie aßen und tanzten. Ich war nie in dem Weinberg gewesen, und doch schmeckte ich, als der Wein bei dieser Hochzeit meine Lippen benetzte, die Beeren, die zwischen den Dornen gewachsen und hinaufgeklettert waren, als wollten sie über die Steinmauer entkommen.

Die Männer sagten, Wein zu machen sei eine komplizierte Sache. Jedes kleine Detail gab dem Aroma, dem Perlen und dem Geschmack eine etwas andere Note. Ich hörte, wie erwachsene Männer darüber debattierten, wie man Wein filtern müsse, wann der Wein sich gesetzt habe und wann es Zeit sei, ihn vollständig von der Mutter zu trennen. Sie stritten sich darüber, in welchem Gefäß der Wein am besten aufbewahrt würde – in Glasflaschen, großen Krügen, kleinen Krügen, Holzfässern, an einem kühlen oder an einem warmen Ort. Sie debattierten, sie stritten sich und wurden dabei laut, denn die Männer waren stolz auf ihr Geschick beim Weinmachen.

Nur über eine grundlegende Voraussetzung für die Weinerzeugung stritten die Männer nicht: Nichts, absolut nichts durfte man machen, ohne zuvor den Himmel zu beobachten. Es war der Mondzyklus, der das Schicksal des Weines bestimmte. Niemand stellte das in Frage, niemand außer Mammarosa, die über diese wichtige Regel die Nase rümpfte. Sie sagte, daß man beim Gehen vorsichtig sein und auf den Weg achten mußte, und wenn man seine Zeit damit vergeudete, in den Himmel zu stieren und zu starren, um auf Zeichen zu warten, konnte man am Ende in irgendeiner Schlucht landen, ohne überhaupt zu merken, wie man da hineingekommen war.

Einige Zeit zuvor hatte ich mitten in der Menschenmenge auf dem Markt Maria Francesca hinter ihrer Mutter herschreien und gestikulieren sehen, die ein Stück vor ihr ging. Maria Francesca war wütend und schrie laut über die Menge hinweg: *»Disgraziata,* wart auf mich, *disgraziata.«* Ich hörte mit meinen eigenen Ohren, daß Maria Francesca ihre Mutter *disgraziata* nannte! Wenn meine Tante jemals gehört hätte, daß ich *disgraziata* zu ihr sagte, hätte sie mich an den Haaren gezogen, als ob ich in der Schule in einem Fach eine Sechs bekommen hätte.

Einmal habe ich Ceci *disgraziato* genannt, und meine Tante hat es gehört, aber weil sie dachte, es wäre das erste Mal, daß ich das machte, beschloß sie, mich lediglich zu verwarnen: »Nie, nie wieder!« Sie drohte mit dem Finger so nahe vor meinem Gesicht, daß ich mir beinahe wünschte, sie würde mich an den Haaren ziehen, weil Augen im Gegensatz zu Haaren nicht nachwachsen. »Wenn du jemanden *disgraziato* nennst, dann wünschst du, daß seine Mutter und sein Vater nie gelebt hätten«, erklärte meine Tante.

Oh, wirklich? Warum nannte Maria Francesca ihre Mutter dann *disgraziata?*

Diese Frage stellte ich Mammarosa. Sie sagte, wir seien nicht Wein, dessen Schicksal vom Mond am Himmel und von jenen bestimmt wird, die die Trauben zerstampfen, den Wein filtern und ihn trinken, bis das Faß ganz leer ist. Mammarosa sagte, Maria Francesca sei an einem Wendepunkt angekommen. Sie habe zu Fuß einen unüberwindbaren Gipfel erklommen, und nun sitze sie nur da und tue nichts, außer den Mond anzuschauen. Und wenn sie sich nicht bald bewegen würde,

würde sie sterben, und die Vögel der Felder würden ihre Augen herauspicken.

Ich dachte, Maria Francesca war wirklich verängstigt und in ihrem Innersten einsam, obwohl sie nicht danach aussah und so viel herumschrie. Aber Mammarosa hatte recht. Maria Francesca tat nichts.

Ich schwor mir, daß ich Maria Francesca, wenn ich eines Tages in Piottas Hof mit ihr allein wäre, sagen würde, daß das einzige, was sie tun müsse, darin bestand, ruhig zu bleiben. Und wenn sie einen Sack voll Getreide oder Kartoffeln verkaufte, sollte sie, wenn sie keine Lust dazu hatte, keine Aussteuerstücke für ihre Tochter kaufen, bloß weil die Regeln es so wollten. Wenn wir es eine nach der anderen so hielten, vielleicht würden uns dann bald Flügel wachsen, und Töchter würden nicht länger als Wein, sondern als Adler bezeichnet. Adler haben beim Anblick von Bergspitzen und -gipfeln keine Angst. Sie starren nicht in den Himmel, sie haben Schwingen und fliegen.

Ich bin wirklich froh, daß Mammarosa nicht soviel herumschrie und auch nicht soviel herumrannte. Außer einmal, ich kann mich nur an ein einziges Mal erinnern, als sie sich aufregte und beinahe herumrannte. Es war, nachdem wir den neuen Wein gemacht hatten. Als wir die ganze harte Arbeit, Korb um Korb voll Trauben in das kleine Haus zu schleppen, hinter uns hatten. Nachdem wir sie alle mit unseren nackten Füßen zerstampft und den süßen Saft getrunken hatten, der in die Bottiche geflossen war. Nur ein paar

Wochen später regte sich Mammarosa auf und verkündete, daß wir ganz schnell einen Käufer für den Wein finden müßten.

Sie sagte, das müßten wir, weil sie etwas Eigenartiges entdeckt hatte und nicht wollte, daß es auf einmal zu spät wäre, weil das für uns einen großen Verlust bedeuten würde. Wenn der Wein zu erkennen gab, daß er zu Essig zu werden drohte, dann mußte man damit anfangen, ein Gebräu aus Zucker und Feigen und Birnen und Honig dazuzugeben, um ihn zu retten und noch verkaufen zu können. Mammarosa dachte lange darüber nach, und dann beschloß sie, daß sie es der Mutter, auf der der Wein ruhte, überlassen würde, sich darum zu kümmern. Und weißt du was? Der Wein wurde gar nicht zu Essig. Im Gegenteil, es war der allerbeste, den wir je hatten! Mammarosa war froh, daß sie nicht voreilig gehandelt hatte.

Sie rannte nie so in Eile herum wie die anderen Frauen. Aber ich erinnere mich, daß sie den Frauen zustimmend zunickte, die vor dem Wein und vor Töchtern die Nase rümpften und sagten, daß man beide schnell aus dem Hause haben müsse, bevor sie zu Essig würden. Und ich war darüber bestürzt. Viele Gedanken zuckten mir durch den Kopf. Ich dachte fest nach, und während ich nachdachte, fielen mir viele Sachen wieder ein. Ich erinnerte mich an Worte, die meine Tante gesagt hatte. Sie hatte erzählt, daß Mammarosa immer dann besonders glücklich gewesen sei, wenn die Hebamme gerufen habe: »Es ist ein Junge!«

Und ich erinnerte mich auch, wie sie erzählt

hatte, daß mein Vater, als Ceci geboren war, mit einem großen Tablett die Via Monterosa hinauf und hinunter gelaufen war und kleine Gläser mit Millefiori-Likör verteilt hatte. Er lächelte und bedankte sich laut für die tausend Gratulationen der Nachbarn und Passanten. Und ich war bestürzt. Ich konnte nicht glauben, daß mein Vater diesen teuren, nutzlosen Likör gekauft hatte, wohl wissend, daß wir am Ende nicht einmal die Flasche würden verwenden können.

Ich fragte meine Tante, warum alle einen solchen Wirbel gemacht hatten, als Ceci geboren wurde, und sie war sehr taktvoll. Sie sagte, es habe nichts damit zu tun gehabt, ob es ein Junge oder Mädchen war, sondern man habe das Geschenk zweier Leben gefeiert, weil die Geburt so schwierig und das Leben meiner Mutter in Gefahr gewesen sei. Irgendwie hatte ich das Gefühl, daß sie mir nicht die ganze Wahrheit über die außergewöhnliche Freude sagte, die Mammarosa und mein Vater nach der Geburt der Jungen empfunden hatten. Aber ich stritt nicht mit ihr herum, weil sie zumindest taktvoll gewesen war.

Das war Tata nicht. Sie hatte keine Söhne, und sie kümmerte sich nicht darum, daß ihre Tochter Sara zugegen war, wenn sie tausendmal stolz erzählte, wie sie *»va fa n'culo«* zur Hebamme gesagt hatte, als die arme Frau ihr sagte, daß sie ein Mädchen auf die Welt gebracht hatte. Und weißt du was? Vielleicht zischte Sara deshalb Tata tausendmal *»va fa n'culo«* hinter ihrem Rücken nach. Ich hab's gehört!

Ich erinnerte mich, meine Tante hatte erzählt,

daß Caterina, Carlettas Mutter, nach meiner Geburt unsere Treppe heruntergekommen sei und mit ihrer schrecklich mißtönenden, kreischenden Stimme gerufen habe: »Was macht's, daß es ein Mädchen ist, wenn es so schön ist?« Na klar, danke schön. Ich war ein hübscher, guter Wein. Ich konnte wirklich schnell verkauft werden, ohne zusätzliche Ausgaben für Zucker und Feigen und was man sonst noch für die Tricks braucht, um Wein verkäuflich zu halten.

Na ja, ich war nicht da, als Ceci geboren wurde, und ich kann mich nicht erinnern, dagewesen zu sein, als ich geboren wurde, also kann ich es wirklich nicht bestätigen. Aber eines kann ich mit Gewißheit sagen: Peppe und Ceci konnten mit ihrem kleinen Holzpferd durch die Reben trampeln und bekamen keinen Ärger. Mammarosa schrie sie zum Schein an, aber sie tat nie etwas. Nina und Julia und ich durften nicht einmal auf das Pferd steigen.

Aber dann kamen mir andere Gedanken, und ich erinnerte mich, wie Nina und Julia und ich auf Mammarosas Knie saßen. Sie schaukelte uns an den ruhigen, dunklen Abenden neben der Feuerstelle im Weinberg auf und ab, während draußen die Grillen zirpten und die Jungen auf ihrem Pferd um das Haus galoppierten, und sie summte. Sie summte und sang uns sanft ins Ohr: »Wenn ich nicht mehr gehen kann, wirst du mich stützen, und wenn ich nicht schlafen kann, wirst du bei mir liegen, du, nur du. Wenn ich nicht mehr zum Fluß gehen kann, du, nur du, wirst die Sonne einfangen, die das Wasser schimmern läßt, und bringst sie an mein Bett, daß sie auf mich scheine, du, nur du.«

In Ninas, Julias und meine Ohren sang sie das. Nicht ein einziges Mal in Cecis oder Peppes Ohren, denn Mammarosa war nicht dumm. Sie wußte, daß Söhne wie Ceci und Peppe eines Tages heiraten und ihre Frauen sich nicht zu ihr legen würden, auch wenn sie sie Mutter nannten und sie sie als Töchter bezeichnete.

Sie wußten nicht wie. Sie hatten sich nicht an Mammarosas Brust geschmiegt, und sie hatten nicht auf ihrem Schoß gelegen, gleich nach ihrer Geburt, als ihr Licht zum ersten Mal leuchtete und sie noch mit den Engeln redeten.

Das war unser Lied. Und die Worte waren nicht die einer Frau, die ihre Töchter loshaben wollte. Nein, sie wollte uns dahaben, bis ganz zum Schluß nah bei ihr. Und deshalb konnte ich den Blödsinn nicht verstehen, warum sie den Frauen, die wirklich nichts von Wein und Essig verstanden, zustimmend zunickte.

Wie dem auch sei, nach dem ganzen Nachdenken und Erinnern sah ich mich um, und ich brauchte mich nicht länger zu erinnern und nachzudenken, weil ich hier, direkt vor mir, den eindeutigen Beweis hatte, daß wir noch sehr lange bleiben sollten. Mammarosa schien sich überhaupt keine Sorgen zu machen, daß wir uns in Essig verwandeln könnten, weil gar keine Vorbereitungen für die Abfüllung in Flaschen in Sicht waren. Denn wenn meine Tante einen Sack Kartoffeln verkaufte, kaufte sie uns ein Buch. Wenn Tata einen Sack Getreide verkaufte, kaufte sie

Leintücher für Sara, weil Tata sah, daß Sara in Blüte stand, und eine Blume ist am schönsten, wenn sie blüht. Auch wir standen in Blüte, aber meine Tante schmiedete keine Pläne und knüpfte keine Freundschaften zu Frauen, die geeignete junge Söhne hatten, wie es Saras Mutter tat.

Einmal flüsterte meine Tante sogar, daß Tata und Sara ihre ganze schöne Wäsche behalten könnten, und Mammarosa stimmte zu. Sie sagte, ihr wäre es lieber, unsere Köpfe seien voll mit grauen Zellen als mit weißer Baumwolle. Wenn meine Tante und Mammarosa wirklich gemeint hätten, wir wären Wein, der drohe, zu Essig zu werden, dann hätten sie diese Sache mit den grauen Zellen nicht so betont. Dann hätten sie das einzig Vernünftige getan, nämlich die Traditionen und Regeln eingehalten, und hätten Baumwolle und Bettwäsche gehortet, wie es alle anderen Mütter für ihre Töchter taten. Aber das machten sie nicht!

Für einen Augenblick, bevor ich nachsann und mir die Zeit nahm, alle meine Gedanken und Erinnerungen zu ordnen, hatte ich mich traurig und verlassen gefühlt. Ich fühlte, wie die Lichter in mir schwächer wurden, und einen ganz kurzen Moment lang dachte ich, Mammarosa sei wie das Gold auf den Straßen Amerikas. Es glänzte überhaupt nicht. Für den Bruchteil einer Sekunde spielte ich sogar mit dem Gedanken, ihr »Scheiße« ins Gesicht zu schreien. Aber das tat ich nicht, weil ihr Lied aus einem besonderen Kämmerchen meines Gehirns herbeieilte, um Mammarosa, meine Tante und mich zu retten.

Eine Sache wollte ich ihr aber noch sagen, und beinahe wäre es mir herausgerutscht. Ich wollte ihr sagen, wenn sie sich schon Sorgen darüber machte, daß der Wein schlecht werden könnte, sollte sie ihr Augenmerk auf Ceci richten. Er war schon zu Essig geworden. Ich bin froh, daß ich es nicht gesagt habe, weil ich vielleicht ihre Gefühle verletzt hätte. Weißt du, sie wünschte sich wirklich, daß sich Ceci änderte, und das würde er auch eines Tages tun, da war ich mir ganz sicher, falls vielleicht doch die Möglichkeit bestand, Essig in Wein zurückzuverwandeln.

Essig

Nimm eine Flasche guten Wein.
Laß sie stehen.
Kümmere dich nicht um sie.
Verschließe sie nicht.
Filtere den Wein nicht.
Im Nu hast du Essig.

Essig

Als Mammarosas Wein einmal zu Essig zu werden drohte, ließ sie ihn einfach stehen. Sie schüttelte ihn nicht, und sie rührte ihn nicht um, und es klappte tatsächlich, dieser Wein wurde der allerbeste. Bei meiner Tante war es anders. Sie versuchte, Ceci zu ändern, und sie probierte alles. Sie versuchte es mit Geduld, mit Verständnis, mit Gebeten. Das letzte Mal, als Ceci durch einen glücklichen Zufall am Mittwoch in der Messe war, schob meine Tante ihn sogar nach vorn, dorthin, wo einige besonders fromme Männer für ihn beteten. In jeder Bank saßen Leute, die sich Tränen aus den Augen wischten, und Nina schluchzte laut.

Ich habe das alles gesehen. Verstehst du, es machte nichts aus, daß ich ab und zu während der Gebete meine Augen aufmachte, und niemand störte sich daran, wenn ich mich umschaute, weil ich noch ein Kind war. Ceci stand nervös mitten zwischen diesen sehr feinen Leuten. Einer der alten und besonders inbrünstig betenden Männer umschloß Cecis Kopf fest mit den Händen. Es sah aus, als ob er Cecis Gehirn zusammendrücken würde. (Meine Tante sagte immer, Ceci habe einen harten Schädel. Vielleicht versuchte dieser Mann, ihr einen Gefallen zu tun und Cecis Hirn ein wenig weicher zu machen.) Ich sah, wie Ceci die Augen aufschlug und wieder schloß, wie er um sich schaute und sich jede Ecke, jede Tür, jedes Fenster und die Wände genau ansah. Man hätte meinen können, er suche nach einem geeigneten Fluchtweg.

Um die Wahrheit zu sagen, ich glaube, wenn er sich nicht absolut sicher gewesen wäre, daß meine Tante seinen dicken, harten Schädel mit ihrem tonnenschweren Gesangbuch zu Brei schlagen würde, hätte er gelacht und gegrölt und sich auf dem Boden der kleinen Kirche gewälzt, so wie er es zu Hause immer tat. Und dann wäre er abgehauen.

Als meine Tante am nächsten Tag merkte, daß Ceci immer noch der gleiche war, rang sie die Hände und sagte, sie habe genug von der Geduld, dem Verständnis und den Gebeten. Sie verlor die Geduld. Und sie hatte allen Grund dazu. Trotz all ihrer Bemühungen, aller Gebete, wurde es mit Ceci schlimmer.

In jüngster Zeit begann er nachts ein wenig schwankend aufzukreuzen. Ich meine damit, daß seine Beine ein wenig schwach waren und sich nur schwer entscheiden konnten, welche Richtung sie einschlagen sollten. Jedenfalls nahmen sie keinen besonders geraden Weg. Eines Nachts stand Ceci vor der Tür, unfähig zu gehen, und wurde von zwei Mitgliedern seiner »Clique« gestützt, zweien seiner allerbesten Kumpel. Der eine war Geraldo, der andere Nicola. Ceci hatte ein Lächeln auf dem Gesicht, aber das Lächeln verging ihm bald. Das lag an seinem verstimmten Magen, der sich gerade in diesem Moment an der Tür und vor den Augen meiner Tante entschloß, den ganzen Wein, den Ceci getrunken hatte, wieder von sich zu geben.

»Aha, und dazu noch speiübel, wie ich sehe«, stellte meine Tante fest. Und dann fiel Ceci um, genau dort, wo er war, auf der Schwelle unseres Hauses in der Via Monterosa 14. Er fiel nicht etwa hin, weil seine Freunde keine Lust mehr gehabt hätten, ihn an den Armen hochzuhalten. Er fiel, weil meine Tante der Meinung war, sie habe genug von seinem Unsinn, genug Geduld und genug Wohlwollen gezeigt.

Das war genau der Abend, an dem sich ihre Herangehensweise an das Problem »Ceci« änderte. Meine Tante hob einen recht stabilen Stuhl hoch und ließ ihn hart und schwer auf seinen Schädel niederkrachen.

Cecis Freunde sahen den Stuhl kommen, und deshalb ließen sie Cecis Arme los und rannten davon. Sie waren jung und stark, aber dem wilden Zorn meiner Tante waren sie nicht gewachsen.

Meine Tante war in Rage, und was die Sache noch schlimmer machte: die letzte Zählung der Würste hatte ein paar fehlende Stücke ergeben. Man machte ja nicht jede Woche oder jeden Monat Würste. Sie wurden nur einmal im Jahr gemacht, mitten im Winter, und selbst dann betete man an den Tagen, an denen man Wurst machte, um besonders kaltes und trockenes Wetter.

Das Wurstmachen, hätten dir die Frauen gesagt, war genauso schwierig wie die Herstellung von Wein. Würste wurden nie im Sommer gemacht, denn man mußte das Schwein natürlich zuerst großwerden lassen, und Schweine kaufte man im Sommer.

In letzter Zeit kauften wir jeden Sommer mindestens zwei Schweine. Es war dem Inhalt der versiegelten Briefe aus Amerika zu verdanken, daß wir in dem Stall unter der Treppe jetzt auch Schweine hielten. Diese mit Schellack versiegelten Briefe kamen nun häufiger, weil mein Vater einen Mann namens Max Olin in Rogers' Großhandel an der Fruit Row getroffen hatte, wo er sich noch immer mit dem Obst und Gemüse eindeckte, das er dann auf den Straßen von Winnipeg weiterverkaufte.

Max Olin hatte meinen Vater durch einen Wink mit seinem Zeigefinger in den Kühlraum in Rogers' Gebäude hereingelotst. Dort flüsterte er ihm zwischen Kisten voll Frühlingszwiebeln und rotem Peperoni zu: »Ich mache Ihnen ein Angebot.« Meinem Vater gefiel das Angebot. Und so arbeitete meine Mutter jetzt nicht mehr in der Kleiderfabrik, sondern in ihrem eigenen Lebensmittelladen im Erdgeschoß von Max Olins Haus an der Ecke der Lydia- und der Notre Dame-Street.

Am Anfang war Max Olin fast jeden Tag da, einfach um zu helfen. Sie waren nicht leicht, diese ersten Tage, schrieb meine Mutter in einem Brief. Aber als sie auch Nudeln und Fleischtomaten und Parmesankäse und frisches Fleisch in ihr Sortiment aufnahm, hatte sie so viel zu tun, daß sie die Arbeit bald nicht mehr allein bewältigte. Schon bald mußte mein Vater einige seiner Routen aufgeben. Er verkaufte sogar das Auto und schaffte sich einen richtigen Lastwagen an, um den vielen neuen Kunden die Lebensmittel ins Haus zu liefern.

Meine Mutter schrieb jetzt nicht mehr so oft,

aber wenn sie es tat, dann kamen die Briefe immer in versiegelten braunen Umschlägen. Und aus diesem Grund kauften wir mittlerweile jeden Sommer mindestens zwei Schweine. Meine Tante öffnete die Umschläge immer gerade dort, wo der Postbote sie ihr zufällig überreichte, auf unserer Treppe, auf der Straße, sogar in Mancusos Lebensmittelladen. Sie öffnete die Briefe und kümmerte sich nicht darum, ob jemand neidisch oder neugierig war, weil sie sagte, sie habe die Erde so mühsam beackert, daß ihr Gesicht schon den Farbton des Bodens angenommen habe. Sie sagte, sie habe genug von Leuten, die den Kopf schüttelten und sagten: »Oh, du armes Geschöpf, oh, du armes Ding.«

Meine Tante hatte Geld, aber jetzt beschloß sie, nichts zu kaufen. Schon seit mein Vater aufgehört hatte, Liebesbriefe an seine Heimat zu schreiben, befürchtete meine Tante, daß sie nicht zurückkommen würden. Aber als die Briefe kamen, in denen von den Kindern, dem Haus, dem Auto und jetzt dem Geschäft und dem Lastwagen die Rede war, da stand es für sie ohne jeden Zweifel fest. Und sie wollte überhaupt nichts mehr kaufen, denn Amerika war so weit weg, und je weniger Gepäck man tragen mußte, um so besser war es.

Und wenn ich sage, sie kaufte nichts, dann meine ich nichts. Als alle anderen schon auf einem Gasherd kochten, mußten wir noch immer mitten im heißesten Sommer Feuer anzünden, um das Nudelwasser zu kochen. Das einzige, was sie kaufte, war eine Uhr, weil Piperellas Mutter eines

Tages die Nase voll hatte, ständig die gleiche Frage zu hören – »Wieviel Uhr ist es, wieviel Uhr ist es?« – und meiner Tante sagte, es sei Zeit, eine Uhr zu kaufen. Und das tat sie.

Meine Tante und ich gingen die Via Roma hinunter, vorbei an Lallos Schuhgeschäft und vorbei an der Metzgerei von Lallos Bruder. Nicht viel weiter unten war eine Goldschmiede. Anfangs lächelte der Goldschmied, doch meine Tante rümpfte bei allem, was er für sie anschleppte, die Nase. Er breitete die besten und die schlechtesten aus. Er zeigte ihr vergoldete Uhren und andere mit Plastikgehäuse. Auf seinem Ladentisch breitete er importierte und italienische Uhren aus, aber sie war mit nichts zufrieden. Dann rückte sie schließlich mit der Sprache heraus: »Ich will die beste Uhr zum günstigsten Preis.« Das Gesicht des Goldschmieds lief knallrot an, und als wir sein Geschäft verließen, hatte er aufgehört zu lächeln.

Auf dem Heimweg fragte sich meine Tante noch immer, ob sie überhaupt eine Uhr hätte kaufen sollen. »Dieser Goldschmied war ein Gauner«, sagte sie zu Hause, als sie die Uhr auf das Schränkchen neben dem Bett stellte. Sie hätte ihm weniger bieten sollen, davon war sie überzeugt, weil die Uhr einfach nicht so hochwertig aussah, aber jetzt war es zu spät. Abgesehen von der Uhr kaufte sie nichts. Außer den Schweinen, natürlich.

Auch an dem Tag, als meine Tante die Schweine auf dem Viehmarkt kaufte, war sie nicht richtig zufrieden. Wie gewöhnlich war sie völlig durcheinander. Julia und ich gingen mit ihr zum

Markt. Wir gingen den Hang hinauf bis zu der Bergrinne bei der Quelle. Dort, neben dem Strommast und dem Haus, in dem die Statue des heiligen Johannes stand, hatten die Händler ihre kleinen Pferche für die Esel und Pferde und Schweine aufgebaut. Julia und ich gingen mit auf den Berg, weil meine Tante versprochen hatte, jedem von uns ein Schwein zu kaufen. Was sie damit wirklich meinte, war, daß sie zwei Schweine kaufen würde und wir jeweils für eines davon die Verantwortung zu übernehmen hätten.

Schon von weitem sahen wir die quiekenden Ferkelchen herumspringen. »Schaut nach welchen mit langen Körpern«, sagte meine Tante. Sie war überzeugt, daß ein Ferkel mit einem langen Körper zu einem Schwein mit magerem Fleisch würde. Als nächstes riet sie uns, den Schwanz und den Rüssel genau anzuschauen, aber aus welchem Grund, weiß ich jetzt nicht mehr genau.

Meine Tante deutete auf zwei kleine Schweine, und nachdem sie dem Händler ausführlich vorgejammert hatte, wie krank sie doch aussähen und wie glücklich man sein müsse, wenn man sie über den Sommer brächte, machte sie ihr höchstes Angebot.

Ich dachte, der arme Mann versuchte abzuheben und davonzufliegen, weil seine Arme vor lauter Verzweiflung auf und nieder gingen.

»Hören Sie auf, *Signora,* bei diesem Preis kann ich ebensogut zusammenpacken und nach Hause gehen.« Er drehte sich um und trat nach dem erstbesten Ferkel, das zufällig jenes mit dem Ringelschwänzchen und dem langen Körper war, das meine Tante sich ausgeguckt hatte. Deshalb rief meine Tante nun, jetzt müsse sie einen weiteren Preisnachlaß bekommen, weil das eines der Ferkel sei, die sie zu kaufen gedachte, und weil seine Hüfte jetzt bestimmt verletzt sei, was bedeutete, daß der *prosciutto* vielleicht nicht ordentlich geraten würde.

Sie kaufte Julia und mir wirklich jeweils ein Schweinchen, aber wir gingen nicht gleich, nachdem sie bezahlt hatte, wie der Mann gehofft hatte. Meine Tante stand noch lange da und zählte das Wechselgeld, zählte es noch mal, während sich der Händler immer wieder mit den Händen das Gesicht massierte. Gut, daß meine Tante ihre Meinung über die Schweine nicht änderte oder etwas sagte; ich glaube, er hätte seine Hände genauso vors Gesicht geschlagen, wie sie es immer tat, wenn sie verzweifelt war.

Schließlich gingen wir, nachdem meine Tante endlich zu dem Ergebnis gekommen war, daß das Wechselgeld stimmte. Ich erinnere mich, daß ich kurz zurückschaute, aus welchem Grund, weiß ich nicht, und den Händler einen sehr tiefen und langen Atemzug nehmen sah, den er sehr langsam wieder ausatmete, als wir den Berg hinunter Richtung San Giovanni gingen.

Julia und ich machten es unseren Ferkelchen in dem Verschlag unter unserer Treppe bequem. Wir bemühten uns sehr, das Haus der Schweine sauber zu halten, aber die Ferkel kümmerten sich nicht darum. Dabei waren sie sehr schlau; sie wußten genau, wann der Kübel in meiner Hand voller Schweinetrank und wann er leer war. Sie waren immer so hungrig, daß sie nie abwarteten, bis ich ihr Fressen in den schönen neuen Trog geschüttet hatte, den Saras Vater für meine Tante aus dem Stamm einer Kastanie gemacht hatte.

Den Schweinen war es egal, was sie fraßen. Sie drängelten und schubsten. Es war ihnen egal, ob sie die Schale und nicht die Wassermelone bekamen, oder ob es Kleie oder Mehl war, was ich ihnen in das Fressen mischte.

Es war ihnen egal, was sie fraßen, und es war ihnen egal, wo sie es fraßen. Wenn ich ihr Fressen brachte, blieben sie ganz nah bei mir und versuchten, ihre Rüssel in den Eimer zu stecken, deshalb landete immer alles auf dem Boden. Nach einem ordentlichen Streit mit Julia über die Frage, wessen Schwein der Bösewicht war, beschlossen wir, zusammenzuarbeiten und das Problem gemeinsam zu lösen, bevor meine Tante dahinterkam.

Sie hätte uns eine ordentliche Standpauke gehalten, wie dankbar man für einen Schweinestall sein müsse, der nun endlich Schweine beherbergte, und über Schnee und Blut und Schweiß und Tränen, und dann hätte sie natürlich die Hände vors Gesicht geschlagen, wenn wir auch nur geblinzelt hätten, während sie redete.

Deshalb hielt Julia das nächste Mal, als ich den Kübel in den Trog leerte, die Ferkel mit einem Stock zurück. Bald war der Schweinestall so sauber und ordentlich wie ein richtiges Haus, und die Schweine fraßen aus ihrem Trog, genau wie Menschen aus ihren Schüsseln, und meine Tante war sehr zufrieden.

Es gab aber eine Sache, mit der war meine Tante nicht zufrieden. Sie wollte, daß die Schweine dalagen und schliefen, denn während sie lagen und schliefen, verwandelte sich der Schweinetrank in ihrem Inneren in Fleisch. Aber sie vergaß, daß das unsere Schweine und damit unsere Schmusetiere waren und uns deshalb überallhin folgten.

Ich glaube allerdings nicht, daß sie uns ins Schlachthaus gefolgt wären, wenn sie gewußt hätten, daß wir sie an jenem kalten Januartag dorthin führten. Aber wir riefen sie, und sie kamen, sogar zum Schlachthaus gingen sie mit.

Um sicherzugehen, daß uns die Schweine folgen würden, hatte meine Tante einen Sack getrockneter Saubohnen gekauft, und alle paar Schritte ließ sie eine fallen, und sie kamen. Die Schweine folgten meiner Tante, Julia und mir die Straße hinunter, auf der die süßen Saubohnen lagen, den ganzen Weg bis zum Schlachthaus an der Via Santa Lucia. Sie grunzten und spielten den ganzen Weg dorthin. Sie waren glücklich. Hätten die Schweine bloß Bescheid gewußt!

Ceci zum Beispiel wußte Bescheid. Meine Tante hatte ihm tausendmal gesagt: »Der Teufel verführt dich, Ceci. Die Saubohnen schmecken gut, aber du wirst dich im Schlachthaus wiederfinden. Der Teufel persönlich lockt dich dorthin.«

Bevor meiner Tante die Saubohnen ausgingen, befanden sich die Schweine sicher im umzäunten Bereich des Schlachthofes. Sie wurden gewogen und in einen anderen Bereich gedrängt, wo eine Menge quiekender Schweine bereits gekennzeichnet und numeriert waren. Julias Schwein und mein Schwein wurden ebenfalls gekennzeichnet und numeriert.

Als die Schweine merkten, wo sie waren, versuchten sie zu entkommen. Sie schubsten und drängelten und quiekten, aber es war zu spät.

»Eines Tages, irgendwann, wird es dir klarwerden, aber dann wird es zu spät sein, Ceci. Zu spät, um noch irgendwas zu unternehmen. Es wird unmöglich sein. Du wirst versuchen, dich in den Hintern zu beißen, aber das wird unmöglich sein«, sagte meine Tante zu Ceci, als sie noch versuchte, ihn zur Vernunft zu bringen.

Ein Mann betrat den Pferch, und mein Schwein quiekte richtig laut. Der Mann hatte einen dicken Eisenstab mit einem Haken am Ende in der Hand. Wie fein und rosig war doch der Rüssel meines Schweines an dem Tag gewesen, an dem ich es bekommen hatte! Jetzt war er schwarz vor Dreck und leuchtend rot vor Blut.

Der Mann zog an dem Haken, aber mein Schwein weigerte sich, vorwärts zu gehen. Das Blut strömte aus seinem Rüssel, aber das machte ihm nichts aus. Es stemmte seine Hufe auf den Betonboden und wollte nicht mitgehen. Schließlich sah ich, wie seine Hufe nach heftigem Kampf über dem Boden schleiften, und bald war nichts mehr da als eine Blutspur, soweit meine Augen durch die offene Tür sehen konnten. Hätte mein Schwein doch bloß gewußt, was am Ende der süßen Saubohnenstraße wartete!

Mein Schwein war jetzt in einem anderen Teil des Schlachthauses. Seine Beine waren zusammengebunden, und sein Atem ging schwer. Zwei

Männer rissen es mühelos auf ein schwarzes Eisengitter. Es wurde neben einer ganzen Reihe überwältigter Schweine festgebunden. Keines davon wehrte sich noch, nicht einmal mein Schwein. Ich erinnere mich, wie sie von Zeit zu Zeit grunzten, während sie am ganzen Leibe zitterten. Als das Gitter voll war, kam das Messer zum Einsatz. Ein Schnitt, und alles war vorüber.

Die Besitzer der Schweine standen daneben, mit einem Eimer unter dem Gitter, um das Blut aufzufangen. Meine Tante war nicht dabei. Wir machten keine Blutwurst. Sie hatte uns verboten, von irgend jemandem Blutwurst anzunehmen.

Ich stand da, als der Mann zu meinem Schwein kam, und schaute über das Geländer hinweg zu. Ich sah, wie er das Messer wieder und wieder in seinen Hals stieß. Mein Schwein kämpfte mit neuer Kraft. Es trat um sich und schüttelte sich in einem letzten Versuch, freizukommen, und dann starb es.

Der Metzger lachte: »Das muß ein Schmuseschwein gewesen sein. Schmuseschweine wehren sich, wenn sie sterben.« Als er das sagte, weinte ich. An dem Morgen, als mein Kätzchen gestorben war, hatte meine Tante mit mir geweint, aber jetzt war sie zu sehr damit beschäftigt, Papiere zu unterschreiben und die Gebühren zu bezahlen. Ich war mir sicher, daß sie sich genau in diesem Moment im Veterinärsbüro im Schlachthaus auf einen Stuhl fallen ließ, weil das der wichtigste Teil war. Der Tierarzt besaß die Macht, mit einem Federstrich zu bestimmen, wer Schweinefleisch essen würde und wer nicht. Ich weinte und blieb bis ganz zum Schluß bei meinem Schwein. Eine Frau, die ich nicht kannte, stellte ihren Eimer unter mein Schwein. Sie sah mich verächtlich an. Was ist? dachte ich. Es ist nicht meine Schuld.

Papagiuseppe hatte Blutwurst abgelehnt, und das taten auch Mammarosa und meine Tante. Nicht etwa, weil wir uns darüber erhaben fühlten, wir aßen sie einfach nicht. Na ja, ich muß ein dunkles Geheimnis beichten, das ich schon lange Zeit mit mir herumtrage. Meine Tante weiß davon nichts, aber einmal (nur einmal) muß ich zu hungrig gewesen sein, um sofort zu merken, daß der Belag auf der riesigen Scheibe Weißbrot, die Tata mir gab, zu dunkel war, um Erdbeermarmelade und zu weich, um Kirschmarmelade zu sein. Ich nahm einen Bissen, dann nahm ich zwei, und dann, als ich die Scheibe fast aufgegessen hatte, beschloß ich, auf die laute Stimme (den Schrei) in meinem Innern zu hören, die mir zurief: »Blutwurst, Blutwurst«, und ich warf den Rest des Brotes fort.

Der Veterinär im Schlachthaus nahm eine kleine Scheibe Fleisch und sah sie sich durch ein paar spezielle Glasscheiben sehr genau an, und dann sagte er meiner Tante, daß wir unsere Schweine essen konnten. Männer in blutigen weißen Mänteln trugen die halbierten Rümpfe unserer Schweine auf ihren Schultern zu unserem Haus. Meine Tante hatte die Wäschekommoden in die Mitte des Zimmers gestellt und sie mit einer großen Holzplatte abgedeckt, so daß die Männer die Schweinehälften daraufwerfen konnten, was sie mit lautem Gepolter taten. Das war ein feierlicher und fröhlicher Moment, weil wir, wenn meine Tante es geschickt anstellte (und Ceci nicht allzuviel klaute), nun für ein ganzes Jahr Fleisch haben würden.

Bevor diese dicken braunen Umschläge so häufig aus Amerika eintrafen, aßen wir nur einmal in der Woche Fleisch. Jeden Sonntagmorgen gab mir meine Tante fünfhundert Lire, und ich mußte zur Metzgerei von Lallos Bruder in der Via Roma gehen und Hühnchen kaufen. Und das tat ich auch, bis zu dem Tag, als ich entdeckte, daß nicht allzuweit von der Metzgerei entfernt im Schaufenster des Buchladens bebilderte Heftchen auslagen. Deshalb dachte ich jeden Sonntag, wenn ich gerade in die Metzgerei gehen wollte, an die bunten Bilder und die glänzenden Umschläge der Hefte und die Zauberspiegel und die Küsse von Prinzen und die sprechenden Wölfe, und ich schaffte es nie, gleich zum Metzger zu gehen. Zuerst ging ich zum Buchladen. Als man in der Buchhandlung damit anfing, diese wunderbaren Hefte auszulegen, begann meine Tante zu jammern: »Bisher haben wir für fünfhundert Lire immer genug Hühnchen für uns alle bekommen.«

Dann bemerkte ich eines Sonntags, daß auf den Nudeln von Mammarosa und meiner Tante kein Hühnchenfleisch lag. Es war nur einfache Soße darauf und ein oder zwei Fleischfasern, die sich von einem Knochen gelöst hatten. Deshalb hörte ich auf, mir diese Heftchen zu kaufen, und das war gut, denn meine innere Stimme plagte mich allmählich, weil ich meine Tante sonntags anlog,

Maria Pia sei so nett gewesen und hätte mir die bunten Heftchen ausgeliehen.

Auf jeden Fall hatten wir jetzt eine Menge Fleisch, aber es war auch eine Menge Arbeit. Die Därme mußten gesäubert, die Kutteln geschrubbt, die Schinken gesalzen und der Preßkopf gekocht werden. Und dann das wichtigste von allem – die Würste mußten gemacht werden.

Überflüssig zu sagen, daß meine Tante an diesem Tag wieder einmal völlig durcheinander war. Nina tat das zum Füllen vorbereitete Fleisch in den Fleischwolf. Peppe drehte an der Kurbel. Julia stach in die Würste, um die Luft herauszulassen, und ich hielt die Därme fest.

Zuerst schmollte ich, weil ich unbedingt das Fleisch zermatschen und kneten und das Salz, die Gewürze und die rote Pfeffersoße untermischen wollte, das war nämlich der lustigste Teil des Würstemachens. Aber dann, als Julia einen Moment nicht aufpaßte und ein wenig zu fest in die Würste stach, so daß die Fleischmasse aus den Därmen herauslief, hatte ich nichts mehr gegen meine langweilige Aufgabe einzuwenden.

Meine Tante sah, wie die Därme rissen und die Fleischmasse auf die Holzplatte lief, aber sie konnte nichts unternehmen. Oh, sie schimpfte und fluchte, aber sie konnte die Hände nicht vors Gesicht schlagen. Sie konnte die Hände nicht vors Gesicht schlagen, weil diese knetend und matschend in der Wurstmasse steckten, und deshalb stampfte sie mit dem Fuß auf und biß sich in den Arm.

Wir machten Würste und auch *soppressata. Soppressata* war eine Wurstsorte, die anders aussah. Sie wurde aus einer eher mageren Fleischmischung hergestellt, und meine Tante knetete statt der roten Pfeffersoße ganze schwarze Pfefferkörner unter. Die *soppressate* wurden in breitere Därme gestopft, die auf beiden Seiten der Mittellinie Ausbuchtungen hatten, was nicht so ohne weiteres zu erkennen waren. Man konnte nie im voraus wissen, ob diese weiten Därme solche Taschen hatten, bis die Fleischmasse hineinlief und sie ausfüllte. Für mich sahen sie wie Hoden aus.

Einmal brachte Maria Pia ein Buch mit in die Schule, das ihr Vater ihr aus Amerika geschickt hatte. Es war ein naturwissenschaftliches Buch mit vielen Bildern. Eines Tages sah ich im Schulhof eine ganze Herde von Mädchen sich um Maria Pias Buch drängeln, und sie kicherten. Als ich ihnen über die Schulter schaute, sah ich, daß sie über ein Bild von einem nackten Mann auf einer Seite des amerikanischen Naturkundebuches lachten. Meine Güte, dachte ich mir, was soll an den Hoden denn so Besonderes sein? Sie sahen genauso aus wie zwei Blasen am unteren Ende einer *soppressata.* Hatten sie denn noch nie *soppressata* gemacht?

Ceci machte so gut wie nie Würste oder *soppressata.* Ich frage mich, wo Ceci immer war, während wir so viel Spaß hatten! Vielleicht war ihm das auch alles Wurst?

Wenn die Würste und die *soppressate* schon aufgehängt waren, kreuzte er schließlich auf. Meine Tante hängte sie an die Balken der Decke, so nah wie möglich über das Feuer. Mammarosa machte Feuer und hielt es tagelang am Glühen, nicht wegen des Feuers, sondern wegen des Rauchs, der aufstieg und die Würste räucherte.

Während die Würste geräuchert wurden, beteten die meisten Leute, es mögen wenig Gäste kommen, weil man Besucher nicht nur mit einem Glas Wein bewirten konnte, während so viele Würste oben in den Rauchschwaden tanzten. Ein weiterer Grund, warum Besucher während des Räucherns nicht gern gesehen waren, war die Tatsache, daß es unter den Gästen jemanden geben könnte, der neidisch war und einen bösen Blick hatte. Und der böse Blick war noch weit schlimmer, als ein paar Würste mit Besuchern zu teilen, denn wenn jemand kam und deine Würste mit bösen Absichten anschaute, dann konnten alle schimmeln und verderben.

Meine Tante sagte, sie habe nichts dagegen, ihre Würste mit anderen zu teilen, weil sie wisse, wie es ist, Würste anzustarren und keinen Bissen abzubekommen. Sie sagte auch, daß sie nicht an den bösen Blick glaube, aber ich wußte nicht, was ich davon halten sollte. Sie rannte die ganze Zeit, während die Würste geräuchert wurden, hin und her und ließ sich selbst und keinem anderen Ruhe, bis sie die Würste sicher versteckt hatte. Sie zählte sie wieder und wieder und schrie: »Leise, seid leise!«, auch wenn wir kein einziges Wort gesagt hatten. Wir standen einfach bloß da und zählten leise im Kopf mit ihr. Sie zählte sie und versteckte sie, aber ich wußte wo. Jedesmal, wenn sie eine wegnahm, zählte sie sie wieder.

Abends, wenn wir uns um die Feuerstelle versammelten, holte meine Tante für uns eine Wurst, um sie über dem Feuer zu rösten. Sie teilte sie in fünf gleiche Stücke, eins für Nina, eins für Ceci, eins für Julia, eins für mich und immer ein etwas größeres Stück für Peppe, damit sie ihn nicht weinen hören mußte. Wir beklagten uns nie, weil auch wir nicht hören wollten, wie Peppe heulte. Nie schnitt sie ein Stück für sich selbst oder für Mammarosa ab. Sie aßen das Brot, auf das der Saft von unseren Stücken getropft war.

Meine Tante bewachte die Würste, weil sie wußte, daß Ceci auf der Lauer lag. Sie sagte, Ceci sei es egal, ob die Würste bis zum Ende des Winters reichten. Das einzige, worum er sich kümmerte, sagte sie, das seien seine »guten Kumpel«. Und wie oft hatte sie ihn gewarnt, sich unterwegs vor süßen Saubohnen in acht zu nehmen, denn am Ende der Saubohnen-Straße befand sich das Schlachthaus. Sie hatte ihm tausendmal gesagt: »Ceci, wenn dir der Teufel schmeichelt, dann trau seinen Worten nicht, er ist hinter deiner Seele her. Er wird sie bei einer Flasche Wein, einem Lied und Gitarrenklängen genießen.«

Aber Ceci hörte nicht, und deshalb hielt meine Tante Wache. Meine Tante hielt nach möglichen Hinweisen Ausschau, die anzeigten, wann und wo und wie Ceci zuschlagen würde. Um Karneval herum wurde es meiner Tante mit dem Zählen der Würste richtig ernst, und sie paßte ganz besonders auf.

Ich erinnere mich, daß an Karneval Harlekins und Pulcinellas und Zorros lachend durch die

Straßen von San Giovanni zogen und Dinge machten, die Erwachsene normalerweise nicht tun durften, weil sie nun unter ihrer kleinen schwarzen Maske versteckt waren. Ceci und seine »Clique« beließen es nicht dabei, sich einfach als Harlekins oder Pulcinellas zu verkleiden. Bei Ceci mußte es immer etwas ganz Besonderes sein. Er wollte jeden in der Stadt beeindrucken – und das tat er auch. Er plante einen richtigen Umzug maskierter Leute. Es war eine große und lange Prozession einer Hochzeitsgesellschaft auf dem Weg zur Kirche, und Ceci höchstpersönlich war die Braut. Er spazierte Arm in Arm mit dem Bräutigam und sah toll aus in dem weißen Organzakleid, das Nicola, der Bräutigam, aus dem Schrank seiner Mutter entwendet hatte. Ceci sah hübsch aus, obwohl seine dichte schwarze Behaarung durch die weiße Spitze durchschimmerte. Und natürlich trug er, weil er die Braut war, den Brautstrauß.

Der Brautstrauß bestand aus einer weißen Bettpfanne aus Email, bis zum Rand angefüllt mit köstlichem, klarem Verdicchio-Wein, und darin schwammen ein paar frisch geräucherte Würste. Die Leute von San Giovanni waren hingerissen, als diese Spott-Prozession der Maskierten auf dem Weg zur Kirche durch die Via San Francesco d'Assisi und Piottas Hof zog.

Die Balkone waren voller lachender Leute, die ihnen zujubelten und Papierschlangen warfen wie bei der letzten Wahl, als der große dicke Mann, der Brot und Arbeit für alle versprochen hatte, in Professor Cianos Topolino durch das Städtchen fuhr. Sie jubelten, und Ceci sah hinauf und winkte ihnen zu. Nicht ein einziges Mal verlor er das Gleichgewicht auf den hochhackigen Schuhen, weil sein Arm fest im Arm des Bräutigams eingehakt war.

Die Prozession machte auf ihrem Weg mehrfach halt, und Ceci deutete bei jedem Halt auf die Bettpfanne, seinen Brautstrauß. Er deutete darauf und wartete, und jeder wußte, wonach die Braut verlangte. Nur mit einer Kinnbewegung oder einer einfachen Geste mit der Hand zitierten die Männer ihre Frauen von den Balkonen und Fenstern, und die Frauen wußten genau, was die Gesten ihrer Männer bedeuteten. Ich sah sogar Professor Cianos Frau herauskommen und ein ordentliches Stück Wurst in den Sack werfen, den der Bräutigam eigens zu dem Zweck mit sich trug, um solche Köstlichkeiten wie *soppressate* und Würste einzusammeln (und natürlich lehnten sie auch eine gute Flasche Wein niemals ab). Der Bräutigam nahm die Gaben mit einem dankbaren Lächeln entgegen. Der Sack sah schon ziemlich voll aus.

Meine Tante beobachtete vom Fenster aus, wie die ganze Prozession vorbeizog. Sie wußte, daß die Würste in dem Sack von den Leuten an der Straße stammten. Worüber sie allerdings nicht sicher war, war die Herkunft dieser dicken Würste, die in dem Wein in Cecis Brautstrauß schwammen. Meine Tante kannte Ceci, und sie kannte auch ihre Würste, und diese dort kamen ihr wirklich bekannt vor. Sie hätte etwas gesagt, wäre da nicht das Problem des Wurstzählens gewesen.

Weißt du, was die Sache kompliziert machte, war, daß sie sich ausgerechnet in diesem Moment nicht daran erinnern konnte. Sie war sich nicht sicher, ob sie an diesem Morgen zweiundfünfzig oder vierundfünfzig gezählt hatte.

Nach dem Karneval verstärkte meine Tante die Sicherheitsmaßnahmen, denn Ceci und seine Clique hatten zwar einen Sack voller Würste bekommen, aber es waren doch so viele Jungs, daß sie wußte, die Würste würden nicht lange reichen. Sie wußte es, und trotzdem konnte sie nichts unternehmen. Sie konnte nicht viel tun, bis sie Ceci auf frischer Tat mit einer schönen Wurst in der Hand ertappte.

Sie schwor, daß sie, wenn sie ihn tatsächlich mit ihren eigenen Augen eine Wurst nehmen sähe, so viele Stühle auf ihm zerschlagen würde, wie nötig seien, um seinen Schädel zu spalten. Ceci hatte ihre Drohungen gehört. Sie hatte sie laut genug ausgesprochen, daß er sie hören konnte. »Ich erwische ihn – wo immer er steckt. Eines Tages erwische ich ihn bestimmt mit seiner Hand im Topf, und dann kann er was erleben.« Meine Tante sah Ceci direkt an, als sie das sagte, aber natürlich lachte Ceci. Er lachte und lachte, so lange er konnte, und dann machte er sich ganz schnell davon, weil meine Tante gerade ihre Hände um die Lehne eines guten, stabilen Stuhls gelegt und begonnen hatte, ihn zu rütteln.

Auf frischer Tat ertappt zu werden, klang in Cecis Ohren wie die Aussicht auf ein wenig zusätzlichen Spaß. Deshalb wartete er, bis sich meine Tante eines Tages draußen auf der Veranda in der heißen Sommersonne aufhielt. Sie fegte mit dem Besen mal hierhin, mal dorthin, weil sie nicht wollte, daß einer der Nachbarn dachte, sie würde sich einfach ausruhen, und dabei summte sie ein Lied auf ihre eigene, so besondere Weise.

Einmal sagte ich meiner Tante, sie solle in der Kirche lauter singen, weil ihre Stimme schöner sei als die aller anderen, aber sie glaubte mir nicht, deshalb summte sie leise. Meine Tante liebte Triller. Sie schrieb die Melodien der Lieder im Geiste um, damit sie ihre Triller einbauen konnte. Triller und noch mehr Triller. Ihr ganzer Kopf bebte dabei, und sie schwankte. Nur bei diesen Gelegenheiten schien sie verzückt zu sein und Frieden zu haben.

Während meine Tante so verzückt war, brachte der Teufel meinen Bruder Ceci urplötzlich an den Fuß unserer Treppe an der Via Monterosa, direkt vor die Kellertür. Ich sah, wie Ceci leise durch die Tür schlich. Er sah mich nicht, aber ich sah ihn. Er trug ein ziemlich großes viereckiges braunes Papier bei sich, von der Art, wie es Lallos Bruder verwendete, um unsere Sonntagshühnchen einzupacken. Er hatte es auf den Keller abgesehen, in dem meine Tante die Würste aufbewahrte, und ich erinnere mich, daß in mir ein Gefühl von Panik aufstieg. Bald würde es Ärger geben.

Ceci öffnete die Tür einen Spalt breit und zwängte seinen Körper ganz langsam hinein. Die Tür quietschte ein bißchen, aber meine Tante hörte es nicht. Es war, als sei sie abwesend, in ihren Gesang vertieft.

Leise kletterte ich die Treppe zur Hälfte hinauf, setzte mich und tat, als würde ich neben dem kleinen Fenster spielen, durch das man direkt in den ganzen Keller schauen konnte. Wäre bloß der Stapel Brennholz nicht im Weg gewesen und hätten mich die Metallstangen nicht daran gehindert, meinen Hals zu strecken, dann hätte ich genau sehen können, was er im Schilde führte. Deshalb drückte ich und drehte und drückte und drehte, bis mein Kopf durch das Metallgitter paßte und ich Ceci sehen konnte.

Ich konnte nicht allzuviel von ihm sehen, aber ich konnte sein Gesicht erkennen. Es sah platt aus, als ob jemand sein Gesicht eingeschlagen hätte, und auch sein Körper war zusammengedrückt wie eine Ziehharmonika, verschwunden wie in den Comic-Heften.

Ich sah ein wenig genauer hin, um Ceci besser zu erkennen. Ja, er war platt und zusammengedrückt, genauer, er hockte auf dem Boden, seine Füße weit auseinander auf dem braunen Papier. Plötzlich trafen sich unsere Blicke. Er hätte gern etwas gesagt, das erkannte ich an seinem wütenden Blick, aber er tat es nicht, weil er nicht konnte. Er drückte ganz fest, mit rotem Kopf und leuchtenden, hervortretenden Augen, als ob er versuchte, etwas auf den Boden zu machen, auf das Papier, und die Zeit drängte, er hatte es eilig.

Er versuchte, mir mit einer Kopfbewegung zu bedeuten, daß ich von dem Fenster verschwinden sollte. Aber das war, wie man sich denken kann, nicht einfach; ich mußte meinen Kopf in alle möglichen Richtungen drehen, bevor ich den richtigen Winkel fand, um ihn zwischen den Eisenstäben herauszuziehen.

Aber als der üble Geruch von unten, wo Ceci kauerte, heraufzusteigen begann, da bewegte ich mich, und zwar schnell. Ich wollte nicht, daß Ceci wütend auf mich wurde, deshalb verzog ich mich leise ein paar Stufen hinauf, oberhalb des Fensters, um frische Luft zu schnappen. Dort spielte ich ruhig, während meine Tante sang und Ceci sein schreckliches Geschäft vollendete.

Meine Tante sah so friedvoll aus; ihr Gesicht war dem Himmel zugewandt, während sie sang. Aber der Friede war nur von kurzer Dauer. Er wurde durch das Geräusch einer heftig zugeschlagenen Tür abrupt beendet.

Es war Ceci. Er kam von unten heraufgerannt, mit einem Paket, so schön eingewickelt, daß man denken konnte, er wäre bei Lallos Bruder, dem Metzger, gewesen. Ceci sah meiner Tante direkt ins Gesicht und zeigte ein breites Grinsen, das zu einem Lachen wurde, und dann rannte er los.

»Die Würste, die *soppressate«,* schrie meine Tante. Jetzt hatte sie ihn auf frischer Tat ertappt. Endlich hatte sie ihn! Sie hatte ihn mit ihren eigenen Augen gesehen. Meine Tante ließ den Besen fallen und rannte die Stufen hinunter, wobei sie jeweils eine übersprang. Im Nu war sie auf der Straße.

Aber es geschah ein Wunder! Ein Wunder, gerade zur rechten Zeit! Wer, glaubst du, tauchte nicht allzuweit die Straße hinunter auf? Es war Luigi, Mancusos Sohn. Er hatte den Lebensmittelladen zugeschlossen und trottete gerade zum

Mittagessen und vielleicht zu einem schönen Mittagsschläfchen nach Hause. Luigi hörte das verzweifelte Schreien meiner Tante: »Die Würste, die Würste! Luigi, schnapp ihn dir. Schnapp ihn, Luigi!«

Darauf war Ceci nicht gefaßt. Er wollte nicht, daß Luigi ihn schnappte. Er wollte, daß meine Tante ihn erwischte, aber natürlich erst, nachdem sie eine Weile hinter ihm hergerannt wäre. Ceci schaute nach links, und er schaute nach rechts, aber es hatte keinen Zweck. Er saß in der Falle. An dem einen Ende stand meine Tante, am anderen, ganz nahe, war Luigi. Ceci gab auf. Er drückte Luigi das Paket in die Hand, sprang über die Mauer auf Piottas Hof, und blitzschnell war er auf der Hauptstraße, er war frei und lachte.

Luigi sah verdutzt aus, als er das warme, weiche Paket fühlte, das man ihm gerade überreicht hatte. Meine Tante brüllte: »Dieser sture Teufel! Er klaut eine Wurst nach der anderen. Er arbeitet nicht, er schwitzt nicht. Wenn Leute nicht schwitzen, ist ihnen alles gleichgültig.« Sie zitterte und war ganz außer Atem.

Inzwischen drang ein übler Geruch aus dem Paket in Luigis Hand. Luigi achtete nicht groß darauf, was meine Tante sagte, aber nicht etwa, weil er ihr nicht glaubte. O nein, Luigi kannte Ceci gut. Und er war auch nicht unverschämt, denn Luigi half wirklich gern, wenn er konnte. Aber Luigi achtete nicht darauf, weil er jetzt damit beschäftigt war, zu überlegen, wie er sein eigenes Problem lösen konnte.

Das Paket in seinen Händen beunruhigte ihn.

Es war weich, es konnten also tatsächlich Würste darin sein, aber es war auch warm! Und jetzt stank es. Und je mehr er es bewegte, um so mehr stank es. Luigi mußte im Bruchteil einer Sekunde entscheiden. Es wegzuwerfen, es zu behalten oder es meiner Tante zu übergeben. Er warf es weg. Ich habe es gesehen.

Ich sah, wie es durch die Luft flog und geradewegs an der Brüstung um Piottas Hof zerplatzte. Es verteilte sich über den ganzen Platz, wo die Frauen saßen, um über Brot und Wein zu reden.

Wir lachten alle, als meine Tante an diesem Abend die Geschichte erzählte. Sogar meine Tante lachte, obwohl sie es niemals zugeben würde. Und sie bemühte sich sehr, nicht zu lachen. Sie schimpfte, schlug die Hände vors Gesicht und biß sich in den Arm, alles gleichzeitig, aber ich wußte, daß sie sich insgeheim genauso amüsierte wie der Rest von uns, weil ihre Augen nicht ganz so blau waren. Ich sah, wie sie verzweifelt versuchte, ihre Lippen zusammengepreßt zu halten, um das heimliche Lachen zu unterdrücken. Und immer wieder erfüllte Gelächter die Straßen von San Giovanni, als die Geschichte von den falschen Würsten die Runde zu machen begann.

Eines Tages, als das Gelächter nachgelassen hatte, sah ich meine Tante nach Papier und Füller greifen, und ich mußte nochmals überlegen, ob sie an diesem Tag wirklich gelacht hatte. Sie schrieb über Ceci, und sie schrieb es an meinen Vater in Amerika. Das war eine Drohung, die sie viele Male ausgesprochen hatte, aber ich dachte, daß sie das nie wahr machen würde, es sei denn natürlich, sie wäre am Ende und wollte wirklich, daß wir fortgingen. Meine Tante hatte genug. Ich wußte tief in meinem Innersten, daß das eine wirklich teure Wurst werden würde. Sie sollte uns viel zu teuer zu stehen kommen. Ceci bezahlte nie für irgend etwas, aber dieses Mal schon, dachte ich. Und wir alle würden mit ihm bezahlen müssen.

Einmal hatte ich die Bonbons für alle Kinder von der Via Monterosa bezahlt. Ich verschenkte Bonbons an alle. Maria Pias Vater war zu der Zeit auf einem seiner Besuche in San Giovanni, als ich die Süßigkeiten bezahlte. Ich hatte gesehen, daß Maria Pia lange auf den Knien ihres Vaters saß, und dann, kurz bevor sie herunterstieg, als sie genug von den Küssen und Liebkosungen hatte, steckte er seine Hand in die Tasche, und heraus kamen nicht etwa Münzen, sondern Lirascheine aus Papier. Er gab sie Maria Pia. Am Abend zuvor hatte ich meine Tante mit Lirascheinen gesehen. Ich sah, wie sie die Papiere in der rechten Ecke der untersten Schublade der Kommode hochhob, und dann sah ich, wie sie mit einer Hand zwischen ihre Brüste griff und eine kleine Rolle Papiergeld herausholte und in der Schublade versteckte.

Mancuso war glücklich, die Pfefferminz- und Geleebonbons und die mit Schokolade überzogenen Kirschen zu verkaufen, die ich mit meinen Freundinnen den ganzen Abend über verspeiste. Sie schubsten und drängelten, um mir nahe zu sein.

Das Gesicht meiner Tante war schon ganz rot

und verschwollen, als ich an diesem Abend nach Hause kam. Schon auf den Stufen draußen hörte ich sie schreien: »Jemand hat das Geld genommen, wer hat das Geld geklaut?« Sie schlug die Hände vors Gesicht und fragte flehend: »Wer hat das Geld genommen, wer hat das Geld?« Ja, wer hatte das Geld entwendet?

Ich wollte meiner Tante sagen, wer denn sonst nimmt wohl das Geld? Wer stiehlt Hühnchen und Eier und die Würste und den Wein? Wer? Wer? Und als hätte sie meine Gedanken gelesen, blickte meine Tante jedesmal in Cecis Richtung, wenn sie fragte, wo das Geld war.

Ceci schwor: »Ich habe es nicht genommen, ich hab das Geld nicht.« Einen Augenblick dachte ich, sie würde ihm glauben, aber dann begann Ceci zu lachen. Er lachte und lachte und warf sich lachend auf den Boden, aber dort blieb er nicht lange, weil meine Tante sich auf ihn stürzte. Er rannte schnell davon, hinaus auf die Straße.

Ich hatte überhaupt nicht an die Folgen gedacht, als ich mit meinen Händen in die unterste Schublade griff und das Geld nahm. Ich hatte nicht vorgehabt, das ganze Geld auszugeben. Ich wollte zuerst überhaupt nichts ausgeben. Ich wollte es bloß in meinen Händen haben. Ich hätte auf die leise Stimme aus meinem Inneren hören sollen, die sogleich zu mir sprach, als meine Hände noch nicht einmal den Griff der Schublade berührten.

»Nein, nein«, flüsterte die Stimme leise.

Natürlich nicht, ich wollte es nicht nehmen, ich wollte es bloß festhalten, es kurze Zeit in meinen

Händen haben. Deshalb nahm ich das Geld und hielt es in meinen Händen, und dann steckte ich es sogar in meine Tasche, obwohl die Stimme immer lauter »nein, nein, nein« sagte.

Ich ging zu Mancusos Lebensmittelgeschäft, weil ich, als ich das Geld erst einmal in meinen Händen hatte, beschloß, mir eine, nur eine einzige schokoladenumhüllte Kirsche zu kaufen, nur für mich, und dann den Rest des Geldes wieder zurückzulegen. Aber es schien so, als ob jedes Kind auf der Straße wußte, daß ich Geld hatte, und sie folgten mir, als ich in den Laden ging.

Sie alle waren so lieb und nett und wollten mit mir spielen. Sie riefen alle: »Ich, ich, ich.« Man hätte meinen können, ich sei Don Antonio und verteilte Madonnenfiguren, als ich auf die Pfefferminzbonbons und Pralinen und Geleebonbons auf Mancusos Ladentheke zeigte. Ich versuchte, mir die Ohren mit den Händen zuzuhalten, aber sie riefen: »Ich, ich, ich.«

Sie waren so laut. Ich konnte kein einziges leise geflüstertes »Nein, nein, nein« in meinen Ohren hören, so laut waren sie. Deshalb kaufte ich halt für jeden etwas, und Mancuso gab mir fast gar kein Rückgeld heraus, so viele waren es.

Als Ceci also an diesem Abend, als meine Tante wissen wollte, wer das Geld gestohlen hatte, hinausrannte, rannte ich ebenfalls los, und meine Tante kam hinter mir her. Sie wollte eigentlich Ceci nachrennen, aber dann sah sie überall Kinder mit Händen voller Süßigkeiten, die mich umringten, als wäre ich ganz plötzlich Maria Pia geworden.

Ich erinnere mich, wie ich mit traurigem Blick in die blauen Augen meiner Tante sah. Ich flehte den Himmel an, sich wie ein Mantel auszudehnen und mich zuzudecken. Ich flehte die Dunkelheit an, hereinzubrechen und mich rasch zu verbergen, aber es geschah nichts dergleichen. Ich war überzeugt, daß ich kein Adler war und nie einer gewesen war. Ich war nie geflogen und würde niemals fliegen.

Ich wünschte mir, der Himmel möge herabfallen und mich bedecken, aber alles, was ich bekam, war der hintere Rockzipfel meiner Tante. Ich hielt mich daran ganz fest. Sie ging schnell, und ich wurde mitgezogen. Sie wollte, daß ich Mancuso gegenübertrat, der hinter der Theke seines Ladens bloß mit den Achseln zuckte. Aber ich hielt mich in ihrem Rock versteckt, als sie ihm sagte: »So viel Geld, und sie ist doch noch ein Kind, bloß ein Kind.« Warum hatte meine Tante an diesem Tag nicht ihr weites Dirndlkleid an? So viel Schande und so wenig Stoff.

Mammarosa sagte, es würde nichts ausmachen. Ich sei trotzdem ein Adler, und ja, ich würde fliegen, sagte sie, während sie mir die vielen heißen Tränen trocknete. Mammarosa sagte, es würde nichts ausmachen, weil selbst Adler manchmal stolperten und hinfielen, besonders junge. Sie flatterten und fielen wahrlich oft hin, wenn sie zu fliegen begannen, sagte sie. Sie meinte, wenn sie nur dasäßen und weinten und nachdächten, wer sie seien und ob die Kraft ihrer Flügel ausreichte, dann würden sie nie aufstehen und wieder fliegen und so majestätisch werden, wie Gott sie schaffen wollte. »Du wirst noch oft flattern und hinfallen«, sagte sie, »und jedesmal wirst du weinen. Aber du darfst nie zu lange am Boden sitzen bleiben, weil du ein Adler bist. Und weil du fliegen sollst.«

Ich wollte meine Tante bitten, Ceci noch eine letzte Chance zu geben. Vielleicht hätte er mit dem Flattern und dem Hinfallen aufgehört. Vielleicht hätte er sich endlich aufgerafft und wäre geflogen. Aber sie hätte nicht auf mich gehört. Das wußte ich. Ich war mir ganz sicher, daß sie auf nichts, was ich zu sagen hatte, gehört hätte, weil sie, sobald sie merkte, daß ich mich ihr näherte, ihre linke Hand ausstreckte, um mich davon abzuhalten, noch näher an sie heranzukommen, während sie mit der rechten schrieb. Nie drehte sie den Kopf in meine Richtung. Es war ihr ernst mit diesem Brief. Jetzt machte sie ihre Drohung wahr, und wir alle würden teuer dafür bezahlen müssen.

Käse

Bevor du versuchst, irgend etwas aus Milch
zu machen, treibe den Magen eines Zickleins auf,
das noch gesäugt wurde (einen Magen, der
noch nie Gras verdaut hat).
Fülle den Magen mit Ziegenmilch.
Häng ihn auf und laß ihn trocknen.
Zerkrümele den getrockneten Inhalt.
Löse ihn in Wasser auf.
Bewahre diese Lösung an einem kühlen Ort auf.
Stell einen Topf Milch aufs Feuer und laß sie
lauwarm werden.
Nimm sie vom Feuer.
Gib ein oder zwei Eßlöffel von der Lösung
aus dem Ziegenmagen dazu und laß alles ein
paar Stunden stehen.
Du wirst sehen, daß die Milch fest zu
werden beginnt.
Stell den Topf wieder aufs Feuer.
Erhitze die Masse, und währenddessen fischst
du den Käse heraus und drückst ihn aus (die
Hitze läßt den Käse fest werden, so daß man ihn
leicht herausfischen kann).
Gib den Käse in einen kleinen runden Korb und
stell ihn zum Reifen an einen kühlen, luftigen
Ort.

Teufel und Engel

Meine Mutter sagte nein. Es würde uns alle teuer zu stehen kommen, zu teuer, meinte sie, wenn sie zuließ, daß mein Vater seinen Willen durchsetzte. Unsere Zukunft stand auf dem Spiel, und das wäre nun wirklich zuviel verlangt! Ich verstand das, ich folgte den Gedankengängen meiner Mutter und glaubte die Worte, die meine Tante aus dem Brief vorlas. Was ich nicht verstehen oder glauben konnte, war, daß mein Vater ja gesagt und meine Mutter tatsächlich ihr Nein dagegengehalten hatte. Ich hatte noch nie von einer Frau gehört, die so etwas getan hat. Das heißt, die so etwas tat und sich damit durchsetzte, jedenfalls nicht in San Giovanni.

»Ein Gott, ein Mann«, hatte Tata ihrer Tochter Sara erklärt, sobald sie alt genug war, verstehen zu können, daß Gott allein die Welt erschaffen hat und daß allein der Mann sie beherrschte. Die wenigen Male, die Piperellas Frau versuchte, mit ihm herumzustreiten, oder es wagte, anderer Meinung zu sein als dieser Trunkenbold von einem Mann, für den sie wusch und kochte – wann immer sie sich das erlaubte, wann immer sie nein zu ihm sagte, mußte sie dafür teuer bezahlen. Zu teuer, wie mir schien. Das letzte Mal, als sie ihren Mund aufmachte, um ein wenig freier atmen zu können, und nichts weiter sagte, als diese vier harmlosen Buchstaben, die Buchstaben N und E sowie die Buchstaben I und N, da waren ihre Augen tagelang schwarz. Dann wurden sie blau, dann dunkelrot und schließlich gelb, oh, und ihre

Lippen waren dick und geschwollen, aber nur auf einer Seite.

Ich hatte mir immer dicke Lippen gewünscht, weil Maria Pia dicke Lippen hatte. Einmal bin ich hingefallen, und meine Lippen schwollen an, und obwohl ich nicht richtig reden und essen konnte, weinte ich nicht. Im Gegenteil, ich war glücklich. Ich stand auf, ging in die Schule und trug mein Kinn hoch. Ich erinnere mich, daß ich meine jetzt dicken Lippen schürzte und eine schöne Schnute machte, damit alle es merkten. Ich wollte nicht, daß irgend jemandem mein neuer, dicker Mund entging, der – so meinte ich – fast so dick war wie der von Maria Pia. Bis ich schließlich auf dem Heimweg von der Schule mein Spiegelbild in Mancusos Schaufenster sah und merkte, daß ich genauso aussah wie Piperellas Frau, nachdem sie nein gesagt hatte.

O ja, jedesmal, wenn sie nein gesagt hatte, schauten die Frauen auf Piottas Hof sie an und schüttelten den Kopf. »Sie sollte es wohl allmählich besser wissen«, sagten sie. Nur Huren besaßen die Dreistigkeit, diese Regel zu mißachten. Deshalb stolzierten die Huren nachts auf den Straßen der Stadt auf und ab, so dreist, als wären sie Männer, als ob ihnen die Gehsteige gehörten.

Ich war froh, daß meine Mutter nicht hier in San Giovanni war, jetzt, da sie so verwegen geworden war, verwegen genug, nein zu sagen. Die Frauen auf Piottas Hof schüttelten immer den Kopf, wenn sie meine Mutter als »grausam« bezeichneten, weil sie nach Amerika gegangen war. Jetzt würden sie nicht nur den Kopf schütteln, sondern nach Luft schnappen und ganz bestimmt »Hure« dazusagen. Ich konnte sie direkt vor mir sehen, wie sie in der Abendkühle eifrig nähten und zusammen ihr »Gegrüßet seist du Maria« aufsagten, nach Luft schnappten, mich mit mitleidigen Augen ansahen und meine Mutter als »Hure, Hure, grausame Hure« bezeichneten, wenn sie das hörten. Sogar meine Tante schnappte nach Luft, als sie in dem Brief von diesem ungeheuerlichen Widerstand las.

Neun Jahre zuvor, als mein Vater in einem seiner Briefe aus Amerika schrieb, meine Mutter solle nur für ein Weilchen zu ihm kommen, da packte sie wortlos ihren Koffer und fuhr. Sie sagte weder ja noch nein. Sie sagte nichts und ging einfach. Ich erinnere mich noch genau an den Tag, als meine Mutter abreiste, obwohl ich damals noch nicht einmal ganze vier Jahre alt war. Ich erinnere mich an einen Teil dieses Morgens, eigentlich bloß an einen Augenblick.

Ich schlief friedlich am Fußende des Bettes, als mich die gedämpften Geräusche von Weinen und Klagen weckten. Es war noch nicht Morgen. Unsere einzige Glühbirne brannte und warf verwirrende, tanzende Schatten auf Decke und Wände. Und dann sah ich die offene Tür. Im schwachen Licht der Morgendämmerung beobachtete ich, wie Schatten durch das Zimmer huschten und sich zur Tür hinausbewegten. Einer davon war der meiner Mutter. Es mußte ihr Schatten sein, der meiner Mutter, der dunkle Schatten, der sich hoch und breit über die Wand erstreckte. Es waren ihre Arme, die wie Riesenflügel flatterten, wie die eines riesigen Vogels, der sich verzweifelt bemühte, zu fliegen, aber zu schlimm verletzt war. Ja, heute weiß ich, daß es der Schatten meiner Mutter war. Es war ihr Schatten, der an diesem Morgen mit Gewalt über die Schwelle gezogen, ja geschleppt wurde.

Ich erinnere mich, daß sie sich im Stillen wehrte. Sie weinte, ohne einen Laut von sich zu geben. Ich weiß, daß sie weinte, weil das Licht eine Tränenspur auf ihrem Gesicht erfaßte und im Dunkeln zum Glänzen brachte. Ja, in der Stille der Dunkelheit, wie ein Dieb, der auf Zehenspitzen hereingekommen war, schlich sie hinaus. Sie verließ uns mit halbem Herzen, so als habe sie das zurückgelassen, um dessentwillen sie gekommen war.

Es ist der Schatten dieser Frau, die darum kämpft, zu bleiben, und dennoch bereit ist zu gehen, die ihre Füße auf den Boden stemmt und sich noch unter der Tür weigert, auch nur einen Schritt weiterzugehen, den ich jeden Morgen vor Tagesanbruch im Geiste vor mir sehe. An jenem Morgen verstand ich nicht, wessen Schatten da fortging und warum. Trotzdem weinte auch ich. »Mamma, Mamma, wo ist die Mamma?« Und ich erinnere mich, daß es nicht meine Mutter war, die zu mir eilte, sondern meine Tante. »Schlaf weiter, schlaf weiter, die Mamma ist fort«, flüsterte sie. Heute denke ich, ich hätte an diesem Morgen noch mehr weinen sollen, viel mehr, aber ich machte die Augen zu und legte meinen Kopf auf das Kissen, genau wie es meine Tante gesagt hatte, und schlief ein. »Schlaf weiter, schlaf weiter«, sagte meine Tante, und ich schlief.

Das geschah vor so langer Zeit. Jetzt falle ich auf den Zauber in den Worten meiner Tante nicht mehr herein. Ich mache meine Augen nicht mehr zu und schlafe, bloß weil sie sagt: »Schlaf weiter, schlaf weiter«, und das macht sie noch immer! Obwohl sie weiß, daß ich nicht auf sie höre, versucht sie es. Sie sagt »schlaf weiter«, sie sagt »geh«, sie sagt »komm«, sie sagt »hol dies oder das« und sie sagt »mach dieses oder jenes«. Ich weiß nicht, ob das gut ist oder schlecht, aber ich weiß zumindest, daß ich manchmal einfach keine Lust dazu habe.

Wenn meine Tante mich beispielsweise bittet, die Nudeln abzuschütten, dann steht sie die ganze Zeit neben mir und sagt, ich solle das heiße Wasser nicht verschwenden und in den Abfluß laufen lassen. Manchmal folge ich und fange das heiße Wasser für sie in einem Topf im Ausgußbecken auf. Aber manchmal tue ich das nicht, auch wenn ich vorher ja gesagt habe. Ich mache es nicht, weil ich mir sage, daß es sinnlos ist, das schleimige Nudelwasser aufzufangen, wo ich doch die ganzen letzten fünf Jahre kein Wasser mehr in den Tonkrügen oder dem Faß vom Brunnen vor Mancusos Laden holen mußte, weil das Wasser seither direkt aus dem Hahn in das steinerne Ausgußbecken unseres eigenen Hauses läuft!

Meine Tante sagt ja, und ich sage nein. Sie schreit: »Eines Tages, eines Tages, kriege ich dich zu fassen.« Die ganze Zeit zieht sie so an ihren Fingern, als wolle sie sie aus den Gelenken reißen. Das ist der Moment, an dem ich mich gewöhnlich aus dem Staub mache. Dann folgt sie mir bis zur

Tür und schreit mir nach, daß ich einen steinharten Dickschädel hätte. Ich sage mir immer, daß ich, wenn sie unbedingt schleimiges Nudelwasser haben möchte, es ihr auch geben werde. Aber gleich beim nächsten Mal, wenn sie mich bittet, die Nudeln abzuschütten, lasse ich das Wasser höchstwahrscheinlich doch wieder durch den Abfluß davonlaufen. Ich weiß genau, daß ich das tun werde, aber ich weiß beim besten Willen nicht, warum.

Es muß mit dem Größerwerden zusammenhängen, diese Sache mit dem Ja und dem Nein zwischen meiner Tante und mir. Ich glaube tatsächlich, daß ich größer geworden bin. Die Kleider, die meine Mutter für mich gemacht hat, bevor sie fortgegangen ist, passen mir nicht mehr. Meine Tante sagt, meine Mutter habe mit ihren Händen, genauer gesagt mit ihren Fingern, Wunder vollbracht. Sie können Dinge verwandeln. Dinge wie eine alte Decke in einen warmen Mantel oder ein abgetragenes Hemd in ein hübsches Kleid. Aber das ist alles. Das ist das einzige Wunder, das sie vollbringen konnten.

Im Jahr 1950, als die Kartoffelernte ganz schlecht ausfiel, konnten die Hände meiner Mutter überhaupt nichts dagegen unternehmen. Und im gleichen Jahr, als das neue Baby, meine Schwester, in den Armen meiner Mutter schrie und auf der Suche nach Milch ihr Gesicht an der Brust meiner Mutter hin und her rieb, fand sie nichts. Meine Mutter massierte ihre Brüste mit den Händen und strich sie von der Schulter her aus, aber die Magie ihrer Hände versagte. Nicht ein einziger Tropfen Milch, nicht einmal ein Tröpfchen Flüssigkeit kam aus den Brüsten meiner Mutter.

Aber auf dem Pflaster der *piazza,* wo das Nutzholz meines Vaters monatelang aufgestapelt lag, gab es jede Menge Flüssigkeit. Es regnete und regnete, und das Holz faulte, und keiner kaufte es, mein Vater konnte es nicht einmal als Brennholz verkaufen. Und auch da konnten die Hände meiner Mutter nichts tun. Aber in jener Nacht, als der Doktor dem Baby in die Augen schaute und sagte: »Wir können nichts mehr unternehmen«, da wußten die Hände meiner Mutter, was noch zu tun war. Die ganze Nacht über waren ihre Finger fleißig, sie hielten nicht inne, nicht ein einziges Mal. Und bevor das Baby dreimal nach Luft schnappte und gestorben war, lag da auf dem Bett das allerschönste Prinzessinnenkleid.

Professor Cianos Frau faßte in den mit weißem Stoff ausgelegten kleinen Sarg, in dem das Baby lag, und streichelte mit ihren Fingern über jede Biese. Sie fuhr jeden Stich der Stickerei nach und drückte jeden der blauen Samtbögen auf dem kleinen weißen Gewand zusammen. Sogar jene, die auf die kleinen weißen Satinschuhe aufgenäht waren, die in Wahrheit nur aus Karton waren, aus mit hübscher Spitze überzogenem Karton. Aus einem Abendkleid, das niemand haben wollte und das verlassen auf dem Boden eines amerikanischen Hilfspakets gelegen hatte, hatten die Hände, die Finger meiner Mutter dieses Kleid gezaubert.

Die Zauberkraft meiner Mutter hüllte auch mich noch lange ein, nachdem sie abgereist war, aber seit einiger Zeit umschloß sie mich nicht mehr. Es schien, als hätte sie ihren Zauber verloren. Ich bin gewachsen. Keines der Kleider, die meine Mutter genäht hat, paßt mir noch. Ich könnte sie nicht einmal mehr als Kleider bezeichnen.

Meine Tante ließ Julia die Kleider auftragen, weil sie jünger und kleiner war. Dann nutzte sie die Reste, um die Risse in den Wänden und die Ritzen um die Fenster und Türen zuzustopfen, damit der Wind nicht hereinblies, wenn sich die kalten Winter am Berg von San Giovanni einnisteten. Danach wischte sie damit den Boden auf. Und jetzt sind sie nur noch Lappen, die ich in das mit unserer Toilette verbundene Zementrohr gestopft und außen herum gewickelt sehe, genau an der Stelle, wo das Rohr in die Wand führt.

Einmal bemühte ich mich auf dem Heimweg vom Weinberg, zu träumen und mir Dinge vorzustellen, um die Kilometer schnell hinter mich zu bringen. Als ich gerade überlegte, was ich mir bei den grünen wogenden Feldern vorstellen könnte, blieb Mammarosa plötzlich stehen. »Vorsicht, paß auf, wo du hintrittst«, flüsterte sie und zeigte auf einen nahen Pfirsichbaum auf dem Feld. »Siehst du dieses lange Stück Stoff da an dem Ast vom Baum hängen, siehst du es? Es ist gar kein Lappen.« Es war eine Schlangenhaut, die einer Viper, meinte sie, die aus ihrer Hülle herausgewachsen war. »Und Schlangen, wie übrigens alle Tiere in neuer Haut, sind gefährlich«, warnte sie. Ich wollte Mammarosa daran erinnern, daß auch ich aus meinen Kleidern herausgewachsen war, aber davon wurde ich nicht gefährlich, oder?

Aber ich tat es nicht, weil ich keine Lust hatte, mir eine lange Liste gefährlicher Dinge anzuhören, die ich in letzter Zeit getan hatte, seit mir meine Kleider wie angegossen paßten, vor allem seit sie mir um die Brust zu eng geworden waren. Das soll nicht heißen, daß ich den Rat meiner Mammarosa nicht schätzte, o nein, es ist nur, daß mir meine Tante schon tausendmal und auf jede erdenkliche Art und Weise von den Gefahren erzählt hatte, die mit dem Heranwachsen einhergehen. Ihre Warnungen vor diesen Gefahren hatten den gleichen Stellenwert wie ihre Mahnungen in bezug auf die Bedeutung einer guten Ausbildung.

Die ganze Zeit hatte ich mir Tag und Nacht die Leier meiner Tante anhören müssen: »Lerne, lerne, lerne.« Und jetzt hatte sie ihrer Litanei neue Zeilen hinzugefügt: »Denk nach, denk nach, denk nach. Nimm dich in acht, nimm dich in acht.« Ganz zu schweigen von all den Redewendungen wie: »Sag mir, mit wem du umgehst, und ich sage dir, wer du bist.« Und natürlich von ihrem Lieblingsspruch: »Wenn du dir Freunde suchst, steig eine Sprosse hinauf.« Ich verstehe nicht, warum sich jemand mit einem anderen abgeben sollte, bloß weil der auf der obersten Sprosse der Leiter sitzt.

Ich sollte meiner Tante raten, aufzupassen, wenn Bernardo spricht (das verlangt sie immer von mir), weil Bernardo einmal gesagt hat (und das meinte er sehr ernst, denn sein Gesicht wurde dabei ganz rot), daß es besser sei, weiter unten Platz zu nehmen. Ich denke er hatte recht, denn wenn die Leiter einmal umkippt, werden sich die Leute, die ganz oben sitzen, am meisten wehtun. Aber meine Tante will mir nicht zuhören, weil sie selbst unentwegt redet. Es ist, als würde ein unsichtbarer Plattenspieler automatisch eingeschaltet, sobald ich auch nur in ihre Nähe komme. Und dann muß ich mir dieselbe Leier immer wieder anhören, weil ihr Plattenspieler offensichtlich nur immer wieder die gleiche Platte abspielen kann.

Erst letzte Woche habe ich etwas getan, was ich wohl nie wieder tun werde, weil es zwei Paar Stiefel sind, ob ich mir die langweilige Leier meiner Tante allein oder in Anwesenheit meiner Freundinnen anhören muß. Schon gleich, als ich zur Tür hereinkam, wußte ich Bescheid. Man hätte meinen können, meine Tante hätte über Nacht ein Medizinstudium absolviert, so durchdringend sah sie die neue Freundin an, die ich mit nach Hause brachte. Sie musterte sie von oben bis unten und von vorn bis hinten. Und obwohl sie ihr nicht ganz so genau in die Augen schaute, wie es ein Arzt tun würde, sprach sie die Worte aus, die sonst nur Ärzte auszusprechen wagen: »Da kann man nichts, aber auch gar nichts mehr machen.« (Meine Tante begann schon auf mich einzureden und den Kopf zu schütteln, bevor meine Freundin überhaupt aus der Tür war, um nach Hause zu gehen.) Sie sagte, es würde gar nichts bringen, einem dickköpfigen, sturen Esel wie mir Ratschläge zu erteilen. Und dann ging die Fragerei los: »Wer ist ihre Mutter? Wer ist ihr Vater? Was sind sie von Beruf? Warum und von wo sind sie nach San Giovanni gezogen? Ihr Rock ist zu eng, sie bewegt sich zu ungezwungen, wenn sie läuft, ihre Brust steht zu weit vor, wie alt ist sie? Zu weit vor, zu weit vor, zu alt, zu alt«, wiederholte sie. »Sie ist zu alt, um deine Freundin zu sein«, sagte sie und deutete auf ihre Brust. (Als ob es der Fehler meiner Freundin wäre, daß ich in dieser Körpergegend noch nicht den gleichen Umfang hatte.)

Ich wollte ihr sagen, daß sie nicht zu alt war, daß wir genau das gleiche Alter hatten und in die gleiche Klasse gingen. Aber ich tat es nicht. Ich sagte weder ja noch nein. Ich stand einfach bloß stumm da. Trotzdem war meine Tante verärgert, und ich wußte nicht, warum. Wenn ich jetzt allerdings darüber nachdenke, hatten wohl mein Augenrollen und mein eigenartiges Verziehen der Lippen etwas damit zu tun. Sie schob den Besen sehr heftig über den Boden, den sie gerade fegte. Aber ich beklagte mich nicht, ich blieb weiterhin still. Denn immerhin hätte es ja auch sein können, daß dieser Besen mir heftig über den Kopf gefahren wäre anstatt über den Boden. »Einem Esel den Kopf zu waschen, ist reine Zeitverschwendung«, schimpfte sie noch immer kopfschüttelnd weiter und weiter. »Es ist eine Verschwendung von Zeit, Seife und Wasser. Du wirst schon sehen, du wirst es schon noch sehen«, sagte sie.

Aber ich hatte es schon gesehen. Ich hatte das alles gesehen und gehört. Ich hatte mir all die Gefahren eingeprägt, vor denen ich mich im Laufe des Erwachsenwerdens in acht nehmen sollte. Ich hatte sie sagen hören, daß dies eine Zeit sei, in der ich gefährlich sein könnte, in der ich Schaden anrichten und vor allem mir selbst schaden könnte. Es war die entscheidende Zeit meines Lebens, ein Scheideweg, bei dem ich auf die süße und verlockende Straße treffen würde, die zum Schlachthaus führt. Und wie die Schweine, die wir dorthin geführt hatten, würde ich, wenn ich nicht zuhörte, nicht nachdachte und nicht vorsichtig wäre, erst dann merken, daß ich mich auf dieser Straße befand, wenn es zu spät sei.

Schön, ich dachte nach und hörte zu, und ich schwor mir, daß ich vorsichtig sein würde, weil diese Sache mit dem Heranwachsen wirklich gefährlich war. So gefährlich, daß ich zu glauben begann, sie bedrohe meine ganze Existenz.

Es fing damit an, daß mich meine Tante nicht mehr mit Jungen spielen ließ. Dann durfte ich mich nicht mehr von unserer Straße entfernen. Dann mußte ich um acht Uhr zu Hause sein, und das bedeutete, daß ich den Rest des Abends dasitzen und ins Feuer starren mußte. Und schließlich diese neue Sache, daß sie anfing, jeden zu mustern und zu überprüfen, dem ich auch bloß Hallo sagte. Und als nächstes – keine Ahnung, was als nächstes kommen würde!

Ich erinnere mich daran, wie meine Tante an ihren ruhigen Tagen versuchte, mit mir zu diskutieren, und mir dann ganz freundlich sagte: »Bleib für dich, bleib aufrecht, bleib wahrhaftig und bleib ruhig stehen.« Aber das wollte ich nicht. Ich wollte mit anderen zusammensein, die sich ebenfalls veränderten und aus ihren Kleidern herauswuchsen. Ich wollte nicht allein bleiben, zumindest nicht die ganze Zeit. Ich war zu klein, um groß und aufrecht dazustehen, und was die Sache mit der Wahrhaftigkeit anbelangt – ich versuchte es, ich suchte im tiefsten Innern meines Herzens, aber dort hörte ich zu viele Stimmen, und ich konnte mich nicht entscheiden, welche wahrhaftig war.

Meine Tante wollte, daß ich still dastehen sollte. »Flattere nicht umher wie ein dummer Schmetterling. Jag' nicht herum wie der Wind. Bleib fest stehen, mit beiden Beinen auf der Erde.« Aber das wollte ich nicht. Ich hatte stehende Gewässer gesehen, Gewässer, die einfach an Ort und Stelle blieben, und sie gefielen mir nicht. Sie wurden allzu schnell trüb, und im Nu war der Grund nicht mehr zu sehen, und manchmal stieg ein übler Geruch von diesen stillen Gewässern auf, vor allem in der Hitze des Sommers.

Ich liebte meinen Bach in der Bergrinne nahe beim Steilabbruch, an dem mein Baum aufrecht dastand. Dieser Bach floß unentwegt dahin. Er war so klar und rein, daß man den winzigsten Kieselstein auf seinem Grund sehen konnte, selbst wenn die Sonne sich hinter dem Berg zu verstecken drohte, sobald die Abendglocken läuteten. Wenn ich dort alleine mit meinen Gedanken saß, selbst meinen traurigen Gedanken, dann hörte ich eine ganz andere Musik aus dem Wasser aufsteigen, das gegen die Felsen schlug.

Ich hatte die Klagelieder meiner Tante wieder und wieder gehört. Deshalb begann ich mit Mammarosa keine Unterhaltung oder Auseinandersetzung darüber, ob die aus ihrer Haut herausgewachsene Schlange gefährlich war oder nicht. Ich ging bedächtig neben ihr weiter und träumte und gab mich meinen Vorstellungen hin. Und während ich das tat, wurden die Weizenfelder zu einem tiefen grünen Meer, dessen rollende Wellen vom Wind sanft durch das Tal zwischen den Bergen rund um San Giovanni vorwärts getrieben wurden. Ich stellte mir vor, mich in dieses grüne Wasser im Tal zu stürzen. Ich stellte mir vor, durch die grünen Wellen dieses neuen Meeres zu waten. Ich riß mich von Mammarosas festem Griff los und rannte auf die Wellen des weiten Meeres zu, aber als ich an das erste Weizenfeld kam, sah ich da nichts als zarte grüne Pflänzchen, die wacker durch die Ritzen der Erde im Tal hochgewachsen waren. Aus der Nähe betrachtet, war es gar nicht das, was ich mir vorgestellt hatte.

Ich dachte, ich sähe noch eine grüne Welle auf mich zukommen, deshalb rannte ich ihr entgegen, um mich hineinzustürzen, in der Hoffnung, sie würde mich tragen wie das richtige Wasser eines blauen Meeres. Aber als ich dort ankam, sah ich, daß auch sie nur ein Flecken zarter grüner Weizenhalme war. Jeder Halm stand einzeln, und erst gemeinsam bildeten sie das weiche Meer. Die Einheit war ein Trugbild.

Ich sah mich nach Mammarosa um. Sie stand lächelnd und kopfschüttelnd am Straßenrand und wartete auf mich. Ich weiß nicht, warum, aber ich denke, daß auch sie sich früher einmal in ein tiefes grünes Meer wie dieses gestürzt hat. Ich rannte zu Mammarosa zurück und ging dann still neben ihr her. Mammarosa sagte, daß ein Weizenhalm, wenn er nicht zur rechten Zeit wuchs, wenig Chancen hatte, später noch viel zu wachsen, weil ihn das Unkraut rundum ersticken würde. Es würde groß und dicht werden und die Sonne abhalten. Pflanzen, die den Lauf der Sonne nicht sahen, verwelkten und starben ab. Und wenn eine zufällig überlebte, dann trug sie überhaupt keine Frucht. Ich hatte die Weizenfelder wachsen sehen und beobachtet, wie die grünen zarten Pflänzchen langsam zu großen Garben wurden, prall gefüllt mit Weizenkörnern. Und im Juni sahen diese Felder dann nicht mehr wie ein im Wind wogendes Meer aus grünen Wellen aus, sondern wie ein prächtiges Meer aus purem Gold. Wenn Mammarosas kleines Stückchen grünes Land golden wurde, dann war sie glücklich. Sie sagte, manche Veränderungen seien gut, sehr gut sogar. Aber Veränderungen müßten zur rechten Zeit stattfinden, meinte sie, nicht zu früh und niemals zu spät.

Mammarosa paßte sorgsam auf die jungen Feigenbäume im Weinberg auf. Zur richtigen Zeit band sie sie an einen Ast, einen geraden natürlich, damit der junge Baum stark, groß und gerade heranwachsen würde. Mammarosa sagte, jeder Versuch, einen krummen, alten Baum noch gerade zu bekommen, sei aussichtslos, und deshalb sei der richtige Zeitpunkt so wichtig. »Wenn du erst einmal gewachsen bist, dann bist du, wie du bist«, sagte sie. »Und die Zeit ist nicht mehr von Nutzen, sobald du einmal so bist, wie du bist. Sie verändert nichts. Der krumme Stamm wird mit der Zeit einfach nur dicker, und die Zweige wachsen mit der Zeit weiter, krumm und krummer, das ist alles.«

Wie der alte Giovanni, sagte Mammarosa, der keine Achtung vor den Frauen hatte. Er hatte keine, solange er lebte, und auch nicht, als er tot war. Schon als junger Mann hatte der alte Giovanni, der unten an der Straße wohnte, keine Achtung vor Frauen gehabt. Seine Mutter hätte ihn an einen Baum binden sollen, an einen schönen, geraden Ast eines großen Baumes, aber solche sind schwer zu finden, meinte Mammarosa. Sie erzählte mir, daß man sehr genau suchen und vorsichtig sein und alle möglichen Fragen stellen mußte. (Ich glaube, sie meinte jene Art von Fragen, wie sie meine Tante jedesmal stellt, wenn ich eine Freundin mit nach Hause bringe.) Sogar nachdem er geheiratet und eine Frau ganz für sich allein hatte, änderte sich Giovanni nicht. Noch immer pfiff er den Frauen nach und musterte jede von Kopf bis Fuß, gleich, wie oft man *»va fa n'culo«* zu ihm sagte. Sie erzählte, daß die Frauen sogar dazu übergegangen seien, ihn anzuspucken, aber im Gegenzug lachte er entzückt und warf ihnen Kußhändchen zu. Und selbst als der alte Giovanni wirklich alt war, hatte er sich immer noch nicht geändert, nicht ein bißchen.

Ich erinnere mich, daß Giovanni vor nicht allzulanger Zeit, als Nina und Carletta Arm in Arm die Via Monterosa entlangschlenderten, aus seinem Haus trat, das heißt, eigentlich schlurfte er heraus. Ich sah, wie er versuchte, sich auf die Lehne eines Stuhls zu stützen, den er mit sich zu einer Stelle an der Westwand seines Hauses zog, um dort die letzten warmen Strahlen der untergehenden Sonne in sich aufzunehmen, die seinen alten Knochen gut taten und seinen kalten Körper wärmten. Obwohl Giovanni gebeugt ging und am ganzen Leibe zitterte, schien es für einen Moment, als Nina und Carletta lachend und nach links und rechts schwingend vorbeigingen, als ob die Kraft in ihn zurückkehrte. Er seufzte aus reiner Freude auf. Er versuchte, sich aufzurichten und seine krummen, alten Knochen zu strecken, aber als er wieder aufblickte und sich zur Seite drehte, um Nina und Carletta nachzuschauen und sie von oben bis unten zu mustern, da waren sie schon um die Ecke verschwunden.

An dem Abend, als der alte Giovanni im Sterben lag, versammelten sich die Männer um sein Bett, um von ihm Abschied zu nehmen. Giovanni lag regungslos, scheinbar schlafend in der Mitte eines großen Bettes. Die Männer sprachen leise von den guten, den schlechten und den glücklichen Tagen, die sie zusammen verbracht hatten. Und dann kamen sie natürlich, wie das bei den Unterhaltungen der Männer von San Giovanni immer der Fall ist, auf die Frauen zu sprechen. Die Stimmen wurden lauter und lauter, und man lachte, und es folgte noch mehr Gelächter, und weil jeder den anderen übertönen wollte, konnte man schließlich kaum noch verstehen, was eigentlich gesagt wurde, mit Ausnahme des Wortes »Frauen, Frauen, Frauen«, das klar und deutlich zu vernehmen war. »Frauen!?« sprach eine schwache Stimme nach. Die Stimme kam aus der Mitte des riesigen Bettes. Giovanni hatte die Augen geöffnet. Er stotterte, als er sprach, aber die Worte waren deutlich zu verstehen. »Frauen? Sagtet ihr Frauen? Da bin ich dabei. Sorgt dafür, daß ich nicht in Vergessenheit gerate, hört ihr?« Dann seufzte der alte Giovanni ein letztes Mal und starb.

Mammarosa sagte, daß ein Wunder geschehen müsse, wenn ein alter, krummer Baum gerade werden sollte, weil, so meinte sie, es für alles den richtigen Zeitpunkt gäbe, auch für Veränderungen. Ich hätte Mammarosa gern gesagt, sie solle sich daran erinnern, daß wir in Wirklichkeit keine Bäume sind und beschließen können, uns zu verändern, wann immer wir wollen. Ich wollte sagte: »Erinnerst du dich, Mammarosa, erinnerst du dich an die Schwärme von Schmetterlingen jeden Sommer vor unserem kleinen Haus im Weinberg?« Ich erinnere mich daran, weil ich Stunden damit zubrachte, sie zu beobachten, bevor sie wie Schmetterlinge aussahen. Sobald sie sich wünschten, frei zu sein, nahmen sie, einer nach dem anderen, ihren ganzen Mut zusammen und kämpften und drückten gegen die einengenden weißen Wände, bis sie flatternd herauskamen, stolz und frei. Keine Raupe mehr, sondern ein schöner Schmetterling.

Meine Mutter hatte sich verändert. Das erkannte ich an den Briefen, die meine Tante vorlas. Sie war nicht mehr die gleiche, und dabei war sie doch alt, älter als einige der Bäume in unserem Weinberg. Es fing an, als der Lebensmittelladen meines Vaters an der Ecke Lydia- und Notre-Dame-Straße in Winnipeg gut zu gehen begann. Meine Mutter sah sich um und teilte dann meinem Vater mit, es sei an der Zeit, daß wir alle wieder zusammen wären. Sie teilte ihm mit, daß wir ihnen nach Amerika folgen sollten, weil meine Mutter davon überzeugt war, daß es gut sei, in Amerika zu leben.

Meine Mutter teilte das meinem Vater mit!

Sie sagte nein oder ja zu ihm. Sie sagte ihm, was immer sie ihm sagen wollte. Ich erinnere mich daran, als dieser Brief ankam. Ich wollte meine Tante, während sie ihn vorlas, gerade unterbrechen und sagen: »Was stimmt mit Mamma nicht, daß sie so daherredet! Glaubt sie, sie sei in Amerika?« Und dann fiel es mir ein. Natürlich, Mamma war in Amerika! Und genau in diesem Moment kam mir Maria Pias Postkarte blitzartig in den Sinn, jene, die ihr Vater ihr geschickt hatte, die mit der Frau und der Aufschrift: »Das Land der Freien und die Heimat der Mutigen.«

Meine Mutter sah sich um und sagte ja, und mein Vater sah sich um und sagte nein. Er sagte, er wolle nicht in Amerika bleiben. Er sagte, daß er erreicht habe, weswegen er gekommen sei. Er hatte mehr als das bißchen Geld, das er ursprünglich hier verdienen wollte, viel mehr, genug sogar, um direkt in San Giovanni ein kleines Amerika zu schaffen. Deshalb beschloß mein Vater, das Geschäft zu verkaufen. Meine Mutter begann ihn zu bedrängen, ihm zuzusetzen und sich aufzuregen. Zu dieser Zeit fing sie an, sich zu verändern, und zum ersten Mal benahm sie sich überhaupt nicht wie sonst und schrie: »Nein. Niemals, nein, nein.«

Es war Freitagabend. In den nahegelegenen Fabriken, die das Geschäft meiner Mutter umgaben, bei Goldberg und Freeds und Peerless und Rabers und all den anderen hatten die Glocken bereits geschrillt und das Schichtende angekündigt. Die Frauen, die dort arbeiteten, legten zufrieden ihre Näharbeiten nieder und schalteten die Maschinen ab. Sie stürmten alle gleichzeitig in den Laden, berichtete meine Mutter. Mrs. William, Mrs. Banning, Mrs. Pritchard, Mrs. Langside und viele andere. Das waren natürlich nicht ihre richtigen Namen, das waren die Namen der Straßen, in denen die Frauen wohnten, aber auf diese Weise konnte sich mein Vater merken, welche Kisten und Taschen er wo und bei wem abliefern mußte.

Die Freitagabende waren sehr gute Abende. Die Hintertür war zugestellt mit leeren Bananen- und Apfelkisten, die nun mit Dosen, Flaschen und Papiertüten vollgepackt waren, aus denen Gemüse, Frühlingszwiebeln und Brokkoli herausquollen. Und natürlich waren da die braunen Papierpakete mit den eingewickelten frischen Würsten, mit Mortadella und Provolone. Es standen Unmengen von Kisten da, die Adressen waren mit dicker schwarzer Tinte daraufgeschrieben, 630 Langside, 540 Pritchard, fertig gerichtet, um auf den Lastwagen meines Vaters geladen und ausgeliefert zu werden.

An diesem Abend war mein Vater nirgends zu finden, und meine Mutter war nervös; sie stand in der Metzgereiabteilung bei der Hintertür inmitten des ganzen Durcheinanders. Immer wieder rief sie in Richtung der Kasse im vorderen Teil des

Ladens: »Packen Sie das Obst obendrauf, zerdrücken Sie bitte das Brot nicht.« Das waren alles Dinge, auf die üblicherweise mein Vater achtete, aber er war offenkundig woanders und tat etwas, was er für wichtiger hielt.

Schließlich kam er herein, als sich die Kunden nicht mehr durch die Türme aus Dosen durchzwängen und sich gegen die lauten Kühlschränke drücken mußten, um mit ihren Einkaufswagen durchzukommen. Aber es waren, als er kam, noch immer viele Leute im Laden, und es gab noch immer eine Schlange vor der Kasse.

Mein Vater kam herein, aber er war nicht allein. Er hatte einen fein gekleideten Mann mitgebracht und führte ihn im Laden herum. Meine Mutter trat gerade mit einem ganzen Viertel eines Rindes auf der Schulter aus dem Kühlraum, als mein Vater mit diesem fremden Mann in das Geschäft kam, der sich hier schnell wie zu Hause fühlte und alles begutachtete und anfaßte und einfach Türen öffnete, als ob ihm der Laden gehörte. Mein Vater ging lächelnd durch die Menge, grüßte die Leute und sah so glücklich und stolz aus. Und meine Mutter stand eine Weile wie versteinert da, in den weißen kalten Nebel gehüllt, der aus dem Kühlraum drang, mit diesem schlaffen und verformten Stück Frischfleisch auf ihrer Schulter.

Mein Vater war entschlossen, das Geschäft zu verkaufen. Meine Mutter war entschlossen, es zu behalten. Sie hatte es satt, den Mund zu halten. Sie war es leid, die Tränen hinunterzuschlucken und dazustehen und weder ja noch nein zu sagen.

Wären ihre Hände frei und wäre sie zu Hause statt hier in dem Geschäft gewesen, dann hätte sie ordentlich auf den Küchentisch gehauen, um ihre Meinung durchzusetzen. Sie hätte ihren Holzkochlöffel genommen, selbst wenn er noch in dem Topf mit der Pastasoße steckte, und hätte damit auf den Herd geschlagen. Aber sie war nicht zu Hause, deshalb knallte sie lediglich das Rindfleisch extra laut und extra fest auf den Metzgerhackklotz, während sie den guten Frauen um sie herum ein extra breites Lächeln zuwarf, weil auch sie müde waren. Das wußte sie.

Sie alle hatten den ganzen Tag beim Summen von an die tausend Nähmaschinen gearbeitet, und jetzt standen sie für ihre Belohnung an, für ein ordentliches Stück Fleisch. Das war keine Selbstverständlichkeit, denn man muß bedenken, daß sie alle aus Orten wie San Giovanni kamen, wo sie wahrscheinlich tausendmal an der Metzgerei vorbeigekommen waren und tausendmal hatten hungrig weitergehen müssen.

Diese Frauen waren wirklich müde, weil die Belohnung für sie noch lange nicht Feierabend bedeutete. Sie hatten noch eine ganze Schicht vor sich – das Kochen und das Putzen, während ihre Männer vom Sofa aus nach Espresso verlangten. Es würde spät in der Nacht sein, bevor sie halbtot auf ihre wirkliche Belohnung – das Bett – fielen. Ja, sie waren müde, und meine Mutter wußte es, deshalb fing sie mit meinem Vater in diesem Moment keine Auseinandersetzung an. Sie lächelte weiter, während sie die Rinderrippen energisch durchschnitt und auseinanderhackte.

Aber sie weinte jedesmal, wenn sie allein im Kühlraum war. An diesem Freitagabend ging sie oft hinein, machte unnötige Gänge dorthin, um Dinge zu holen, die sie nicht wirklich brauchte. Dort zwischen den hängenden Kadavern, inmitten des Todes, trocknete sie ihre Tränen und murmelte leise vor sich hin.

Noch am selben Abend, nachdem meine Mutter meine Geschwister ins Bett gebracht hatte und mein Vater vom Fegen des Gehsteigs zurückgekommen war, schrie meine Mutter zum ersten Mal aus Leibeskräften: »Nein!« Meine Mutter sagte zu meinem Vater, daß sie dieses Mal nicht klein beigeben würde. Sie sagte, es sei nicht richtig, alles, wofür sie gearbeitet hatten, aus dem Fenster zu werfen, und damit auch unsere Zukunft. Sie sagte ihm, daß er, wenn er gehen wollte, allein gehen und selbst nachsehen müsse. Er solle es zuerst testen, ausprobieren, ob es klug und richtig war, Amerika mitzunehmen und nach San Giovanni zu bringen.

In dem Brief schrieb meine Mutter, daß sie müde sei. Sie sagte, jeden Tag ringe sie, aber nicht mit jemandem aus Fleisch und Blut. Ich glaube, sie meinte Teufel. Ich hatte diesen Satz zuvor schon oft von Bernardo gehört, wenn er sich am Samstagabend über die Kanzel herunterbeugte. »Wir ringen mit Teufeln, mit Teufeln«, zischte er und stand dabei auf seinen Zehenspitzen und bemühte sich sehr, seinen dicken Körper über die Kanzel bis zu mir zu beugen. Ich dachte immer, er wollte sich meinen Ohren nähern, nur den meinen, damit er mir lange gehütete Geheimnisse über die Kämpfe mit Teufeln erzählen konnte. Aber ich schlief in der ersten Bankreihe ein, bevor es ihm gelang.

Die Frauen auf Piottas Hof bezeichneten ihre Männer immer als Teufel. Ich erinnere mich, wie Signor Ficosecco einmal in der Grammatikstunde eine Geschichte vorlas. *»Buon giorno,* meine Liebe«, sagte der Vater. *»Buon giorno, amore«,* antwortete daraufhin die Mutter. Signor Ficosecco las vor, und dabei wurde seine Stimme so freundlich und sanft, daß du nie darauf gekommen wärst, daß er es war, der da sprach, wenn er nicht dort mitten im Klassenzimmer, hoch über allen anderen auf diesem knarrenden Podest gestanden wäre, auf dem er immer saß oder stand, wenn er nicht gerade mit seinem Stock in der Hand durch die Tischreihen stolzierte.

Ich kann mich nicht daran erinnern, wie meine Mutter meinen Vater nannte. Vielleicht sagte sie »Liebling« oder *»amore«* zu ihm, aber ich habe diese Worte nie gehört noch irgendwelche anderen, deshalb weiß ich nicht, wie sie ihn rief.

Aber ich fragte Mammarosa, wie sie Papagiuseppe früher gerufen hat. Ich hatte auch nie Mammarosas Stimme etwas zu Papagiuseppe sagen hören, weil ich erst sieben Monate alt war und mich darauf vorbereitete, den Bauch meiner Mutter zu verlassen, als Papagiuseppe starb. Ich habe nie gehört, wie Mammarosa nach ihm rief, und seine Stimme nie antworten hören. Obwohl ich nicht weiß, wie und warum, höre ich manchmal eine schwache Stimme, als ob jemand sich zu sprechen bemüht, ein Gebet zu murmeln, denke ich. Und wenn ich diese freundliche, sanfte Stimme höre, dann sehe ich mich nicht auf dem Schoß meiner Mutter, sondern in ihr drin, neben Mammarosas Bett, auf dem einst auch Papagiuseppe ausruhte und schlief.

Ich fragte Mammarosa, ob sie Papagiuseppe je einen Teufel genannt habe. Schweigen. Ich wagte mich noch weiter vor und fragte sie ganz direkt, ob Papagiuseppe ein Teufel gewesen sei wie die Männer der Frauen auf Piottas Hof. Mammarosa dachte ein Weilchen nach, als ob sie sich erst durch einen großen Stapel von irgend etwas durcharbeiten müßte, bevor sie sprach. »Nein, nein«, beschloß sie schließlich. »Er war kein Teufel, er war ein Engel; zwar ein gefallener, aber trotzdem ein Engel.« Und dann flüsterte mir Mammarosa ins Ohr, daß sie nicht immer der Meinung gewesen sei, Papagiuseppe sei ein Engel. »Es gab Zeiten, da war er so wütend, daß er nicht stillsitzen konnte. Er trat um sich und fuhrwerkte herum und machte ein Gezeter.« Was konnte sie da anderes denken, als daß er – nicht anders als die Männer der Frauen, die auf Piottas Hof saßen und stickten – ein Teufel war? Ich glaube, das muß zu einer Zeit gewesen sein, bevor mein Papagiuseppe aufrecht dastand, bevor er sich veränderte, als er sich wand und krümmte, mehr wie eine Raupe als wie ein Schmetterling. Mammarosa sagte, daß sie während dieser Zeit tausendmal geweint und gemurmelt habe: »Warum, warum, warum?«, bis sie in einer dunklen Nacht einen eigenartigen Traum hatte.

Mammarosa sagte, in dieser Nacht, sobald ihre Augen zufielen, habe sie ein neues Gewicht auf ihren Schultern gespürt. Sie fuhr mit den Händen auf und ab und fühlte etwas Glattes, federartig Weiches. Es war die gleiche Weichheit, die sie an ihren Fingern spürte, wenn sie jeden Abend im Hühnerstall ihre kleine Lieblingshenne streichelte. Mammarosa sagte, sie habe nachgesehen und tatsächlich Federn gehabt. Sie hatte weiche Flügel aus Federn an ihren Schultern! Und als sie in ihrem Traum zu gehen versuchte, schlugen die Flügel bei jedem Schritt, bis sie um so schneller schlugen, je schneller sie ging, und bald schlugen sie so schnell, daß sie ihren ganzen Körper vom Boden hoben.

Ihre Füße, daran gewöhnt, sich zu bewegen, wenn sich ihr Körper bewegte, versuchten Schritt zu halten und wurden immer schneller, bis Mammarosa sie anzog, weil sie beschloß, lieber zu fliegen, als durch die Luft zu kriechen. Mammarosa flog über das Tal, in dem ihr Weinberg in Blüte stand, und dort sah sie von weitem, von hoch über den Bäumen im Tal jemanden in Not. Jemand kroch am Straßenrand langsam und mühsam über den Boden. Sie legte ihre Flügel an und landete direkt neben diesem Geschöpf, das verletzt war und blutete, auf ihren Füßen.

Sein Gesicht war so von Schmerz und Wut verzerrt, daß sie, obwohl es ihr bekannt vorkam, verwirrt war und nicht ausmachen konnte, wer es war. Dennoch hatte sie keine Angst. Das Geschöpf war groß und stark, doch es konnte nicht aufstehen, weil jemand oder etwas es verletzt und ihm tiefe Wunden zugefügt hatte. Wunden, die gewiß tiefe, häßliche Narben auf seinen Flügeln zurücklassen würden. Es konnte nicht fliegen, es konnte nicht einmal stehen. Sie sah, wie es kämpfte und sich abmühte, aber es konnte nur kriechen.

Mammarosa versuchte, es an seinen Flügeln hochzuheben, um ihm zu helfen, aber es trat und schlug um sich, bis auch sie verletzt war und blutete. Ohne es zu wollen, rang sie plötzlich mit diesem Fremden, der am Straßenrand hingefallen war. Aber aus irgendeinem eigenartigen Grund fühlte sie sich zu ihm hingezogen. Sie fühlte den Drang, bei ihm zu bleiben, bis es ihm wieder besser ging, bis er sich vom Boden aufrappeln und aufstehen und vielleicht sogar fliegen konnte. Und dann war Mammarosas Traum zu Ende. Aber den ganzen Morgen hindurch mußte sie an das Geschöpf denken, mit dem sie gerungen hatte und bei dem sie all die vielen langen Jahre hindurch geblieben war, die so schnell verstrichen, wie das beim Träumen nun einmal der Fall ist.

Sie sah das bekannte und dennoch unerkennbare Gesicht des Geschöpfs vor sich, als sie aus dem Bett stieg. Sie sah sein Spiegelbild im Wasser in der Schüssel, in der sie sich Gesicht und Hände wusch. Sie sah es an diesem Morgen bei jeder ihrer Bewegungen, jedesmal wenn sie sich umdrehte, direkt vor sich, noch immer voll Wut und Schmerz, noch immer auf dem Boden kriechend, als sei es ein Teil von ihr. Mammarosa sagte, daß sie erst später an diesem Tag das Gesicht dieser gefallenen Kreatur deutlich gesehen habe. Es war etwa zur Zeit der zweiten Morgenmesse, als sie die Via Roma hinunterging, um bei den Händlern auf der *piazza* einen frischen Bund Basilikum zu kaufen, und den riesigen Tumult hörte.

Eine ganze Traube von Menschen stürzte gerade aus der Kirche, hinter Don Antonio, dem Pfarrer, her, und mein Papagiuseppe lief ganz vorneweg voraus, sogar noch vor Don Antonio. Mammarosa sagte, sie sei plötzlich wie vom Blitz getroffen stehengeblieben. Sie blinzelte und blinzelte und bemühte sich, die Szene, die sich da vor ihr abspielte, ungeschehen zu machen, aber es klappte nicht. Die Menschenmenge wurde größer und der Lärm lauter. Don Antonio schrie: »Du Teufel, du Teufel«, und Papagiuseppe brüllte: »Nein, nein«, und Don Antonio schrie: »Gefallen, gefallen«, aber Papagiuseppe brüllte noch lauter: »Nein, nein.« Papagiuseppe hatte es gewagt, mitten in der Predigt aufzustehen und zu widersprechen, als Don Antonio gerade mit seinen Armen in alle Richtungen fuchtelte und versuchte, in die Köpfe der Anwesenden einzuhämmern, wie wichtig es sei, daß sie ihm alles über ihre bösen Taten mitteilten, sogar über den bloßen Gedanken daran, jede einzelne, jeden Tag. Don Antonio beruhigte sich ein wenig, fuchtelte weniger mit den Armen herum und atmete ein bißchen ruhiger, als er sagte, daß er seine Aufgabe erfüllen und dabei dort pflichtgetreu in dem Holzschrank sitzen würde. Dann plötzlich erhob sich seine Stimme zu einem nahen Donnergrollen, als er die Warnung ausstieß, daß er sich über sie auf dem laufenden halten werde, und jene, die sich nicht daran hielten, würden nie, niemals einen Platz in den Kirchenbänken des Paradieses einnehmen. Dafür würde er sorgen! In diesem Moment stand Papagiuseppe auf, nachdem er Tag für Tag in seine Bankreihe gekrochen war, dagesessen und sich angehört hatte, wie Don Antonio solche Dinge sagte, und innerlich gebrodelt und gekocht hatte, da also erhob er sich und kochte über: »Nein, nein.«

Als Mammarosa auf die *piazza* kam, jagte Don Antonio ihn gerade aus der Kirche, und darum drehte sich die ganze Aufregung. Und die Menge, sogar Papagiuseppes Freunde, waren keineswegs auf seiner Seite. Sie sagten, er hätte vernünftig sein sollen, und sie lachten und flüsterten und schlossen sich Don Antonio an, als sie aus der Kirche rannten und schrien: »Gefallen, gefallen, Teufel, Teufel!«

Mammarosa schaute aus der Ferne zu und sah überhaupt keinen Teufel. Sie schaute hin, und da war Papagiuseppe, der aufrecht dastand. Und sie betrachtete lange sein Gesicht, als ob ihre Augen ihn zum ersten Mal sähen. Sie blickte ihn an und dachte, das Gesicht ähnele – nein, nein, es *war* tatsächlich das der Kreatur, mit der sie ihren ganzen Traum hindurch gerungen hatte. Genau dort auf der *piazza* schloß Mammarosa die Augen – und urplötzlich, am hellichten Tage, war sie wieder in ihrem Traum. Die Federn waren wieder gewachsen, und die Narben verschmolzen mit den normalen Falten auf dem Gesicht, auf den Armen und auf den Flügeln eines jeden Geschöpfs. Sie sah die Flügel schlagen und schlagen, bis sie Mammarosas Engel in die Luft hoben, und sie sah, wie er hoch über den Weinberg dahinflog, sogar über die höchsten Bäume, die dort aufragten, und er rief: »Nein, nein, nein.«

Ja, er war gefallen, sagte Mammarosa, aber er war kein Teufel. Dessen war sie sich gleich an dem Tag auf der *piazza* sicher, und auch später sind ihr nie Zweifel gekommen. Es gab kein Getrete und Herumfuhrwerken und kein Gezeter mehr. Er war ein Engel.

Ricotta

Arbeite das Rezept für Käse nach und
füge dann der Flüssigkeit in dem Topf noch mehr
Milch hinzu.
Erhitze sie auf 200 Grad.
Jetzt gibst du ein wenig Essig und Wasser dazu
(langsam!).
Du wirst kleine Ricotta-Stückchen darauf
schwimmen sehen.
Schöpfe sie ab und gib sie in ein Sieb.
Man kann Ricotta mit Honig oder Zucker süßen
und als Füllung für *cannoli* verwenden.
Oder man mischt sie mit etwas einfacher Soße
und füllt damit *canneloni*.

Paradies

Ceci prügelte und trat und schlug um sich, ohne sich darum zu kümmern, wen er dabei verletzte oder ob jemand wegen seiner Prügelei blutete, bis ein weiterer Brief aus Amerika ankam. Mein Vater schrieb in diesem Brief, daß er bald nach San Giovanni komme – allein. Er komme, sobald er die Dokumente zusammen und einen Platz im Zug nach Halifax und eine Kabine auf einem Schiff nach Neapel gebucht habe. Ich unterbrach meine Tante beim Lesen und erzählte ihr, was mir gerade durch den Kopf ging. Ich sagte ihr, daß ich meine Mutter sehen könne, wie sie sanft und leicht dahinflog, mit ausgebreiteten Flügeln wie ein Schmetterling. Aber meine Tante meinte, ich solle den Unsinn für mich behalten, weil meine Mutter ganz bestimmt Besseres zu tun hätte, als durch die Luft zu fliegen. Ich drehte mich um, um zu sehen, ob Ceci mich auslachte, aber das tat er nicht. Ceci saß still da. Er bewegte sich nicht, er rührte sich nicht einmal. Er saß friedlich da und starrte Löcher in die Luft und hörte aufmerksam auf jedes Wort. Nicht ein einziges Mal lachte er, er versuchte es nicht einmal. Ich konnte kaum glauben, daß dies der gleiche Ceci war, den ich kannte.

Und in der Abenddämmerung des folgenden Tages konnte ich wieder meinen Augen kaum trauen. Ich schaute aus der Ferne hin und kniff die Augen zusammen, um ganz sicher zu sein. Erst als er die Treppe heraufkam und mir ganz nahe war, glaubte ich, daß dieser schmutzige, verschwitzte und staubbedeckte Körper wirklich Ceci war.

Auch meine Tante war überrascht. Auch sie kniff die Augen zusammen und sah genau hin, selbst als Ceci direkt vor ihr stand. Cecis Hemd war schrecklich schmutzig, ganz mit grauem Staub und Klümpchen bedeckt, die an seinen Schultern hingen. Ich dachte, meine Tante würde gleich mit den Warnungen an Ceci loslegen, aber überraschenderweise tat sie das nicht.

Ceci saß neben ihr auf der obersten Stufe auf der Schwelle unseres Hauses in der Via Monterosa, und er sagte kein einziges Wort. Er schreckte nicht einmal zurück, als meine Tante ihm das Hemd auszog, die blasige Haut entfernte und den restlichen Zement vorsichtig von dem wundgeriebenen Fleisch seiner Schultern wusch. Ich sah, daß meine Tante tief Luft holte, als ob in ihr etwas hochsprudeln wollte. Ich dachte, sie würde damit herausplatzen, aber sie tat es nicht. Sie rubbelte und wusch Cecis Haut einfach weiter. Ich wußte, was ihr im Kopf herumging. Wenn sie etwas sagen würde, dann würde es sich um Cecis Hemd drehen. »Du hättest zumindest nach Hause kommen und dir ein altes Hemd anziehen können«, hätte sie gesagt. Aber es kam kein einziges Wort über ihre Lippen. Sie hörte sogar auf, so tief zu atmen, als Ceci ihr ein kleines Bündel Lirascheine übergab und ankündigte, daß er am Morgen wieder fortgehen würde, um auf seinen Schultern Eimer voll Zement die Stufen des neuen Hauses hinaufzutragen, das in dem Neubaugebiet am Fuß des Berges gebaut wurde.

Konnte das Ceci sein? Konnte sich diese Verwandlung aufgrund eines einfachen Briefes aus Amerika ereignet haben, in dem die Ankunft meines Vaters in San Giovanni angekündigt wurde? Vielleicht ja. Vielleicht war nur ein solcher Brief nötig gewesen. Denn nach diesem Brief lachte Ceci nie mehr so komisch, und auch meine Tante war ruhiger. Sie schlug sich nicht mehr so oft die Hände vors Gesicht, weil die Zahl der Würste jetzt immer stimmte.

Ceci hatte sich verändert. Ich erinnere mich an den Tag, als ein anderer Doktor (nicht Dr. Rafaelino) sagte, daß ich sterben würde, und auch da lachte Ceci nicht. Statt dessen schaute er mich ganz freundlich an. Ja, als der Doktor in meine Augen sah und den Kopf schüttelte, weil mein Herz unregelmäßig schlug, und sagte, ich würde sterben, bot mir Ceci etwas von seiner Dose mit Simmentaler Fleisch und Tomatensalat an. Ich meinte sogar, eine Träne in seinen Augen zu sehen. Er forderte mich auf, mich neben ihn zu setzen, und er häufte Fleisch, das er von seinem eigenen Geld in Mancusos Laden gekauft hatte, auf meinen Teller.

Zu schade, daß meine Mutter meinem Vater nicht schon vor langem »nein, nein«, entgegengeschrien hatte, als Ceci noch klein war und nicht wußte, daß du nicht in der vordersten Reihe stehen darfst, wenn deine Stiefel nicht die gleiche Farbe haben. Hätte meine Mutter schon früher widersprochen und gestritten und nein gesagt, dann wäre mein Vater nicht im fernen Amerika, und Ceci wäre an dem Tag nicht allein gewesen, an dem Signor Ficosecco ihn auslachte und ihm sagte, er solle aus dem Bild verschwinden. O nein, mein Vater wäre Signor Ficosecco entgegengetreten und hätte dem Kerl lange und eindringlich direkt in die Augen geschaut, so fest, daß er blind geworden wäre. Und dann wäre weder Ceci noch irgend jemand anderer aus dem Weg geschubst worden, nur weil irgend etwas die falsche Farbe hatte: Stiefel, Haare, Haut oder sogar ein Kleid.

Ich hatte bis dahin immer geglaubt, daß Ceci ein Teufel sei, nicht ein halber Teufel wie der Rest von uns, weil wir nicht getauft waren, sondern wirklich ein echter Teufel. Mit richtigen Hörnern, die aus seinem Kopf herauswuchsen, denn genau das sagten meine Tante und alle anderen über Ceci. Wenn ich es mir jetzt richtig überlege, waren auf Cecis Kopf gar keine Hörner. Genaugenommen glaube ich, daß Ceci zu lange am Straßenrand gelegen hat, mit gebrochenen und schmerzenden Flügeln, genau wie der Engel in Mammarosas Traum. Ich bin mir sogar sicher, wenn an diesem Morgen, als meine Tante uns den Brief vorlas, die kreischenden weißbrüstigen Schwalben nicht direkt vor unserem Fenster hintereinander hergejagt wären, hätte ich bestimmt ganz deutlich das Geräusch mutig schlagender Flügel gehört – von Cecis Flügeln.

Ich habe mich gefragt, was meiner Mutter den Mut gab, zu widersprechen. Zuerst dachte ich, es sei der bedrohliche Brief gewesen, den meine Tante nach Amerika geschickt hatte, aber dann erinnerte ich mich daran, daß der Brief meiner

Mutter über ihre Auseinandersetzung mit meinem Vater schon wenige Tage später ankam, nachdem dieser ernste Brief meiner verzweifelten Tante in San Giovanni abgeschickt worden war. Meine Tante gab ihren Brief selbst auf. Ich sah, wie sie den Umschlag ableckte und mit ihrer Faust zuklopfte, und ich hörte sie tausendmal zu dem Mann am Postschalter sagen: »Einschreiben, es ist ein Einschreiben ... vergessen Sie nicht, ich will es als Einschreiben schicken.« Ich beobachtete, ein wenig hinter meiner Tante stehend, wie der Mann zuerst die Augen verdrehte, dann seine Arme hob und seine Hände fest gegen die Schläfen drückte. »O je, Signorina, mein Kopf, ich bitte Sie! Wenn Sie noch ein paar Mal ›Einschreiben, Einschreiben‹ sagen, dann bin ich reif für die Zwangsjacke!« Und am Ende machte er sie geduldig darauf aufmerksam, daß Einschreiben länger brauchten, bis sie in Amerika ankamen. Aber das kümmerte meine Tante nicht. Sie hatte Einschreiben verlangt, und nicht einmal Blitz und Donner hätten sie davon abbringen können.

Aber ich bin mir sicher, daß der Brief meiner Tante, als er schließlich ankam, meinem Vater bei der Auseinandersetzung in keiner Weise half. Im Gegenteil, ich glaube, er untermauerte die Ansicht meiner Mutter und schwächte die Position meines Vaters. Dieser Brief war für keine Seite eine Hilfe, und jetzt, wo ich darüber nachdenke, meine ich, ich hätte selbst herumbrüllen sollen: »Nein, nein, bitte nicht«, hätte ich schreien sollen, als meine Tante Papier und Füller zur Hand nahm, um ihre Drohung wahr zu machen. Ich hätte meiner Tante mit tausend überzeugenden Argumenten versichern sollen, daß Ceci nie wieder Wurst essen würde.

Und was mich betrifft, ich hätte genau in diesem Moment, bevor sie sich zum Schreiben hinsetzte, geloben sollen, daß ich niemals wieder Bonbons oder andere Süßigkeiten, nicht einmal Zucker essen würde. Ich hätte es ihr schwören und mir wünschen sollen, ich würde sterben, wenn sie bloß diesen Brief nicht geschrieben hätte. Ich hätte sie anflehen sollen: »Alles, alles, bloß nicht das! Bitte schreib nicht nach Amerika. Wenn sie erfahren, daß wir böse sind, werden sie uns hinüberbringen. Ich will hier in San Giovanni bleiben. Ich will nicht nach Amerika.« Ich hätte meine Tante bitten sollen, mich an den Haaren zu ziehen. Ich hätte ihr jede einzelne meiner langen Locken anbieten, sie ihr auf den Schoß legen sollen, als sie dasaß, um zu schreiben. Ich hätte sie bitten sollen, mich zu ohrfeigen und zu bestrafen. Vielleicht hätte ich mich selbst an den Haaren reißen und mich ohrfeigen sollen. Alles, alles, wenn nur dieser Brief San Giovanni nicht verlassen würde. Mein Vater würde nach Hause kommen, aber nicht, um zu bleiben. Er kam, um die Vorbereitungen zu treffen, die Papiere zu unterschreiben, damit auch wir fortgehen konnten.

Ich habe nie gedacht, daß wir tatsächlich abreisen müßten, weil mein Vater – bis vor kurzem – in jedem Brief versprochen hatte, daß er bald zurück sein würde. Und ich glaubte ihm. Meine Tante glaubte ihm nicht. Als sie seine ersten Briefe las, da schon noch. Sie glaubte ihm, und ich sah sie den Kopf schütteln und seufzen, daß er es in Amerika nie zu etwas bringen würde, wenn er nicht aufhörte, solchen Unsinn zu schreiben. Unsinn wie beispielsweise, sie zu bitten, seine Heimat zu grüßen – sein Land der herrlichen Gerüche, wo die süßen Brisen sanft und warm über die lieblichen, weiten Hügel und zerklüfteten Bergspitzen streichen, die seit ewigen Zeiten aufragen und unsterblich sind. Aber von dem Zeitpunkt an, als diese Art von Briefen seltener wurde, wußte sie, daß wir gehen würden. Sie wußte, daß meine Eltern nicht zurückkommen würden.

Warum sonst sagte sie nein, als Signor Volpe ihr einen Gasherd zu verkaufen versuchte? Warum sonst waren unsere Wände kahl, und warum sonst rieben wir uns unsere Hintern auf den alten Stühlen mit der zerrissenen Bespannung auf, während selbst Piperella neue, weiche, moderne Plastikstühle besaß? Es lag daran, daß sie sich darauf vorbereitete, nach Amerika zu gehen. Und ich glaubte ihr, bis ich eines Tages La Casinise etwas sagen hörte wie: »Sie werden gehen, sie gehen. Bleib hier, laß sie gehen.« Und ich sah meine Tante weinen, weil sie nicht wußte, ob sie mit nach Amerika gehen sollte.

Was!? Meine Tante wollte nicht mit nach Amerika? Na ja, ich wollte auch nicht gehen, aber wenn ich abreisen mußte, dann wünschte ich mir natürlich, daß sie mitkäme. Wie konnte sie es bloß zulassen, daß der Gedanke, ohne uns in San Giovanni zu bleiben, ihr überhaupt in den Sinn kam? Warum? Amerika war doch wie das Paradies, und auch wenn es so viele Kinder im Paradies gab, war ich davon ausgegangen, daß meine Tante nichts dagegen hätte, dorthin zu reisen. Deshalb stellte ich mich vor La Casinise hin, sah in die tränenfeuchten Augen meiner Tante und erinnerte sie daran, daß Amerika wie das Paradies sei, ein gelobtes Land, in dem es Milch und Honig und Brot und Wein im Überfluß gab. »Bernardo hat es mir gesagt«, behauptete ich. Aber ich log. Bernardo hatte mir nie irgend etwas über Amerika gesagt, obwohl er eine Unmenge von Töpfen und Dosen mit Süßigkeiten und Leckereien hatte, die aus Amerika stammten. Einmal habe ich gesehen, wie er einen Löffel voll gemahlenem Kaffee in eine Tasse heißes Wasser tat, und *presto* – wie ein Wunder – roch das ganze Haus nach frischem Espresso, und dabei war gar keine Espressomaschine zu sehen. Gut, es war also keine richtige Lüge, als ich behauptete, Bernardo habe mir erzählt, daß Amerika wie ein Paradies sei. Weißt du, ich hatte einmal jemanden sagen hören, daß Amerika ein Land voll Milch und Honig sei, und ein anderes Mal hatte ich Bernardo sagen hören, daß das Paradies ein himmlisches Kanaan sei, ein vom Himmel verheißenes Land, in dem Milch und Honig fließen, deshalb habe ich beides miteinander verbunden, um meine Tante besser von Amerika überzeugen zu können.

Aber meine Tante drehte sich um und sagte wie unter Schmerzen: »Oh, oh, laß mich einen Augenblick allein, einen Augenblick Frieden, Frieden und Ruhe, bitte, bitte.« Ich glaube nicht, daß sie wirklich alleinsein wollte. Sie wollte sich bloß weiter mit La Casinise unterhalten, und genau das tat sie dann auch. Kaum hatte sie mich gebeten, sie einen Augenblick allein, in Frieden und in Ruhe zu lassen, da war sie schon Wange an Wange mit La Casinise und jammerte von neuem, ob sie nun in San Giovanni bleiben oder nach Amerika gehen solle. »Das, was du am wenigsten willst, sprießt am Ende in deinem Garten immer am besten. So ist das immer, das wird nie anders sein«, meinte meine Tante. La Casinise sagte ihr, daß im Gegensatz zu ihr selbst, die ja alt und gebrechlich sei, meine Tante noch jung und stark sei und das ausmerzen könne, was gegen ihren Willen in ihrem Garten wuchs, und anpflanzen könne, was sie wolle. Meiner Tante machte dieser Vorschlag mit dem Ausmerzen und Anpflanzen sehr zu schaffen, das wußte ich, weil einige der hübschesten und schönsten Dinge ganz von alleine hervorkommen, wie zum Beispiel Löwenzahn mit Blüten aus glänzendstem Gold und Disteln, die in Büscheln wachsen wie purpurfarbene Königskronen.

Meine Tante wußte das. Ich hörte sie sagen, daß es ihr Herz ihr nicht erlauben würde, die Pflanzen in ihrem Garten auszumerzen. »Ich bin hin und her gerissen«, stellte meine Tante fest. Ich konnte sie verstehen. Wenn sie mit uns nach Amerika (ins Paradies) kam, dann bestand für sie die einzig sichere Perspektive für den Rest ihres Lebens in Kindern, nichts als Kindern und noch mehr Kindern – sieben an der Zahl. Aber ich hätte sie überzeugen können, daß Löwenzahn und Disteln, die unerwünscht gediehen, trotzdem schön waren. »Schau doch uns an. Schau doch bloß mal mich an.« Dabei hätte ich eingestehen müssen, daß ich manchmal abscheulich war und ihr keine Ruhe ließ, wie der Dorn einer Distel in ihrem Fleisch steckte, aber trotzdem war ich schön, oder etwa nicht? Wenn nicht, warum hatte sie mich dann die ganzen Jahre hindurch immer *Bella, Bella* genannt? Hatte sie mich belogen, als sie sagte, daß ich ihre *Bella* sei? Ich hätte es ihr gesagt und sie bestimmt überzeugt, wenn La Casinise nicht darauf bestanden hätte, so nah bei meiner Tante zu bleiben.

Sie saß da mit ihrem Gesicht ganz nah am Ohr meiner Tante und sagte ihr, sie solle das, was sie nicht haben wollte, herausreißen und mit der Bepflanzung des Gartens ganz von vorne beginnen. »Eine Distel gießt man nicht, gieß' doch keine Distel«, flüsterte sie immer wieder. »Sie wird es dir mit nichts als Dornen danken.« Sie riet meiner Tante in meiner Gegenwart (als ob ich blöde wäre und nicht verstünde, was sie meinte), keine Distel zu gießen.

Die Glocken hatten bereits zum Angelus geläutet, und die Abendessenszeit war schon vorbei.

Die Saubohnen in La Casinises Schoß waren schon geschält, und sie hätte allmählich daran denken sollen, die Bohnen zu kochen und die Schalen den Schweinen im Schweinestall unter ihrer Treppe vorzuwerfen, weil diese schon vor Hunger schrien. Ganz davon zu schweigen, daß ihr Mann bald auftauchen würde, vom Wein berauscht, von einer Häuserwand der Via Monterosa zur anderen torkelnd. Aber nein, statt dessen flüsterte sie weiter. La Casinise hätte sich um ihre eigenen Angelegenheiten kümmern sollen, aber das tat sie nicht.

Ich bin überzeugt, daß sie es nicht nur genoß, meine Tante weinen zu sehen, sondern sich darüber hinaus auch noch wünschte, daß sie vor Angst zitterte. Sie begann meiner Tante von Alfredo, dem alten Schmied, zu erzählen, daß er ebensogut eine Distel hätte gießen können, als er seinem Sohn folgte, weil er nämlich beinahe von den Dornen zerrissen worden wäre. »Aber dank der göttlichen Vorsehung geschah das nicht«, sagte sie. Es geschah nicht, weil Alfredo in der Lage war, die Disteln noch rechtzeitig mitsamt den Wurzeln auszureißen. »Ihre Mutter will dich, die Kinder wollen dich, sie alle wollen dich wegen dem bei sich haben, was sie von dir bekommen können. Sie werden dich auspressen und ausdrücken, bis du völlig ausgepreßt und ausgequetscht und aus deinem eigenen Garten vertrieben bist«, sagte La Casinise, und ihre lange Nase steckte dabei im Ohr meiner Tante.

La Casinise wußte nicht, wovon sie redete. Was hatte das Leben von Alfredo, dem Schmied, mit dem meiner Tante gemein? Wäre La Casinise im Alter von Sara und nicht älter gewesen, dann hätte ich ihr mit meiner Hüfte einen Stoß verpaßt, daß sie einen Kilometer weit geflogen wäre. Alfredo konnte überhaupt nicht wissen, ob sein Sohn ehrlich war und ihm wirklich daran lag, ihn bei sich zu haben. Alfredo konnte unmöglich wissen, ob es eine Distel, ein Löwenzahn oder ein Gemüsepflänzchen war, das er da in seinem Garten hegte. Alfredo war reich, das war meine Tante nicht. Was sollte ich oder sonst einer von uns denn aus meiner Tante herauspressen?

Erst vor ein paar Tagen war sie mit mir zu Maria Pias Schwester gegangen, die Näherin war, und hatte mich aus Anlaß der bevorstehenden Ankunft meines Vaters einen hübschen grünen Stoff für ein neues Kleidungsstück aussuchen lassen. Ich hörte sie Maria Pias Schwester sagen, daß sie es später bezahlen würde, wenn sie ihren letzten Sack Kartoffeln verkauft hätte. Auch Alfredo hatte Kartoffeln, Unmengen davon, und er besaß darüber hinaus Geld. Wie sollte Alfredo da wissen, ob sein Sohn ihn, alt und verbraucht wie er war, um seinetwillen haben wollte oder wegen dem, was er besaß?

Meine Tante besaß nichts. Alles, was sie hatte, waren die Löcher in den Taschen ihres Rocks. Die zeigte sie mir jedenfalls immer, wenn ich sie im Sommer um zwanzig Lire bat, wenn Sara herumlief und Waffeltüte um Waffeltüte Zitroneneis leckte. Meine Tante griff dann in ihre Taschen und zog das zerrissene Futter heraus. Das war es, was sie hatte. Sie besaß nichts. Ich wollte nicht, daß sie wegen irgendeines Besitzes mit uns nach Amerika ging. Ich wollte einfach, daß sie mitkam, und das war's. Aber niemand wollte auf mich hören. Meine Tante hatte mit ihren Tränen zu tun, und La Casinise war zu sehr mit dieser Alfredo-Geschichte beschäftigt. Als ob ich Alfredos Geschichte nicht kennen würde.

Ich erinnere mich an Alfredo. Jeder kannte Alfredo. Eines Tages stimmte Alfredo zu, mit seinem Sohn fortzugehen. Sie wollten nicht so weit weg wie wir, die wir nach Amerika reisen sollten, sie wollten nur ins Büro eines Rechtsanwalts. Aber es war trotzdem ein weiter Weg von der *piazza* von San Giovanni, wo Alfredo jetzt, nachdem er seine Schmiede verkauft hatte, wohnte. Auf dem Weg dorthin, als die Straße steinig wurde und Alfredo das Gleichgewicht verlor, stützte ihn sein Sohn freundlich und dennoch fest am Ellenbogen und bestand darauf, daß er auf den Esel steigen sollte, der mit Sachen wie einer Flasche Wein und einem großen geräucherten Schinken für den Rechtsanwalt beladen war. Als der Esel den Ruf von Alfredos Sohn: »Ha, ha, ha«, hörte, wußte er, daß es Zeit war, sich wieder in Bewegung zu setzen und den Berg hinaufzuklappern, und das tat er, mit dem alten Mann auf seinem Rücken.

Nicht aber der alte Alfredo. Alfredo wußte nicht, was es bedeutete, als er die ganze Zeit, während der Rechtsanwalt auf die langen Papierbogen schrieb, das »Hahahahaha, hahahahaha«, hörte. Es klang für ihn wie das einfache, alte Lächeln und Lachen zwischen Vater und Sohn und einem vertrauenswürdigen Freund. Es war alles Freundlichkeit und Lachen, das dachte zumindest Alfredo, bis die lange Liste der Habe aufgeschrieben und auf ein paar Blatt Papier gepreßt war und bis er diese alle unterschrieben, alles seinem Sohn übereignet hatte. Während er auf jeder Seite unten auf einer gepunkteten Linie ein Kreuz malte, hörte er dasselbe »Hahahahaha, hahahahaha.«

Aber auf dem ganzen Abstieg nach Hause, als

die Steine am Berg unter Alfredos Füßen zu rutschen und zu rollen begannen, da hörte er nichts. Alfredo wartete darauf, daß sein Sohn den Esel anhalten und ihm anbieten würde, nach Hause zu reiten, und daß er freundlich sein würde wie auf dem Hinweg, als er bereit war, mit ihm zu gehen, aber dieses Angebot kam nicht. Alfredo hörte in seinen Ohren nichts außer dem Echo dieses »Hahahahaha, hahahahahaha«.

Der alte Mann blieb stehen und sagte, er sei sehr müde, aber das Angebot kam immer noch nicht. Deshalb fragte Alfredo, ob er auf dem Esel sitzen dürfe, aber der Sohn antwortete, daß auch das Tier müde sei, und dann wurde das »Hahahahaha, hahahahaha« in seinen Ohren lauter.

La Casinise erzählte meiner Tante, es sei gut gewesen, daß das, was Alfredo geschehen sei, so bald passiert war, nachdem er die Dokumente unterschrieben hatte. Das verschaffte ihm Zeit. Er sagte seinem Sohn, er solle vorausgehen, und versprach, daß er ihn später einholen würde. Der Sohn und der Esel befolgten es. Sie gingen geradewegs weiter und ließen den alten Mann stehen. Der alte Mann drehte sich um und ging wieder zurück.

Alfredo nahm im Büro des Rechtsanwalts auf einem Stuhl Platz, und wenn seine Hände auch zitterten, so war er doch in der Lage, ein weiteres Kreuz auf einer weiteren gepunkteten Linie auf einem weiteren langen Blatt Papier zu machen, das ihm seinen ganzen Besitz zurückgab. Dann ging er langsam den Berg wieder hinunter, weil er jetzt viel Zeit hatte. »Solange er etwas wert war, würde ihn niemand herumschubsen«, erzählte La Casinise meiner Tante, und dann sagte sie noch, meine Tante solle sich Zeit lassen. Aber was wußte La Casinise schon? Meine Tante hatte keine Zeit; meine Mutter hatte bereits einen Brief geschickt, in dem stand, wir sollten zu Veltris Fotogeschäft in der Via Roma neben der Metzgerei gehen und Bilder von uns machen lassen. Außerdem sollte meine Tante ihre Unterschrift auf ein großes Blatt Papier setzen, das gerade am Vortag in einem braunen, mit Schellack versehenen Umschlag von der kanadischen Botschaft in Rom angekommen war.

Natürlich hatte meine Tante keine Zeit. Ich begann, richtig nah an den Rock meiner Tante heranzurutschen. Ich hatte nicht vor, meine Tante irgendwie zu stoßen, aber wenn sie zu viel Zeit mit La Casinise vergeudete, müßte sie am Ende hetzen und würde vielleicht das Falsche tun. Sie würde möglicherweise ihren Rat über die Gartenpflege befolgen und in ihrer Eile alles herausreißen. Meine Tante hatte kein einziges Wort gesagt, als La Casinise ihr die absurde Geschichte von dem alten Mann erzählte, der seinem Sohn gefolgt war. Aber jetzt, als mein Körper den ihren berührte, hörte ich meine Tante einatmen, einen tiefen Atemzug nehmen. Ich dachte, mein Herz würde mir direkt aus dem Hals springen und auf La Casinises Schoß landen, der noch immer voll leerer Saubohnenschalen war.

»Mein Herz ist dazu nicht fähig. Ich kann es nicht. Ich kann nicht einfach Sachen herausreißen«, sagte meine Tante. Und als sie das sagte, fühlte ich, wie mein eigenes Herz an seinen richtigen Platz zurückkehrte und normal weiterschlug. Jetzt, da ich wußte, daß meine Tante die Papiere unterschreiben, ein Foto von sich machen lassen und mit nach Amerika kommen würde, drückte ich meine Hüfte gegen die ihre, einfach damit ihre Ohren außer Reichweite von La Casinises Mund waren, bevor sie eine Chance hatte, noch einmal zu sagen: »Gieß' keine Distel, gieß' keine Distel, reiß sie heraus, merze sie aus.«

Ich versuchte die Aufmerksamkeit meiner Tante auf mich zu ziehen, als ich meine Hüfte gegen die ihre drückte, damit ich sie anlächeln und sie wissen lassen konnte, wie sehr ich mich freute, daß sie mit nach Amerika käme, aber sie drehte sich auf die andere Seite und gab dem Eimer, der ganz voller Schweinetrank war, einen gewaltigen Tritt, so daß er ein ganzes Stück fortflog. Es machte mir nichts aus. Ich wünschte, *ich* hätte einen Eimer voll Schweinetrank durch die Luft fliegen lassen können. Das soll nicht heißen, daß ich keine Lust dazu gehabt hätte – was mich davon abhielt, war die Tatsache, daß ich die Via Monterosa und den ganzen Berg hätte hinaufrennen müssen, mit meiner Tante mir dicht auf den Fersen.

Ich war über die Abreise nach Amerika nicht glücklich. Ich wollte wirklich nicht fort. Mammarosa wollte es, aber sie sagte, sie könne nicht. »Sie lassen mich nicht«, meinte sie. »Ich bin alt und schwach, ich würde die Gesundheitstests und die Röntgenuntersuchungen nie bestehen.« Ich sagte Mammarosa, daß auch ich bestimmt nicht gehen würde, wenn sie nicht mitkäme. Mammarosa wußte, daß ich nicht einfach leere Worte dahersagte, um höflich zu sein. Sie wußte, daß keiner gehen würde, wenn sie nicht mitkonnte. Sogar meine Mutter und mein Vater wußten das. Wir würden zusammen umziehen, als Einheit, und uns nie wieder trennen. Deshalb sagte ich Mammarosa dauernd, daß auch sie einverstanden sein und mitkommen müsse, wenn wir die Sache mit dem Nach-Amerika-Gehen wirklich in die Tat umsetzen sollten. Aber sie blieb dabei und sagte nein, nein, nein. Sie meinte, sie müsse bleiben, wo sie war, und wir sollten nach Amerika gehen, weil wir lange genug darauf gewartet hätten. Sie sagte, wir sollten abreisen, ohne uns zu sorgen, weil wir in Amerika aufblühen und wachsen würden wie die Feigen an den Bäumen im Weinberg, selbst nach dem entsetzlichen Sturm. Und dann war Mammarosa still. So still wie immer, wenn in ihr drin ein Sturm tobte. Sie saß immer wieder lange auf ihrem Kinderstuhl bei der Feuerstelle.

Ich konnte nicht verstehen, warum wir nicht hier in San Giovanni aufblühen und wachsen konnten, an der Stelle, wo man uns hingepflanzt hatte. Ich konnte nicht verstehen, warum Wind, Regen, Blitz und Donner klaffende Löcher in die Berghänge reißen mußten. Warum sie die Bäume treffen und niederreißen und bis an die Wurzeln hin freilegen mußten. Und dann kam mir der Gedanke wie ein Blitz mitten in der Dunkelheit: »Ich werde niemals fortgehen, ich muß gar nicht.«

Ja, sie konnten mich zur Abreise zwingen, aber ich brauchte nicht wirklich zu gehen. Sie konnten mich herausziehen und mitschleppen, aber ich würde mich im Boden festkrallen und mich festhalten. Genau wie die Wurzeln meines Baumes an der Schlucht würde ich dehnbar und elastisch sein. Auf diese Weise würde ich nicht brechen, sondern fest stehenbleiben, selbst wenn man mich um die halbe Welt zöge, genau da, wo ich hingehörte, auf der Ostseite des Berges von San Giovanni, auf den die aufgehende Sonne scheint, neben meinem eigenen Baum an der Schlucht.

Und plötzlich wußte ich, es würde mir gar nichts ausmachen, nach Amerika zu gehen. Im Gegenteil, ich denke, mir hätte das ganze Abenteuer, um die halbe Welt zu reisen, jetzt Spaß gemacht, wäre da nicht Mammarosa gewesen, die darauf bestand, daß sie uns nicht länger im Weg sein dürfe, weil sie ein Hemmschuh sei.

Jedesmal wenn ich ihr sagte, sie müsse mit uns kommen, kam sie wieder mit dem Geschwätz, daß sie den Gesundheitstest nicht bestehen würde und niemand nach Amerika gelassen würde, ohne zufriedenstellende Ergebnisse bei den Röntgen- und Gesundheitsuntersuchungen. Eines Tages schrie ich sie an: »Das stimmt nicht, Amerika ist überhaupt nicht so.« Ich sagte ihr sogar, ich hätte einen Beweis dafür. Ich erzählte ihr von Maria Pias Postkarte, die ihr Vater ihr geschickt und die sie in die Schule mitgebracht hatte. Ich erzählte Mammarosa, daß ich mich nicht erinnern könne, auf dieser Postkarte etwas gelesen zu haben, das irgendwie andeutete, Amerika sei nur das Land der perfekten, der jungen, der starken und gesunden Menschen. Ich erzählte ihr, daß ich mich erinnerte, auf Maria Pias Postkarte ganz deutlich folgende Worte in großen Buchstaben gelesen zu haben: *Amerika: Die Heimat der Mutigen und das Land der Freien.* »Hast du gehört, was ich gesagt habe? Das Land der Mutigen und der Freien. Du kannst mitkommen, selbstverständlich kannst du mitkommen.«

Mammarosa lächelte, aber dann wandte sie sich ab, dem Feuer zu, das in der Feuerstelle lichterloh brannte, und sie murmelte. Da war nichts zu machen. Es hatte keinen Zweck, mit Mammarosa über dieses Thema zu diskutieren. Sie war so unbeugsam geworden wie das Grab. Auf meinem Kissen liegend, sah ich spät am Abend, daß sie murmelte, und ich schlief in dem Bewußtsein ein, daß Mammarosa noch immer murmelte.

Jetzt weiß ich Bescheid, aber ich hätte schon damals wissen müssen, welche stillen Worte ihre Lippen bewegten. Dann hätte auch ich selbst einiges murmeln können. Ich hätte schreien und weinen und betteln können, und ich hätte Gott tausend Gründe darlegen können, warum uns Mammarosa kein Klotz am Bein war. Ich hätte Gott angefleht, nicht auf das zu hören, was sie sagte. Ich hätte vorbringen können, daß sie kein Hemmschuh war – o nein, absolut nicht! Sie war wie die ersten Strahlen des Sonnenlichts auf den Pflastersteinen nach einer dunklen Nacht. Ich hätte Gott gebeten, nicht auf sie zu hören, aber ich tat es nicht, weil ich schlief. Es gibt zwei Dinge, die ich mir nie verzeihen werde – *niemals*. Einmal, daß ich meine Tante nicht davon abgehalten habe, diesen Brief zu schreiben, und zum zweiten, daß ich schlief, während Mammarosa murmelte.

Brodo

Laß die Henne dieses eine Mal noch
am Leben und gib statt dessen ein schönes
Hähnchen in einen großen Topf kochendes
Wasser.
Wenn sich der Schaum bildet, schöpf
ihn vollständig mit einem Löffel ab und tu
ihn zur Seite.
Jetzt kannst du Sellerie, Zwiebeln,
Petersilie und Karotten hineinwerfen und alles
lange kochen lassen.
Seihe alles ab.
Löse das Fleisch von den Knochen und gib
es wieder in den *brodo*.
Schneide die Karotten und tu sie wieder zum
brodo.
Trink ihn, wie er ist, aus einer Suppentasse,
oder gib noch Nudeln dazu und iß ihn
mit einem Löffel.

Glück

Auch meine Tante konnte sich etwas nicht verzeihen, aber ich weiß nicht, was. Es war ein heißer Tag, und es bestand kein Zweifel daran, daß schon wieder ein Sommer um die Welt gewandert war und jetzt über dem Berg von San Giovanni hing. Ich erinnere mich, wie meine Tante dort neben Mammarosas Bett stand, ihre Hände vor dem Gesicht, wie sie weinte und sagte: »Verzeih mir, Mamma, verzeih mir.« Ich sah, wie die Tränen zwischen ihren Fingern und an ihren dünnen Handgelenken hinunterliefen. In ihren Augen lag Panik, und sie waren vom dunkelsten Blau, wie die Wellen des Meeres, wenn der Sturmwind sie weit vor der Küste aufpeitscht, sogar bei einem Sommersturm. Ich hatte das Gefühl, sie würden sehr lange so blau bleiben. Meine Tante war traurig – als ob Mammarosa sich geweigert hätte, ihr zu verzeihen. Aber Mammarosa sagte überhaupt nichts. Sie lag einfach nur ruhig da, so wie ich sie viele Male zuvor gesehen hatte, an den Abenden, wenn sie neben dem Feuer saß. Ich erinnere mich, wie ich oftmals versuchte, in ihre Stille einzubrechen, aber sie hielt mich davon ab. Sie hielt mich davon ab, indem sie ihren Finger auf ihre Lippen legte. »Schhh, du kannst das Herz nicht schlagen hören, wenn du nicht ruhig und still bist«, sagte mir Mammarosa tausendmal, aber ich vergaß es immer wieder. Meine Tante weinte weiter, während sie im Haus herumsauste. So würde Mammarosa ihren Herzschlag niemals hören können.

Ich konnte Mammarosas Herzschlag hören, ich

konnte ihn jetzt sogar in den Adern unter der durchscheinenden Haut an ihrem Hals sehen, der zitterte und bebte. Aber Mammarosa zitterte nicht, so schwach und hilflos sie auch dalag, mit halb offenem Mund, als wäre sie unendlich durstig und es gäbe keinerlei Hoffnung auf Wasser; trotzdem zitterte sie nicht.

Mammarosa war an diesem Morgen wie gewöhnlich früh fortgegangen. Sie hatte ihr kleines schwarzes Taschenmesser und einen Sack aus Jute mitgenommen, weil sie auf dem Weg zum Weinberg Löwenzahn- und Zichorienblätter pflücken wollte.

Es war fast mitten am Vormittag, als ich sie zurückkommen sah, wie sie sich mühsam die Steigung zur Via Monterosa hinaufkämpfte. Sie war schwach, ging aber stur weiter und schleppte ihren Sack. Darin waren ein paar Handvoll der bitteren Blätter, genug für eine Minestra. Ich beobachtete sie aus der Ferne, von der Schwelle unseres Hauses aus. Ich schaute mit offenem Mund hin, durstig nach Worten, aber sie kamen nicht. Und jetzt lag Mammarosa dort im Bett.

Bald kam Bernardo und stand kopfschüttelnd neben ihr. Dann erschien der Doktor, und auch er schüttelte den Kopf. »Da kann man nichts, gar nichts machen. Das Magengeschwür ist aufgebrochen, es ist zu spät. Wie alt? Dreiundsiebzig? Nein, nein. Sie wird es bis zum Krankenhaus nicht schaffen. Es ist zu weit in die Stadt.« Er schaute auf seinen Schreibblock und kritzelte die ganze Zeit darauf, während er sprach. Als er schließlich den Kopf hob, riß er ein Blatt von seinem Block und gab es meiner Tante. »Die werden ihr die Schmerzen nehmen. Aber es wird nicht lange dauern.« Das war sein letztes Wort.

Ich saß vor dem erloschenen Feuer, hockte auf Mammarosas kleinem Stuhl und überlegte, ob er wohl auch so schnell sprechen und schreiben würde, wenn es seine Mutter und nicht Mammarosa wäre, die da hilflos im Bett lag. Wo war Dr. Rafaelino? Meine Tante hätte Dr. Rafaelino rufen sollen. Er hätte in Mammarosas Augen geschaut und gesagt: »Es ist nichts, gar nichts, nur ein Magengeschwür. Wie alt ist sie? Dreiundsiebzig? Kein Problem. In zwei Stunden ist sie im Krankenhaus. Nein, ich werde meinen Chauffeur mit meinem Wagen schicken, dann geht es noch schneller.« Genau das hätte Dr. Rafaelino gesagt. Aber nein, dieser Esel, der neben Mammarosas Bett stand, flüsterte laut, ohne Rücksicht zu nehmen, ins Ohr meiner Tante: »Nichts, da kann man nichts mehr machen.«

Und dann kam zu allem Unglück auch noch Tata herein. Als sie durch die Tür trat, wurde ich vom Scheitel bis zur Sohle von einem Anflug von Panik gepackt. Mein Herz tat einen Sprung. Mammarosa hörte es bestimmt, trotz all der Unruhe. Als Tata über unsere Schwelle trat, flatterte mein Herz wie die Flügel der Schwalben, wenn ihre Nester unter den Tonziegeln unseres Daches von den blutsaugenden Fledermäusen bedroht wurden, die pünktlich jeden Abend in der Dämmerung kamen. Einen Augenblick dachte ich, mein Herz würde stehenbleiben, ich dachte, jetzt müßte ich sterben.

Tata verhieß Schlimmes. Sie war schon früher in unserem Haus gewesen, und das hatte mir wirklich nichts ausgemacht, aber ich konnte es nicht ertragen, sie gerade jetzt hier zu sehen, wo Mammarosa krank im Bett lag. Ich wünschte mir einfach, sie wäre nicht gekommen.

Ich hatte es mir früher schon zusammengereimt. Überall, wo sie erschien, passierte etwas Schlimmes. Sie war da wie die weiße Flagge der Kapitulation, bei jeder Katastrophe, jedem Unfall, jedem Aufruhr und jedem Konflikt, aber zumeist an Krankenbetten. Sie war im letzten Sommer die erste gewesen, die in der auf den heißesten Tag folgenden Nacht auf die Straße rannte und »Erdbeben« schrie. Sie war rein zufällig in der Schlucht unterwegs, als der Lastwagen des Müllers von der Straße abkam und hinunterstürzte. Und es war natürlich Tata, die seinen leblosen Körper aus dem Wrack zog, während weit stärkere Männer tatenlos zuschauten. Sie war dort auf der *piazza,* marschierte und schrie, zeigte ihren roten Petticoat und schwenkte einen roten Schal und heizte der Menge bei der letzten Wahl ein. Als die Sache aus dem Ruder lief und die Polizisten wahllos in die Menge schossen – verfehlten sie sie! Es war, als würde Tata auf göttlichen Ratschluß hin den Weg für den Engel des Todes bereiten. Und darum wollte ich sie nicht hier haben.

Aber ob ich es wollte oder nicht, Tata kam, als Mammarosa Tag und Nacht im Bett lag, jeden Tag vorbei, sogar mehrmals am Tag. Sie flüsterte meiner Tante ins Ohr. Ich ging ganz nahe heran, damit ich es hören konnte, aber Tata war nicht wie der Esel, der Mammarosa untersucht hatte, sie flüsterte richtig. Deshalb hörte ich nichts. Ich konnte mich nur an das halten, was ich sah.

Eines Morgens beobachtete ich, wie Tata ein kleines Päckchen aus ihrer Rocktasche zog und es in das Wasser in der Waschschüssel meiner Tante leerte. Das Wasser wurde sofort schwarz und dickflüssig wie die Tinte in meinem Tintenfaß in der Schule. Ich schaute zu, als meine Tante ihr Kleid, ihre Blusen und ein paar andere Kleidungsstücke in das schwarze Wasser fallen ließ. Dann trat sie zur Seite, während Tata sie mit dem Besenstiel umrührte und umrührte. Mammarosa lag einfach im Bett und sagte nichts. Das hätte sie aber tun sollen. Sie waren dabei, die Welt schwarz zu malen, noch bevor die Dunkelheit hereinbrach. Sie schalteten das Licht aus, und dabei war die Sonne noch gar nicht untergegangen.

Die Sonnenstrahlen spielten mit dem Wasser Verstecken, das über die Steine des Baches im Bergeinschnitt dahinfloß. Mammarosa war oft mit ihren Krügen hierhergekommen, um Wasser zu holen und manchmal sogar die Kleider zu waschen. Auch ich ging dorthin. Ich ging an jenem schwarzen Tag dorthin und pflückte auf dem Streifen neben dem Bach, auf dem zartes Gras wuchs, leuchtend rote Mohnblumen, tiefviolette Stiefmütterchen und ganz weiße Gänseblümchen. Ich pflückte sie leuchtend und bunt, extra für Mammarosa. Ich hielt sie an ihren Stielen fest, aber sie weinten. Sie weinten und weinten, und bald waren meine Hände voller Tränen, die an meinen Handgelenken hinunterliefen.

Bis ich sie Mammarosa schenken konnte, hatten sie aufgegeben und waren tot. Sie hingen alle herunter, die Blüten waren welk, und die ausgetrockneten Stiele hielten sie nicht mehr hoch. Als ich Mammarosa den leblosen Strauß gab, kam ich zu dem Schluß, daß es nichts Schönes am Tod gibt. Aber Mammarosa sagte: »Die sind aber schön, oh, sie sind sooo schön, meine *Bene!*« Sie streichelte jede von ihnen ganz langsam. Sie hielt sie dicht vor das Gesicht und atmete tief ein, so tief sie konnte. »Hmmm. Ich rieche den Bach. Du hast mir die Sonne mitgebracht!« Beinahe hätte ich gesagt, daß sie widerlich seien, aber ich tat es nicht.

Ich erinnere mich, daß ich das einmal zu Mammarosa gesagt habe. Es war an dem Tag, als sie mich zu den Weizenfeldern mitnahm. Es war im Herbst. Wir hatten den kleinen Zug dorthin genommen – ein stolzer kleiner grüner Waggon, der vor jedem Tunnel laut pfiff und mit seinen eindrucksvollen Insignien F.S. (Staatliche Eisenbahnen) protzte, die mit goldenen Schrauben an der Ecke jedes einzelnen Fensters befestigt waren.

Ich erinnere mich, daß ich, sobald ich an dem Feld ankam, losrannte, um über die schwarze Erde zu trampeln, zu hüpfen und zu springen. Wäre meine Tante dabeigewesen, dann hätte sie mir ein paar Drohungen nachgerufen, aber nicht Mammarosa. Mammarosa nahm mich an der Hand und hielt mich noch immer neben sich, als sie sich auf den Boden niederkniete und mit ihrer Hand ein wenig Erde zur Seite schob. Ich konnte nicht glauben, was ich da sah. In dem Dreck lagen Samenkörner, genauer gesagt, kleine Weizenkörner. Einige waren gerade dabei, aufzubrechen, andere hatten ihre Hüllen schon abgestreift, genau wie die Schlange, die ihre Haut abgelegt hatte und sie an dem Pfirsichbaum hatte hängen lassen. Manche sahen verfault aus, mit einem kleinen blaßgelben Überbleibsel verbunden, und ja, es stank aus dem Boden – und deshalb sagte ich, sie seien widerlich, wobei ich mir mit meinen Fingern die Nase fest zudrückte. Aber Mammarosa schüttelte mehrmals den Kopf und sagte nein. »Nein«, sagte sie. »Du solltest glücklich sein, nicht angewidert. Sie sind schön, und wenn der Juni kommt, werden sie einen wirklich wunderbaren Anblick bieten, groß, blond und so wertvoll wie Gold.« Aber ich konnte in dem Moment kein Gold sehen. Alles, was ich sah, war ein häßliches Durcheinander von Dreck und Fäulnis, nichts Schönes und schon gar keinen Grund, um glücklich zu sein oder vor Freude zu hüpfen.

Schönheit und Glück, ich sah weder das eine noch das andere, als ich neben Mammarosa am Bett stand und sie diese toten Blumen noch immer festhielt. Mammarosa wußte, daß ich nicht glücklich war. Sie wußte es, weil sie alles wußte, und selbst jetzt, wo sie sich kaum umdrehen konnte, um mich anzuschauen, wußte und sah sie es. In ihrem Geist sah sie mich noch immer dort die Nase rümpfen, auf dem Weizenfeld stehen und sagen: »Iiiigitt, ist das widerlich!« Mammarosa sagte mir immer, daß ich nicht schön sei, wenn ich die Nase rümpfte und eine Schnute zog. Während ich jetzt neben ihr stand, wurde mir klar, daß ich tatsächlich eine Schnute zog. Deshalb strengte ich mich an, zu lächeln, diese Schnute zu vertreiben, extra für sie, weil ich sie einmal hatte sagen hören, daß ein glückliches Lächeln auf den Lippen das ganze Gesicht schön macht.

Einmal, als ich ganz allein war, als ich das Haus ganz für mich hatte (und das war nicht oft der Fall), holte ich den Spiegel von der Kommode und versuchte die bestmögliche Schnute zu ziehen, so daß meine Lippen und mein ganzer Mund so prall und dick wie Maria Pias aussahen. Ich zog meine Nase in Falten und verzog und verdrehte meine Lippen in alle möglichen Richtungen, aber je mehr ich mich abmühte, um so schlechter sah es aus. Je mehr ich meine Schnute zog, um so mehr hatte ich zu kämpfen, um noch Luft zu bekommen. Es ist wirklich ein Kampf, eine Schnute zu ziehen, die Nase zu rümpfen und gleichzeitig noch zu atmen. Ich erinnere mich, daß ich so tiefe und starke Atemzüge durch meine verzogenen, verzerrten Lippen und die Nase machen mußte, daß ich fast ohnmächtig wurde. Diese Sache mit der Schnute hatte mein Leben bedroht, wenn auch nur für ganz kurze Zeit vor dem Spiegel.

Einmal sah ich einen Mann wirklich um sein Leben kämpfen. Ich ging neben Mammarosa auf unserem Heimweg vom Weinberg, und wir überquerten die Neto-Brücke, als mich ein Anflug von Mut übermannte und ich mich reckte und streckte, um über die Betonmauer zu schauen, die zu beiden Seiten der schmalen Brücke verlief. Ich war davon ausgegangen, den Fluß friedlich dahinfließen zu sehen, weil es ein schöner Tag war und gar kein Wind ging, aber statt dessen zupfte ich wie wild an Mammarosas Rock und zeigte nach unten, weil ein Mann dort im Wasser war, der wild um sich schlug. Er sah ganz häßlich aus, mit seinen Augen, die aus ihren Höhlen hervorquollen, und dem offenen Mund, der nach Luft japste, als er in dem Wasser auf und ab tauchte, hinuntergezogen wurde und wieder heraufkam.

Mammarosa wollte gerade losschreien, sie hatte schon tief Luft geholt und wollte sie gerade wieder herauslassen, als ich einen anderen Mann, einen Fremden, aus dem Nichts ins Wasser springen sah, der diesen armen Kerl retten und ans Flußufer ziehen wollte.

»Hat sich der Fremde keine Sorgen um sein eigenes Leben gemacht?« fragte ich Mammarosa. Aber Mammarosa beantwortete meine Frage nicht. Sie hatte selbst eine. Sie wollte wissen, wieso ich mir so sicher sei, daß sich diese Männer fremd waren. Denn sie meinte, diese Männer könnten genausogut Brüder sein. »Was ist, wenn jemand uns beide zusammen sieht und denkt, oh, da geht eine fremde alte Frau und nimmt ein fremdes Mädchen mit nach Hause.« – »Dann wäre es doch gut«, sagte ich zu Mammarosa. »Aber warum sollte jemand, ob Fremder oder nicht, sein Leben opfern, warum?« – »Weil die Liebe stärker ist als der Tod«, entgegnete Mammarosa. »Sie gibt und gibt und hat niemals Angst. Sie gibt, bis nichts mehr übrig ist, was sie geben könnte, bis nicht einmal mehr ein Stückchen Fleisch von ihr selbst zum Leben übrigbleibt.«

Dieses Geben und Geben schien mir nicht fair. Es war nicht richtig, daß nicht einmal mehr ein winziges Stückchen für einen selbst übrigbleiben sollte, nachdem man soviel gegeben hatte. Es war nicht fair, daß man seinen eigenen Platz zum Leben verlieren sollte. Ich erinnere mich, daß Mammarosa sagte, wenn man den Flecken und Platz aufgab, auf dem man lebte, bedeute das nicht, daß man aufhörte zu leben. Sie sagte, daß man, wenn alles Fleisch fort ist, einfach ohne all das weitergeht und weiterlebt. Mammarosa sagte, es sei ein bißchen wie nach Amerika zu gehen – eine lange Reise an einen besseren Ort.

Mammarosa gab und gab. Sie gab sogar, worum sie keiner gebeten hatte. Sie war überzeugt, daß wir – koste es, was es wolle – nach Amerika gehen mußten. Der Weg sollte frei sein, und jetzt hatte sie auch Gott davon überzeugt. Sie beschloß, daß sie alles aufgeben mußte, und zwar jetzt, ich weiß, daß sie das meinte, wieso lag sie sonst Tag und Nacht so matt in diesem Bett?

Ich versuchte, keine Schnute zu ziehen, ich bemühte mich, Mammarosa anzulächeln und glücklich zu sein und schön auszusehen, aber ich konnte nicht. Tatsächlich begann ich schwer und angestrengt zu atmen, weil ich wütend war. Ich war mir aber noch nicht im klaren, auf wen: auf meine Tante, meinen Vater, Mammarosa, den Idioten, der ihr in die Augen geschaut hatte, auf mich selbst oder vielleicht auf Gott, weil er sich Mammarosas Entscheidung, nicht nach Amerika zu gehen, angeschlossen hatte, bevor er mir eine faire Chance gegeben hatte, das zu sagen, was ich darüber dachte. Ich war nicht zufrieden, und ich würde lange Zeit eine Schnute ziehen. Aber ich war neugierig, herauszubekommen, was in Mammarosas Herzen vorging. Mammarosa sagte einmal, wenn ich still und ruhig wäre und aufmerksam genug hinhörte, könnte ich nicht nur das Schlagen des Herzens hören, sondern es sogar wiegen. Ich hatte oft genug still und ruhig dagesessen, hatte aber nie wirklich so gut hingehört, weil meine Gedanken stets im dichten Labyrinth der Stille herumwanderten, wenn Mammarosa und ich abends beim Feuer saßen.

Wenn ich jetzt hinhörte, würde ich es erfahren. Ich wünschte mir inständig, eine Waage zu haben, mit der ich in der einen Schale unsere Abreise nach Amerika und in der anderen Mammarosa abwiegen könnte – dann würde ich wirklich wissen, ob sie in diesem Bett tatsächlich glücklich war.

Ich erinnere mich, daß ich Mammarosa einmal, als sie länger und lauter reden konnte, über das Glücklichsein ausgefragt habe. Ich tat es, weil Signor Ficosecco eine gute Stunde über dieses Thema geredet hatte, und als er endlich fertig war, wußte ich nicht mehr, wo bei der Sache mit dem Glück vorn und hinten war. Er hatte in mir alles durcheinandergebracht und verwirrt.

Mammarosa brauchte keine Stunde, obwohl auch sie ein wenig nachdenken mußte, als ich sie nach dem Glück fragte. »Es ist nichts weiter als eine Linie, eine einfache Linie«, sagte sie langsam. Mammarosa konnte noch nicht sehr gut lesen und schreiben, aber sie konnte eine Linie ziehen, na ja, ein wenig verwackelt, weil sie alt war, aber trotzdem war es eine Linie.

Sie zog die Linie auf der Feuerstelle mit einem Stück Kohle, das sie aus der Asche gefischt hatte, und als sie fertig war, deutete sie darauf und sagte: »Das ist Glück.« Sie sagte, eigentlich sei diese Linie ein Zaun, um Träume einzufangen. Sie meinte, wenn sie nicht eingefangen und innerhalb der Linie gehalten würden, dann würden die Träume davonlaufen und ganz verschwinden. »Wenn du keine Linie ziehst, dann jagst du den Wind und umklammerst nichts als ein Trugbild«, sagte Mammarosa.

Ich erinnere mich, daß ich einmal versuchte, ein Trugbild festzuhalten. Damals wußte ich nicht, daß es ein Trugbild war. Für mich handelte es sich um Wellen, um glänzende Wellen aus Wasser, die in der schweren Hitze des Sommers über die frisch gepflasterte Straße rollten. Ich rannte und rannte, um die Wellen aus Wasser einzufangen, aber je weiter ich rannte, um so weiter entfernten sie sich von mir. Ich jagte ihnen nach, bis die Sonne nicht mehr schien und die Wellen aus Wasser mit ihrem Spiel, über die Straße zu rollen, aufhörten und verschwanden. Ich erinnere mich, daß ich dastand und weinte, weil ich nicht nur das Spiel verloren hatte, sondern auch den Weg nach Hause nicht mehr wußte. Tatsächlich wäre auch ich verschwunden, wäre nicht Filomena, die arme Seele, gekommen, die bis spät auf den Feldern ihrer Mutter arbeitete und gerade nach Hause ging, mit ihrem Kind auf der Hüfte. Ich verstand die Bedeutung von dem, was Mammarosa sagte, aber es ist nicht einfach, eine solche Linie zu ziehen. Mammarosa wußte, daß es nicht einfach war. Sie hatte versucht, es Peppe beizubringen, weil Peppe – obwohl er der Beste war – immer weinte.

Es war geradezu ein Ritual, dieses Geheule von Peppe, das er jeden Tag pünktlich zur Mittagessenszeit veranstaltete. Ich erinnere mich, daß er jedesmal, gleich nachdem Nina das Tischgebet gesprochen hatte, auf dem Tisch herumschaute und seine Augen bei jedem Teller halt machten. Er fixierte Ninas Teller, Cecis, Julias und meinen, und dann konnte er nicht mehr an sich halten und weinte, wie sehr er sich auch mühte, sein Schluchzen und seine Tränen zu unterdrücken. Er kümmerte sich nicht darum, ob meine Tante sich die Hände vors Gesicht schlug oder die Haare raufte, noch bedachte er, daß sie sich wegen seiner Heulerei irgendwann etwas Ernstes antun könnte, nein, niemals, nicht Peppe. Selbst als meine Tante auf die hervorragende Idee verfiel, Peppe beim Mittagessen seine Portion in einer großen Schüssel zu servieren, damit es nach mehr aussah, weinte er manchmal immer noch.

Ich erinnere mich an den Tag, als Mammarosa zu dem Schluß kam, daß sie von Peppes Traurigkeit und Tränen genug hatte. Das war genau der Tag, an dem sie ihn neben sich auf die Schwelle unserer Hauses setzte und ihm geduldig zeigte, wie man eine Linie zieht. »Das ist nichts Tolles, deine Weinerei«, sagte Mammarosa zu Peppe.

Aber sie sagte auch, Tränen seien wie Regentropfen. Nach und nach, Tröpfchen für Tröpfchen waschen sie Berge fort und tragen Mauern ab. Ganze Dörfer seien wegen winziger Regentropfen verschwunden, sagte sie, so winzig wie Peppes Tränen. Sie forderte Peppe auf, sich nur einen Augenblick lang vorzustellen, was seine Tränen, die wegen seiner Traurigkeit unentwegt flossen, an unseren empfindlichen Zäunen, diesen von uns gezogenen feinen Linien, anrichten könnten. Aber er antwortete nicht. (Ich glaube, er wollte schon wieder in Tränen ausbrechen.) »Wenn du die ganze Zeit schmollst und weinst, wirst du, bevor du es überhaupt merkst, dich eines Tages umsehen und feststellen, daß deine Träume und alle besonderen Dinge in deinem Leben nicht mehr da sind, weil die Linie fortgewaschen wurde«, sagte Mammarosa zu Peppe.

Mammarosa zeigte Peppe einfach, wie er seine Linie ziehen und bewahren mußte. Sie sagte, daß er gleich an diesem Abend anfangen und sich sagen könnte: »Ich weine nicht mehr, wenn ich ein Stück Wurst bekomme, ich lächle und bin glücklich«, riet sie ihm. »Verstehst du«, erklärte sie ihm, »dann bist du nämlich, wenn du zwei Stückchen Wurst bekommst, ganz besonders glücklich. Und solltest du nur ein halbes Stück bekommen, dann mußt du dich bloß an die Mahlzeiten erinnern, bei denen du gar keines hattest, und dann wirst du wieder glücklich sein. Und sollte, was Gott verhüten möge, tatsächlich einmal der Tag kommen, an dem nicht einmal ein halbes Stück Wurst in deiner Schüssel ist, dann denk an die Felder voll Zichorie und Löwenzahn, und auch die schmecken gut. Man bekommt sie kostenlos, und sie sind leicht zu verdauen, und auch das sollte dich glücklich machen, weil du ein Schwein am Leben gelassen und deinem Magen eine ganze Menge Arbeit erspart hast. Schweinefleisch liegt schwer auf der Leber, weißt du.« Aber Peppe wollte das gar nicht wissen.

Selbst jetzt rief Mammarosa meine Tante immer mal wieder an ihr Bett. »Denk an Peppe. Sei geduldig mit Peppe«, hörte ich sie flüstern. Und meine Tante nickte und schrie nicht herum. Nicht ein einziges Mal hörte ich meine Tante schreien, seit Mammarosa im Bett lag. Ich habe sie aber den ganzen Tag lang flüsternd herumlaufen sehen, manchmal mit einem wütenden und frustrierten Flüstern, das sie nicht nur ihre Haare raufen, sondern sich auch an ihren Kleidern zerren ließ, aber immerhin war es bloß ein Flüstern.

Eines Morgens, nachdem Tata meiner Tante etwas ins Ohr geflüstert hatte, das ich nicht verstehen konnte, folgte ich den beiden, als sie die Via Monterosa hinuntereilten. Es sah ganz danach aus, als wollten sie zu dem kleinen Markt vor Mancusos Laden gehen. Es war früher Samstagmorgen, und die auswärtigen Händler hatten bereits die Tische mit ihren Waren aufgebaut.

Ich rannte, weil ich, wenn meine Tante tatsächlich zum Markt ging, unbedingt neue Schuhe haben wollte. Ein paar Tage zuvor war Maria Pia mit neuen Schuhen in die Schule gekommen, und sie waren nicht nur neu, sie hatten sogar einen

Absatz, einen hohen Absatz! Jetzt ging Maria Pia also nicht nur vorwärts, sondern auch seitwärts, und ihre Hüften schwenkten hin und her, als ob dieses Schwingen ihrer Hüften notwendig wäre, wo sie jetzt doch hohe Absätze trug. Ich konnte nicht wissen, ob es notwendig war, aber natürlich wollte ich es herausbekommen. In jedem Fall wollte ich es versuchen.

Ich hatte es schon einmal versucht, vor ein paar Monaten, als ich meine Tante zwischen den Tischen des gleichen Marktes herumschlendern sah. Ich erinnere mich, daß ich sie am Rock zupfte und auf einen Berg von Schuhen zeigte, aber sie sagte nein. Da gab es Tausende von Männer- und Kinderschuhen, aber die meisten Schuhe auf diesem Haufen waren für Frauen, und diese Damenschuhe hatten hohe Absätze. »Bitte, bitte, sie kosten nicht mehr als eine Tafel Schokolade, bitte«, bettelte ich. Aber meine Tante schubste mich weg und sah mich an, als hätte ich etwas verbrochen. Meine Güte, ich hatte doch bloß um Schuhe gebeten! »Ich würde dich eher barfuß laufen lassen als mit diesen Schuhen«, flüsterte sie. Als wir vom Markt heimgingen, erzählte sie mir, die Schuhe seien deshalb so billig, weil sie gestohlen seien. Einige wurden von Lebenden gestohlen, aber die meisten von den Toten, während des Krieges, und zumeist von Juden, sagte sie. Ich weiß nicht, was ein Jude ist und wie einer aussieht. Ich habe nie einen gesehen.

Mein Vater hat einen Juden gesehen. Viele Juden. Während er im Krieg hinter anderen Soldaten hermarschierte, sah er eine riesige Grube, und

Erde war über einen ganzen Berg von Leichen geschüttet, die man in die Erde geworfen hatte wie unerwünschtes, schimmliges Brot, die Überreste ausgepreßter Trauben. »Bis die Erde eines Tages genug hat von Brot und Wein«, sagte meine Tante, »und die Ermordeten wieder ausspucken wird.«

»Juden, alles Juden«, sagte der Hauptmann der Kompanie meines Vaters. Meine Tante sagte, das sei der Moment gewesen, als mein Vater sich mitten in der Nacht aus dem Zeltlager bei Pisa davonschlich. Er machte sich davon, weil er nie bei etwas mitmachen wollte, was er später vielleicht bereuen mußte. »Lieber tot«, sagte er, »als langsam an schlechtem Gewissen zu sterben.« Deshalb rannte er und rannte und versteckte sich zwischen dem Mais und dem Weizen in den Feldern, und er schlief umgeben von dicken Bäumen, wo in der Nacht die Wölfe heulten.

Mein Vater rannte nicht immer. Meine Mutter und Bernardo flehten meinen Vater einmal an, zu rennen, aber er wollte nicht. Das war in der Kirche, zu der Zeit, als das Kriegsgetöse lauter wurde. Es war während einer von Bernardos flammenden Predigten. Kaum hatte Bernardo begonnen, seinen Text vorzulesen – »Gebt dem Kaiser, was des Kaisers ist, und Gott ...« – da erhob sich mein Vater von seinem Platz und stand mitten in der Gemeinde da, auf der Männerseite natürlich, und antwortete ebenso hitzig: »Gib dem Kaiser einen *calcio in culo,* genau das ist des Kaisers, weil der Kaiser in Palästina gar nichts zu suchen hat!«

Oje! Aua! Einen *calcio in culo?* Einen Tritt in

den Arsch des Kaisers! Bernardo wischte sich mit einer Bewegung seiner dicken Hand über die Augenbrauen die Schweißperlen ab, während der Kopf meiner Mutter tief auf ihre Brust sank. Sie riefen: »Renn«, aber mein Vater wollte nicht.

Jetzt aber rannte er, ganz allein. Er versteckte sich und rannte, bis er, in der Nähe von Rom, eine Nacht in einem verfallenen Bahnhof verbrachte und plötzlich eine fremde Hand spürte, die ihn schüttelte. Die sanfte Hand war die eines Afrikaners, der ihn aufweckte. Der Afrikaner sprach eine fremde Sprache. Mein Vater wußte damals nicht, daß es Englisch war, aber es war ihm egal, deshalb folgte er dem Afrikaner, weil diese keine Feinde waren, sie waren Freunde.

Einen Afrikaner habe ich schon einmal gesehen, aber keinen Juden. Ich habe den Afrikaner auf einem Bild gesehen, das die Schwester von Professor Cianos Frau von ihrem Mann, der in Eritrea arbeitete, in einem Brief geschickt bekam. Afrikaner haben aufgeworfene Lippen, noch viel dicker und fetter als Maria Pias, und das gefiel mir natürlich, aber die Nasen gefielen mir nicht. Ich weiß nicht warum, abgesehen vielleicht von der Tatsache, daß meine Tante große Nasenlöcher und eine platte Nase hatte und immer sagte, dies sei nicht gerade der schönste Teil ihres Gesichts. Einmal habe ich sie sogar sagen hören, daß sie ihr Gesicht wegen ihrer plattgedrückten Nase und ihrer großen Nasenlöcher hasse. Und, o ja, Afrikaner haben eine schwarze Haut, noch viel schwärzer als Peppes, den wir manchmal wegen seiner dunklen Hautfarbe »Afrikaner« nannten.

In San Giovanni gab es eine Menge Leute mit dunkler Haut. Die Männer von San Giovanni nannten jede Frau mit dunkler Haut eine *bella mora*. Peppino, der Zigeuner, erhielt immer am Johannistag, für jedes Mal, wenn er »Marina, Marina, o mia bella mora«, sang, hundert Lire. Das Lied drehte sich um eine vielgeliebte Frau namens Marina, eine dunkelhäutige Frau, dunkel wie die Brombeeren, die die Herzen der Männer so unglaublich viel höher schlagen läßt.

Wir hatten einen *mora*-Busch im Weinberg. Aus seinen Blüten wurden die schwärzesten Beeren, und jeder sagte, sie seien schön, aber die Frauen auf Piottas Hof, die sich um das Foto aus Eritrea drängten, blickten traurig drein und schüttelten den Kopf. »Schwarz, schwarz«, sagten sie. Niemand sah traurig drein und schüttelte den Kopf, als in San Giovanni eine *bella mora* Zwillinge zur Welt brachte, mit Haaren und Haut so weiß wie der Tod. Signor Ficosecco sagte, sie wären Albinos.

Ich habe Albinos gesehen, aber keinen Juden. Ich weiß nicht, warum ich nie einem begegnet bin. Eigentlich hätte ich das tun müssen. Signor Ficosecco sagte nämlich, es sei durchaus möglich, daß Juden direkt hier in unserer Stadt lebten, weil San Giovanni doch einmal die bekannte *ius asyli*-Stadt war, die ein Recht auf Zuflucht garantierte, ein Titel, der ihr genau zu der Zeit verliehen wurde, als man den Juden in Spanien und Portugal befahl, das Land zu verlassen. Das letzte Mal, als Signor Ficosecco das sagte, schaute er genau auf mich. Aber ich starrte ihn dafür sehr lange an, und dann rollte ich ordentlich mit den Augen. Ich brauchte mir jedoch keine Sorgen zu machen, niemand würde meine Schuhe haben wollen. Warum glaubst du wohl, ging ich meiner Tante damit auf die Nerven, daß ich neue haben wollte?

Ich sah den Berg aus der Ferne an und dachte mir, wer oder was Juden auch immer waren, sie konnten nicht soviel anders sein als ich, weil ich dort zwischen den Tausenden von gestohlenen Schuhen ein Paar erspähte, das mir ganz perfekt gepaßt hätte. Ich hatte meine Tante schon früher um diese Schuhe gebeten, und jetzt, ein paar Monate später, rannte ich trotz der Antwort, die sie mir gegeben hatte, auf sie zu und wollte sie noch mal fragen. Ich weiß nicht, wie ich auf den Gedanken kam, daß sie ihre Meinung über diesen Berg von Schuhen auf dem Boden vor Mancusos Laden ändern würde. Ich rannte auf meine Tante zu, aber als ich näher kam, blieb ich stehen. Ich sah sie und Tata, und sie nickten und zeigten auf ein paar sehr schöne Leintücher auf einem der Marktstände. Ich sah meine Tante in ihre Tasche greifen und ihr Geld durchzählen, während Tata mit dem Händler herumstritt. Dann sah ich Tata und meine Tante miteinander reden und die Nasen über die Leintücher rümpfen, aber der Händler schien sich nicht darum zu kümmern, obwohl ich sah, daß er seine Arme hochwarf. Er schien mir ziemlich wütend zu sein, während er vorgab, seine Leintücher zusammenzufalten und wegzuräumen.

Als ich sie so dort stehen sah, vergaß ich meine Schuhe vollkommen, weil ich im Geiste einen

Berg sah, einen richtigen Berg, so groß wie der von San Giovanni, aus lauter Frauen mit ihren schönen Schuhen. Ich sah sie auf ihren hohen, dünnen Absätzen hin und her schwanken, im Kreise herumlaufen, schlendern, einkaufen und die Händler verrückt machen, und dann fielen sie alle hin, und sogar der Berg wurde kleiner, er war nichts anderes als ein Haufen gestohlener Plunder auf dem Boden vor Mancusos Laden.

Ich sah, daß meine Tante auf dem ganzen Heimweg weinte, nicht etwa, weil sie die Leintücher nicht kaufen konnte, o nein, sie hatte sich mit dem Händler geeinigt und trug die schönen Tücher unter dem Arm. Aber sie weinte, weil sie das erste Mal in ihrem Leben etwas Schönes gekauft hatte und sich niemand darüber würde freuen können. Der Tod würde die Tücher rauben, mit Mammarosa darin, und nur das Grab würde sich an ihrer Schönheit erfreuen.

Aber meine Tante hatte unrecht. Sie kannte Mammarosa schlecht. Sie wußte nicht, wie gut Mammarosa eine Linie ziehen konnte. Denn Mammarosa lächelte tatsächlich und sah glücklich aus, als meine Tante die Tücher auf dem Bett ausbreitete, damit sie sie ansehen konnte. Sie war begeistert, daß sie in so viel Schönheit gewickelt und mit so viel Würde gehen würde.

Sie waren tatsächlich schön, diese Leintücher, aus dem feinsten reinweißen Leinen, von oben bis unten mit Engeln bestickt. Sogar auf dem Kissen, auf dem Mammarosas Kopf ruhen würde, waren Engel, alle in einer Reihe, Flügel an Flügel. Auf den Leintüchern waren Engel, und auf dem Kissen waren Engel, aber ich sah keine Engel neben Mammarosa, und auch sie sah keine, weil sie nur einfach still dalag, jeden Tag ein wenig stiller.

Die Frauen von Piottas Hof, die alten und die uralten, sie alle kamen. Sie kamen, um Abschied zu nehmen. Ich sah sie die Treppe heraufkommen, und sie brauchten sehr lange, bis sie oben waren. »Verbraucht, verbraucht und mit einem Bein im Grab«, hätten sie geantwortet, wenn ich respektvoll gewesen wäre und sie gefragt hätte: »Wie geht es dir?« Ich fragte sie nicht, aber sie sagten es trotzdem: »Verbraucht, verbraucht und mit einem Bein im Grab«, weinten sie, als sie an Mammarosas Bett traten.

Ich hörte sie, wie sie Mammarosa an das schwere Leben erinnerten, das sie geführt, und an die harten Zeiten, die sie durchlitten, und an die harte Arbeit, die sie geleistet hatte, als ob sie das nicht selbst gewußt hätte. Sie flüsterten sich gegenseitig zu, wie gefaßt Mammarosa sei. Sie sagten, sie habe nie etwas getan, was sie bedauern müßte. Deshalb läge sie jetzt so friedlich da, meinten sie, weil ihre guten Taten sie die ganze Wegstrecke begleitet hätten, bis in dieses große Bett, in dem sie nun lag. Ich sah, wie sich die ganz Alten nach vorne beugten und Mammarosa Geheimnisse zuflüsterten, die man nur jemandem wie Mammarosa erzählen konnte. »Verbraucht, sag ihm, ich bin verbraucht. Es wird nicht mehr lange dauern. Ich werde ihn bald sehen, sag ihm, daß ich ihn bald wiedersehen werde.« – »Sag ihr, daß sie mich in dem ganzen Schlamassel alleingelassen hat«, sagte ein Mann richtig laut und wütend neben Mammarosas Bett. Ich glaube nicht, daß es ihm etwas ausmachte, daß seine Botschaft kein Geheimnis war. Sag ihm dies, sag ihr das, flüsterten die ganz Alten und Verbrauchten Mammarosa ins Ohr, und jedesmal nickte sie und versprach, es zu tun. Aber ich stellte fest, daß keine der Botschaften an die Engel gerichtet war.

Hatten sie vergessen, daß Mammarosa im Begriff stand, eine Reise mit den Engeln anzutreten? Hatten sie denen nichts zu sagen, die sie nach der langen Reise der Geburt zum Lächeln gebracht hatten? Allerdings konnte ich mich an meine Reise nicht erinnern. Sie kamen und gingen, die Freunde von Mammarosa, und nichts von dem, was sie ihr zuflüsterten, war für einen Engel bestimmt. All die Botschaften waren für jene, die früher gestorben waren und auf der anderen Seite auf sie warteten. Sogar Mammarosa muß sie vergessen haben. Nicht ein einziges Mal hörte ich sie zu ihrem Engel oder sonst irgendeinem Engel sprechen, und ich war da, ich saß, stand oder lag häufig neben ihr. Ich konnte nicht verstehen, woran das lag.

Ich würde bald nach Amerika gehen, nicht in den Himmel, und obwohl ich nicht genau wußte, wann es soweit sein würde, hatte ich mir schon ein gebrauchtes Englischbuch gekauft, damit ich lernen konnte, Englisch zu sprechen. Ich übte diese fremden Wörter, ich gab sogar vor, mit den fremden Leuten in diesem fernen Land auf der anderen Seite des großen Meeres zu sprechen. Ich begann zu glauben, daß sich meine Tante mit den Engeln vielleicht geirrt hatte, daß sie sich das alles bloß ausgedacht hatte, wie ein Märchen, als sie behauptete, daß sie uns unsichtbar durch das Leben begleiten bis zum Tod und sich dann, genau wie bei der Geburt, wieder zeigen, um uns beizustehen. Ich begann zu glauben, daß sie vielleicht gar nicht da waren. Daß sie uns vielleicht uns selbst überlassen hatten. Sie hatten uns hierher auf die Erde ins Leben begleitet, und dann gingen sie fort, damit wir zu sterben lernen – allein zu leben und zu sterben, ohne ihren Beistand.

Mir schien es nur gerecht zu sein, daß wir sie und sie uns vergessen hatten. Aber dann wachte ich eines Nachts in der tiefen Dunkelheit plötzlich auf, als ob mich jemand geschüttelt hätte und mir zuflüsterte: »Beeil dich, beeil dich, wach auf und beeil dich.« Ich fühlte sogar noch die Berührung einer sanften Hand auf mir, als ich die Augen aufschlug.

Auch meine Tante erwachte genau zur gleichen Zeit, als ob auch sie aus dem Schlaf gerüttelt worden wäre. Ich drehte mich nach rechts, als ob ein unsichtbarer Finger dorthin gezeigt und mir befohlen hätte, mich in diese Richtung zu drehen, und dort auf dem Nachtkästchen stand eine hell brennende Kerze. Auch meine Tante sah beim Anblick dieser Kerze überrascht aus. Ich hatte keine Ahnung, wer die Kerze dahin gestellt hatte. Seit wir diese elektrische Glühbirne in der Mitte des Zimmers hängen hatten, hatte ich nie mehr eine Kerze auf dem Nachttischchen gesehen.

Das letzte Mal, als in San Giovanni Wind und Regen tobten und der Tag plötzlich zur Nacht wurde, zündete meine Tante Kartoffeln an, keine

Kerzen. Ich erinnere mich, wie ich mit Mammarosas Taschenmesser meine Kartoffelhälfte aushöhlte, und meine Tante füllte Öl hinein. Dann tat ich ein kurzes Stück Bindfaden in die Mitte des Öls, und als meine Tante es anzündete, brannte die Kartoffel hell und länger als eine Kerze.

Diese Kerze auf dem Nachttisch brannte nur ganz kurz und ging dann plötzlich aus, als ob jemand sie mutwillig ausgeblasen hätte. In dem Moment, als das Licht der Kerze erlosch, weinte meine Tante los: »Mamma, Mamma«, und stürzte aus dem Bett zu Mammarosa.

Gerade da drehte ich mich dem Licht zu, aber die Kerze war nicht mehr da, und aus der Stille der dunklen Nacht kam eine schwache Stimme: »Und muß ich auch wandern im finsteren Tale«, flüsterte Mammarosa schwach und hielt dann inne, als hätte sie den Rest der Worte vergessen. »Fürchte ich kein Unheil, Mamma, kein Unheil«, sagte meine Tante, als wolle sie Mammarosas Gedächtnis auf die Sprünge helfen, aber Mammarosa antwortete nicht.

Die Engel waren gekommen. Sie waren es, die die Kerze ausgeblasen hatten. Sie war fort. Ihr Mund war jedoch halb geöffnet, und auch ihre Augen, als wollte sie mir noch eine letzte Sache mitteilen. Bei genauerer Überlegung wollte sie es vielleicht gar nicht zu mir sagen. Es war eher anzunehmen, daß sie sich unter den gegebenen Umständen endlich bei den Engeln bedanken wollte. Es konnte sein, daß sie, als sie zum letzten Mal ihre Lippen öffnete, versuchte, sich bei ihnen zu entschuldigen, weil sie ein Leben lang geschwiegen hatte. Aber sie tat es nicht. Sie gaben ihr keine Gelegenheit dazu.

Sie nahmen sie bei der Hand und rissen sie fort, als wäre sie ein Stück Brennholz und die Engel wären gekommen, um sie aus dem Feuer zu retten. Sie eilten mit ihr fort.

Aber nun würde Mammarosa genügend Zeit haben, alles zu sagen, was sie wollte. Es würde ein langer, langer Weg sein, länger als der lange Weg zum Weinberg, über den Zaun aus Zypressen, der den Friedhof umschloß, hinaus, weit darüber hinaus. Nun konnte Mammarosa reden und alle Fragen stellen, die sie auf dem Herzen hatte. Sie ließ mich immer fragen und reden, soviel ich wollte. Sie hatte mich immer an der Hand gehalten und mir den Weg die lange, lange Straße entlang gezeigt, über gepflasterte Straßen, selbst durch die dunklen Wälder von San Giovanni. Sie war mit mir gegangen, und ich hatte keine Angst.

Mammarosa war vor dem ersten Morgengrauen gestorben. Wie der Mond hatte sie Platz gemacht, damit die Sonne leuchtend aufgehen und den neuen Tag beginnen konnte.

Im Nu hatte Tata Mammarosa gewaschen und angezogen und zwischen die Engel aus dem schönen, reinweißen Leinen gelegt. Nur Mammarosa und die Engel lagen auf den weißen Tüchern in diesem Sarg. Sie hatte um nichts gebeten. Sie ging ohne irgend etwas.

Noch vor Mittag kamen die Alten und Verbrauchten, Mammarosas Freunde, wieder die Treppe unseres Hauses in der Via Monterosa herauf. Ich sah, wie sie sich mit großen Taschentüchern über das Gesicht fuhren, als sie weinten und ausriefen: »Marò, Marò, wo bist du, Marò?«, als ob sie es nicht genau wüßten! »Gott segne dich, Marò, das Feuer, das dich verbrauchte, ist erloschen. Sei gesegnet, sei gesegnet, Marò«, wiederholten sie und wischten sich mit den Taschentüchern übers Gesicht. Aber ich sah keine Tränen. Es gab keine wirklichen Tränen.

Mammarosa lag kalt und still da. Sie schien mir nicht die echte zu sein. Bald waren die Engel auf den Tüchern nicht mehr zu sehen. Mammarosa war von einem Meer leuchtender, makelloser Blumen bedeckt, die nicht weinten. Ihre Blüten waren nicht welk, und sie hingen nicht herunter, weil sie nicht echt waren. Es war kein Leben in ihnen, es war nie welches in ihnen gewesen. Sie waren kalt und tot und stumm.

Einen Moment lang dachte ich, mein eigenes Leben wäre verschwunden. Ich suchte tief, ganz tief in der Tiefe meines Seins. Ich suchte alle Kämmerchen ab und folgte den Gängen meines Gehirns, aber ich fand nichts. Ich spürte nichts. Da war nichts. Nicht einmal ein Wort, das ich hätte sagen können, kein einziges. Welche Worte hätten den Tod auch umstimmen können? Keines, kein einziges.

Aber warte! Ich konnte Theater machen. Ja, das konnte ich. Ich hätte treten und schreien und um mich schlagen können, weil ich Mammarosa auf gar keinen Fall so einfach gehen lassen wollte, ohne ordentlichen Kampf. Ich beschloß sogar, daß ich, sobald ich allein wäre, genau das tun würde. Ich wollte Gott wissen lassen, was ich von seiner Entscheidung hielt, gerade jetzt Engel zu schicken, um Mammarosa zu holen.

Ich dachte, ich sollte es gleich richtig machen und rufen und laut schreien, wenn ich dieses Theater machte, deshalb beschloß ich, zur Rinne am Berg von San Giovanni hinaufzusteigen, und dort beim Bach, wo ich die Blumen gepflückt hatte, würde ich fragen, warum. »Warum, warum?« würde ich schreien. »Kannst du mir zumindest sagen, warum?«

Ich wollte Gott für den Fall, daß er es nicht gemerkt hatte, daran erinnern, daß Mammarosa gerade dabei war, lesen und schreiben zu lernen. Noch zwei Buchstaben, das R und das S, dann hätte sie ihren ganzen Namen, Mancina Maria Rosa, mit ihrem Stück Kohle auf die Platte der Feuerstelle schreiben können. Ich wollte fragen, warum gerade jetzt, wo wir mit den Vorbereitungen für unsere Abreise nach Amerika fast fertig waren. Oh, wäre ich doch nur eine Schwalbe gewesen!

Ich hatte einmal ein Flugzeug über San Giovanni am Himmel fliegen sehen. Seine Flügel waren ausgebreitet, und sein Bauch war ganz weiß, wie bei den Schwalben, die zwischen den Ziegeln unseres Daches nisteten und ihre Jungen versteckten. Wäre ich eine Schwalbe, dann wäre ich mit Mammarosa auf meinen Flügeln ins ferne Amerika geflogen und hätte sie versteckt. Weder Engel noch Tod würden sie dort finden. Wäre ich eine Schwalbe, dann könnte ich das. Aber ich war es nicht, deshalb wanderte ich und wanderte den Abhang von San Giovannis Berg hinauf und überlegte mir angestrengt, was ich sagen, nein, herausschreien könnte, wenn ich anhalten würde.

Meine Füße waren über etwas gestolpert. Ich schaute auf, und vor mir stand mein Baum! Ich war über meinen Baum gestolpert! Ich war auf seine Wurzeln getreten, die noch immer nackt und ungeschützt waren. Und dort kamen mir aus heiterem Himmel diese Worte in den Sinn (denselben Sinn, den ich für leblos und leer gehalten hatte): »Tausend Jahre sind vor dir wie der gestrige Tag, und ein Tag ist so viel wie tausend Jahre.« Die Worte gingen mir wieder und wieder durch den Kopf. »Tausend Jahre sind ein Tag, und ein Tag ist so viel wie tausend Jahre.« Nachdem ich mir diese Worte eine Weile angehört hatte, machte ich mir Sorgen, daß ich bald den Unterschied zwischen eins und tausend nicht mehr wüßte, wenn das so weiterginge.

Ich erinnerte mich an diese Worte. Ich erinnerte mich an den Tag, als ich sie in mich aufnahm, den Tag, an dem sie sich in meinem Geist einnisteten. Ich erinnere mich, wie Bernardo auf der Kanzel stand, mit hochrotem Gesicht, und seine Wangen und sein Doppelkinn wippten und wackelten, als er es wiederholte: »Tausend Jahre sind vor dir wie der gestrige Tag, und ein Tag ist so viel wie tausend Jahre.« Ich hätte aufmerksam zuhören sollen, als Bernardo sprach, aber statt dessen drehte ich mich um und lachte mit Ceci, der mir gerade: »Bernardo ist ein dickes, fettes Schwein!« ins Ohr geflüstert hatte, und deshalb konnte ich Bernardo nicht mehr zuhören.

Das war es also, was dem geheimnisvollen Rätsel über die tausend Jahre und den einen Tag folgte. Jetzt konnte ich die Bedeutung dieses Rätsels nur erraten. Vielleicht wollte uns Bernardo damit sagen, daß Gott nicht wußte, wie spät es ist, dachte ich mir. Aber nein! Ich hatte die Uhr gelernt, noch bevor meine Tante unsere erste und einzige Uhr gekauft hatte. Aber was immer es auch bedeutete, ich wußte jedenfalls, daß Gott keine Uhr hatte.

Ich ging und überlegte, und je mehr ich überlegte und je weiter ich ging, um so sinnloser schien es mir, ein Theater um diese Warum-Jetzt-Frage zu veranstalten. Wenn tausend Jahre tatsächlich wie ein Tag waren, wie konnte ich da argumentieren? Was konnte ich da sagen? Sollte ich wütend sein und mich über die Tatsache beklagen, daß Gott Mammarosa holte, eine Stunde bevor er meine Mutter zu sich nahm und zwei Stunden, bevor er mich und drei Stunden, bevor er Lucrezia sterben ließ? (Lucrezia ist der Name, den ich meiner Tochter gebe, wenn ich eine bekomme, weil ich meine Tante tausendmal gebeten habe, meinen Namen zu ändern und mich Lucrezia zu nennen, aber sie tat es nicht.) Wir sollten, wie es schien, alle am selben Tag zu ihm gerufen werden, Mammarosa, meine Mutter, Lucrezia und ich, deshalb wurde mir klar, daß es lächerlich wäre, Theater zu machen und um sich zu schlagen und zu schreien. Es wäre nicht richtig. Allerdings wäre es auch nicht richtig, wenn jemand deswegen vor Freude hüpfte.

Ja, vor Freude hüpfte. Ich erinnere mich, daß

Bernardo einmal sagte, die Engel im Himmel würden jedesmal, wenn jemand stirbt, ein großes Fest veranstalten und vor Freude hüpfen. An diesen Worten war gar nichts rätselhaft. Sie bedeuteten einfach, was damit gesagt wurde. Die Engel freuten sich und lachten und veranstalteten ein Fest, während Mammarosas Körper dort in der Erde liegen und verwesen würde, genau wie die Weizensamen, die sie mir in jenem Herbst auf dem Feld gezeigt hatte. O ja, diese tausend Jahre sollten ein langer Tag werden!

Ich ging und ging, bis ich zu der Rinne am Berg kam, und dort in dem Matsch beim Bach zog ich eine Linie. Ich erinnere mich, sie war gebogen und folgte dem blauen, deutlichen Horizont am Himmel. Unterhalb dieser Linie und ganz dicht daneben schrieb ich mit meinen Fingern das Wort »Mammarosa«, und genau in diesem Moment und an dieser Stelle beschloß ich, Mammarosa und alles, was mit ihr zu tun hatte, innerhalb der Grenzen dieser von mir gezeichneten Linie aufzubewahren.

Ich würde kein Gezeter machen und nicht weinen, weil sonst meine Tränen wie der Regen diese Linie durchbrechen könnten, und wer weiß, dann bliebe mir am Ende nichts als ein Trugbild von ihr, und ich könnte nichts weiter als den bitteren Wind in die Arme schließen. Nichts da, Theater zu machen, war keine gute Idee.

Ich wollte nicht wie Signor Ficosecco sein, der nur an sich selbst dachte und sich ständig über alles aufregte. Wie damals, vor langer Zeit, als ich das Bild von mir malte und mich wahnsinnig anstrengte, einen möglichst naturgetreuen Baum mit Wurzeln in einem Weinberg zu zeichnen, Trauben und sogar Glocken in die Ecke des Bildes zu malen, aber nein, es gefiel ihm nicht. Er hielt all meine Mühe für selbstverständlich, als ob das Bild dort ganz von allein entstanden wäre, als ob es nicht Zeit gekostet hätte, jede Linie zu zeichnen und auch noch auszumalen. Ich erinnere mich, Signor Ficosecco war damit nicht zufrieden, er wollte, daß nur ich, ich, ich ganz allein auf dem Bild zu sehen sei. Und darum regte er sich weiter über Kleinigkeiten auf, etwa über die Art und Weise, wie ich meine Haare gezeichnet, wie ich meine Ohren gemalt hatte. Und als ich über Signor Ficosecco nachdachte, wurde ich plötzlich ganz verlegen, und mir kam der Gedanke, daß es wirklich angebracht sein könnte, mich bei Gott für meine Absicht, ein Theater zu veranstalten, zu entschuldigen. Aber dann erinnerte ich mich daran, daß er doch alles weiß, sogar meine Gedanken kennt, deshalb tat ich es nicht. Ich dachte es bloß.

Und das war ganz in Ordnung. Mit Gott kannst du das machen. Es ist nicht so, als würdest du einer Freundin, ja sogar deiner besten Freundin, etwas Beleidigendes sagen. Die sind dann nämlich gekränkt, und es dauert ewig, bis sie dir verzeihen. Nein, Gott ist überhaupt nicht so. Er ist überhaupt nicht wie Sara. Ich erinnere mich, daß Sara einmal einen ganzen Tag schmollte, bloß weil ich sie eine dumme Kuh genannt hatte, als sie eine Rechenaufgabe nicht lösen konnte, obwohl ich sie ihr mindestens zehnmal erklärt hatte.

Jetzt, wo ich darüber nachdenke, bin ich überzeugt, Sara würde den Himmel mögen. Dort ist Rechnen überhaupt nicht schwierig. Eine Eins ist eine Eins, gleich, wie viele Nullen darangehängt sind. Jedenfalls erinnere ich mich, daß ich zu Sara sagte, es täte mir leid, aber das war ihr nicht genug. O nein, ihr nicht. Das Leidtun war ihr nicht genug, und sie wollte noch immer nicht mit mir reden. Ich schickte ihr über andere Freundinnen Friedensbotschaften, aber ihre Antwort war immer noch ein kaltes Schweigen, und erst als ich ihr alle meine schönen, bunten Murmeln bringen ließ, die mir meine Mutter in einem Paket aus Amerika geschickt hatte (einschließlich meiner schönsten, einer ganz großen bunten), war sie zufrieden und lächelte mich wieder an.

Ich erinnere mich, daß meine Murmeln in ihren Taschen klick-klack machten, und ich fragte sie, ob wir nicht damit spielen könnten, aber sie wollte nicht. Sara war eine dumme Kuh, gar keine Frage, deshalb mußte ich ihr an diesem Tag überallhin nachlaufen, bloß für den Fall, daß sie mit jemand anderem als mit mir spielen wollte, denn dann würde ich meine Murmeln ganz bestimmt nie mehr zurückbekommen. Ich erinnere mich, daß sie sich schließlich, schon nach dem Angelus-Läuten, zu spielen entschloß, und ich erinnere mich, daß ich alle Murmeln zurückgewann, sogar meine große schöne. Damals hatte ich Sara also meine Murmeln geschenkt, aber ich hatte Gott überhaupt nichts angeboten, allerdings hatte er auch um nichts gebeten.

Deshalb überlegte ich und überlegte, und dann

kam mir schließlich die Idee, daß ich ihm eine Uhr schenken sollte. Das wäre eine prima Idee gewesen, wenn meine Tante die unsere nicht so sehr bewacht hätte. Sie hatte allen Grund dazu. Das letzte Mal, als ich die Uhr in meinen Händen hatte, wurde ich von einem Anflug von Neugier gepackt und machte mich daran, herauszufinden, was es mit dem Ticktack der Uhr auf sich hatte, das die Sonne und den Mond veranlaßte, von einer Seite des Himmels zur anderen zu wandern. Ich war gerade dabei, die Klinge von Mammarosas Taschenmesser an die Schrauben auf der Rückseite der Uhr anzusetzen, um es herauszubekommen, als ich meine Tante losschreien hörte. Ich schreckte auf. Es war das letzte Mal, daß ich die Uhr aus der Nähe sah. Und so hatte ich jetzt also nichts anzubieten. Ich war allein, mit nichts als meinen Gedanken. Ich hörte, daß sich etwas durchs Gras bewegte. Ich drehte mich auf der Stelle, an der ich am Bach in der Senke saß, um und hätte beinahe aufgeschrien. Aber dann schaute ich hin und merkte, daß es keinen Grund gab, zu erschrecken, es war nur Margarita.

Ich hatte Margarita oft alleine auf dem Gras beim Bach sitzen sehen, wenn ich zur Senke kam, um Blumen zu pflücken. Ich hatte mich immer gefragt, was sie da ganz allein und still tat. Jetzt wunderte ich mich nicht mehr. Margarita wußte, wer ich war. Ich hatte oft mit ihrem Sohn Davide gespielt. Ich erinnere mich an Davide, er war groß und blond, weil Margarita auf Dr. Rafaelino gehört hatte, wenn er sagte: »Keinen Kaffee in die Milch.« Sie hatte zugehört und alles richtig gemacht, und trotzdem begann eines Tages ein Flämmchen in Davide aufzuflackern. Bald war es zu einem lodernden Feuer geworden, das ganz von allein aufflackerte und wieder erlosch und wieder aufflackerte und erlosch und Davides ganze Kraft verzehrte. Dr. Rafaelino schaute in Davides Augen und sagte, daß es nichts sei, aber das stimmte nicht. Deshalb breitete Margarita ihre Flügel aus und flog davon wie die Schwalben. Sie flog nach Osten und nach Westen, in den tiefsten Süden und den höchsten Norden. Bis zu dem Ort, an dem der Wind wohnt, flog Margarita mit ihrem Sohn, um ihn zu verstecken. Aber wohin sie auch ging, der Engel des Todes folgte ihr, das heißt, er kam als erster dort an. Es war, als läge er dort auf der Lauer und wartete auf sie, denn jedesmal, an jedem Ort, zu dem sie flog, wenn Margarita gerade dachte, sie hätte Davide sicher versteckt, wenn sie dachte, ihr Gerenne habe ein Ende, zündete der Engel des Todes das Feuer wieder an, und Davide brannte wieder am ganzen Körper.

Bis Margarita eines Tages nein sagte. Sie wollte nicht mehr rennen und ihren Sohn verstecken, deshalb nahm sie Davide mit nach Hause. Ich erinnere mich an den Tag, als sie nach Hause kamen. Es war am selben Tag, als Mammarosa und ich von den Weizenfeldern zurückkamen. Margarita saß mir gegenüber mit Davide im Arm. Sie saßen auf einem Zweiersitz in dem kleinen grünen Eisenbahnwaggon, und Davides Augen waren geschlossen, außer wenn der Zug vor langen Tunnels seinen Warnpfiff ausstieß. Ich dachte, Davide würde mich einen kurzen Augenblick ansehen, als Margarita seinen schlaffen, geschwächten Körper in ihren Armen drehte, um es ihm bequem zu machen, deshalb lächelte ich.

Noch in derselben Nacht kamen die Engel, aber Davide weigerte sich zu gehen. Erst als Margarita, die das Zimmer für kurze Zeit verlassen hatte, zurückkam, lächelte er, schloß die Augen und war einverstanden, mit ihnen zu gehen. Tata war in Margaritas Haus, als sie Davide heimbrachte, und natürlich wusch sie ihn und kleidete ihn an, als er gestorben war. Ich erinnere mich, daß sich Margarita wehklagend vornüber beugte und Davides kalte Hände hielt. »Mein Atem, mein Atem, meine Luft zum Atmen.«

Das waren für lange Zeit die einzigen Worte, die aus ihrem Mund kamen. Den ganzen Tag über war in dem Haus ein Kommen und Gehen. Alle Leute flüsterten nette Sachen in Margaritas Ohr, und allen gab sie zur Antwort: »Mein Atem, mein Atem, meine Luft zum Atmen«, und sogar später, als ich sie beim Bach sah, meinte ich sie wieder sagen zu hören: »Mein Atem, mein Atem, meine Luft zum Atmen.«

Margarita würde nicht lange leben, ohne zu atmen. Wenn sie nicht bald tief Atem holte, würde auch sie sterben. Sie forderte den Engel des Todes heraus. Sie hatte zu lange durchgehalten, ohne Atem zu holen, das wußte ich. Ihr Gesicht sah schon blasser aus als blaß, und ihre einst gelben Haare, so gelb wie das Herz eines Gänseblümchens, waren schon ganz weiß geworden.

Ich ging über ein paar große Steine näher an

Margarita heran und schwieg. Ich überlegte mir, ob ich ihr zeigen sollte, wie man eine Linie zieht, genau wie Mammarosa es mir gezeigt hatte. Ich überlegte, ob ich Margarita bitten sollte, den himmlischen Heerscharen zu verzeihen, daß sie die Uhr nicht lesen konnten. Ich dachte mir tausend Entschuldigungen aus, warum die Engel zu früh gekommen waren, um Davide zu holen. Ich wollte ihr sagen, daß es sich dabei um irgendein unglückliches Mißverständnis gehandelt habe, und solche passieren gelegentlich, weil es im Himmel keine Uhren gibt.

Ich überlegte mir, ob ich ihr meine geheimen Worte, das geheimnisvolle Rätsel des Lebens, anvertrauen sollte: »Tausend Tage sind vor dir wie der gestrige Tag, und ein Tag so viel wie tausend Jahre.« Ich hatte mir schon alles im Kopf zurechtgelegt, als ich dort auf meinem Stein neben Margarita saß. Ich wollte ihre Hände sanft in die meinen nehmen, und ich wollte ihr die Haarsträhne, die an den Tränen auf ihrem Gesicht klebte, zurückstreichen, und dann wollte ich sie umarmen und ihr all meine Gedanken ins Ohr flüstern. Aber ich tat es nicht. Ich sagte nichts. Wir saßen dort in absoluter Stille und lauschten, ich auf ihr Herz und sie auf meines.

Als die Glocken läuteten, stieg Margarita neben mir den Berg von San Giovanni hinunter. Als wir bei unserem Haus in der Via Monterosa ankamen, war Bernardo schon da. Sie sangen gerade: »Gott mit dir, bis wir uns wiedersehen.« Ich versuchte, mit dem Chor mitzusingen, aber jedesmal, wenn ich es versuchte, fühlte es sich an, als stecke mir etwas im Hals, etwas, das sich hartnäckig weigerte, hinunterzurutschen, und nicht zulassen wollte, daß irgendwelche Töne herauskamen. Deshalb bewegte ich bloß meine Lippen. Ich sang nicht mit.

Ich erinnere mich, daß Mammarosa nicht viel gesungen hat. Einmal bat ich sie zu singen, aber sie sagte, sie könne nicht. Sie könne nicht, sagte sie, weil ihre Seele schwer sei, und ich stellte fest, daß sie immer dann zu murmeln begann, wenn ihre Seele schwer war.

Jetzt, da sie fortgeflogen war, war ihre Seele nicht mehr schwer. Gleich nachdem Mammarosas Seele so leicht wie eine Feder geworden und sie mit den Engeln fortgegangen war, hatte Nina Mammarosas Mund geschlossen. Ihr Mund war zu, und sie sang nicht. Aber als der Chor sang und ich ganz angestrengt lauschte, hörte ich ein schwaches Echo. »Bis wir uns wiedersehen.« Es klang fern, aber ich weiß, es kam von einem Ort, der nur einen Wimpernschlag entfernt ist, ein Ort, an dem es keine Uhren, keine Zeit gibt und an dem Tausend das gleiche ist wie Eins. Ich konnte noch immer nicht singen, deshalb murmelte ich. »Ja«, murmelte ich, »bis wir uns wiedersehen, ich werde warten, bis wir uns wiedersehen. Ich werde warten, und es wird nicht lange dauern. Die Zeit vergeht schnell, wenn man tausend Jahre in einen Tag packen muß.«

Jetzt war es Abend, aber es war sicher, daß die Morgendämmerung kommen würde. Der Horizont hinter den Bergen würde nur ganz kurze Zeit fahl sein, und dann würde er sich in das leuchtendste Gold verwandeln. Und wenn dieser Tag vorüber wäre, dieser mysteriöse Tag, dann brauchten die Glocken nicht zu läuten, um die Nacht anzukündigen. Anders als an allen anderen Tagen würde es dann für immer Mittag bleiben und die Sonne für immer strahlen.

Es war Abend, und die Glocken läuteten, als wir die Brücke über den Neto überquerten und durch den Zaun aus Zypressen gingen, wo wir Mammarosa im Friedhof zur Ruhe betteten. Tata kam zu uns zurück. Sie kam noch am selben Abend mit einem riesigen Korb, der mit einem rot-weiß karierten Tischtuch bedeckt war. Sie ging durch das Haus und hierhin und dorthin, als ob sie etwas zu erledigen und wenig Zeit dafür hätte. Sie zog Schubladen auf und deckte den Tisch, denselben Tisch, auf dem noch vor kurzem Mammarosa gelegen hatte! Und sie ging umher und kommandierte Ceci und Nina herum: »Hol mir dies, bring mir das.«

Sie redete und lächelte, und manchmal lachte sie sogar, während ich weinte. Auch wenn niemand merkte, daß ich weinte, ich tat es doch. Tata schenkte Marsala in kleine Likörgläser, die auf einem Tablett standen, und reichte sie den Frauen von Piottas Hof, den Alten, den Verbrauchten, den alten Männern, den Jungen, einfach allen, die gekommen waren, um freundliche Sachen über Mammarosa zu sagen. Sie tranken süßen Likör und lächelten, und manche lachten auch.

Hätte Tata in ihrem Korb *brodo* statt *pastasciutta* mit Fleisch und starken Rotwein für uns mitgebracht, dann hätte ich sie gefragt: »Wo ist das Baby? Darf ich das Baby halten?« Das stimmt, man hätte an diesem Abend meinen können, daß unser Haus kein Trauerhaus sei, das Haus, in dem sich der Engel des Todes aufgehalten hatte, bis er bekam, was er wollte. Man hätte meinen können, hier würde ein Fest für ein neues Leben stattfinden, als ob ein Engel eine weitere Kerze angezündet und mit einem Neugeborenen gelächelt hätte. Es war, als ob ein Baby geboren worden, nicht jemand gestorben wäre, so wie sich alle benahmen. Tata ging herum und forderte jeden auf, zu essen und stark zu sein. »Das Leben geht weiter, das Leben geht weiter«, sagte sie, als sie noch mehr Essen zu dem häufte, das schon auf meinem Teller lag. »Die Reise ist schwer. Iß und sei stark. Das Leben muß weitergehen, das Leben muß weitergehen«, sagte sie den ganzen Abend über immer wieder, als wäre sie geschickt worden, als hätte sie einen himmlischen Auftrag, sicherzustellen, daß das Leben tatsächlich weiterging, weil es immer genug Leben für den Tod geben muß. Der Tod und das Grab hatten noch nicht »Genug!« gesagt.

Ich merkte, daß ich mich lächerlich verhielt. Es fiel mir plötzlich auf, daß ich tatsächlich Theater machte, deshalb streckte ich meine Hand aus und nahm den starken Espresso an, den Professor Cianos Frau gebracht hatte, weil ich doch vor nicht allzulanger Zeit beim Bach im Einschnitt des Berges jene Linie gezogen hatte, weil ich doch zu mir selbst gesagt hatte, ich würde kein Theater veranstalten. Ich hielt meine Tasse hoch, bis Piperellas Frau, die hinter Professor Cianos Frau kam, ein starkes Getränk, das sie mitgebracht hatte, obendrauf goß. Ich erlaubte Barbara, die nach Piperellas Frau kam, Unmengen von Zucker hineinzugeben und umzurühren, und ich nahm mir sogar einen von ihren süßen *biscotti*. Ich wollte schon fast fragen, ob all diese Nettigkeiten ein Versöhnungsgeschenk seien, das uns durch diese freundlichen Frauen vom Engel des Todes gebracht wurde, aber ich hielt mich rechtzeitig zurück und tat es nicht. Außerdem, wen sollte ich fragen? Nicht Mammarosa!

Sobald am Morgen die neue Sonne hinter den Bergen hervorkam, spazierte La Casinise mit einem Korb voller frischer Eier herein. Catarina, Carlettas Mutter, nicht. Sie brachte eine Flasche süßen Likör, weil Küken aus ihren Eiern geschlüpft waren. Ich hatte Küken aus Eiern schlüpfen sehen. Ich hatte beobachtet, wie die Küken kämpften und sich abmühten, um ihren Weg aus der Schale aufzupicken. Ich erinnere mich, daß ich überrascht war, wieviel Energie sie sogar nach all dem Picken noch hatten. Sie kämpften weiter und piepsten und liefen hin und her, als ob sie irgendwohin müßten, und zwar schnell. Wenn sie bloß gewußt hätten, daß sie für den *brodo* bestimmt waren!

Spezzatino

Brate Olivenöl, Zwiebeln, Knoblauch,
Tomaten und ganz, ganz scharfe Peperoni in
einer großen Pfanne kurz an.
Füge kleine Stücke Leber, Herz, Nieren,
Lunge und gewaschene und gekochte Streifen
Kutteln hinzu.
Laß es weiterkochen und gieße mehrmals
Weißwein an (an dieser Stelle kann man auch
Kartoffeln dazugeben).
Gib – falls nötig – ein wenig Wasser hinzu.
Laß es köcheln, bis es zart ist.
Wenn es fast fertig ist, wirf eine ganze Menge
frisches Basilikum und Petersilie hinein.
Iß es mit altem, hartem Brot.

Wanderer

Alle sagten, wir seien zu Großem ausersehen. Sie sagten, wir hätten Glück, weil die Glücksfee persönlich, blind wie sie war, die Via Monterosa in San Giovanni gefunden und aus den vielen Hausnummern die Zahl vierzehn herausgesucht hatte. Ich weiß nicht, warum die Glücksfee beschloß, gerade mich auszuwählen. Sonst wurde ich nie ausgewählt. Maria Pia und dieses neue Mädchen Lucrezia hatten immer die Aufgabe, für die Spiele in der Schule die Mannschaften aufzustellen. Ich wurde immer als letzte genommen. Einmal stritten sie sich sogar: »Nein, du nimmst sie.« – »Nein, du.« Deshalb hätte ich eigentlich glücklich sein sollen, daß mich endlich jemand ausgewählt hatte, auch wenn dieser Jemand blind war.

Wir waren ausgewählt worden, wir waren die glücklichen Gewinner eines Stempels, auf dem »Immigrant« stand – fest verankert und verwurzelt, bereit, versetzt zu werden. Wir hatten kostenlosen Eintritt nach Amerika erhalten, ins Paradies, und alle sagten, sie wünschten, sie hätten auch so viel Glück, aber ich glaubte ihnen nicht.

Einmal haben alle Piperella ebenfalls als Glückspilz bezeichnet. Er hatte im *Totocalcio* gewonnen, und an diesem Tag sah ich, daß Professor Ciano und Dr. Mauri ihn zum ersten Mal anlächelten und ihm einen guten Morgen wünschten. Tatsächlich war Piperellas Losnummer gezogen worden, und Piperella war von seinem Glück so überwältigt, daß er für die ganze Horde, die sich um ihn drängte, Runden spendierte und sogar seine Spitzhacke, seine Kartoffelhacke und seine Schaufel verschenkte, obwohl er erst in ein paar Tagen erfahren würde, wieviel er gewonnen hatte.

Ich erinnere mich an jenen Morgen. Es war der Morgen, an dem die Näherin ein neues Flanellnachthemd für meine Tante brachte, die sich ein paar Luxusdinge leistete, um sie in ihrem Koffer mitzunehmen. Ein neues Flanellnachthemd war keine Kleinigkeit, jedenfalls nicht für meine Tante. Sie war so aufgeregt und entzückt, es war eine der wenigen Gelegenheiten, bei denen ich meine Tante in einer so überglücklichen Verfassung sah, daß sie es anzog, und Piperellas Frau konnte von ihrer Tür aus beobachten, wie meine Tante einer Ballerina gleich durchs Zimmer tänzelte. Sie sah, wie meine Tante den weichen, warmen Flanell an ihre Wange hielt und lächelte. Noch am selben Abend brachte die Näherin genau so ein weiches und hübsches Nachthemd wie das meiner Tante zu Piperellas Frau. Sie hatte es sich bestellt, einfach wegen ihres großen Glücks.

Als Piperella ein paar Tage später erfuhr, daß sein Gewinn weit geringer ausfiel, als ihn eine neue Baskenmütze kostete, betrank er sich. An diesem Abend entschuldigte er sich auf dem Nachhauseweg nicht bei den Wänden, gegen die er wie gewöhnlich stieß. In Wahrheit knallte er mit seinem Körper gegen Türen und Treppen und Karren, weil er entschlossen war, dieses blinde Luder namens Glück zu finden und sie in Stücke zu reißen. »Luder, Luder, dreckiges Luder«, schrie er nach ihr. Er war wütend, weil er Geld ausgegeben, sein Werkzeug hergeschenkt und nun nichts vorzuweisen hatte, während seine Frau im Gegensatz zu ihm (dank meiner Tante) ein schönes, neues Nachthemd besaß, das sie immer an die Gelegenheit erinnern sollte, als ihnen das Glück einmal beinahe hold gewesen war.

Als Piperella oben an der Treppe ankam, war er sogar noch wütender, weil er immer wieder ins Leere gegriffen und auf Dinge eingeschlagen und immer noch nicht das Vergnügen hatte, die Glücksfee in seiner Gewalt zu haben, und sei es auch bloß kurz, ganz kurz, aber lang genug, um seine Hände um ihren Hals zu legen und zuzudrücken. Das hätte ihm ja schon gereicht, aber alles, was Piperella, der einfach kein Glück hatte, zwischen seinen Händen zusammendrückte, war – wie gewöhnlich – Luft.

Als er dort oben auf der Treppe stand, auf der verzweifelten Suche nach der Türklinke nach links und nach rechts schwankte, drehte er sich in unsere Richtung und erblickte zufällig meine Tante, die sich bemühte, unbemerkt zu bleiben, und deshalb leise und vorsichtig unsere Tür schloß. Piperella muß gedacht haben, er sähe die Glücksfee, als er meine Tante erblickte, weil er zu schreien begann: »Luder, dreckiges Luder, da ist ja das Luder, das die ganze Zeit durch die Stadt gerannt ist, um mit seinem neuen Nachthemd anzugeben.«

Aber meine Tante war nicht die Glücksfee. Meine Tante glaubte nicht einmal an das Glück. Einmal hat sie mir gesagt, das Glück sei gar keine Fee. Sie erzählte mir, es sei nichts weiter als ein

Wurm, genauer gesagt eine Made, die vom Kadaver der erloschenen Hoffnung lebte. In letzter Zeit war ich allerdings besorgt, daß sie vielleicht doch an das Glück glaubte. Unweigerlich mußte ich das denken, so wie sie herumging und Sachen verschenkte, wie zum Beipiel ihre Hacke und ihre Schaufel und unseren Winterbaldachin. Ich sah Leute – jeden Tag – mit leeren Händen in unser Haus kommen und es mit Armen voller Sachen wieder verlassen, die ihnen meine Tante gegeben hatte, als hätte auch sie in der Lotterie gewonnen wie Piperella. Vor allem nachdem mein Vater aus Amerika gekommen war und alle Papiere unterschrieb und unsere Tickets kaufte.

Ich erinnere mich an den Tag, als mein Vater in San Giovanni ankam. Er tauchte einfach auf. Die ganze Woche hatten Ceci und Peppe jeden Tag beim Bahnhof herumgelungert, weil er in dieser Woche, ein paar Tage früher oder später, ankommen sollte. Und das tat er. Ich sah meine Tante, Ceci, Nina, Peppe und Julia rennen. Ich hörte die Leute durch die ganze Via San Francesco und die Via Monterosa rufen: »Der Americano, der Americano«, und im Nu waren alle Balkone und Fenster voller Leute, die wissen wollten, wer der Americano war.

Ich wußte, wer der Americano war. Ich sah, wie sich auf der Via Monterosa alle um ihn drängten. Ich hörte sie lachen und weinen und tausend Fragen stellen, alle gleichzeitig. Ich hörte sie von einer Nische aus, die gegenüber Piottas Hof von zwei hervorspringenden Hauswänden gebildet wird. Ich blieb dort lange Zeit. Es muß sogar sehr lange gewesen sein, weil meine Tante kam und mich suchte. Ich versuchte, mich klein zu machen und gegen die Wand zu drücken, damit sie mich nicht sah, aber sie fand mich doch. Ich wehrte mich, aber sie gewann. Sie zog mein Kleid hoch, und ich zog es herunter, und sie zog es wieder hoch, und in Windeseile hatte sie es mir ausgezogen und mich in einen neuen grünen Leinenanzug gesteckt, den Maria Pias Schwester mir genäht hatte, aber ich hatte keine neuen Schuhe. Meine Tante zog mich am Arm bis in unser Haus, und dort, neben dem Feuer, sah ich meinen Vater zum ersten Mal.

Ich erinnere mich, wie ich sein Gesicht zum ersten Mal sah. Ich hatte recht. Das Bild von dem Mann auf dem Schrank neben unserem Bett zeigte nicht ihn. Die Haare meines Vaters waren oben dünn, und er war nicht groß und schlank wie der Mann auf dem Bild. Aber das Lächeln, das Lächeln hätte mich beinahe zu der Ansicht verleitet, daß er derselbe war. Ich erinnere mich, daß er, als ich dort ein Stück von ihm entfernt stand, ohne seine Augen lächelte. Ich konnte an diesem Lächeln nicht erkennen, ob er traurig oder glücklich war, genau wie der Mann auf dem Bild neben unserem Bett, dessen Lippen ein gezwungen glückliches Lächeln zu zeigen schienen, vielleicht von einem Mann hinter einem schwarzen Kasten dazu ermuntert, der ihm tausendmal gesagt hatte, er solle in das Licht schauen und lächeln, lächeln.

Mein Vater streckte die Arme nach mir aus, aber ich wußte nicht, was ich tun sollte. Als meine Tante sah, daß ich etwas zu lange zögerte, das zu tun, was von mir erwartet wurde, gab sie mir einen ordentlichen Schubs. Ich fühlte ihre Hand nur einmal flach und stark auf meinem Rücken, und da stand ich, direkt vor meinem Vater. Und das war der Moment, als ich wußte, daß ich die ganze Zeit recht gehabt hatte. Mein Vater war nicht der Mann von dem Foto auf dem Schrank neben unserem Bett, weil er jetzt sowohl mit seinen Augen als auch seinem Mund, seinem ganzen Gesicht, sogar mit seinen Ohren lächelte. Mein Vater legte seine Hand auf meinen Kopf und ließ sie da, eine ganze Weile, und er sah mich an, und die ganze Zeit lächelte er.

Die Hand meines Vaters!

Sie war genau, wie ich sie mir von Zeit zu Zeit vorgestellt hatte, wenn ich sah, wie Don Antonio, der Pfarrer, den Kindern die Hand auflegte, die auf ihn zurannten und um eine Madonnenfigur und einen Segen baten. Ich hatte kein Interesse, mir eine Figur zu holen, aber ich gestehe, daß ich ein- oder zweimal versucht war, zu Don Antonio zu rennen und mir eine zu holen und sie zu küssen, bis sie kaputt war, bloß um seine Hand auf meinen Haaren spüren zu dürfen. Ja, auf meinen Haaren, nur meinen Haaren, nicht auf meinem Kopf, weil ich sie mir so sanft vorstellte. Und das war sie! Unter der Hand meines Vater fühlte sich sogar mein widerspenstiges Haar weich an.

Es herrschte ein solches Durcheinander, und so viele Leute waren in unserem Haus, als mein Vater ankam! Tata schrie Peppino, den Zigeuner, an, er solle ein andermal wiederkommen, als er versuchte, sich hereinzudrängen und rief: »Einen

Dollar, einen Dollar, ein Glückslied für einen Glücksdollar.« Mein Vater schrie allerdings nicht, er sagte freundlich: »Laßt ihn herein, laßt ihn herein«, und ich sah, wie er Peppino tatsächlich einen Dollar gab.

Nachdem Peppino, der Zigeuner, sein Lied über Marina, die *bella mora,* zu Ende gesungen hatte, hörte ich meinen Vater fragen, ob er Verdis *Va Pensiero* singen könne. Ich konnte Verdis *Va Pensiero*. Sogar Piperellas Frau konnte es. Ich hatte einige Frauen auf Piottas Hof beim Sticken und Stricken das Lied singen hören, und ich hatte es Männer singen hören, während sie auf den Feldern arbeiteten. Signor Ficosecco ließ es uns in der Schule singen, deshalb kannte ich jede Zeile.

Fliegt, Gedanken, auf goldenen Flügeln,
Zieht, Gedanken, ihr dürft nicht verweilen!
Laßt euch nieder auf sonnigen Hügeln,
Dort, wo Zions Türme blicken ins Tal!
Um die Ufer des Jordan zu grüßen,
Zu den teuren Gestaden zu eilen,
Zur verlorenen Heimat, der süßen,
Zieht Gedanken, lindert der Knechtschaft Qual!
Warum hängst du so stumm an der Weide,
Gold'ne Harfe der göttlichen Seher?
Spende Trost, süßen Trost uns im Leide,
Und erzähle von glorreicher Zeit.
Singe, Harfe, in Tönen der Klage
Von dem Schicksal geschlag'ner Hebräer.
Als Verkünd'rin des Ew'gen uns sage:
Bald wird Juda vom Joch des Tyrannen befreit!

Einmal erzählte Signor Ficosecco, daß Verdis *Va Pensiero* beinahe die Nationalhymne geworden wäre, aber das wurde es nicht. Ich wußte nicht, warum.

Peppino kannte Verdis *pensieri.* Er kannte diese unsterblichen »Gedanken« nur zu gut, und wenn er sie sang, dann war es plötzlich, als hätte ich sie nie gekannt, und ich mußte über jedes einzelne Wort nachdenken, als hätte ich es an diesem Tag zum ersten Mal gehört.

Vielleicht lag es an der Art und Weise, wie Peppino, der Zigeuner, auf einmal seinen ganzen Körper aufrichtete und ruhig hielt, als er zu singen begann. Er schüttelte seine Glieder nicht herum und tanzte nicht und hielt nicht in der Menge Ausschau nach Frauen mit dunklem Teint, denen er vorsingen könnte, wie er es immer machte, wenn er »Marina, Marina, o mia bella mora« sang. O nein, sobald mein Vater Verdis *Va Pensiero* auch bloß erwähnte, stand er aufrecht da, sein Körper wankte nicht ein einziges Mal, und seine Augen waren sehnsuchtsvoll auf die offene Tür gerichtet; er sang zum Himmel und überließ seine Worte und die Melodie eines schweren Herzens und einer sehnsüchtigen Seele dem Wind.

Als ich Peppino, den Zigeuner, singen hörte, kam mir ein Gedanke, und plötzlich wußte ich, warum Verdis *Va Pensiero* niemals die Nationalhymne werden konnte. Es lag daran, daß dieses Lied kein Lied des seßhaften Volkes war, es war das Lied der Wandernden. Und Peppino sang es so gut, weil er sich mit dem Wandern bestens auskannte. Er war ein armer Zigeuner in einem fremden Land und reiste mit seinem Wohnwagen von Stadt zu Stadt, und trotzdem sang er. Peppinos Harfe hing stumm an der Weide, und dennoch sang er und sang.

Mein Vater war daheim, in seinem eigenen Land, aber er konnte nicht singen. Er wollte mit Peppino mitsingen, das sah ich, aber er konnte nicht. Ich glaube, jedesmal wenn er es versuchte, steckte ihm etwas im Hals, das sich weigerte, herunterzurutschen, und ihn nicht singen ließ. Auch ich war noch immer hier, an meinem eigenen Berg, aber ich konnte nicht singen.

In Wahrheit hatte ich an dem Tag aufgehört zu singen, an dem ich sah, wie Sachen, viele Sachen, über die ich mir nie große Gedanken gemacht hatte, aus unserem Haus herausgetragen wurden, wie beispielsweise unser Winterbaldachin, der die Farbe und das Aussehen eines reifen Granatapfels hatte. In diesem Baldachin sammelte sich im Winter unser Atem und hielt uns warm, aber manchmal reichte unser Atem nicht aus, und ich erinnere mich, daß ich in vielen Nächten vor Kälte zitterte.

Ich hörte mit dem Singen auf, als ich sah, daß der hölzerne Quartkrug, den meine Tante benutzte, um Weizen abzumessen, aus dem Haus getragen wurde. Ich erinnere mich, wie meine Tante den kostbaren Weizen in diesem hölzernen Quartkrug abmaß und ihn verkaufte, obwohl sie ihn wirklich hätte behalten sollen, weil sie dringend hätte Brot backen müssen. Ich weiß nicht, warum ich nicht singen konnte.

»Papa, gibt es in der Fountain Street, da, wo

unser großes, schönes Haus in Amerika steht, einen Brunnen?« fragte ich. »Papa, kommen dort die Frauen zusammen, um die Wäsche zu waschen, und Papa, was ist, wenn ein Erdbeben am Tag unserer Abreise San Giovanni einfach vom Berg wegsprengt, weil wir es wagen, die verbotene Grenze des Abts zu übertreten?« Papa sagte mir, nur die Mutigen würden es wagen, frei zu sein.

Ich hätte singen sollen, weil ich bald nach Amerika gehen würde, wo die Frauen nicht mehr ihre Wäsche rubbeln mußten, bis ihre Hände rot und geschwollen waren. Sie hatten ihre eigenen Waschwannen in ihren eigenen Häusern. Wannen aus Stahl, die sich drehten und drehten, sagte mein Vater, eine neue amerikanische Erfindung, und die Wäsche kam sauber und strahlend weiß heraus, ohne daß eine Frauenhand sie gerubbelt hatte. Aber ich konnte immer noch nicht singen. Und obwohl mein Vater es gewagt hatte, und obwohl er die Grenze überschritten hatte und in das Land der Freien gereist war, konnte er nicht singen.

Ich weiß nicht, warum wir nicht mit Peppino, dem Zigeuner, mitsingen konnten, als er Verdis *Gedanken* sang. Ich sah mich in unseren abblätternden, kahlen vier Wänden um. War es das Schränkchen, das dort hinter dem fadenscheinigen Vorhang gleich neben der Haustür an der Wand hing, oder waren es die Fensterläden, die beim leisesten Windhauch klapperten? Ich weiß es nicht.

Ich erinnere mich, daß Signor Ficosecco einmal sagte, Verdi habe sehr oft »Warum« gefragt. Ich erinnere mich, daß er eines Morgens alle Wörter von Verdis Lied auf die Tafel schrieb, zusammen mit einem neuen Wort, das er unterstrich und in großen Buchstaben malte. *»Nostalgia«,* Heimweh hieß es. Und dann verbrachte er viel Zeit damit, von Verdis Harfe zu erzählen und zu beschreiben, wie sie in der Weide hing, deshalb wußte ich, als er fertig war, überhaupt nicht, was *nostalgia* eigentlich bedeutete. Eine Krankheit, dachte ich mir, als er schließlich die Tafel abwischte, eine Krankheit, die Bäume befällt, vielleicht nur entwurzelte Bäume.

Als ich meine Tante nach der Nostalgie fragte, glaubte sie, ich hätte Neuralgie gesagt, und bevor ich es richtigstellen konnte, hatte sie schon losgelegt und redete und redete: »Oh, Professor Ciano leidet an Neuralgie. Ich habe seiner Frau, dieser blöden Kuh, gesagt, daß er Neuralgie hat, aber nein, sie bestand darauf, jeden Doktor von San Giovanni zu rufen, in der Hoffnung, er leide an etwas Unheilbarem, aber jeder von ihnen sagte, er habe Neuralgie. Sie hätte auf mich hören sollen, ich habe gleich gesagt, daß es Neuralgie ist. Ich wußte es, deine Mutter hatte Neuralgie ...« Sie redete weiter und weiter und sagte, es sei eine Krankheit, die die Gesichtsmuskeln befällt und über die Schläfen Schmerzen im ganzen Kopf auslöst, und meine Tante war nicht zu bremsen, bis ich schließlich dazwischenrief: »Nostalgie, Nostalgie. Ich habe nach Nostalgie gefragt, nicht nach Neuralgie.«

»Oh, Nostalgie. Warum hast du dann nicht gleich Nostalgie gesagt? So viele Jahre bist du nun schon in der Schule und kannst nicht einmal richtig Nostalgie sagen«, meinte sie. »Nostalgie, na, das ist noch schlimmer.«

Meine Tante sagte, Nostalgie sei ein nutzloser Haufen Mist, eine Phantasie, die der Geist hegt, und das sei weit schlimmer als Neuralgie. Es sei eine Geisteskrankheit, genauer gesagt eine Störung, die im Kopf beginnt und dann durch den ganzen Körper wandert. Sie wirke wie ein Magnet, oder besser wie ein Sumpf, sagte sie, und sie hindere jene, die davon befallen sind, daran, sich vorwärtszubewegen.

Mein ganzes Leben lang hatte sie mich ermahnt, aufzupassen und zuzuhören und zu beobachten und mir alles zu merken, weil es so wichtig wäre. »Wer weiß, wohin Gott dich irgendwann führt oder zieht, und dann könnte es nötig sein, sich daran zu erinnern.« Und jetzt, bloß weil wir unsere Taschen gepackt und mit Bindfaden und Doppelknoten gesichert hatten, erzählte sie mir, es sei nichts weiter als in einem Haufen Mist, im besten Fall in einem Sumpf festzustecken, wenn man sich erinnerte, wenn man sich an das erinnerte, was man gehört und beobachtet hatte. »Wasser, das vorbeigeflossen ist, kann den Mühlstein nicht mehr drehen«, sagte sie, und das war alles.

Mehr wollte sie nicht sagen. Das war die klare Definition von Nostalgie, die mir meine Tante gab. Dann deutete sie auf meine Bücher mit den englischen Sätzen und der Grammatik auf dem Tisch und sagte mir, ich solle mich an die Arbeit machen. Sie drängte mich, damit anzufangen, als ob die richtige Antwort auf Nostalgie in diesen eigenartigen Büchern zu finden sei.

Wo war Mammarosa?

Schön, ich würde gehen, aber nicht an die Bücher, zumindest nicht für lange, ich würde den Berg hinaufrennen; und sobald sie fort war, ging ich los, um genau dies zu tun.

Ich rannte und rannte, weil ich zu der Schlucht wollte, an der mein Baum am Einschnitt des Berges von San Giovanni stand. Ich wollte schnell dort ankommen, aber weil ich so oft halt machte, war ich meinem Ziel noch nicht nahe, als es für die Glocken fast Zeit war, den Angelus zu läuten.

Ich hielt bei *zu'* Micheles Haus, weil ich dachte, ich sollte mir noch eine letzte Geschichte anhören. Und ich machte halt, um mit Sara zu spielen, und ich hielt an, um Biasis karierte Decke aufzuheben, die von seinem Rollstuhl heruntergefallen war, und ich hielt an, um zuzusehen, wie die *fornaia* noch mehr Brennholz in das Feuer ihres Ofens schob, und ich hielt an, um den Frauen am San-Giuseppe-Brunnen beim Wäschewaschen zuzuhören, und ich hielt sogar an, um mit Filomenas Sohn zu spielen, der ganz allein mit einem Ball herumkickte und rief: »Er rennt, er rennt, er rennt und erzielt ein Tooooor!«

Ich wollte rennen, aber ich konnte nicht. Nach jedem Halt bewegte ich mich noch langsamer vorwärts. Bald mußte ich ganz lange, lange Schritte machen, einen Fuß vorsichtig vor den anderen setzen, als ob etwas meinen ganzen Körper festhalten und nach unten ziehen würde. Es war, als wäre der ganze Berg ein riesiger Magnet, als ob er ein riesiger Sumpf wäre und ich darin feststeckte und mich nicht weiterbewegen könnte. Ich kämpfte und kämpfte, und als ich mich so zentimeterweise vorwärtsbewegte, da stieß ich, o verdammte Scheiße, mit Don Antonios dickem Bauch zusammen. Don Antonio sah mich an und hob seine Hand. Ich dachte, er würde sich bekreuzigen, weil sein Körper mit meinem, dem eines halben Teufels, in Berührung gekommen war, aber er tat es nicht. Er muß gedacht haben, ich sei ein Engel. Ja, so nannte Don Antonio seine Gemeindekinder, er nannte sie Engel. Er muß es gedacht haben, weil er seine Hand ganz kurz auf meinen Kopf legte, und ich glaube, er segnete mich, als ob auch er gesandt worden wäre, als ob auch er ein Engel sei.

Sie waren alle Engel, alle; ich kam zu dem Schluß, daß der ganze Berg von San Giovanni von Engeln bewohnt war. Sogar Maria Pia war ein Engel. Ich erinnere mich, daß sie beobachtete, wie ich mühsam den Hang heraufkam. Sie schaute mich an, sie starrte mich aus der Ferne an, aber ich kümmerte mich nicht darum. Was machte es schon, wenn sie allen erzählte, daß ich nicht mehr laufen könne, daß meine Füße festklebten, als ob sie in tiefem Schlamm steckten? Ich erinnere mich, daß ich mir dachte, soll sie doch wem sie will erzählen, was sie will. Ich war im Begriff, nach Amerika abzureisen, und das war weit genug weg, daß ich es nicht hören oder sehen würde, wenn mich jemand auslachte.

Aus der Entfernung dachte ich, ich sähe sie schon lachen. Ich sah sie nach links und nach

www.derclub.de

DER CLUB

BERTELSMANN

1 9 / 2 066 406 MEDIA CARD Gold +

Eintrittsdatum 1.10.56

Gültig bis 30.06.2001

Heinrich Stengel

Ihre Club-Filiale:
Bleidenstr 6-10, 60311 Frankfurt
Haingasse 13-15, 61348 Bad Homburg

173/2194737/23/33330

01 92066406 00 1

Herrn

Heinrich Stengel

Kirchstr. 10

61118 Bad Vilbel

03.01	1,55 DM

61118 1448 089903

x11000000x
o000000011o

rechts schwingen – so typisch Maria Pia –, mit den Händen auf dem Rücken. Aber bald merkte ich, daß sie auf mich zukam und daß sie nicht lachte, sie lächelte bloß, und sie lächelte sogar noch mehr, als sie etwas hinter ihrem Rücken hervorzog und mir übergab. Ich konnte es kaum glauben! Sie öffnete meine Hände und schloß sie dann um ihren schönen Globus, jenen, den ihr Vater ihr aus Amerika geschickt hatte, mit der ganzen Welt darauf, jedem Berg und jedem Ozean, jenem, der sich unentwegt um seinen goldenen Ständer drehte! Maria Pia schenkte ihn mir und lächelte wie ein Engel. Ich wußte nicht, was ich sagen sollte. Sie lächelte noch immer, als sie sich umdrehte und davonging.

Jetzt überlegte ich und überlegte, den Globus, die ganze Welt, in meinen Händen, als ich mich mühsam den Berg hinaufschleppte. Und als ich endlich neben meinem Baum stand, dieser gewaltigen nackten und dennoch stolzen Kiefer, auf die ich vor so langer Zeit auf dem Schulweg beim Einschnitt des Berges gestoßen war, war ich erschöpft. In meinem Kopf drehte sich alles, und ich fühlte mich schwach. Meine Füße konnten sich nicht bewegen, und da kam mir ein anderer Gedanke, daß ich mich möglicherweise mit dieser seltsamen Krankheit angesteckt hatte, mit jener, die nur Bäume, entwurzelte Bäume, befiel, die Krankheit, von der Signor Ficosecco an jenem Tag sprach, an dem er Verdis *Gedanken* auf die Tafel schrieb.

Gedanken und Gedanken, nichts als Gedanken. Das alles hatte angefangen, als ich sah, wie jene unbedeutenden Dinge, Körbe und Decken und Baldachine und Meßkrüge, von lächelnden Leuten aus unserem Haus getragen wurden, und jetzt, als ich mich den Berg hinaufkämpfte, war es noch schlimmer. Die Gedanken trafen mein Gehirn wie Blitze, sie durchzuckten und durchfuhren es, bis mein Körper einen Kurzschluß hatte und ich mich wie die einsame Glühbirne in unserem Zimmer fühlte, die jedesmal plötzlich zu leuchten aufhörte, wenn ein Gewitter über dem Berg von San Giovanni tobte.

In meinem Kopf begann sich alles zu drehen, und ich fühlte mich so schwer wie ein Mühlstein, der knirschend zum Stillstand gekommen war, und plötzlich konnte ich meine Glieder nicht mehr bewegen. Es war, als wären sie tief eingegraben, so tief wie die nackten Wurzeln meines Baumes, tief im Boden, und ich konnte nicht weitergehen.

Wenn meine Tante recht hatte und Nostalgie Mist war, dann saß ich in einem großen Haufen davon, einem so großen, wie Verdi vielleicht einer war. Obwohl ich nicht mit Bäumen und müßigen Harfen sprach wie er, dachte ich, als ich dort neben meinem Baum stand, ich könnte den Wind heulen und pfeifen hören, als ob ein Sturm über dem Berg tobte. Ich fühlte sogar die Erde beben und unter meinen Füßen schwanken, als hätten sich die Elemente gegen mich verschworen, und dabei war es doch ein schöner Tag, und der Himmel war klar und blau. Ich hörte den Wind und fühlte ihn ziehen und zerren, und vor allem zog er an mir. Er zog mich um den Berg und zog mich über das Meer, er würde mich um die ganze Welt ziehen. Er nahm mich auf seiner Reise mit und und hörte dann plötzlich auf. Ich konnte ihn in der tiefen Stille, die nun folgte, nicht hören. Ich hörte nichts. Ich sah nichts außer meinen nackten Füßen, die noch immer, noch tiefer in die Erde gepflanzt waren, genau an der Stelle, an der ich immer gewesen war und immer sein würde, neben meinem Baum am Berg von San Giovanni.

Als die Sonne kaum über den Bergen von San Giovanni aufgegangen war, noch vor Anbruch des neuen Tages, vor Beginn dieses einen kalten Morgens, der das Ende des Winters und der Anfang des Frühlings hätte sein können, an dem Tag, als wir das letzte Mal durch die Via Monterosa gingen, war das einzige, was ich hörte, der Wind. Unsichtbar wie die Engel, von denen mir meine Tante erzählt hatte, und dennoch da. Ich hörte nur den Wind.

Beim Bahnhof drohte er das Schild, auf dem »San Giovanni« stand, aus den Angeln zu reißen. Alle Anwohner der Via Monterosa standen auf dem Bahnsteig und winkten und weinten. Wir drängten uns aneinander wie ein Haufen welker Blätter, die vom Wind zusammengetragen wurden, um gleich wieder herumgewirbelt und verstreut zu werden. Ich bin mir sicher, sie sagten tausendmal, daß wir Glück, großes Glück hätten, aber davon hörte ich nichts. Das einzige, was ich hörte, war das Flattern ihrer Taschentücher im heulenden, brausenden Wind. Es klang wie das Flattern von Flügeln, den Flügeln kämpfender Engel. Ich sah sie, all die Engel von San Giovanni, ihre Füße auf der Erde festgehalten, als ob sie von einem Magneten zurückgehalten würden. Sie flatterten und flatterten, in der Hoffnung, der Wind würde ihnen helfen, sich vom Boden zu lösen, aber es gelang ihnen nicht. Sie konnten nicht.

Ich stand still da, mein Gesicht gegen die Fensterscheibe des kleinen Zuges gepreßt. Bald würden sie nicht mehr zu sehen sein. Sie waren dort und trotzdem unsichtbar.

Ich sah, wie die Taschentücher von den heftigen Windböen hin und her gerissen wurden, und für mich waren es flatternde Flügel. Ich sah sie, bis der Zug einen Pfiff ausstieß und in ein weites, gähnendes Loch an der Flanke des Berges von San Giovanni fuhr, und dann wurde auch ich unsichtbar.

Dort, immer noch dort, und trotzdem unsichtbar.